I0642941

4° $\overline{Y}^2$
29/4

LES DRAMES DE L'HISTOIRE

LE GOUFFRE

Par RAOUL DE NAVERY

RF

LIBRAIRIE BLÉRIOT
HENRI GAUTIER SUCCESSEUR, 55, QUAI DES GRANDS-AUGUSTINS, A PARIS

LES DRAMES DE L'HISTOIRE
SEPTIÈME ÉPISODE

LE GOUFFRE

Par RAOUL DE NAVERY

I

AU BAL

Une femme très jeune et d'une beauté remarquable était, ce soir-là, assise près de la haute cheminée de marbre d'un des plus riches hôtels de Vienne. Sa tristesse contrastait avec le luxe dont elle était environnée. Ses grands yeux bleus se levaient fréquemment vers le cadran de la pendule, et des larmes tremblaient au bord de ses cils.

Le portrait en pied d'un homme d'environ trente-cinq ans, en habit de cour d'une rare élégance, semblait rayonner dans le salon bleu.

La comtesse Alberti s'arrêta devant ce portrait, le contempla longuement; puis, revenant vers la cheminée, elle regarda de nouveau le cadran de la pendule de Boule.

— Deux heures! Jamais Carlo n'est rentré aussi tard... Rien ne saurait m'empêcher de croire qu'il lui est arrivé un malheur.

La jeune femme cacha son front dans ses mains; puis elle s'agenouilla devant une copie en argent repoussé de la Vierge miraculeuse de Zell :

— Mon Dieu, dit-elle, j'ai peur... Je suis dans vos mains, et vous êtes mon Père... Jusqu'à ce jour vous m'avez fait la vie facile et douce, mesurez l'épreuve à ma faiblesse... Si, cependant, un malheur doit s'abattre sur quelqu'un de cette maison, ne frappez que moi, ne touchez pas à ceux que j'aime...

En ce moment, une tête d'une gentillesse piquante se montra entre deux portières, un regard à la fois timide et affectueux inspecta le salon, puis une jeune fille portant un coquet costume de Tyrolienne s'approcha sans bruit de la jeune femme.

En reconnaissant la jeune fille, la comtesse se leva.

— Myrtille, dit Agnès, il est arrivé malheur à mon mari.

— D'où vous vient cette pensée, Madame?

— Mais regarde l'heure, Myrtille... Songe que jamais le comte ne rentre après minuit, quand par hasard, ce qui est rare, il lui arrive de sortir sans moi.

— Ma chère maîtresse, dit Myrtille, dans quelques minutes sans doute, monsieur le comte rentrera et, s'il s'aperçoit que vous avez pleuré, il regrettera beaucoup d'avoir suivi les conseils que vous lui avez donnés et ceux de la comtesse de Haag... Laissez-moi vous enlever ce grand habit, quittez ce salon qui vous semble vide, passez dans votre chambre, et consentez à vous reposer.

— Tout à l'heure, Myrtille, tout à l'heure... Donne-moi le coffret de lapis, j'y vais placer ces bijoux.

Agnès ôta ses boucles d'oreilles, ses bracelets et une broche de perles, tandis que la petite Tyrolienne prenait la cassette sur une console et la plaçait, tout ouverte, devant la comtesse.

Mais celle-ci, au lieu de jeter les diamants et les perles dans le coffret doublé de velours, en souleva le double fond, et en tira un bouquet de roses blanches gardant le faible parfum des fleurs séchées.

Ces roses flétries lui rappelaient un souvenir bien cher, sans doute, car elle les porta brusquement à ses lèvres.

Au même instant, un pas rapide retentit dans la pièce voisine, et la comtesse Alberti, sans songer que ses bijoux couvraient ses genoux, se leva toute droite, le front rayonnant, la bouche riante; puis, faisant un signe à Myrtille :

— Tu m'accommoderas dans un instant, mon enfant. Enfin! c'est Carlo.

La porte s'ouvrit, et un beau gentilhomme, l'original du portrait qui occupait le grand panneau du salon bleu, s'avança rapidement vers la jeune femme.

Seulement le portrait continuait à sourire, tandis que la physionomie du gentilhomme était grave.

Myrtille disparut après avoir relevé rapidement les diamants et les avoir jetés dans le coffret, près duquel restait le bouquet de roses blanches.

— Carlo! s'écria la jeune femme, Carlo, comme tu rentres tard! il y a quelque chose. Que s'est-il donc passé, à ce bal?

— Rien, chère Agnès, répondit le comte, sinon ce qui arrive à tous les bals. On a dansé un certain nombre de menuets... Les femmes ont fait assaut de luxe et de coquetterie ; quelques gentils-hommes ont perdu des sommes importantes, voilà tout...

— Toi, Carlo, tu ne joues pas, je crois même que tu ne connais aucun jeu... Tu pourrais donc tout au plus parier... Mais, comme tu ne perds jamais de grosses sommes, cela ne suffirait pas pour m'expliquer ton évidente préoccupation.

— Pas plus, dans tous les cas, mon amie, que mon retard n'est de nature à justifier l'inquiétude dans laquelle je te vois.

— Et c'est pour calmer les ennuis sans cause, chère Agnès, que tu as pris dans le double fond de ce coffret un bouquet que je reconnais...

— Oui, en face d'un malheur inconnu, j'éprouvais le besoin de songer au bonheur passé. Je me rappelais nos fiançailles, et l'instant où tu me donnas, avec une solennelle promesse, ces fleurs aussi pures que nos âmes... J'y ai cherché ce soir le parfum d'autrefois, et sur ces roses fanées avant que nous ayons rien oublié, rien trahi, tu vas me jurer que j'ai tort, que je suis une enfant, et que mes craintes sont imaginaires.

Le comte se troubla légèrement ; pour éviter de répondre, il prit le bouquet flétri et dit à sa femme :

— Je le ferai copier en pierreries pour la prochaine Sainte-Agnès.

— Merci, répondit la comtesse Alberti, qui parut avoir oublié qu'elle venait d'exiger un serment de son mari.

Elle ajouta en s'appuyant sur le bras de Carlo Alberti :

— Qui était au bal, ce soir ?

— En femmes ?

— Non, en hommes.

— Mais toute la cour, les ministres, la haute noblesse, ton frère, qui est rentré en même temps que moi, tes amis, les miens, le comte de Vossel, le baron de Hardingter, le baron de Ryswick...

— Ryswick... répéta la comtesse, oui, c'est cela, Ryswick... Eh bien ! qu'est-il survenu entre toi et Ryswick ?

— Mais rien ! rien, Agnès ; que veux-tu qu'il se soit passé ?

— Le sais-je ! Quand tu l'as nommé, ta voix a tremblé, et ton regard s'est animé d'une expression menaçante... Tu as eu une querelle avec le baron de Ryswick... pourquoi ? j'attends que tu me le confies... Si je me trompe, comme tu voudrais me le faire croire, jure-le moi sur ce bouquet de fiançailles.

— Je ne jurerai pas, répondit Alberti.

— Alors, j'ai deviné juste?

— Oui et non.

— Parle, parle! La réalité, si grave qu'elle soit, me fera moins de mal que l'incertitude.

— Tu sauras tout et je te demande pardon, Agnès, si, dans mes appréciations, il m'échappe une parole capable de froisser tes sentiments personnels. Tu es Autrichienne et je suis Italien; mais je crois juger sainement la politique de ton pays, au double point de vue de l'honneur et de la foi. Eh bien! en ce moment, Marie-Thérèse est sur le point de commettre une faute grave, une de ces fautes qui pèsent sur la conscience d'un souverain, et décident souvent de l'avenir d'un peuple... Poniatowski, protégé par l'Impératrice Catherine, est devenu roi de Pologne... Mais la souveraine de toutes les Russies n'a point tardé à regretter l'appui qu'elle a prêté à ce prince. Maîtresse d'un empire immense, elle est devenue jalouse de cette nation chevaleresque, lettrée, ardente catholique, qui reste en opposition complète avec les lois brutales et le schisme religieux de la Russie. Poniatowski roi a oublié peut-être un peu vite qu'il devait le trône à Catherine, pour se souvenir seulement des obligations qu'il venait de contracter avec la noblesse qui l'acclame et le peuple qui l'accepte pour maître. La Pologne catholique ne saurait fraterniser avec la Russie, qui repousse l'autorité du successeur de saint Pierre.

— Poniatowski agit en roi et en chrétien, répondit Agnès.

— Oui, répliqua Carlo Alberti, et l'approbation, le dévouement de tous les gens de bien lui sont acquis... Mais Catherine a traité d'ingratitude ce qui n'est que le résultat d'une ligne de conduite droite et loyale. La protectrice de Poniatowski s'est changée en ennemie... Catherine, persuadée que son animosité personnelle ne suffisait pas pour déterminer la perte du roi de Pologne, a soulevé contre lui les dissidents qu'elle protège...

— Mais, fit Agnès, il me semble que l'Impératrice Marie-Thérèse, apprenant quelles haines se sont soulevées contre Poniatowski, s'est déclarée pour la Pologne, soutenant ainsi un frère en royauté, et surtout un prince catholique.

— Oui, Marie-Thérèse commença par soutenir la Pologne; mais depuis...

— Eh bien!

— La partie était égale entre les deux Impératrices, ou plutôt

Marie-Thérèse, digne de tous, les respects, l'eût emporté sur cette souveraine de Russie qui remue le pays par le favoritisme et fait de ses passions des raisons d'État. Marie-Thérèse avait pour elle la dignité, l'équité, l'appui moral des autres nations et l'alliance de la France. Mais la lutte s'agrandit, et le plus ambitieux des rois vint mettre sa politique de ruse et de conquête entre ces deux femmes. Ce n'est pas d'aujourd'hui que Frédéric de Prusse convoite la Pologne occidentale, afin de faire communiquer entre elles les parties séparées de son royaume. L'occasion attendue se présente. Il s'entend avec Catherine de Russie pour l'abaissement de celui dont son caprice fit un monarque, et qui témoigne aujourd'hui, par son énergie, qu'il était digne du rang où le fit monter la faveur. Il se trame donc en ce moment un complot abominable. Sans doute, la duplicité, le guet-apens, la trahison sont horribles quand il s'a-git d'un homme; mais place une nation au lieu d'un individu isolé, et songe alors à la gravité des circonstances, aux malheurs qui les vont suivre, au dénouement fatal qu'elles peuvent entraîner. La Pologne, démembrée par le roi de Prusse, amènera l'abaisse-ment de la plus fière noblesse du Nord, la persécution des catho-liques par les schismatiques grecs et les différentes sectes protes-tantes.

Tour à tour, l'autocratie tyrannique et le joug du militarisme écraseront le pays. Frédéric de Prusse, l'ami de Dargent et de La-mettrie, Frédéric, le correspondant de Voltaire, le roi esprit fort, ce monarque qui joint la politique cauteleuse de Louis XI à l'a-mour de la conquête, peut plonger non pas seulement la Pologne, mais ton pays même dans des dissensions dont il deviendrait peut-être impossible de sortir. Et encore s'il ne s'agissait que de la Po-logne et de la Prusse, pris de pitié pour l'une, saisi de haine contre l'autre, je pourrais peut-être rester spectateur de la lutte et attendre les résultats d'une cauteleuse diplomatie; mais il est, à la cour d'Autriche, un parti qui grossit chaque jour et peut nous entraîner sur une pente néfaste. Ce parti est celui du roi Frédéric.

— Quoi! demanda Agnès, il est des gentilshommes comprenant assez mal les intérêts et la gloire de Marie-Thérèse pour lui con-seiller une alliance avec Frédéric?

— Oui, répondit Carlo Alberti, et à la tête de ce parti se trouve le général Ryswick.

— En es-tu sûr? reprit Agnès en fixant son clair regard sur le comte Alberti. Mon frère est l'ami du baron.

Elle s'agenouilla devant la Vierge miraculeuse. (*Voir page* 2.)

— Je le sais, répondit Carlo Alberti ; mais l'affection de ton frère
pour le général, loin de me faire changer d'opinion, doublerait
plutôt le poids de mes soupçons. La comtesse Gutta, ta mère, est
une sainte, et je la vénère autant que je l'aime ; quand ce ne serait
que pour avoir élevé la fille dont j'ai eu le bonheur de faire ma
femme, je lui devrais une reconnaissance profonde. La piété de la
douairière est vive, tendre, passionnée. Cette ferveur la soutient
dans ses épreuves, elle fut l'âme de toute sa vie, et la grande dou-

leur de sa vieillesse est moins la cécité qui la prive de la vue du ciel
et de ceux qu'elle aime, que les tendances religieuses de son fils, le
comte de Haag.

— Pourquoi ne dis-tu pas ton frère?

— Parce qu'il va cesser de le devenir par le cœur. Les liens du
sang restent les mêmes, nos pensées ont pris des routes diverses.
Sans que tu le devines, Reynold se rapproche des protestants.
Peut-être n'ira-t-il point jusqu'à l'apostasie publique, car il redou-
terait la douleur de sa mère! mais il est déjà d'âme et de volonté
séparé de nous tous.

— Tais-toi, Carlo! tais-toi! s'écria la jeune femme, ce n'est pas
possible! Reynold a le caractère sombre, absolu, mais il n'est ni
mauvais ni traître.

— Reynold ne m'a jamais aimé, reprit le comte.

— Qu'en sais-tu?

— Il m'a prouvé maintes fois qu'il me tolérait dans la famille,
sans m'y accorder ma vraie place. Ta mère, cette chère sainte, m'a
bien adopté; toi, tu m'as confié ton bonheur; mais Reynold est
resté en dehors de cette tendresse. Ma nationalité italienne lui dé-
plaît; les élans de ma foi catholique froissent le secret partisan de
la confession d'Augsbourg. Et cette nuit, cette nuit même, j'ai
acquis la conviction que Reynold prendrait volontiers parti contre
moi pour mes ennemis.

— Ce n'est pas possible, Carlo!

— Cela est vrai, Agnès.

— Cette nuit, tandis qu'une partie des invités se livraient à la
danse et que les hommes s'entretenaient des affaires publiques, je
causais au milieu d'un groupe d'amis de la politique de la Russie,
et de la spoliation possible de la Pologne. « — Elle n'a plus guère
que la France pour amie et sincère alliée, disais-je, car malheureusement un courant d'opinions dangereuses s'établit à la cour
d'Autriche. Des hommes peu soigneux de l'honneur du pays
cherchent à entraîner l'Impératrice Marie-Thérèse dans une fausse
voie.

« — Qu'appelez-vous une fausse voie? m'a demandé sèchement
le général Ryswick.

« — Celle qui consiste à faire signer une alliance entre Frédéric
de Prusse et l'Impératrice d'Autriche.

« — Bah! a répliqué le général d'une voix incisive, cela ressemble
plus à une impression qu'à un raisonnement.

« — Cela ressemble surtout à un sentiment bien entendu de l'amour de la patrie. Ceux qui donnent à la reine de dangereux conseils ne travaillent ni à son honneur ni à sa gloire. Quand on se permet de conseiller les souverains, il faut toujours porter sur leurs actes le jugement de la postérité. Ce ne sont pas les agrandissements de territoire qui font les règnes mémorables; toute exagération d'étendue attire fatalement des divisions et des révisions. Les cercles des royaumes ont été délimités par Dieu; il est illusoire aux hommes de les refaire sans cesse. Ni les conquêtes, ni les traités ne suppriment les fleuves, cette barrière menaçante, les montagnes, cette muraille sortie du sein même de la terre. L'agrandissement de la Prusse ne fera rien pour sa splendeur; celui de l'Autriche deviendrait une faute, s'il s'accomplissait à l'aide des moyens que je prévois.

« — Prenez garde, Monsieur, me répond Ryswick, vous allez manquer de respect à l'Impératrice !

« — Dieu sait que cette pensée est loin de mon intention; ce que je blâme, ce que je flétris, ce sont les dangereux conseils de ceux qui se flattent d'être avant dans sa confiance. Je sais bien que ceux-là lui répéteront qu'en soutenant Catherine, en s'alliant avec la Prusse, elle gagnera la Russie Rouge, la Galicie, qu'on lui fera présent des palatinats de Cracovie, de Sandomir, de Lublin, qu'on y ajoutera peut-être la Volhynie et la Podolie; mais plus le marché semble avantageux à certaines gens, plus il me semble infâme. Ceux qui conseillent à Marie-Thérèse d'accepter l'alliance de Frédéric ne comprennent ni la vraie grandeur de l'Autriche, ni ses intérêts religieux. Sous le masque du dévouement, ils cachent une infâme perfidie... Et, tandis que Marie-Thérèse recevrait le prix de sa complicité politique à ce qui serait l'assassinat d'une nation, on serait en droit de demander combien ses conseillers perfides toucheraient de la Prusse pour prix de leur trahison. »

J'avais à peine prononcé ce mot que Ryswick, pâle de rage, s'avança vers moi.

« — Savez-vous, comte Alberti, me demanda-t-il, que j'approuve la lutte de Catherine II contre Poniatowski, ce sujet dont elle fit un roi ?

« — Ce catholique dont elle ne put faire un renégat.

« — Savez-vous que Frédéric de Prusse est, à mes yeux, un grand politique, et que...

« — Et que vous en avez reçu un cordon? je le sais. »

De pâle qu'il était, Ryswick devint blême, et me jeta ces mots :

« — Tout n'est pas fini entre nous, Monsieur!

« — Je l'espère, fis-je en saluant. Je continuerai à défendre les vrais intérêts de l'Impératrice et ceux de l'Autriche, tandis que vous resterez ici le champion dévoué de la politique prussienne. »

Un instant, j'ai cru recevoir en plein visage le gant du général; mais un ami de Ryswick l'a entraîné, tandis qu'un groupe d'amis, dont je m'honore d'avoir conquis l'estime, m'entourait en me félicitant de ma hardiesse, mais en m'interdisant d'aller plus loin.

— Reynold était-il là? demanda anxieusement Agnès.

— Oui, répondit Carlo.

— Et il a pris parti...

— Pour Ryswick, répondit le comte.

— Pardonne-lui, Carlo, pardonne-lui!

— Je ne sais point haïr, répondit le comte; d'ailleurs, mon respect pour la comtesse Gutta et ma tendresse pour toi ne me permettent pas d'être l'ennemi de ton frère.

— Tout à l'heure, tu m'as dit un mot terrible, Carlo... Ryswick a failli te jeter son gant au visage.

— Écoute, chérie, dit le comte, ma raison, comme ma foi, repousse le duel. Se battre est risquer de commettre un assassinat devant témoins : voilà toute la différence qui existe entre un duel et un meurtre... Que ceci suffise pour te rassurer. J'ai donné, je crois, d'assez grandes preuves de bravoure sur le champ de bataille pour n'être point obligé de commettre un acte que je crois coupable, afin de prouver que je ne redoute pas une épée nue... Seulement, je ne puis répondre des violences de Ryswick. Je lui ai jeté devant tous le nom de traître, je l'ai accusé de comploter avec le roi de Prusse un acte déloyal, défavorable à l'Autriche, et qui peut laisser sur le règne de Marie-Thérèse une tache indélébile : j'ai rempli mon devoir; mais qui sait ce que lui conseillera la haine?

Agnès prit dans les siennes les deux mains de son mari.

— Ta conscience est droite, lui dit-elle, ta valeur à toute épreuve. Je crois en toi comme en un conseiller plein de sagesse, et je te respecte comme mon maître... Ne souris pas, Carlo; le mariage te fait réellement mon seigneur et maître. Ta vie est ma vie. J'approuve tes scrupules. Si graves que puissent être les conséquences de ton entretien avec Ryswick, nous serons deux à les supporter.

— Chère femme!

— Seulement, tu as promis d'être prudent, par tendresse pour moi, par respect pour ta mère...

— Oui, je le jure encore.

— Laisse-moi, maintenant, t'offrir un talisman contre le malheur. Quand tu es entré ici, tu as vu, au milieu de mes parures, ce bouquet de fiançailles béni à l'autel de Notre-Dame de Zell... Dieu sait quel prix j'y attache, mon Carlo ; mais moi je ne redoute aucun péril... Je vis entre ma mère, toi et Reynold... Vos tendresses me protègent, tandis que tu viens de mettre le pied sur un serpent... Prends donc ces pauvres fleurs, cache-les dans ta poitrine, sur ton cœur... Je suis sûre qu'elles te préserveront de tout danger... Car tu ne sais pas tout, Carlo... Le baron Ryswick ne se trouve pas seulement avec toi en opposition de sentiments politiques, il existe entre vous une vieille haine inavouée, dont je dois aujourd'hui te révéler le mystère... Quelques mois avant que tu demandasses ma main à ma mère, Ryswick, s'appuyant sur l'amitié de mon frère, s'était présenté en prétendant. J'ignorais donc ce que pouvait amener la politique, mais je savais que le baron avait une foi faible et stérile, je le soupçonnais d'être plutôt protestant que catholique, et je ne pus me déterminer à l'accepter pour époux. Toi, tu avais la foi, la jeunesse, l'enthousiasme : je te donnai ma main et ma vie, quand tu me les demandas. Mais, si Ryswick semble dans ses relations avec nous avoir perdu le souvenir de l'humiliation reçue, sois sûr qu'il en ressent une haine violente Cette haine rejaillira sur toi, toi seul ; et qui sait si elle ne se manifestera point d'une façon terrible ?

— Si j'étais né sujet autrichien, répondit Carlo Alberti, sans nul doute la rancune du baron aurait pu m'attirer une disgrâce ; mais je n'ai d'autre rang que celui que m'assignent mon nom et ma fortune. J'ai refusé les emplois et les grades...

— Tu vis ! s'écria Agnès, c'est trop peut-être pour Ryswick... Prends donc ces roses, elles te seront un bouclier. Serrées dans ce coffret, elles me rappellent de temps en temps le jour déjà lointain de nos fiançailles ; cachées dans ta poitrine, elles te garderont par un miracle de la bonté de Notre-Dame de Zell.

— Enfant ! dit Carlo en posant sa main sur les cheveux blonds de sa femme.

— Faut-il te le dire ? la querelle d'hier m'inquiète moins, en elle-même, que par ce fait qu'elle se rattache à un épisode qui fit sur moi, jadis, l'impression la plus grande.

— Il existe donc des secrets que j'ignore, dans l'âme de mon Agnès?

— Oh! ce fait te semblera peut-être insignifiant, et moi-même je l'aurais oublié si ta querelle avec Ryswick ne me le remettait en mémoire. Il y a trois ans, je ne te connaissais point, Carlo, et ma vie se passait entre mon frère et ma mère aveugle. Un jour, au moment où je quittais Saint-Étienne, je me trouvai en face d'un rassemblement tumultueux. J'entendis les mots de « sorcière, » de « misérable. » Je vis que des hommes irrités, à demi ivres, entraînaient une gitane pâle de terreur, au bras de laquelle se cramponnait une enfant. Je me précipite vers ces malheureux, je me nomme; on me permet de les faire monter dans mon carrosse, au lieu de les soumettre à l'humiliation de traverser la ville au milieu de groupes ramassant des pierres pour les lapider... Avant de me quitter, la vieille gitane me prit la main, en considéra les lignes avec une attention marquée, puis elle me dit : « Un jour, vous et l'homme que vous épouserez, vous vous trouverez dans une situation dont rien n'égalera l'horreur... Vous avez été bonne pour la gitane, celle-ci sera prévoyante pour vous. » La vieille femme arracha un sequin de son collier, et me le présenta : Gardez-le, me dit-elle, et donnez-le à la personne que vous souhaitez protéger. » — Je pris le sequin, le voici. Prends-le, fixe-le à cette chaîne, et ne t'en sépare jamais.

— Je te le promets! répondit le comte.

— Tu me donnes ensuite ta parole...

— De ne point chercher querelle au baron, et d'éviter l'occasion de le rencontrer?

— Oui.

— Je le jure! répondit Carlo.

— Merci, et à demain.

— Oui, mais à demain soir... Un exprès m'a apporté une lettre du vieux garde Waster, et j'irai le trouver à l'aube dans sa petite maison, sur la lisière du bois de Hardig... mais, sois tranquille, l'hiver n'est pas assez rude pour que je rencontre des bandes de loups

— Tu as le courage de rire! dit Agnès.

— Sans doute, répondit le comte, puisque je t'ai promis d'être prudent.

Carlo cacha le bouquet dans sa poitrine, fixa le sequin à une lourde chaîne d'or et quitta sa femme, qui, après l'avoir suivi du regard, alla de nouveau s'agenouiller devant l'image de Notre-Dame de Zell.

Un gondolier était venu le prendre. (*Voir page 14.*)

II

FACE A FACE

Il faisait un temps froid, mais superbe, une de ces matinées d'hiver où la neige des hauteurs a, pour ainsi dire, une majesté riante, où les aiguilles de glace décorant les branches noires des sapins

les font ressembler à des arbres de diamant. Les ruisseaux gelés
s'argentaient sous les rayons du matin ; sur les routes, les pas des
montures et celui des hommes retentissaient avec un bruit clair.
Le ciel, d'une grande pureté, étalait le bleu intense du printemps ;
si la nature sommeillait, on devinait que le réveil n'était pas éloigné.

Le comte Alberti, monté sur un de ses meilleurs chevaux, courait sur la route conduisant à la maison du garde qui l'avait fait demander.

Carlo Alberti était fils d'un père vénitien. Celui-ci s'était trop
occupé des affaires de la sérénissime république ; devenu suspect au
conseil des Dix, il avait été prévenu du danger qu'il courait par
un ami fidèle, et, sur les ordres de celui-ci, un gondolier sûr était
venu le prendre pour le conduire à bord d'un navire autrichien prêt
à lever l'ancre. Ses biens, vendus avantageusement en Italie, lui
donnèrent le moyen d'acheter dans sa nouvelle patrie des bois et
des terres, où il appela sa famille. Il acquit un château perdu au fond
d'une forêt, puis un hôtel à Vienne, et, reprenant durant l'automne,
sa vie de chasseur déterminé, en hiver, dans la capitale, son existence fastueuse, il tenta d'oublier son palais de Venise, et cette
douce langue italienne dont la musique l'avait bercé ! Carlo était
alors un enfant. Il s'accoutuma vite à sa nouvelle patrie. Mais il
garda cependant un souvenir puissant des canaux de Venise, de
Saint-Marc, du champ de repos où dormait sa mère. Ses études, di-
rigées par un prêtre qui avait été l'élève et l'ami du savant Athanase Kircher, furent rapides et brillantes. Il ne devint pas seulement un cavalier accompli, mais un homme érudit, que sa science
n'entacha jamais de pédantisme.

Carlo Alberti se lia avec des hommes sérieux, travailla beaucoup,
commença des œuvres d'une véritable valeur littéraire, et noua
avec le plus célèbre poète de Vienne, à cette époque, Luc d'Egra,
une de ces amitiés qui sont la véritable fraternité des âmes.

Quelques années se passèrent encore ; puis, un dimanche, au
moment où il sortait de Saint-Étienne, Carlo Alberti, ayant vu passer Agnès de Haag conduisant sa mère aveugle, se dit que cette
jeune fille réaliserait le rêve qu'il s'était fait d'une affection à la fois
tendre et puissante, et il se fit peu de temps après présenter à la
douairière Gutta de Haag par un ami de la famille.

L'honorabilité de Carlo, le chiffre de sa fortune, son nom inscrit
au livre d'or de la noblesse de Venise, sa conduite presque austère,

tout militait en sa faveur. La comtesse ne souleva aucune objection
sur cette alliance, et Agnès, consultée, répondit à sa mère en se jetant dans ses bras.

Mais le consentement de celle-ci, s'il était le seul indispensable,
ne suffisait cependant pas à la jeune fille. Elle eût souhaité l'approbation de son frère Reynold. Celui-ci, depuis la mort de Hugo
de Haag, avait pris d'une main assez rude les rênes de la maison. Il
touchait les revenus de sa sœur, les administrait sans contrôle, et
s'efforçait d'obtenir de sa mère la gestion complète de ses biens.
Mais Gutta de Haag, en dépit de sa cécité, refusa constamment à
son fils cette preuve de confiance. Elle doutait de la régularité de sa
conduite et s'effrayait de quelques-unes de ses relations. Mais ce
qui l'affligeait plus que les dissipations de Reynold, c'était de voir
que ce jeune homme, circonvenu par des amis dangereux, se mêlait à un groupe politique dont les opinions religieuses devenaient,
à juste titre, suspectes. Reynold inclinait vers le protestantisme. Il
n'apostasiait pas, et peut-être n'eût-il jamais osé le faire, dans la
crainte du courroux maternel ; mais il séparait son âme de la foi
catholique, et ses discours respiraient l'esprit de la réforme, tandis
que ses vices grandissaient, privés du frein qui longtemps les avait
retenus.

L'ami qui avait causé, dans l'esprit de Reynold, ce changement
dont s'affligeait la comtesse douairière était le général Ryswick.

Parvenu très jeune à une situation enviée, riche encore en dépit
de ses folies, il avait tenté de former un parti religieux et politique
à la cour de Vienne.

C'était un homme remuant, passionné, ardent à toutes choses,
dont les vouloirs devenaient inflexibles.

Peut-être Ryswick n'eût-il jamais trahi une parole donnée ; mais
jamais non plus il n'avait pardonné une offense. On racontait ses
duels comme autant de drames lugubres, et il tirait vanité de son
adresse à manier l'épée. Moins chevaleresque que spadassin, il inspirait aux hommes sérieux plus d'antipathie que de confiance. Cependant, un groupe de jeunes gens dont les passions ne connais-
sent point de règles, en avaient fait une sorte de héros d'aventures.

Mme de Haag, qui accusait dans son cœur Ryswick de donner à
la vie de Reynold une pente dangereuse, refusa constamment de le
recevoir dans l'intimité. Cependant sa résistance aux souhaits de
son fils n'empêcha point celui-ci de lui transmettre, un jour, la de-

mande que le général lui faisait de la main d'Agnès. Celle-ci, consultée, repoussa l'offre de Ryswick avec une sorte d'épouvante. Reynold ne se tint pas pour battu. Il avait toujours redouté de trouver dans le futur mari de sa sœur un censeur de sa conduite, et un homme disposé à lui demander des comptes. Or les dilapidations de Reynold de Haag avaient largement entamé la succession d'Agnès. Le frère prodigue, empruntant des sommes importantes sur les biens de sa sœur, en avait presque absorbé la valeur. La fantaisie d'un des juifs complaisants qui lui avançaient leurs ducats pouvait, du jour au lendemain, déterminer la vente des terres et des bois. La douairière, en apprenant que Reynold venait de ruiner sa sœur, ne pourrait manquer de garantir à Agnès une somme égale à celle que les coupables folies de Reynold lui faisaient perdre, et sa situation de gentilhomme se trouverait réduite à une fortune de cadet. Or, si Ryswick épousait Agnès, il était convenu entre les deux hommes que le général dégagerait les biens territoriaux d'Agnès de Haag, et que les sommes consacrées à ce dégrèvement seraient son cadeau de noces à Reynold. On comprend quel intérêt gardait le dissipateur à voir sa sœur accepter la demande de Ryswick.

Mais, outre ce motif, il en existait un autre non moins grand.

Les suppositions d'Alberti étaient fondées; Ryswick, que ses folies mettaient à toute heure sur le penchant de la déconsidération et de la ruine, avait trouvé dans l'aide qu'il apportait à la politique de Frédéric de Prusse une source intarissable de fortune. L'influence dont jouissait le fastueux débauché à la cour l'avait signalé au roi, comme un des premiers dont il dût s'assurer le dévouement. Il fit agir à la fois l'ambition, en promettant de s'attacher Ryswick aussitôt les négociations terminées, et de lui ménager une situation telle qu'il n'eût à céder le pas à personne. Ensuite, ayant appris que le général paraissait prêt à devenir l'allié des sectaires de la confession d'Augsbourg, il l'encouragea vivement à s'enrôler parmi les membres de la réforme.

Ryswick devint donc, à Vienne, l'agent de la politique de Frédéric, et il groupa autour de lui un certain nombre d'hommes avides de situations, de grades, de richesses, considérant la prise de la Pologne par Frédéric comme le plus sûr moyen d'obtenir des faveurs, des grades et des gouvernements.

Le frère d'Agnès était trop l'ami de Ryswick pour ne point devenir son complice, dans cette trahison habilement dissimulée sous l'apparence du dévouement.

Il partagea bientôt les aspirations, les croyances du général, et quand celui-ci manifesta le désir d'entrer dans sa famille, Reynold prit sur lui d'obtenir le consentement de sa mère et celui de sa sœur.

En ceci, il se trompa grandement. La douairière de Haag refusa Ryswick avec une sorte d'indignation, et Agnès repoussa avec terreur la pensée d'une semblable union.

Mais ces deux hommes, unis pour une cause mauvaise, avaient dans le caractère assez de témérité pour ne point s'effrayer du double refus d'une jeune fille et d'une infirme. Agnès était douce et timide; Gutta de Haag, vieillie avant l'âge par la douleur et la maladie. Ils ne doutaient point de venir à bout d'une résolution, si ferme qu'elle pût être. La douairière et Agnès céderaient sous la pression lente de la volonté de Reynold; il ne s'agissait que de savoir attendre.

Un événement inattendu ne tarda pas à diminuer la confiance du comte de Haag : Carlo Alberti fit demander Mlle de Haag en mariage.

Les renseignements, fournis sur sa personne et sa famille, furent tels que la comtesse Gutta donna son approbation à ce projet. La conduite de son fils, les prétentions de Ryswick, quelques mots presque menaçants rapportés à la douairière lui faisaient redouter pour Agnès la persécution de Reynold et l'obstination de Ryswick. Elle connaissait trop son fils pour ne point savoir qu'il ne reculait devant aucune extrémité afin de parvenir à son but. Sa santé déclinait, Dieu pouvait la rappeler à lui, et laisser Agnès sans défense. Il importait de lui donner un protecteur, et de le choisir à la fois digne et ferme.

Carlo pouvait être ce compagnon vaillant, et Carlo Alberti reçut de la douairière l'autorisation de se présenter, à l'hôtel, en qualité de fiancé.

Le frère d'Agnès ne fut averti de la situation prise par Carlo dans la famille, qu'après que les jeunes gens eurent échangé de solennelles promesses.

Ryswick dissimula mal sa colère. Il accusa Reynold de l'avoir mal servi et se répandit en menaces contre Carlo Alberti. Mais, si grande que fût sa colère, il dut la dissimuler en partie, et, s'il garda au fond de son cœur l'intention de se venger d'un rival heureux, il dut montrer assez de prudence pour ne point se compromettre avant l'heure.

Dans la crainte de mécontenter violemment sa mère, Reynold n'osa point refuser d'assister à un mariage dont chacun le félicitait.

Mais en vain Carlo Alberti, prévenu de la façon dont le frère d'Agnès avait compromis la fortune de la jeune femme, témoigna à ce sujet autant de générosité que d'indulgence; il ne put s'attacher Reynold, qui resta le confident, l'allié, le complice de Ryswick.

Quand il l'eut compris, Carlo Alberti se contenta de dégager les titres formant la dot de sa femme, et de mettre en règle la créance de Reynold. Il n'exigea rien de celui-ci, il n'avoua pas même la situation du fils prodigue à la douairière, mais il confia tous les papiers relatifs à cette affaire litigieuse à John d'Egra, père de Luc, notaire royal à Vienne, et honoré de la confiance des premières familles de la cour.

La conduite d'Alberti, en cette occasion, loin d'apaiser la rancune de Reynold, la rendit plus intense. Il ne pouvait se consoler d'être, en quelque sorte, à la merci de son beau-frère. Les qualités d'honorabilité, de désintéressement d'Alberti lui faisaient sentir plus cruellement la bassesse et l'égoïsme de sa conduite. Il en vint à haïr Alberti au même degré que le général Ryswick, et chacun d'eux n'attendit que l'occasion de manifester cette haine par des actes.

On comprend dès lors l'angoisse de la jeune femme, quand elle apprit sur quel terrain dangereux avait glissé la conversation de la veille, et avec quelle tendresse alarmée elle avait tenté de protéger son mari contre les malheurs prédits par la gitane.

Carlo courait de toute la vitesse de son cheval. Il avait hâte de voir le vieux Waster, de lui adresser ces cordiales et fortifiantes paroles qui font souvent plus pour la guérison que les cordiaux et les remèdes. Cet homme, ancien serviteur du comte Antonio, avait donné à toute la famille des preuves d'un entier dévouement; on ne pouvait le laisser s'éteindre tout seul dans sa maison isolée sans lui rappeler que ses maîtres devenaient ses amis.

Le vieux Waster se mourait stoïquement, paisiblement. Il était levé, et vêtu de son uniforme, dont il avait seulement négligé de boutonner complètement la veste. Un chien au poil rare, et dont les pattes tremblaient de vieillesse et de douleurs, restait à ses côtés, la tête posée sur un de ses genoux, et semblait lui demander le secret de ses dernières pensées.

— Oui, Turc! oui, mon bon chien! dit le garde, il faudra nous quitter, et seul peut-être tu suivras mon convoi... Nous avons fait ensemble de bonnes chasses; tu prenais les lièvres à la course, et tu te jetais à la tête d'un sanglier sans craindre les coups de bou-

toir... C'est fini, mon vieux, ton flair s'est perdu, mes jambes se
sont rouillées... J'ai fait de mon mieux dans la vie, et le ciel sera
miséricordieux à mon égard... J'ai souffert; tout homme est destiné
à la souffrance; mais je me suis résigné parce que je suis chrétien.
Je ne demande plus qu'une seule chose : revoir le comte Carlo, et
lui dire que je le remercie de ses bontés!... Bien des jeunes seigneurs dédaigneraient sans doute, à sa place, de se rendre à la prière
d'un garde trop vieux pour défendre les bois des braconniers; mais
le comte Carlo ne ressemble pas à d'autres, il viendra... N'est-ce
pas, mon vieux Turc, il viendra?

Le chien poussa une sorte de gémissement, releva la tête, aspira
l'air, puis il replaça son museau sur la cuisse du garde-chasse.

Les yeux de celui-ci se fixèrent sur la forêt dépouillée, et il s'absorba dans une longue rêverie.

Tout à coup le chien se leva, dégourdit ses pattes ankylosées, et
s'approcha de la porte qu'il gratta doucement.

Un hennissement se fit entendre à une faible distance, car Turc
aboya en tournant ses yeux intelligents vers Waster.

— Il vient, n'est-ce pas? Turc, il vient...

Avant que le chien eût répété son avertissement, le comte Carlo
pénétrait dans la salle.

— Béni soit Dieu! Monsieur le comte, dit Waster, je puis encore
vous recevoir debout... Vous êtes bon de vous être hâté, car demain
j'eusse été couché pour ne me relever jamais.

— Il faut combattre ces tristes idées, Waster, répondit le comte.
Voyez, rien n'indique en vous la maladie... L'œil est vif encore, la
pensée lucide...

— C'est égal, Monsieur le comte, la lampe manque d'huile... Je
voulais vous voir seul pour vous recommander encore une fois
l'enfant de mon frère, la petite Myrtille... Je ne l'ai point mandée
aujourd'hui, j'avais peur de céder à l'attendrissement... Puis je voulais vous remettre sa dot, mes pauvres économies... Je sais bien
que Mme Agnès est bonne et s'occupera de son établissement; mais,
c'est égal, je veux qu'elle ait les bijoux de ma défunte femme et
les quelques centaines de ducats mis en réserve pour elle.

— Mon bon Waster, fit le comte, je suis venu ici pour faire ce
que vous souhaiterez de moi, et vous prier en même temps de ne
point refuser le vœu de votre jeune maître. Vous ne pouvez désormais rester dans cette maison isolée, Myrtille vous préparera dans
l'hôtel une chambre voisine de la sienne. Le service de ma femme

lui laisse encore assez de loisir pour qu'il lui soit possible de s'occuper de vous. Je sais que vous ne vous effrayez pas d'une solitude
où vous trouvez Dieu par la prière ; mais mon père, qui vous aimait, ne me pardonnerait pas de vous laisser au fond du bois de
Hardig. Vous avez à cœur d'être rassuré sur l'avenir de Myrtille,
accordez-moi de me tranquilliser moi-même sur votre compte. Du
moins, ce n'est pas votre nièce qui viendra vers vous, c'est vous,
mon bon Waster, qui viendrez vers elle. Un de mes carrosses vous
viendra prendre...

— Monsieur le comte, dit le vieillard, je souhaitais mourir dans
mes bois, comme j'y ai vécu.

— Vous y reviendrez au printemps, Waster.

— Faites à votre volonté, monsieur le comte, répondit le vieillard ; mais qui sait si demain...

Il poussa un profond soupir et n'acheva pas sa pensée.

Le comte resta plus d'une heure près du vieillard, le consolant,
le réconfortant, lui parlant de la petite Myrtille, sa dernière affection en ce monde ; puis il le quitta en lui promettant de lui envoyer,
le lendemain, une voiture qui l'amènerait doucement à Vienne.

Il pouvait être midi quand Carlo Alberti s'éloigna de la maison
du garde.

Il remonta à cheval, piqua des deux, et prit la route de
Vienne.

A une lieue environ de la ville, se trouvait un torrent qui, grossi
par les pluies, avait acquis la largeur d'une rivière. Des arbres,
jetés d'une rive à l'autre, formaient un pont agreste, mais peu solide
et vacillant sous les pieds. Il eût été imprudent de le franchir à
cheval, et les cavaliers avaient l'habitude de le passer en tenant
leur monture par la bride. Carlo descendit à deux pas du pont et,
guidant son cheval, il s'avança sur les arbres mal équarris. Il se
trouvait à peu près au milieu de cette passerelle, quand il vit en
face de lui un cavalier prêt à imiter sa manœuvre. Cependant le
pont ne se trouvait point assez large pour permettre à deux hommes
et à leurs chevaux de le franchir à la fois ; il était d'usage que le
dernier arrivé attendît que l'autre voyageur se trouvât sur la rive.
Mais, soit que le nouveau venu n'eût pas vu le comte Alberti, soit
qu'il fût résolu à lui disputer le passage, il s'engagea sur la passerelle avec son cheval.

— Monsieur, lui cria de loin Carlo, vous seriez fort courtois
d'attendre que je fusse parvenu à l'autre bord, car nous nous trou-

verions, sans cela, dans une situation difficile ; vous ne pourriez avancer, et je ne saurais reculer.

— Ne m'avez-vous donc point reconnu, Carlo Alberti? demanda le second voyageur.

— Le général Ryswick! s'écria Carlo.

Il s'arrêta à l'endroit où il était, et répéta d'une voix tranquille :

— Vous connaissez les usages du pays aussi bien que moi, baron Ryswick ; permettez-moi donc de continuer mon chemin ; à votre place, j'agirais de la sorte.

— Cela prouverait que vous possédez plus de politesse en pleine campagne que dans les salons de Sa Majesté l'Impératrice. Je n'allais point à votre rencontre, mais je vous trouve, et il me convient de vous demander l'explication des paroles prononcées hier.

— Je n'en ai point à vous donner, répondit froidement Carlo Alberti. Ce que j'ai dit, je le pense encore : les conseils de votre politique sont dangereux, et pourront avoir des suites néfastes. Beaucoup de gens vous soupçonnent de soutenir les intérêts de la Prusse, et je suis de ceux-là.

— Insolent! s'écria Ryswick, il te sied bien, fils d'un Italien d'aventure exilé de Venise pour des raisons faciles à deviner, de juger les hommes du pays qui te sert de refuge. En garde! quelque mépris que tu m'inspires, je te ferai l'honneur de me battre avec toi.

— Je ne me bats pas en duel, répondit Alberti.

— Serais-tu plus lâche encore qu'insolent?

— Je suis de ceux qui ne tirent l'épée que pour de nobles causes, pour Dieu, la religion ou le pays. Vous venez de m'offenser par vos paroles, je les dédaigne et je les oublie.

— Mais moi, je n'oublie rien! répliqua Ryswick ; depuis dix ans, je te trouve sans fin sur ma route, contrariant mes projets, ruinant mes espérances. Ton astuce a fait écrouler la plus chère ; j'avais pour une union souhaitée, l'assentiment de Reynold, et j'aurais vaincu les préventions de...

— Je vous défends de prononcer le nom de ma femme! fit Carlo en avançant de deux pas.

— Allons donc! riposta Ryswick, j'ai trouvé le côté vulnérable, paraît-il. Eh bien! je te parlerai de cette Agnès qui fût devenue ma compagne, si tu ne t'étais jeté en travers de ma voie. Mais j'ai le poignet fermé et je tire en maître, Italien de malheur! Quand celle que je désirais sera veuve, j'en ferai une baronne Ryswick.

— Misérable! misérable! répéta Carlo.

Les deux hommes se trouvaient en face l'un de l'autre sur l'étroite passerelle. Les deux chevaux, à demi engagés, en obstruaient les deux extrémités, et les gentilshommes se mouvaient dans un espace excessivement restreint.

Aucun d'eux ne voulait et ne pouvait céder le pas. Cependant le baron de Ryswick, arrivé le dernier, aurait aisément pu faire reculer son cheval ; mais il avait une hâte trop grande de tirer vengeance de son rival et de son ennemi, pour laisser la place libre à Carlo.

Celui-ci ne voulait ni se battre, ni céder à la violence. Alberti avait sur le duel des idées arrêtées ; il le considérait comme un assassinat, et jamais il ne se fut abandonné au premier mouvement de violence qui nous porte à tirer vengeance d'un outrage. Mais la modération de Carlo ne fit qu'accroître la rage de Ryswick, qui, tirant l'épée, se précipita sur Alberti.

Cette fois il ne s'agissait pas de se battre, mais de se défendre.

Le mari d'Agnès n'eut que le temps de sortir à son tour son épée du fourreau.

Pendant un moment, les deux adversaires luttèrent avec un égal avantage.

Ryswick mettait plus de rage dans l'attaque, Carlo gardait une réserve prudente. Il se couvrait sans attaquer. Cependant le cliquetis du fer, la colère, le danger excitaient à la fois Ryswick et Carlo ; les regards des combattants, occupés à suivre le jeu des épées, brillaient comme l'éclair même des glaives, la fièvre du combat s'allumait en eux. Dans la crainte de se laisser entraîner, Carlo rompit, rompit encore, et Ryswick, bondissant vers lui, l'atteignit à la poitrine.

Carlo n'était pas gravement blessé, mais le sang qui coulait en abondance tacha rapidement ses vêtements.

Ryswick, manquant à toutes les lois de l'humanité et de l'honneur, voulut frapper Alberti une seconde fois ; mais celui-ci releva son épée et s'en servit pour garantir sa poitrine. L'élan de Ryswick le jeta sur sa pointe, et il s'enferra jusqu'à la garde. Un râle s'échappa de sa gorge ; puis il tomba de toute sa hauteur. Carlo arracha l'épée de la poitrine de son adversaire ; puis, se penchant vers lui, il déboutonna l'uniforme du baron, et constata que la blessure était mortelle.

Une pensée terrible traversa l'esprit de Carlo. Sans nul doute, on l'accuserait d'avoir assassiné le général.

Leur antagonisme bien connu ne permettrait point de croire à son innocence. Qui pourrait prouver que le combat avait été loyal? Carlo Alberti n'eut pas le temps de s'interroger sur ce qu'il devait faire; à la faiblesse soudaine qui s'empara de lui, il comprit qu'il avait besoin de songer d'abord à sa conservation. Ryswick était mort, et Carlo sentait sa vie s'en aller avec son sang. Il arracha son habit, tamponna, puis banda la plaie, et, rassemblant ses forces, il s'assura qu'il pouvait bien se tenir à cheval.

Rentrer à Vienne parut imprudent à Carlo. Il crut plus sage d'attendre et de voir quelle tournure prendrait cette affaire avant d'affronter et la justice, qui ne pouvait manquer de l'accuser, et le mécontentement de Marie-Thérèse.

Alberti songea que la maison de Waster se trouvait assez proche pour qu'il pût s'y rendre en quelques minutes.

Avec des précautions infinies, il força son cheval à reculer jusqu'à l'extrémité de la passerelle; puis il remonta péniblement sur son dos, et peu de temps après il se trouva, pour la seconde fois, devant la demeure du garde-chasse.

Celui-ci avait repris sa place dans son grand fauteuil. Il songeait à la visite du comte, il pensait que le lendemain il reverrait Myrtille, et, les yeux fixés sur le beau soleil d'hiver rayonnant dans un ciel clair et splendide, il remerciait Dieu qui lui faisait une fin si douce après une existence si bien remplie.

Le hennissement d'un cheval qu'il crut reconnaître le fit tressaillir; il se leva et ouvrit la porte.

En apercevant le comte Alberti chancelant sur son cheval, et pâle comme un mort, il éprouva le pressentiment d'un malheur.

— Mon Dieu! dit-il, qu'est-il arrivé?

Alberti descendit de sa monture avec une grande difficulté visible, puis il laissa le cheval sous le hangar et entra dans la salle.

Alors, enlevant son habit, il dit à Waster:

— Mon brave, tu as plus d'une fois pansé des blessures, soigne celle-ci...

— Mon maître, mon cher maître, quel malheur!

— Oui, un grand malheur, Waster, car, si mon sang coule, et si je me sens affaibli, il y a un homme inanimé sur la passerelle.

Le vieillard alla chercher de la charpie, un bandage, visita la plaie faite par la pointe de l'épée de Ryswick et la jugea sans gravité. Après avoir pansé son maître, que réconforta un verre de vin vieux, le garde-chasse demanda respectueusement le détail de ce qui s'était passé. Alberti lui raconta l'attaque de Ryswick, le soin qu'il avait dû prendre de sa défense personnelle, et la catastrophe qui venait de terminer le combat.

— Qu'allez-vous faire ? demanda Waster.

— Essayer de me défendre et de lutter contre la justice serait inutile. La famille Ryswick est puissante, et je porte un nom étranger. J'aurai contre moi Reynold de Haag, mon beau-frère. Je dois fuir en attendant l'apaisement des rancunes. Je vais écrire un mot à Agnès, qui me croira et qui continuera à me plaindre et à m'aimer... Cette lettre, tu la remettras à Myrtille, qui ne peut manquer de venir te voir demain... Il faut tout craindre des hommes, Waster, et tout attendre de la bonté de Dieu.

— Ce misérable Ryswick ! s'écria Waster, il aura donc réussi à ce qu'il souhaitait davantage, à briser votre bonheur ?

— Il est à cette heure au tribunal de Dieu, répondit le comte ; nous n'avons plus le droit de l'accuser.

— Mais, blessé comme vous êtes, aurez-vous la force de fuir ?

— Je l'aurai, mon brave.

— Possédez-vous au moins une somme suffisante ?

— Quelques pièces d'or et des bagues, l'indispensable jusqu'à ce que j'aie appris à Agnès la vérité sur cette catastrophe, et qu'elle ait trouvé le moyen de venir me rejoindre. Seulement, je ne saurais voyager avec un semblable costume. Sa richesse, le sang qui le couvre suffiraient pour me rendre suspect. Cherche le plus simple de tes habillements, mon bon Waster.

Le vieux garde tira d'une armoire une culotte de drap brun, des bas de laine, des bottes, un gilet et une veste, du linge assez gros, mais très blanc, et le comte Alberti se trouva un moment après métamorphosé en simple écuyer. Il s'assit alors à la table du garde, et traça, pour sa femme, une lettre que son émotion lui fit souvent interrompre.

Quand elle fut finie, Carlo Alberti se leva, prit un morceau de pain et une tranche de venaison, qu'il plaça dans une des vastes poches de sa houppelande, et cacha dans sa poitrine un petit poignard ciselé.

Au même instant, un souvenir lui revint :

— J'ai perdu le bouquet de roses d'Agnès ! dit-il.

Il songea un moment à retourner du côté de la passerelle ; mais le jour baissait, il pouvait se faire qu'on eût déjà trouvé le cadavre du baron de Ryswick et, après avoir donné un regret à ce souvenir, auquel Agnès attachait un prix superstitieux, le comte Alberti adressa un dernier adieu au vieux garde et disparut dans la forêt dépouillée.

Ils se dirigèrent vers le théâtre du drame. (*Voir page* 29.)

III

LE BOUQUET FLÉTRI

Deux paysans longeaient le torrent glacé près duquel s'était passé le drame dont Ryswick avait été la victime.

Ils s'entretenaient paisiblement de leurs fermes, de leurs récoltes. Ils semblaient heureux et gais, et marchaient de ce pas alerte qui indique la force et la belle humeur. Tout à coup, l'un d'eux posa la main sur l'épaule de son compagnon.

— Regarde, dit-il, à droite... Ne vois-tu pas un cheval frappant la terre de son sabot, puis un homme immobile?

— En effet, répondit Terril. Courons vers le voyageur, il me semble en méchant état.

— Sans doute, Terril, on se doit à ses frères, à moins qu'un inconvénient doive résulter de l'aide que nous leur prêtons.

— On ne calcule pas quand il s'agit de sauver un homme en danger.

— On doit calculer toujours, au contraire. Mais rien ne prouve encore que ce voyageur ne soit pas tout simplement brisé de fatigue et n'ait choisi ce lieu pour se reposer.

Trag, le second paysan, celui qui semblait le plus craintif des deux, laissa passer son compagnon et le suivit avec une frayeur mal dissimulée.

Deux minutes après, Terril et Trag se trouvaient en face d'un spectacle qui les fit reculer d'épouvante.

Le baron Ryswick, la poitrine ouverte par une large plaie, était étendu sur le dos. Sa face était convulsée, les yeux semblaient garder l'effroi stupéfiant du trépas. Une épée à poignée cerclée d'or se trouvait à ses côtés; cette épée était tachée de sang. A dix pas du baron se trouvait une autre arme, également rougie, puis dans une flaque brune on pouvait voir un bouquet de roses flétries.

Trag commença à trembler de tout son corps.

— Ce qui s'est passé ici ne nous regarde guère, dit-il à Terril; m'est avis que nous ne devrions point nous en mêler...

— Mais si ce malheureux vivait encore!

— Lui, avec une blessure pareille! c'est impossible. Vois-tu, Terril, j'ai toujours entendu dire à mon père qu'on ne devait point porter la main sur un cadavre ou sur le corps d'un homme atteint de blessures pouvant être le résultat d'un crime... On risque gros et l'on ne gagne rien. Une seule chose nous est possible : prendre par la bride ce cheval, qui, sans nul doute, était la propriété du mort, et le conduire chez le juge Horster, dont ma femme a nourri la fille, mademoiselle Marthe... Nous raconterons ce que nous avons vu, et la justice fera le reste... Mais quant à toucher le cadavre, on me couperait plutôt les deux mains; je suis sûr qu'on m'accuserait d'avoir méchamment mis à mort ce gentilhomme.

— Non pas seulement un gentilhomme, Trag, mais un général.

— Raison de plus ! fit le paysan.

— Il nous faut deux heures pour gagner la ville, ajouta Terril, la nuit ne sera pas tout à fait venue.

— C'est égal ! mauvaise affaire ! fit Trag ; cette rencontre portera malheur au mariage de nos enfants.

— Pourquoi ? avons-nous commis une faute ? Nous remplissons, au contraire, un devoir sacré, et nous rendrons à la fois service à la famille du défunt et à la justice, qui ne peut manquer de poursuivre le meurtrier. Les morts, comme les vivants, sont dans les mains de Dieu, Trag ; prends la monture par la bride, je suis déjà suffisamment chargé.

Le paysan obéit avec répugnance. Du reste, la bête du général semblait avoir peine à quitter le corps de son maître. Elle reniflait, se penchait, et poussait des hennissements plaintifs.

L'heure avancée obligea Terril et Trag à presser le pas. Cependant la nuit était tout à fait venue quand ils entrèrent dans la ville ; cinq heures sonnaient à Saint-Étienne.

Le juge Horster habitait à peu de distance de la cathédrale ; les paysans connaissaient sa demeure, et Terril, plus hardi, souleva le marteau de fer de la porte, qui retomba avec un bruit sourd.

Pendant ce temps, Trag nouait la bride du cheval à un gros anneau de fer scellé dans la muraille, à côté d'un large banc de pierre de taille.

Une servante, fraîche, accorte, empressée, vint ouvrir, et, sans demander à Terril et à Trag ce qui les amenait, elle les introduisit dans une vaste pièce dallée de marbre et leur fit signe de s'asseoir.

Une minute après, le juge Horster donnait ordre à Godelive d'amener les paysans dans son cabinet.

Horster pouvait avoir soixante ans. C'était un homme bon et doux, vieilli dans la magistrature, dont le père avait exercé une haute charge, et qui remplissait ses devoirs avec autant de zèle que de douceur.

— Comment ! vous voilà, Trag ? Je suis content de vous voir ; mais il me semble que vous devez souhaiter dire bonjour à Marthe plus encore qu'à moi... Votre femme va bien, je l'espère.

— Très-bien, Monsieur le juge, aussi bien que Terril et moi nous venons de faire une mauvaise rencontre.

— Vous avez été arrêtés ?

— Non, **Master Horster**, les morts n'arrêtent plus personne.

— Expliquez-vous... dit le juge ; vous êtes un digne homme, Trag, mais je vous sais peureux ; la nuit trompe, et vous avez eu peur de votre ombre.

— Je suis peureux, c'est vrai, monsieur le juge est bien honnête, il aurait même pu dire que je suis poltron... Que voulez-vous, il y a des hommes qui naissent avec des cœurs de lièvre... Ce n'est pas ma faute... Mais si vous craignez que la nuit tombante et mon naturel peureux m'aient induit en erreur, demandez à Terril de vous raconter ce que nous avons vu à côté de la passerelle.

Trag tremblait si fort que Horster lui désigna un siège. Quant à Terril, il resta debout, tournant son chapeau dans ses doigts.

— Parlez, lui dit le juge, parlez, Terril.

— Eh bien! donc, monsieur le juge, nous allions passer devant le pont du torrent, quand un cheval qui semblait sans maître a d'abord attiré notre attention... Il semblait agité, et flairait le sol, comme la monture d'un soldat qui voit son maître étendu sur le champ de bataille... Je m'approche avec Trag, et nous distinguons vers le milieu de la passerelle un homme étendu, immobile, et mort, cela est sûr...

A côté de lui se trouvait une épée, des taches de sang couvraient le sol...

— Avez-vous prêté aide à ce malheureux?

— Trag ne l'a pas voulu ; il affirme que la justice défend de toucher aux blessés et aux cadavres, et qu'on n'a pas même le droit de couper la corde d'un pendu.

— De sorte que cet homme, qui était seulement en danger peut-être, est resté sans secours et trépassera par votre faute.

— Il était trop pâle pour n'avoir point rendu le dernier soupir, murmura Trag.

— Oh! fit le juge, quand parviendra-t-on à effacer certains préjugés absurdes de l'esprit des hommes! Enfin, que cela vous serve de leçon ; n'oubliez pas que les devoirs de l'humanité passent avant ceux de la justice. Vous allez me conduire à l'endroit où se trouvait le corps de ce malheureux.

Le juge frappa sur un timbre, et un valet parut.

— Courez prévenir l'huissier Sandoz, dit-il, et dites à mon secrétaire qu'il se dispose à m'accompagner... le cocher attellera la jument ; que tout soit prêt dans un quart d'heure...

Le domestique sortit, et quelques minutes après, la jument se trouvait dans les brancards d'une lourde voiture, tandis que le greffier, muni de papier et d'une écritoire de corne, se préparait à suivre le juge.

Celui-ci allait s'éloigner, quand une jeune fille blonde, et qui ne semblait pas âgée de plus de seize ans, descendit précipitamment l'escalier.

— Père, dit-elle, tu sors à cette heure par ce froid terrible?

— Oui, mon enfant, répondit le juge, il le faut. Ne tremble pas, ne t'inquiète point, je ne cours aucun danger : il s'agit de la constatation d'une mort violente, voilà tout.

— Oh! l'horrible chose! s'écria Marthe. J'entends toujours dans cette maison retentir les mots de *crime* et de *malheur*... Mais je ne me trompe pas, c'est Trag! mon bon Trag, le mari de Guelmine. Ma nourrice va bien? Dites-lui que je ne l'oublie point, Trag, et qu'au printemps j'irai cueillir des aubépines à la ferme.

— Ce nous sera un grand honneur et un grand plaisir, mademoiselle.

Le juge Horster embrassa tendrement sa fille ; puis il monta dans le carrosse avec le greffier, le secrétaire et un sergent, tandis que Terril et Trag prenaient place à côté du cocher.

La route se fit rapidement et silencieusement.

Une lune brillante jetait sur le sol couvert de givre durci de grandes nappes lumineuses. L'air était froid, mais d'une pureté admirable. Il ne fallait pas plus d'une heure pour franchir la distance séparant les faubourgs de Vienne de la passerelle jetée sur le torrent glacé.

Arrivés à quelques pas, le juge descendit et, pendant que le cocher maintenait le cheval, il se dirigea, suivi du sergent et de Terril, vers le théâtre du drame.

Mais vainement le juge, le greffier et master Wilhelm, secrétaire de Horster, cherchèrent sur la passerelle le cadavre signalé par les deux paysans; de l'homme blessé ou de l'homme mort, il ne restait aucune trace.

— Je me le disais en venant ici, fit le juge en colère; vous êtes des peureux qui prenez les arbres pourris pour des fantômes.

— Pour peureux et même poltron, je le suis, répondit Trag, mais aveugle, grâce à Dieu, non! D'ailleurs, nous étions deux, et Terril a vu comme moi... C'était le cadavre d'un homme de quarante ans à peu près, très blond, et portant la petite tenue d'un général... Mais tenez, master Horster, voici qui vous prouvera que nous avons vu juste : cette épée sanglante, qui n'est pas venue là toute seule.

Trag, en promenant son fanal sur la passerelle, avait trouvé l'arme de combat de Ryswick.

Le secrétaire, suivant Terril pas à pas, poussa à son tour une exclamation :

— Une seconde épée! fit-il.

— Oh! fit le juge, il ne s'agirait plus d'un assassinat alors, mais d'un duel. Cherchez encore, Wilhelm...

Le juge se pencha sur le sol et releva un objet exhalant un faible parfum.

— Un bouquet séché, fit-il... Il a roulé dans une flaque de sang, et les roses sont devenues rouges... un nœud d'épaule en soie bleue... Plus de doute : deux épées, deux places où le sang à coulé, on s'est battu sur le pont... Vous pouvez avoir raison, mais qu'est devenu le corps resté sur le terrain? D'après votre témoignage, le malheureux semblait privé de sentiment?

— D'une façon absolue, répondit Trag.

Le juge donna ordre au greffier de dresser un procès-verbal détaillé relatant l'état dans lequel se trouvait la passerelle avec ces plaques de sang; il détermina l'endroit précis où se trouvaient les épées; puis il ramassa le nœud d'épaule, le bouquet flétri, et, remontant en carrosse, il reprit la route de Vienne, vivement préoccupé du mystère dont il allait tenter de soulever les voiles.

A peine fut-il installé dans son bureau, que Marthe descendit, vint nouer ses deux bras autour du cou de son père, et lui dit avec une câlinerie affectueuse :

— Père, te voilà donc! J'ai été inquiète... Il me semblait que Trag t'avait fait je ne sais quel conte à dormir debout, et que ses prétendues révélations aboutiraient à une mystification complète. Je tremblais de te voir traverser la campagne au milieu de la nuit; c'est que je ne suis guère plus brave que le mari de ma nourrice, moi! Raconte-moi ce que tu as vu, ou plutôt ce que tu n'as pas vu...

— Marthe, répondit le juge d'une voix triste, va reposer, Wilhelm et moi, nous devons travailler toute la nuit.

— A quoi?

— Wilhelm fera sous mes yeux un dessin exact de la passerelle du torrent.

— Mais alors, dit Marthe, il y a...

— Un homme a été tué en duel, sans doute, et le meurtrier est revenu enfouir son cadavre pendant l'espace de temps qui s'est écoulé entre le voyage de Trag et de Terril chez moi, et notre inspection des bords du torrent.

— Oui, cela est bien triste, mon père... Bonsoir, je vais prier pour le mort, et demander le pardon du ciel pour le meurtrier.

Pendant plus de deux heures, le juge Horster et Wilhelm travaillèrent au procès-verbal détaillé, et au dessin qui devait le rendre plus clair pour les autres magistrats. Ensuite le vieillard monta doucement l'escalier, s'arrêta un moment devant la porte de Marthe, puis il chercha un repos qu'il ne trouva qu'au jour.

Sans qu'il s'en rendît compte, cette affaire le préoccupait. Elle prenait, dans sa pensée, des proportions effrayantes. Le côté mystérieux qu'elle renfermait dominait le fait matériel. Ce duel ne lui semblait point ressembler aux autres duels. Il se leva dès l'aube, redescendit à son bureau, et vit peu après Marthe partant pour l'église.

Au moment où la jeune fille en revenait, une femme enveloppée dans une mante franchissait le seuil de Horster, et demandait à être introduite dans son cabinet.

Cette femme leva son voile, et Horster la salua avec respect.

— La comtesse Alberti! fit-il.

— Oui, répondit Agnès, la femme du comte Alberti, qui vient vous prier de lui venir en aide... Je suis en ce moment dans une angoisse mortelle... Mon mari m'a quittée de fort bonne heure, en me prévenant qu'il se rendait chez Waster, son garde-chasse... Depuis, il n'est pas revenu... Cependant, son absence ne devait durer que trois heures au plus. Inquiète de ce retard, j'ai expédié un courrier dans la soirée au bois de Hardig, afin d'apprendre de Waster à quelle heure le comte l'avait quitté... Mais personne n'a répondu chez le vieux garde, les portes et les volets étaient clos, et le domestique n'a pu rien apprendre... Je tremble qu'il ne soit arrivé malheur à mon mari...

— Il ne faut pas trop vite vous alarmer, Madame, les mauvaises rencontres sont rares, dans le pays.

— Les voleurs de grand chemin sont-ils seuls redoutables? répondit la comtesse en levant sur le juge ses beaux yeux noyés de pleurs.

— Connaissiez-vous donc des ennemis au comte Alberti?

— Oui, Monsieur.

— Nommez-les.

— Le baron Ryswick est le premier.

Horster tressaillit, il se souvint de la déposition de Trag qui avait affirmé que le corps étendu sur la passerelle portait un uniforme de général.

— Madame, reprit le juge, je suis tout à votre service pour prendre les renseignements que vous souhaitez. Avant une heure toute la police de Vienne sera prévenue ; mais, afin de m'aider dans mes recherches, il faut me confier tout ce que vous savez, afin de m'empêcher de suivre une fausse voie.

Agnès Alberti étouffa ses pleurs, raconta au juge ce qui s'était passé la veille :

— Ryswick avait juré de se venger, dit-elle, il aura fait épier mon mari, et...

— Achevez, Madame.

— Et il l'aura fait assassiner.

— Pourquoi ne croiriez-vous pas plutôt à un duel, au cas où les deux hommes se fussent rencontrés ?

— Hier au soir, reprit Agnès, prévoyant que la haine de Ryswick ne manquerait pas de se traduire d'une façon menaçante, j'eus la même pensée que vous, Monsieur Horster, mais alors Carlo m'affirma que le duel lui faisait horreur, et qu'il le considérait comme une forme de l'assassinat... Mon mari, brave entre tous, était en même temps trop chrétien pour risquer sa vie sur la volonté insolente d'un spadassin... Si on l'avait attaqué, il se fût borné à se défendre...

Depuis un moment, la conviction du juge était faite. La nature des armes trouvées sur le terrain, l'élégance du nœud d'épaule, le signalement du mort fourni par Trag, tout concourait à jeter une vive lumière sur les découvertes de la nuit précédente.

— Madame, reprit Horster avec une bonté compatissante, vous serait-il possible de me décrire le costume du comte Alberti au moment où il vous a quittée ?

— Il portait un habit de velours bleu foncé.

— Avait-il des aiguillettes, des nœuds de ruban ?

— Oui, Monsieur, un nœud d'épaule en satin bleu.

— Le comte était-il armé ?

— Il avait au côté une épée presque aussi légère qu'une épée de bal, et marquée d'un chiffre de brillants.

— C'est bien cela, pensa le juge ; C. A. avec une couronne comtale.

Désormais, Horster en était sûr, un duel avait eu lieu entre Ryswick et le comte; mais ce qui paraissait étrange, c'est que les deux adversaires avaient également disparu.

Cependant, il se pouvait faire qu'en dépit de l'attestation de Trag, le baron eût retrouvé la force de rentrer chez lui, ou qu'on l'eût transporté dans une demeure hospitalière.

Avant de révéler la vérité à la comtesse Alberti, le juge tenait à s'assurer que Ryswick n'avait point reparu à son hôtel.

Sur un ordre rapidement donné, Wilhelm partit afin de prendre des informations. En attendant son retour, le juge poursuivit un entretien qui, par degrés, se changeait en interrogatoire. Il s'enquérait des commencements de la haine de Ryswick contre Carlo Alberti; il apprenait l'échec éprouvé par le premier lorsqu'il demanda la main d'Agnès de Haag. Enfin la jeune femme lui répéta la scène qui, la veille, s'était passée à la cour.

— Pauvre, pauvre Carlo! fit-elle en éclatant en sanglots, j'avais le pressentiment d'un malheur, je croyais que rien ne serait inutile pour le sauvegarder... On est trembleur quand on aime, monsieur le juge... J'avais exigé qu'il attachât à sa chaîne le sequin d'une gitane, et qu'il cachât dans son sein un bouquet de roses bénit jadis à l'autel de Notre-Dame de Zell...

En ce moment, Wilhelm rentra.

— Le baron Ryswick n'a point reparu, dit-il tout bas à Horster.

— Madame, reprit le juge, vous avez parlé d'un bouquet de roses que M. le comte Alberti reçut de vous, hier... Si vous le revoyiez, ce bouquet, le reconnaîtriez-vous?

— Oui, oui, répondit Agnès; entre un monceau de fleurs fanées, je saurais désigner ces roses qui furent mon bouquet de fiançailles...

Le juge souleva le voile de soie recouvrant les divers objets trouvés la veille sur le pont du torrent, et, prenant la main de la comtesse, il l'amena en face des épées rougies et des fleurs sanglantes.

— Mon Dieu! mon Dieu! s'écria Agnès.

Elle saisit le bouquet et le pressa convulsivement sur ses lèvres; puis, tombant à genoux, elle éclata en sanglots.

— Mort! dit-elle, Carlo est mort! Rien n'a pu le défendre : ni mes prières, ni ce cher talisman du bonheur passé! Ryswick l'a lâchement assassiné... Ryswick l'avait menacé hier, Ryswick a tenu sa parole...

Alors seulement les regards d'Agnès tombèrent sur les deux épées.

— Je connais cette arme ! dit-elle, je la connais... Ce nœud d'épée a été donné par moi à mon mari... Malheureuse ! j'aurai voulu douter encore... Mais je te vengerai, Carlo, oui, je le jure ici devant le représentant de la justice, toute ma vie sera employée à retrouver ton meurtrier et à appeler le châtiment sur sa tête.

Elle s'arrêta, puis reprit d'une voix plus douce :

— Où avez-vous trouvé cette épée, ces fleurs? où est le corps de Carlo?

— Ces rubans, ce bouquet, ces armes se trouvaient sur la passerelle conduisant au bois de Hardig, que dut franchir votre mari...

— Mais lui ! lui?

— On n'a point retrouvé son cadavre.

— Et Ryswick?

— Le baron n'est pas rentré à son hôtel... De plus, deux paysans sont venus affirmer ici avoir vu, sur le pont de bois, le corps d'un homme en uniforme mortellement blessé... Seulement, quand j'ai, guidé par eux, exploré le terrain, le cadavre avait disparu.

Agnès redressa la tête. Le courage grandissait en elle avec la douleur. On n'avait pas trouvé le cadavre d'Alberti; donc Alberti n'était peut-être pas mort.

— Monsieur, dit-elle en joignant les mains, je vous en supplie, accompagnez-moi jusqu'à la maison de Waster... Ce que n'a pu faire un valet, un juge l'exécute au nom de la loi... Pas une porte ne reste fermée quand vous voulez qu'elle s'ouvre... Waster est vieux, malade; il dormait sans doute ou n'a pu se lever quand le courrier est allé au bois de Hardig. Carlo est entré chez Waster, Waster doit savoir quelque chose.

— Je suis à vos ordres, Madame, répondit Horster.

Il fallut peu de temps au juge pour faire atteler de nouveau le vieux cheval à la lourde voiture. Si désespérée que fût Agnès, elle pressait le cocher et lui mit dans la main trois pièces d'or afin qu'il activât le galop de son cheval.

— La bête n'a guère de force, Madame, fit le vieux domestique.

— Je suis la comtesse Alberti, reprit Agnès : vous viendrez demain choisir dans mes écuries le meilleur de mes chevaux pour le juge Horster ; que celui-là meure, mais que j'arrive.

Le juge et ses compagnons traversèrent le bois de Hardig, et se trouvèrent devant la maison du garde.

Wilhem frappa vainement; la porte demeura close. Un serrurier qui accompagnait Horster força la serrure, et les regards du magistrat inspectèrent en un instant la salle basse de la petite maison.

Waster était assis dans son grand fauteuil, les pieds tournés du côté de la cheminée, dans laquelle les cendres étaient encore chaudes. Il paraissait dormir, mais son corps était rigide et froid. Waster était mort subitement, et probablement sans souffrance, car son visage respirait le calme dans la tristesse.

Horster commença une perquisition minutieuse et, tout au fond de l'armoire du garde, il trouva un élégant habit de velours bleu foncé dont la vue arracha un cri à la jeune femme.

— Carlo est venu ici, dit-elle : voilà les vêtements qu'il portait en quittant l'hôtel.

— Oui, reprit le juge, il est venu ici après le duel; il y a changé d'habits, puisque voici les siens.

Horster n'acheva pas. Agnès marcha droit à lui, et le regarda bien en face :

— Que pensez-vous? dit-elle, je veux savoir ce que vous pensez...

— A quoi bon? répondit le juge; encore une fois, cette affaire prend à mes yeux une tournure nouvelle... Au moment où j'ai quitté Vienne, je pensais que, suivant votre conviction, le comte avait été tué ou, tout au moins, provoqué par Ryswick, que celui-ci avait fait disparaître le comte Alberti; mais les choses changent d'une façon absolue... C'est le comte Carlo qui a fui sous un travestissement, et Trag a vu, étendu sur la passerelle, le corps du général.

— Quoi! fit Agnès, vous pourriez croire...

— Ce que chacun penserait à ma place... Je n'accuse point votre mari d'assassinat; d'après ce que vous me dites de ses convictions religieuses, je dois même rester convaincu qu'il n'a point attaqué le premier; mais une rencontre fortuite a eu lieu, il s'est défendu, et Ryswick est tombé...

— Mon Dieu! mon Dieu! s'écria Agnès, je ne comprends pas, je ne sais pas, il me semble que mon cœur éclate et que ma tête se fend... Mais quelles que soient les apparences, si Carlo est vivant, Carlo révélera un jour ce drame qui n'eut que Dieu pour témoin.

Les recherches n'amenèrent aucune autre découverte propre à jeter quelque lumière sur cette double catastrophe.

Touché du désespoir de la jeune femme, le juge la ramena à l'hôtel de Haag, et la mit entre les mains de Myrtille ; puis il rentra chez lui et commença à écrire son rapport.

Dans la ville, la nouvelle de la double disparition de Carlo Alberti et de Ryswick n'était point encore connue ; mais elle ne tarderait pas à devenir un bruit général, et Horster voulait, sans perdre un instant, adresser ses renseignements au chef suprême de la justice.

Le père de Marthe était un homme intègre. Il rédigea la pièce judiciaire avec une grande sobriété et une équité parfaite ; mais, si touché qu'il fût de la douleur de la comtesse, il ne put s'empêcher de laisser deviner, en maints endroits, que le seul fait de s'être enfui sous un déguisement emprunté au garde constituait contre Carlo Alberti sinon la preuve d'un crime, du moins la crainte qu'il eût tué son adversaire dans la lutte survenue entre eux, et dont personne ne révélerait jamais le secret.

Après avoir pris un costume chez Waster, Carlo était sans doute revenu sur le théâtre du combat, et, tandis que Terril et Trag prévenaient le juge Horster, Alberti faisait disparaître le cadavre de Ryswick.

Le soir même, on ne parlait, dans la ville de Vienne, que de la double disparition des deux gentilshommes. On se souvenait des aigres paroles échangées entre eux, et la Cour se partagea bientôt en deux camps, l'un accusant Ryswick de violence, l'autre soupçonnant Carlo Alberti de s'être vengé de l'insulte reçue et d'avoir lavé sa querelle dans le sang.

Quand Reynold apprit ces événements, il se rendit dans la chambre de sa mère et trouva Agnès pleurant aux genoux de la douairière.

— Je vous ordonne, comme chef de la famille, de prendre le deuil demain, lui dit-il.

— Je ne suis pas veuve, répondit Agnès. Carlo est vivant, je le sais, je le sens ; pourquoi donc porterais-je le deuil des veuves ?

— Vous porterez non pas le deuil du misérable qui fut toujours indigne de s'allier à notre maison, Agnès, mais le deuil de son honneur, qu'il a souillé par un crime.

Voici l'hôte du bon Dieu ! (*Voir page* 38.)

IV
ATTAQUE NOCTURNE

Un voyageur harassé de fatigue, et dont le cheval semblait prêt
à s'abattre sur le chemin, se trouvait, vers la fin d'une brumeuse

journée, à une lieue environ de la ville de Trieste. Malgré l'énergie
dont faisait preuve le cavalier, et la bonne volonté d'une bête vaillante, il était évident qu'avant un quart d'heure la monture tomberait fourbue, si son maître ne la prenait en pitié. Du reste, l'état
de celui-ci ne semblait guère meilleur que celui de son cheval. Il
chancelait sur sa selle, et, cramponné à la crinière, il se laissait
aller au galop ralenti de la bête.

— Je n'en puis plus ! murmura-t-il, je n'en puis plus ! quelque
intérêt que j'aie à gagner rapidement la ville, je dois d'abord me
procurer un asile pour la nuit. Zizim ne fera pas une demi-lieue...

Le voyageur arrêta son cheval, le flatta doucement, puis il jeta
autour de lui le regard inquiet du naufragé interrogeant l'espace.
Une lumière ne tarda pas à s'allumer à peu de distance.

— Allons ! Dieu me protège ! fit le malheureux ; dans l'état d'épuisement où je me trouve, personne ne sera assez inhumain pour me
refuser l'hospitalité ! Le paysan d'Autriche est charitable.

Tournant la tête de la bête du côté de la clarté, le cavalier rendit
la main à sa monture, qui, comprenant sans doute que cet effort
serait le dernier, allongea le pas en dépit de sa faiblesse.

Bientôt, il fut possible au voyageur de distinguer de vastes bâtiments de ferme, annonçant l'opulence des propriétaires. Il allait
mettre pied à terre, et passer son bras dans la bride du cheval, lorsqu'une jeune paysanne vint au devant de lui. Un gai sourire errait
dans ses yeux et sur ses lèvres. La vue du voyageur épuisé lui
arracha une exclamation de pitié et, avant même que le malheureux eût formulé une demande, elle s'écria :

— Voici l'hôte du bon Dieu ! qu'il soit le bienvenu sous notre
toit !

Puis, prenant par la main le voyageur, qui était descendu de
cheval, elle le conduisit vers son père.

— Je te disais bien, fit-elle, que pour porter bonheur à un mariage
il fallait inviter un pauvre, un voyageur, un souffrant enfin ! Tu ne
me croyais pas, cher père, et, pour te punir de ton incrédulité, le
Seigneur te l'envoie lui-même, afin que nous lui offrions une place
à mon souper de noces.

Catherine dit ces mots avec une pénétrante bonté, et le cœur de
l'étranger en ressentit un allégement à sa douleur et à sa fatigue.

— Je vous remercie, ma belle enfant, dit-il d'une voix faible, oui,
je vous remercie ; que Dieu vous paye en bonheur l'hospitalité que
vous m'offrez, et dont, je l'avoue, j'ai grand besoin.

— Johan, fit la jeune fille, conduis le cheval du voyageur à l'é-
curie, et fais en sorte qu'il ne manque de rien... Je me charge du
reste.

Un moment après, la porte s'ouvrait de nouveau et des groupes
de paysans entrèrent dans la salle, tendant la main au fermier,
tandis que les femmes couvraient de francs baisers les joues roses
de Catherine. Celle-ci semblait encore plus jolie depuis la bonne
action qu'elle venait d'accomplir. En voyant entrer un beau et robuste jeune homme, elle courut à lui avec empressement.

— Karl, dit-elle, voici l'hôte de la soirée; ménage-lui une bonne
place à notre table.

Le voyageur se leva du banc sur lequel il était tombé.

— Je vous rends grâce, dit-il, mais mon épuisement est tel que
j'ai plus besoin de sommeil que de nourriture. Un peu de pain et
de vin me suffira. Toutes les chambres de la maison sont occupées
par vos parents et vos amis, je me contenterai parfaitement d'une
place dans l'écurie.

— Par exemple! s'écria Catherine, le soir de mes noces loger
de la sorte un étranger! Cela porterait malheur à notre union,
n'est-ce pas, Karl? Je crois qu'en effet, vous avez grand besoin de
repos; mais, soyez sans crainte, en acceptant la chambre de mon
jeune frère; vous ne dérangerez personne; il est si fou de la danse
que le soleil se lèvera avant qu'il ait achevé sa dernière valse.
Quant à votre souper, je me charge de le servir moi-même.

Vraiment, si le malheureux qui acceptait l'hospitalité de la ferme
n'eût été sous une impression semblable à celle qui le dominait,
l'aspect de la réunion lui eût paru charmant. Les hommes portaient
le costume des jours de fête : culotte attachée aux genoux par des
flots de rubans, ceinture dégageant la taille, habit de drap léger,
cravate noire serrant le col, bretelles vertes et noires tranchant sur
la blancheur du linge, et large chapeau relevé sur le bord, et bordé
d'une ganse d'or fin.

Les femmes en jupes courtes, en manches de chemise flottantes,
avaient la taille prise dans des corsets ramagés de fleurs brillantes.
Un ample mouchoir de batiste blanche couvrait leurs cheveux,
adoucissant l'expression de leur visage, et leur communiquant
quelque chose de monacal d'une grâce exquise. Toutes, avec la
pitié qui s'empare vite des cœurs jeunes, firent accueil à l'étranger,
et l'une détacha même de son corsage une fleur frileuse éclose
sous le soleil d'hiver.

Un moment après, le frère de Catherine vint prendre l'étranger, et le conduisit au premier étage, dans une chambre s'ouvrant sur un couloir.

— Dormez bien, dit le jeune garçon, et dormez sans remords surtout ; je compte fêter le mariage de ma sœur en dansant jusqu'à l'aube.

— Elle semble aussi bonne qu'elle est jolie, dit l'étranger avec intérêt.

— Oh ! je crois bien ! Aussi, n'eût-elle pas eu un ducat en mariage, elle aurait encore pu choisir entre les plus riches fermiers du pays. Mais mon père lui donne un trousseau de princesse, et des sacs d'écus à n'en plus finir ! S'il savait que je vous fais cette confidence, c'est moi qui serais grondé.

— Et pourquoi ? demanda le voyageur.

— Pourquoi ! Vous n'êtes donc pas du pays ?

— Non, mon ami, j'arrive des environs de Hardig.

— C'est donc cela ! si vous étiez de Trieste, par exemple, vous sauriez que la ville et ses environs sont en proie à une panique. La bande de Gaspard Orsol ravage les alentours. Châteaux, fermes, maisons, rien ne lui échappe. Ils sont plus redoutables que le Bora. Vous connaissez les effets du Bora ? Quand il a soufflé sur une contrée, le spectacle présenté par la campagne est désolant. Les champs ravagés n'offrent plus le moindre espoir de récolte. Dans les fossés, en travers des routes, gisent de grands arbres broyés par la tourmente. Les toitures de tuiles ou de planches jonchent les cours des maisonnettes. Les bêtes, effrayées par la bourrasque, mugissent au fond des étables, et, dans leurs humbles demeures, les habitants, glacés de terreur, se serrent l'un contre l'autre, impuissants contre le fléau déchaîné. C'est un deuil, une ruine pour le pays. Eh bien ! tout cela n'est encore rien auprès des terribles ravages de la bande d'Orsol. Les bandits sont dix, vingt, cent peut-être. Les soldats et la police ne peuvent rien contre eux. Je ne sais pas si un régiment de pandours en viendrait à bout... Vous comprenez qu'avec la pensée d'être épiés, traqués, investis par les hommes de Gaspard, on cache son argent. Il y a même des paysans qui vendent leur bétail, parce qu'il n'est pas rare de voir enlever les chèvres et les bœufs par les mécréants. Orsol connaît bien ses hommes, je vous en réponds ! Aussi, dès que vient la nuit, on barricade les portes, on prend toutes les précautions possibles, ce qui n'empêche pas Orsol d'apparaître brusquement dans les maisons comme s'il avait passé par le trou de la serrure.

— Jacoby! cria la voix de Catherine, Jacoby!

— Je cause, je cause, reprit le jeune garçon, et je manque à tous mes devoirs de garçon d'honneur. C'est grave, cela... Dites donc, j'ai peut-être eu tort de vous raconter les histoires de Gaspard Orsol; si vous alliez rêver de ce bandit!

— Mon petit ami, répondit le voyageur, je suis si las, si las, que, sans doute, je ne rêverai de rien ni de personne... Retournez vers votre chère Catherine.

— Oh! je reviendrai savoir si vous n'avez besoin de rien.

— Y a-t-il de l'eau fraîche, ici?

— Certes, et des serviettes filées par ma sœur.

— Jacoby! Jacoby! répéta Catherine.

L'adolescent quitta lestement sa petite chambre, descendit en courant l'escalier de sapin et rejoignit la mariée.

En même temps, le paysan s'approcha de sa fille.

— Tu n'aurais pas dû introduire ici cet étranger sans mon aveu, dit-il; nous vivons dans un temps où toute défiance est légitime... Je reviens de l'écurie afin de m'assurer que le cheval ne manque de rien : eh bien! la valeur de cette bête m'a donné des doutes... Qu'est-ce que ce voyageur portant un habit de gros drap, et qui monte un cheval dont je ne saurais fixer le prix... j'en ai vu de semblables chez le comte de Gorritz; mais jamais un paysan de Vienne et de Trieste n'en monta un pareil.

— Qu'est-ce que cela prouve, mon père? cet homme peut être au service d'un gentilhomme.

— Cela ne se peut, répondit le fermier; si un valet ramenait une bête dans l'état où se trouve celle-ci, on le renverrait sur l'heure. Ce cheval a fourni une traite forcée.

— Et vous en concluez...

— Rien, sans doute; mais quand on sait que la bande d'Orso rôde dans les environs, tout devient dangereux à juste titre.

— Vous n'avez pas regardé ce voyageur, mon père : il a l'air si triste et si bon !

— Oui, mais il redoute de se montrer. Ne pouvait-il souper avec nous, et faire de la sorte honneur à notre hospitalité?

— Il me semble bien las.

— Et trop craintif.

— Oh! fit Catherine, avec une charmante petite moue, vous voyez des bandits partout, mon père! Tenez je ne suis qu'une jeune fille...

non, une jeune femme, mais depuis si peu de temps... eh bien! j'ai
mille fois plus de courage que vous, et toute la bande d'Orsol ne
m'effraye pas.

— Catherine, la prudence n'est pas de la peur.

— Tais-toi! père chéri, dit la jeune femme en jetant ses bras autour du cou du vieux paysan : tu me gâterais mon festin de noces.
Tout le monde doit être gai, ce soir, gai comme les violons! Voyons,
chasse le nuage qui obscurcit ton front; embrasse ta fille, dont tu
as fait la joie en la mariant à son Karl, qui t'aime comme un autre
enfant, et viens, viens; la mère donne le signal, les soupières
sont sur la table, les convives prennent leurs places, et mon mari
me fait signe...

Le fermier secoua la tête, dernière marque de mécontentement
qu'il osât manifester, puis il se laissa entraîner par la jeune mariée.

Le repas commença, un repas plantureux, animé par une cordialité joyeuse. Pas un cœur qui ne fît des vœux de bonheur pour les
nouveaux époux.

Les femmes, les jeunes filles avaient apporté des présents de
toute sorte, qui ajoutaient à la gaieté d'aspect de la salle. Le bonheur des jeunes gens faisait sourire les vieillards; plus d'une jeune
fille rougissait à la pensée qu'elle aussi revêtirait bientôt ses atours
de noces. Les vieillards trinquaient. Après les santés, on chanta
des couplets de circonstance. La mariée chantait, comme un oiseau
joyeux qu'énivre la mélodie. Le marié lui donna la réplique, et tour
à tour les jeunes gens et les jeunes filles de la noce firent leur partie dans ce concert pittoresque, composé principalement d'airs natio-
naux d'une originalité troublante. La population du Tyrol, de la Carniole et de la Carinthie est éminemment musicienne. Elle se pas-
sionne pour une belle voix. Mais si elle est sensible aux charmes
de la voix humaine, elle raffole surtout de la danse. Bientôt un
ménétrier monta sur la table et, au premier coup d'archet, les couples de danseurs se mirent en place, et s'envolèrent comme un essaim
d'abeilles.

Les gais sourires, les joyeuses paroles! comme ce musicien de
village jouait allègrement les airs du pays! Vraiment, à cette heure,
nul, pas même le fermier, ne songeait plus à Gaspard Orsol et à sa
bande. On avait bien le temps, vraiment! Ne fallait-il point fêter
jusqu'au jour le mariage de Karl et de Catherine?

Tout à coup, au moment où les valseurs passaient en couples
plus serrés, la porte extérieure s'ouvrit, et un groupe d'hommes de

méchante mine parut sur le seuil. Les danseuses effrayées se regardèrent, l'archet du ménétrier demeura suspendu en l'air, et le même nom vint sur toutes les lèvres :

— Gaspard Orsol !

— Or çà, mes amis, fit le bandit, puisque je suis reconnu, point n'est besoin de faire de mystère. Je suis Orsol. On m'a dit aux environs qu'on mariait ici une jolie fille, et que la jeunesse du pays danserait à la ferme ; mes hommes ont souvent occasion de se battre ; celle de se divertir est plus rare, je l'avoue ; j'ai donc songé à leur procurer un divertissement honnête, et j'ai cru que par prudence, sinon par sympathie, vous m'aideriez à mettre mon projet à exécution. Les brigands vous serviront de cavaliers, mes mignonnes ! Si vos pères, vos frères, vos fiancés sont prudents, ils s'abstiendront d'une lutte qui finirait mal pour eux. Ils sont en costume de fête, et, bien que nos intentions soient pacifiques, nous sommes armés jusqu'aux dents. Arrière donc, les garçons aux façons trop douces, et place aux bandits dont Gaspard Orsol est le capitaine !

Au premier mouvement de stupeur causé par l'incroyable audace de Gaspard, succéda un retour de courage. Les hommes, si désarmés qu'ils fussent, avaient un couteau dans leur poche ; d'ailleurs, la table, que l'on avait reculée, mais non enlevée, pouvait en offrir un grand nombre. Quoique faibles, ces armes pouvaient tenir les bandits en respect. Mais à peine les paysans avaient-ils fait un mouvement belliqueux que les canons de pistolets d'un énorme calibre se tournèrent vers eux.

— Ne tirez pas ! s'écrièrent les femmes.

Elles préféraient courir les chances de faire quelques tours de valse avec les brigands, que de voir s'engager une lutte inégale dont le résultat restait trop facile à prévoir.

Mais les hommes se seraient crus déshonorés s'ils n'avaient défendu les femmes contre l'insulte des bandits. D'ailleurs, si sobres qu'ils eussent été, le vin absorbé durant un repas qui avait duré plusieurs heures n'avait pas laissé que d'échauffer les têtes.

Le fermier promena autour de lui un regard circulaire renfermant à la fois une prière et un ordre. D'un mouvement rapide, les hommes repoussèrent les femmes dans le fond de la salle et formèrent au-devant d'elles une barrière vivante. Les couteaux brillèrent dans toutes les mains, les regards étincelèrent de rage, un cri puissant jaillit de toutes les poitrines :

— Mort aux bandits !

A ces mots répondit une détonation d'arme à feu, et une exclamation de douleur s'exhala de la bouche de deux blessés.

La colère des paysans se changea en furie ; tête baissée, ils se jetèrent sur les brigands. La mêlée devenait furieuse. Les femmes, à genoux, priaient, sanglotant, le front caché dans leurs mains, affolées de terreur, n'osant plus suivre des yeux cette bataille dégénérant en tuerie.

Tout à coup une apparition étrange se dessina sur le grand escalier, descendit les marches et se trouva dans la salle. C'était le voyageur accueilli vers le soir par Catherine. Il n'avait pas pris le temps d'achever sa toilette ; réveillé en sursaut par le bruit des pistolets, il accourait au secours de ses hôtes. Sa culotte de drap brun serrait ses hanches flexibles. Sur son buste bouffait une chemise de batiste de Hollande, ornée d'un jabot de point, et au côté gauche, cette chemise portait une grande plaque rouge. L'étranger tenait à la main un poignard.

Son regard rapide embrassa la salle afin d'y découvrir une arme plus commode. Il avisa une broche triangulaire, redoutable aux mains d'un homme accoutumé aux jeux de l'escrime. Après l'avoir fixée à son poing, à l'aide de son mouchoir, il s'élança dans la mêlée, frappant de face et de revers, écartant les gueules béantes des pistolets, trouant les vestes, traçant des lignes rouges sur les visages, visant tour à tour au front, à la poitrine, aux yeux, et multipliant si bien les attaques et les parades, à l'aide de son arme étrange, qu'on l'eût dit protégé par une armure d'éclairs. Du moment où il prit part au combat, la lutte changea d'aspect.

Orsol se contenta d'abord d'admirer la vaillance et l'habileté de cet homme qui soutenait presque seul l'attaque de dix bandits. Mais quand il vit que l'arme de l'inconnu avait atteint six des siens, il jugea qu'il était temps de se débarrasser d'un si rude adversaire et, d'un geste, il commanda aux brigands d'entourer l'inconnu.

Celui-ci se trouvait alors au milieu de la pièce. Si les bandits le cernaient, il était perdu. Changeant de tactique, au lieu d'attaquer, il se contenta de rompre, et se dirigea à reculons vers un angle de la salle. D'un bond dont nul ne pouvait prévoir la force, il gagna la place convoitée et recommença la lutte avec un acharnement nouveau. Mais, en dépit de sa valeur, le succès parut l'abandonner. De nouvelles taches apparurent sur sa chemise ; son poignet faiblit. Il fut obligé de s'accoter contre le mur pour ne pas tomber. Ses regards se troublèrent, il se sentit pris de frisson. Les brigands, profitant de la faiblesse amenée par la perte de son sang, se précipitèrent sur lui, le désarmèrent, lui lièrent solidement les pieds et les poignets, puis le rangèrent le long du mur comme un colis embarrassant.

Le secours que les paysans avaient trouvé dans l'inconnu leur rendit pour un instant l'énergie; mais ils ne tardèrent point à comprendre qu'une résistance plus longue entraînerait de nouveaux malheurs, et le fermier s'avança vers Gaspard:

— Vous êtes un brigand, dit-il, je puis bien vous parler comme à un brigand. Que voulez-vous?

— Je vous l'ai dit, nous voulons danser avec ces jeunes filles.

— Et dévaliser la ferme?

— Le mot est dur.

— En trouvez-vous un autre?

—- Oui.

— Lequel?

— Nous accepterons des rançons pour vos vies et pour votre liberté!

— Mon père! mon père, s'écria Karl blessé, ne pactisez pas avec ces misérables.

Tuez-les, faites-vous tuer, s'il le faut; mais protégez ma Catherine; il me semble que je vais mourir...

Cependant le fermier avait raison. Mieux valait se ruiner que de perdre la vie. Il se rapprocha d'Orsol.

— Encore une fois, tes conditions?

— Deux mille ducats!

— Demander une pareille somme à un pauvre fermier!...

— Juste la dot de ta fille, répondit Orsol.

Le fermier s'appuya contre un meuble.

— Est-ce tout? reprit-il.

— Tu nous feras cadeau d'une vache, et la mariée ne refusera point de m'abandonner ses joyaux pour ma fiancée.

Catherine arracha ses épingles, sa croix, ses bagues, et les plaça sur la table.

— Je vais chercher l'argent, fit le fermier.

Le paysan sortit. Mais à peine fut-il hors de la salle que les hommes valides, humiliés du marché de leur ami, reprirent l'offensive, et, cette fois, sur l'ordre de Gaspard, la dernière tentative de défense fut si rapidement paralysée que les combattants se trouvaient réduits à l'impossibilité de combattre, quand le père de Catherine reparut avec le sac de ducats.

Lui-même se trouva enveloppé, bâillonné, et quand les bandits eurent traité les hommes de la sorte, ils saisirent le ménétrier par la cravate, lui remirent son violon dans les mains, et l'un d'entre eux, ramassant le fer dont l'étranger s'était servi en guise d'épée, le lui plaça sous la gorge en répétant :

—Nous sommes venus ici pour danser et nous danserons !

Et chacun d'eux, courant vers les femmes qui pleuraient de terreur et de désespoir, en saisit une par la taille et commença une valse dont les rondes macabres pourraient seules donner une idée. Tandis que les jeunes filles se trouvaient emportées dans ce tourbillon, leurs mouchoirs s'étaient dénoués, leurs longs cheveux flottaient sur leur dos ; quelques-unes, à demi mortes, perdaient conscience de cette danse satanique ; plusieurs s'évanouirent et tombèrent raides sur le plancher.

Les lumières pâlissaient, le chant d'un coq retentit, et Gaspard Orsol, approchant un sifflet de ses lèvres, donna le signal du départ.

— Au jour nous devons avoir gagné le refuge, dit-il.

Les bandits enfouirent dans leurs poches les bijoux des femmes, Gaspard fit disparaître le sac de ducats ; puis frappant sur l'épaule d'un des brigands :

— Toi et un camarade, le premier venu, vous allez transporter cet homme sur vos bras ou sur une civière, dit-il en désignant l'hôte du fermier.

— Capitaine, répondit le lieutenant avec un respect laissant transpercer la mauvaise humeur, quatre des nôtres ont été tués par lui, deux sont blessés dangereusement : pourquoi voulez-vous obliger les compagnons à revoir l'assassin de leurs frères ?

— C'est un brave, et il me convient à moi de le sauver d'abord, ensuite d'apprendre son nom. Que venait faire cet homme, aux manières de grand seigneur, dont le jabot et les manchettes valent mille écus, dont les doigts étincellent de pierreries, dans une ferme où il se cache blessé, sous un habit qui n'est pas le sien... Le secret de ce gentilhomme vaut une rançon peut-être.

Gaspard tourna les talons à son lieutenant, dont les lèvres laissèrent passer un sifflement vipérin.

Suivant l'ordre reçu, deux bandits se chargèrent de transporter le voyageur, et la troupe se mit en route.

La nuit était encore profonde et une connaissance complète du terrain était nécessaire pour gagner les bois par le sentier le plus court.

Un enfant, qui ne paraissait pas avoir plus de onze ans, et que l'on appelait Zachée, courait en éclaireur, et, sans se tromper d'un champ, d'une hutte ou d'un buisson, conduisait la troupe d'Orsol vers la cache mystérieuse qui devait lui servir d'asile tant qu'elle resterait dans les environs de Trieste.

Quand il ne fut plus qu'à cent pas de la retraite souterraine, Zachée rapprocha ses doigts de ses lèvres, et en tira un son aigu auquel un son pareil répondit. Peu après un falot dansa au-dessus du sol, et Gaspard put voir, en s'approchant, que la trappe de bois, qui durant le jour était couverte de ramée, s'ouvrait à fleur de terre démasquant une échelle grossière servant d'escalier pour pénétrer dans la cache.

Les bandits n'étaient guère embarrassés pour descendre ces échelons frustes; mais il leur paraissait difficile de faire franchir à l'inconnu trouvé dans la ferme les échelons le séparant du souterrain.

Zachée eut heureusement l'idée de lui passer une corde sous les aisselles, et, grâce à ce moyen, comme on laissa couler le câble doucement, le blessé, qui ne semblait plus devoir jamais recouvrer la parole, se trouva dressé le long de l'échelle. Deux hommes l'emportèrent au fond du souterrain. Gaspard descendit le dernier, puis Zachée se chargea de replacer la trappe et de la couvrir de ramures.

Tandis que les bandits se dirigeaient vers la grande pièce qui leur servait de salle de délibération et de justice, une créature très jeune et d'une remarquable beauté sortit d'une petite pièce meublée avec une sorte de luxe, et courut au-devant de Gaspard Orsol.

— Eh bien? demanda-t-elle avec vivacité.

— Nous rapportons d'abord deux mille ducats, ce qui est une assez jolie somme; puis nous avons fait danser les amies de la mariée et la mariée elle-même; enfin nous ramenons ici un blessé qui, en dépit d'un habit de paysan, porte des dentelles de duchesse et des bijoux dont tu te pareras avec plaisir.

— Merci, Gaspard; je les mettrai pour notre mariage.

— Oui, répondit le brigand, pour notre mariage.

— Mais enfin, reprit la gitane, ce n'est pas une raison, puisqu'il est inconnu et que vous l'amenez quasi mourant, pour le laisser sans soins... La Maugrabine le soignera, et moi-même, plus tard, quand il commencera à s'accoutumer à notre demeure, j'irai lui offrir mes services.

Je ne sais pour quelle raison je crois cette capture fort importante pour nous.

Le capitaine appela Zachée.

— Donne ordre à Maugrabine de visiter la blessure de ce gentilhomme, et de me remettre les bijoux qu'il porte sur lui.

Un instant après, une vieille femme, d'une laideur surpassant tout ce que peut rêver l'imagination en délire, parut dans la salle et s'approcha d'Orsol.

Elle tenait, dans une de ses mains, les bijoux, les diamants de l'étranger et, avant de les remettre à la Zingarelle, elle les contemplait d'un air avide, se demandant pourquoi elle ne recevait plus sa part des pierreries étincelantes qui paraient la fiancée du bandit.

La gitane passa à ses doigts une bague de rubis, une autre formée d'une admirable émeraude, un saphir ; puis elle agita ses doigts à la clarté de la lampe pour faire briller les diamants.

Avec la même joie, plus enfantine qu'intéressée, elle prit la chaîne d'or et la jeta autour de son cou. Mais, à peine le lourd bijou à larges chaînons s'étalait-il sur sa poitrine, qu'elle poussa un cri en y voyant fixé un sequin d'or.

— Gaspard, dit-elle, Gaspard ! le nom de votre prisonnier, je vous en supplie ?

— Je l'ignore absolument, répondit Orsol, et même il se peut que je ne l'apprenne jamais, car la Maugrabine ne semble guère rassurée sur son compte.

— Ce n'est plus cette vieille folle qui le soignera, s'écria la Zingarelle d'une voix agitée : c'est moi, moi seule ; je veux qu'il vive et il vivra !

Gabor, son lieutenant, s'avança. (*Voir page* 56.)

V

LE SEQUIN DE LA ZINGARELLE

Quand la jeune fille pénétra dans la partie du souterrain où
l'on avait porté le blessé, elle vit la Maugrabine exprimant le

suc d'herbes aromatiques dont elle connaissait la puissance.

D'habitude, la Zingarelle témoignait une sorte de dédain à cette femme, dont la laideur et les vices lui semblaient repoussants ; mais, ce soir-là, elle s'approcha de la vieille gitane avec des sentiments tout autres, et lui dit d'une voix suppliante :

— Sauve-le, Maugrabine, promets-moi, de le sauver !

— Vraiment ! répondit la vieille avec un ricanement, il faut rendre la vie à ce beau gentilhomme, tandis que jamais tu n'as daigné te soucier des gens de la bande revenant à demi morts d'une expédition ? Je ne sais ce que Gaspard pensera d'une semblable préférence.

— Gaspard pensera ce qu'il voudra ! répliqua Zingarelle avec emportement. Je n'ai jamais rien demandé pour ma part de prise.

La Maugrabine éclata de rire, et son rire était lugubre comme un cri d'orfraie dans la nuit.

— Je le crois bien ! Orsol prend dix parts en qualité de capitaine, et tous les bijoux te reviennent. En as-tu de ces chaînes, de ces pierreries... Je suis sûre que Notre-Dame de Zell, dont les chrétiens parlent tant dans ce pays, n'est pas aussi riche que toi...

— Oui, fit Zingarelle en s'approchant de la vieille, je possède un coffre rempli jusqu'au bord de perles et de brillants. Je pourrais, si je me parais de tous mes bijoux à la fois, ressembler aux idoles de l'Inde, ce pays dont on affirme que notre race émigra jadis. Eh bien ! si tu sauves ce gentilhomme, si je puis apprendre de qui il tient le sequin attaché à ce collier d'or, tu choisiras dans le coffret la plaque la plus riche et les pendants d'oreilles les plus beaux.

— Vrai ! tu ferais cela ?

— Sur ma parole.

— Eh bien ! je te jure qu'avant une heure, grâce à mes philtres, ce jeune homme pourra répondre à tes questions.

Dans sa joie, la Zingarelle étreignit les mains de la vieille femme.

— Je t'aiderai, dit-elle ; j'ai la main légère et je suis courageuse.

— Bien ! fit la vieille. Je vais d'abord ouvrir cette chemise de batiste, rouge de sang... Ah ! voici la première blessure, la seule même. Je ne compte pas les égratignures, car il semble, d'après le récit du lieutenant, dont j'ai entendu quelques mots, que ce gentilhomme s'est battu contre les nôtres avec un courage héroïque. Ce trou a été fait par une épée ; il s'agissait d'un duel, et rien ne peut mettre ses jours en danger. Seulement, le sang perdu et l'excès de la fatigue ont jeté ce gentilhomme dans un évanouissement semblable à la mort.

La vieille pansa la blessure du jeune homme, puis, entr'ouvrant ses lèvres, elle lui versa dans la bouche quelques gouttes d'un élixir rouge dont les gens de la bande connaissaient l'efficacité.

Selon la promesse de Maugrabine, le blessé ne tarda pas à ouvrir les yeux.

Il se souleva sur sa couche étroite, puis ses regards interrogèrent successivement les murs noirs de l'excavation, et le visage des deux femmes debout à son chevet.

— Où suis-je? demanda-t-il.

— Provisoirement en sûreté, répondit Zingarelle. Votre blessure ne présente aucune gravité, et l'on va vous servir des aliments réconfortants. Maugrabine, ajouta la jeune fille, il y a dans l'armoire de la salle des bouteilles de vin de Hongrie et du gibier : apporte ce qu'il faut à ce jeune seigneur.

Maugrabine sortit, et lorsque la Zingarelle se trouva seule avec le blessé, elle tira de son sein la chaîne à laquelle pendait un sequin, et demanda au jeune homme :

— Cet objet vous appartient?

— Oui, répondit le blessé.

— De qui tenez-vous cette pièce d'or?

— De ma femme.

— Madame Agnès! vous êtes le mari d'Agnès de Haag?

— Oui, fit le blessé!

— J'ignore votre nom, reprit la Zingarelle, et je ne veux pas même le savoir. Tout ce que je puis vous affirmer, c'est qu'à partir de cette heure vous êtes sous ma protection... Triste protection, n'est-ce pas, que celle d'une fille de Bohême qui doit épouser le capitaine d'une troupe de bandits... Que voulez-vous! ma vie est ainsi faite, et je tenterais vainement de la changer... Mais, croyez-moi, je suis trop jeune pour savoir mentir. Mon dévouement, ma vie sont à vous... Ceci vous appartient, ajouta-t-elle.

Le blessé comprit qu'il froisserait profondément la jeune fille en refusant les bijoux qu'elle lui rendait; il passa les bagues à ses doigts, puis laissa retomber son front pâle sur l'oreiller.

— Je suis très faible, dit-il, et je ne comprends pas bien encore ce qui s'est passé cette nuit.

— Plus d'une fois, sans doute, vous avez entendu parler de la bande d'Orsol; les soldats de Marie-Thérèse leur ont donné assez souvent la chasse. Ils sont l'effroi des campagnes et des châteaux, car ils pillent avec la même ardeur les demeures seigneuriales et les fermes opulentes. Cette troupe, organisée avec une régularité militaire, possède ses espions, ses refuges, ses recéleurs. Il n'est pas une ville d'Autriche près de laquelle une grotte, un souterrain ne puisse servir de refuge à ses bandes. Tant que le pillage est organisé dans un pays, les hommes s'y réfugient. Durant les nuits, on vole, on fait des expéditions ; avant le jour la troupe entière a disparu comme les taupes dans un champ. Nous sommes dans un souterrain caché au milieu d'un bois, depuis une semaine. Le manoir de Trellitz a été dévalisé, il y a trois jours. La nuit dernière, Zachée apprit qu'un riche fermier mariait sa fille. La dot devait être assez considérable pour valoir une visite. Puis nos hommes ont parfois des audaces étranges : ils déclarèrent, le lieutenant Gabor en tête, qu'ils danseraient à la noce de Catherine ; ils ont dansé, et la dot de la fiancée sera partagée demain entre tous les hommes...

— Ainsi, demanda le blessé, de la ferme où l'on m'avait donné l'hospitalité et dont j'ai essayé de défendre les propriétaires, j'ai été transporté dans ce souterrain par les hommes de Gaspard Orsol ?

— Oui, répondit Zingarelle.

La Maugrabine reparut. Elle portait un plateau sur lequel se trouvaient proprement rangés un faisan rôti, une bouteille de vin de Hongrie, du pain et quelques condiments.

— Bien ! fit la jeune fille en s'adressant à la Maugrabine, va m'attendre dans ma chambre ; je t'y rejoindrai tout à l'heure pour te remettre ce que tu as si bien gagné.

La Maugrabine sortit.

— A mon tour de vous poser une question, reprit Zingarelle en s'adressant au blessé ; vous pourrez me répondre sans vous compromettre, car si vous souhaitez que je vous garde le secret, je le garderai, j'en jure par la mémoire de ma mère.

— Je vous apprendrai tout ce que vous souhaiterez savoir, reprit le blessé... Ma confiance en vous est entière... ,

— Vous ne me connaissez pas, cependant.

— Vous avez prononcé le nom de ma femme, cela m'a suffi.

— Comment se fait-il qu'un gentilhomme, car le mari de la noble Agnès de Haag ne peut être que gentilhomme, se trouvât sous un déguisement dans la ferme du père de Catherine ?

— Je me suis battu en duel, mon enfant, et j'ai eu le malheur de tuer mon adversaire. Les lois contre le duel sont terribles ; j'ai voulu échapper aux poursuites, et, après avoir changé chez mon garde-chasse le costume que je portais pour des habits de paysan, j'ai couru jusqu'à l'épuisement de mes forces et de celles de mon cheval. Le hasard m'a guidé chez le fermier qui donnait une fête à ses amis. Je dormais dans une petite chambre quand des cris et le bruit d'une décharge de pistolets m'ont tiré d'une sorte de léthargie. A demi-vêtu, je me suis précipité dans la bagarre, je me suis sommairement armé, j'ai vengé mes hôtes et payé ma dette.

— Oui, répondit Zingarelle, qui ne put s'empêcher de frissonner, vous avez tué trois des nôtres et vous en avez blessé quatre.

— De sorte que l'on m'a apporté ici pour tirer vengeance de la mort de ces bandits?

— Je ne sais pas encore ce que Gaspard prétend faire, répondit la jeune fille. L'irritation est grande contre vous. Mais moi, je suis prête pour la lutte, et je vous défendrai jusqu'à la mort. Le sequin donné jadis par moi à Agnès de Haag doit être une sauvegarde, et nous verrons bien si la parole de la gitane n'est pas respectée.

— Merci, mon enfant, dit le comte, merci.

— Et maintenant, reprit la jeune fille, reposez en paix; la Maugrabine a plus de talent qu'un docteur de faculté, et vous trouverez en moi une sœur dévouée... Dormez, je reviendrai...

Les yeux d'Alberti se fermèrent et sa tête tomba sur les oreillers.

— Oui, répéta Zingarelle, de même qu'Agnès de Haag délivra ma mère, je l'arracherai des mains de ces hommes, ou nous subirons un sort pareil.

Elle ferma doucement la porte de la pièce, et rejoignit la Maugrabine, qui l'attendait.

Le cabinet, car la pièce exiguë réservée à la Zingarelle ne méritait pas d'autre dénomination, se trouvait meublé d'une façon si pittoresque qu'elle pouvait paraître luxueuse. Des tentures couvraient la nudité des murailles, le lit étroit se drapait de riches étoffes, des fourrures couvraient le sol. Mais, en dehors du lit, les meubles faisaient défaut d'une façon absolue. Deux malles bizarrement peintes et un coffret incrusté de nacre renfermaient tout ce que possédait la Zingarelle. La clef de ce coffret ne la quittait jamais, et elle y entassait pêle-mêle les bijoux que Gaspard Orsol lui offrait, après chaque expédition.

Maugrabine, assise sur une des caisses, attendait l'arrivée de la jeune fille. Celle-ci semblait presque joyeuse. La vie du captif des bandits était sauve, c'était l'essentiel. Elle se savait puissante sur l'esprit de Gaspard et comptait tirer le gentilhomme des mains de ses compagnons.

— Je t'ai dit de choisir, fit-elle.

La hideuse vieille plongea ses mains parmi les pierreries. Elle
regarda tour à tour les perles, les rubis, les brillants, les saphirs,
toutes les gemmes connues emplissant cette cassette, et scintillant
dans leurs montures. Chacun des bijoux l'attirait. Elle eût voulu
pouvoir les prendre tous, et la beauté de ces objets divers rendait
son choix difficile. Enfin elle attacha à ses oreilles deux magnifiques émeraudes, prit une broche à pendeloques et, voyant des
boucles splendides à peu près semblables à ce qu'elle venait de
prendre, elle dit avec l'accent de la convoitise :

— Il t'en reste tant d'autres, Zingarelle!

La jeune fille jeta en plus un collier sur les genoux de la vieille
femme.

— Soigne ce gentilhomme, et guéris-le vite, Maugrabine, je te
devrai encore de la reconnaissance.

— Je te le jure, ma petite Zinga, avant huit jours il sera sur pied.

La Maugrabine passa les bracelets à ses bras, le collier à son
cou, et se regarda dans un miroir entouré de fleurs d'argent !

— Quels haillons! soupira-t-elle.

Zingarelle comprit, et, puisant dans un des grands coffres, elle
en tira un de ses costumes.

— Voici pour toi encore, Maugrabine.

— Tu devrais être reine, Zinga, ma Zinga chérie! Compte sur
moi, comme tu aurais compté sur ta propre mère.

La vieille gitane disparut et alla changer ses oripeaux contre les
vêtements que venait de lui donner la jeune fille.

Mais le changement subit survenu dans la toilette de la bohémienne, la vivacité avec laquelle la fiancée du chef s'était déclarée
la protectrice du prisonnier causaient déjà une surprise inquié-
tante aux bandits placés sous les ordres de Gaspard Orsol. Ils n'o-
saient encore manifester leurs pensées et leurs craintes; mais ils
n'attendaient que la guérison du blessé pour demander des explications à son sujet.

Or, grâce aux soins empressés de la bohémienne, à la sollici-
tude de la Zingarelle, le comte Carlo Alberti avait retrouvé toute
sa force. Sans doute son cœur souffrait, son imagination lui présentait des scènes douloureuses, il ne pouvait songer à Agnès sans
éprouver une angoisse poignante; mais enfin l'usage de ses membres lui était rendu, il se sentait assez fort pour faire une longue
marche, et ferrailler s'il en était besoin.

Carlo, ayant refusé les vêtements que lui avait offerts Gaspard , ne portait que la chemise bouffante, un long gilet et sa culotte d e drap brun. Par une sorte de coquetterie, il avait remis au cou sa chaîne d'or, et ses bagues étincelaient à ses doigts.

— Qu'avez-vous, Zingarelle? demanda-t-il en voyant la pâleur de la jeune fille.

— Ce qui était inévitable est arrivé, répondit la jeune bohémienne : nous allons bientôt quitter cette retraite, et l'on va décider de votre sort.

— Préjugez-vous ce qu'il peut être ?

— Non, répondit-elle avec accablement. Tout va dépendre de vous.

— Gaspard ne vous a rien dit?

— Depuis deux jours, Gaspard refuse de me voir.

— Pour quelle raison?

— La protection dont je vous couvre peut exciter en lui une inquiétude jalouse.

— Pourquoi ne l'avoir point calmée?

— Le moment ne me semblait pas opportun.

— Et vous croyez que l'on m'appellera?

— Aujourd'hui même.

— Ne vous troublez pas, enfant, me voici guéri, et je suis brave.

— Trop brave ! répondit Zingarelle.

— Il sera de tout ceci ce que voudra Dieu, mon enfant! Vous ne comprenez pas ce mot : la résignation chrétienne! Pauvre Zingarelle! vous êtes bonne, et vous m'avez sauvé au nom de ma chère Agnès ; je voudrais à mon tour faire quelque chose pour vous.

— Il suffit que vous ne me méprisiez pas!

— Moi! je serais bien ingrat.

La jeune fille se leva.

— Il ne faut pas qu'on me trouve ici quand un des hommes viendra vous chercher.

— Ce n'est donc pas à Gaspard seul que j'aurai affaire?

— Non, Gaspard est le chef, mais cette bande est régie par des lois qu'Orsol lui-même est tenu de respecter.

— Adieu, Zingarelle, je suis prêt à tout entendre.

Les craintes de la jeune fille n'étaient que trop fondées. Tant que dura le danger du blessé, les bandits l'abandonnèrent aux soins de Maugrabine; mais il était guéri, et la troupe allait quitter les environs de Trieste : il fallait prononcer sur son sort.

Du reste, depuis quelques jours, l'humeur de Gaspard était devenue farouche, il parlait peu et d'une voix sombre. Gabor, l'interrogeant sur ses projets, avait été rudement traité par le capitaine. Il sentait que sa conduite à l'égard du gentilhomme capturé à la ferme ne paraissait ni franche ni loyale. D'un autre côté, il n'avait osé demander à la Zingarelle une confidence que celle-ci aurait dû lui offrir. Blessé à la fois dans son orgueil et dans sa tendresse pour celle qui devait être sa femme, il restait anxieux, et retardait la provocation d'un aveu indispensable. La troupe de Gaspard avait trop multiplié les méfaits pour rester davantage dans le pays ; on allait prendre un parti au sujet d'Alberti, et il répugnait à Gaspard de le faire avant d'avoir un entretien avec la jeune fille.

Mais, quelque insistance qu'il mît à la prier de lui expliquer quelles raisons la portaient à se dévouer pour l'étranger, la Zingarelle se contenta de répondre :

— Je raconterai devant tous pourquoi j'ai le droit de le défendre.

Enfin, on décida que le départ aurait lieu dans trois jours.

Quand il annonça cette nouvelle aux hommes de la troupe, Gaspard semblait heureux. On eût dit qu'il avait hâte de quitter les environs de Trieste.

Gabor, son lieutenant, s'avança :

— Capitaine, dit-il, tu sais à quel point nous sommes soumis à tes ordres, et combien nous estimons ta bravoure, ne te blesse donc point si nous te demandons ce que tu comptes faire d'un homme qui, après avoir tué trois des nôtres, semble plutôt ton hôte que ton prisonnier.

— En vérité, répondit Gaspard, je n'ai pas encore pris de résolution à son sujet.

— Il faudrait te presser, reprit Gabor avec une douceur mêlée de perfidie. Tu ne peux lui avoir sauvé la vie que dans l'espérance d'en exiger une forte rançon. Il n'y a point d'inconvénient à ce qu'il soit resté prisonnier dans ce souterrain ; mais nous ne pourrions sans danger l'emmener à notre suite.

Gaspard parut froissé de l'observation de Gabor ; mais une réflexion rapide le calma, et il répondit avec tranquillité :

— Il est dans nos usages de faire payer cher la liberté à ceux que nous relâchons. Je vais faire mander ici le prisonnier et nous saurons de lui ce que nous en pouvons espérer.

— Bien, dit Gabor, nous attendrons qu'il s'explique.

Évidemment, si Gaspard n'avait pas annoncé qu'il allait en finir avec le prisonnier, les bandits l'eussent exigé de leur capitaine.

Zachée reçut ordre d'aller chercher le gentilhomme, et peu après celui-ci entra dans la salle des délibérations.

— Monsieur, lui dit Gaspard, nous vous avons traité avec courtoisie depuis que vous habitez parmi nous, et cependant c'est au milieu de ceux qui luttaient contre les nôtres avec le plus d'acharnement que nous vous avons trouvé. Remarquez que nous ne nous en étonnons pas. Nous sommes hors la loi, et l'on a droit de nous tuer comme des bêtes fauves. Si nous vous avions abandonné dans la ferme, vous seriez sans doute mort à cette heure, tandis que nous constatons que vous vous portez à merveille. Vous plairait-il de nous apprendre votre nom?

— C'est impossible, répondit le comte.

— Vous êtes gentilhomme?

— Je le suis, répondit Carlo en regardant les brigands en face.

— Riche?

— Je l'étais il y a quinze jours; aujourd'hui, je l'ignore.

— Par quelque moyen que ce soit, vous serait-il possible de payer une rançon?

— Je ne le tenterai pas.

— Réfléchissez, dit le capitaine : nous ne pouvons vous garder prisonnier.

— Faites de moi ce que vous voudrez, répondit Carlo.

En ce moment, un sourd murmure circula parmi les bandits.

— Monsieur, reprit Gaspard avec une sorte de déférence, ces hommes me regardent comme leur maître, à la condition que je remplirai avec eux les engagements de l'association. Si vous n'acceptez pas de payer votre liberté...

— Je suis un homme mort... répondit Carlo, c'est ce que vous voulez dire, n'est-ce pas?

— Je vous l'ai appris, nous ne gardons pas de prisonniers...

— Et depuis quand devenez-vous bourreaux? demanda la voix âpre de la Zingarelle.

— Que fais-tu ici? dit Gaspard avec colère, nul ne t'a appelée! Il ne t'appartient pas de défendre ce prisonnier. Je t'interdis de plaider sa cause; peut-être n'ai-je même été que trop indulgent.

— Ah! fit la Zingarelle, vous êtes libre, Orsol.

Puis se rapprochant de Carlo Alberti :

— Il n'a personne que moi pour le protéger, mais je suffirai à cette tâche. Je vais vous apprendre ce qui s'est passé jadis entre

moi et une personne de sa famille. C'était à Vienne, un jour de fête;
ma mère et moi, nous essayions de gagner quelque menue monnaie ; je chantais, je dansais, tandis qu'elle disait la bonne aventure. Nous récoltions beaucoup d'argent. On était au printemps, et
tout le monde semblait joyeux autour de nous. Heureuses de notre
recette, nous allions quitter la place, quand une voix cria :

— Les bohémiennes, les sorcières, en prison !

Une minute plus tard on allait ajouter : Les sorcières au bûcher !

Ma mère comprit le danger; elle était brave, et se jeta au-devant
de moi en tirant un stylet de sa poitrine. S'il ne se fût agi que d'elle,
sans nul doute la Catarina eût commencé la lutte; mais elle tremblait pour moi. Elle me serra rapidement entre ses bras, et me dit
à l'oreille :

— Prends les papiers enfermés dans ma ceinture, sauve-toi à
tout prix, et va rejoindre Gaspard.

Cependant le mot cruel de l'homme qui venait de répéter : « A
la prison, les sorcières ! » avait produit l'effet d'une traînée de poudre. Bientôt un mouvement se produisit, puis s'accentua dans la
foule. La masse des curieux se resserra, forma une muraille vivante,
et lentement nous nous trouvâmes pressées dans un cercle d'où il
ne paraissait plus possible de sortir. Cependant, la foule qui nous
entourait semblait se diriger vers un but. Déjà même j'avais cru distinguer le nom du juge Horster. Si nous franchissions le seuil d'un
magistrat, nous étions perdues... Nous exercions, ma mère et moi,
des métiers misérables. La Catarina ne se bornait point à tirer la
bonne aventure ; elle entretenait des relations avec Orsol, et tandis
que des dames désœuvrées et riches l'attiraient dans leurs hôtels,
on préparait l'expédition du lendemain grâce aux renseignements
qu'elle se trouvait en état de fournir. On l'avait dressée à cela toute
enfant, elle continuait. Je comprenais le danger que nous courions,
malgré mon extrême jeunesse, et j'attendais le moment d'obéir aux
instructions de ma mère. Déjà les papiers compromettants avaient
glissé de sa ceinture dans la mienne. En ce moment, nous passions
devant une église. Les derniers sons de la cloche s'éteignaient, et,
par la porte légèrement ouverte, j'aperçus comme dans un rêve un
autel étincelant; je sentis des bouffées d'encens et des parfums de
roses, et bientôt des hommes et des femmes parurent sur le seuil
du temple.

Je me dis que ceux qui venaient de prier se montreraient compatis-
sants à notre misère, et, pour la première fois résistant à ceux qui

voulaient m'entraîner, élevant la voix et frappant au hasard de mes
petites mains, je me frayai un passage jusqu'aux premières marches
de l'église; je les gravis d'un bond, et je tombai aux genoux d'une
jeune fille très belle qui descendait gravement.

« — Sauvez ma mère! lui dis-je, sauvez-la! »

Elle passa son bras autour de mes épaules et continua à descendre, tandis que les laquais dont elle était accompagnée lui ouvraient
le chemin.

« — Ma mère! voilà ma mère! fis-je en désignant la Catarina.

« — Où conduisez-vous cette femme? demanda la belle jeune
fille d'un air à la fois altier et doux.

« — C'est une sorcière! cria une voix.

« — Il n'y a plus de sorciers, répondit la jeune fille.

« — Nous la menons chez le juge Horster, ajouta un homme,
afin qu'il lui fasse son procès.

« — Le juge Horster est un homme intègre, je le connais... Si
vous conduisez cette enfant et sa mère chez le juge, il vous est
indifférent de quelle manière on les y mènera... Laissez-moi les faire
monter dans mon carrosse. Vous me connaissez tous, n'est-ce pas?
Mon père est premier ministre de Sa Majesté Marie-Thérèse. »

La beauté de cette jeune fille, son courage et sa bonté imposèrent
à la foule.

Profitant du moment de répit que l'on nous laissait, la jeune fille,
aidée des laquais, nous fit traverser la foule, et nous montâmes
dans son carrosse, qui nous déposa à la porte du juge.

La foule suivit à pied, curieuse et vivement intéressée.

Hélas! la Catarina ne put être tout de suite relâchée; mais le
juge se montra bon pour elle, et quand il baisa la main de la fille du
premier ministre, j'entendis qu'il lui disait:

— Marthe le dit souvent, mademoiselle, vous êtes un ange!

— Marthe est une enfant qu'il faudra guérir de la flatterie,
monsieur Horster... Rendez-moi Catarina bien vite; en attendant,
je garde la Zingarelle.

Ma mère pleura, mais c'était de joie et de reconnaissance.

Deux jours après, elle me rejoignit. Le juge n'avait pas trop fouillé
dans sa vie; et puis les hostilités de la foule l'avaient si cruellement
atteinte, qu'en arrivant me rejoindre à l'hôtel, elle se coucha pour
ne plus se relever.

Pendant six jours, je veillai et je pleurai près d'elle... Enfin elle
expira dans mes bras... On plaça son corps dans un cercueil

comme si elle eût été une chrétienne, et je sais dans quel endroit de Vienne repose sa dépouille... Cette pauvre errante a une tombe, elle qui n'eut jamais un toit... Sa jeune protectrice voulut me garder près d'elle; la fortune, la tendresse, elle m'offrit tout à la fois. Mais je suis une fille de Bohême; ma mère m'avait chargée de remettre des papiers à Gaspard Orsol, et je voulais exécuter la volonté de la Catarina... Seulement, avant de me séparer de celle que je ne quittai point sans larmes, je lui remis un sequin semblable à ceux dont nous formons des colliers, lui jurant sur cette monnaie d'or que le jour où quelqu'un me montrerait cette pièce de sa part, cette personne me serait sacrée.

La Zingarelle tourna ses fiers regards sur l'assemblée des bandits.

— Avais-je le droit de faire cette promesse?

— Oui, oui! qui protège la Bohême, doit être protégé par elle.

La Zingarelle arracha un collier de son cou.

— C'est le collier de la Catarina, dit-elle; regardez bien, il y manque un sequin... Gaspard, Gabor, vous tous, constatez la nature des pièces et la véracité de mes paroles...

— C'est juste! dirent plusieurs voix, poursuis, Zinga, poursuis.

— Monsieur, reprit la gitane en s'adressant à Carlo, voulez-vous me confier la chaîne d'or que vous portez?

Le gentilhomme remit le bijou à la fille de Catarina.

— Vous voyez, fit-elle triomphante, ce sequin complète le collier de ma mère, et ce sequin, ce gentilhomme me l'a conté, lui fut remis par sa femme, la noble créature qui m'arracha des mains de la populace de Vienne. Vous savez maintenant pourquoi je le protège, pourquoi il m'est sacré, comme le serait sa compagne elle-même. Pour la vie de Catarina sauvée, pour la mienne, je demande sa vie, Gaspard; je l'exige, compagnons... Au surplus, que voulez-vous de lui? Une rançon? Cette rançon est prête; on s'en contenterait s'il s'agissait d'un roi.

Puis, appelant Zachée et Maugrabine, la Zingarelle ajouta:

— Apportez ici ma caisse de bijoux : je solde avec cela la liberté de ce gentilhomme. Ne refusez pas, car, sur ma foi, si un de vous le touche, je le venge!

Le premier qui s'approche, je le tue! (*Voir page* 63.)

VI

LE PREMIER CRIME DE GASPARD ORSOL

Le récit de la Zingarelle produisit une vive impression sur la troupe de Gaspard. Il était trop rare pour eux de rencontrer la pitié

et la sympathie pour ne point témoigner leur reconnaissance des
services rendus.

Le premier sentiment d'Orsol fut d'aller à Carlo Alberti et de lui
dire :

— Vous êtes libre!

Comme homme, il eût agi de la sorte; mais le chef de bande se
trouvait, dans le cas présent, obligé de prendre conseil de ses compagnons.

Il se tourna vers la partie de la salle occupée par Gabor le lieutenant, et quatre des plus influents parmi les bandits, et son regard
les interrogea.

Gabor s'avança résolument.

— Nous ne sommes pas faits pour entendre des histoires atten-
drissantes de petite fille, dit-il d'une voix rude. Il se peut qu'une
femme ait protégé la Catarina et la Zingarelle; dans ce cas, que
Dieu lui rende le bien fait à ceux de notre race! Mais rien ne prouve
que l'étranger, qui tua trois des nôtres dans la ferme de Karl, soit
le mari de cette compatissante grande dame. Il garde un sequin attaché à son collier, soit! mais tous les sequins se ressemblent.

— Ce n'est pas vrai! répliqua la Zingarelle, ceux du collier de
ma mère portent une marque presque invisible, gravée à l'aide d'un
poinçon.

— Dans tous les cas, reprit Gabor, vous avez eu le temps, ma
belle enfant, de répéter cette marque sur le sequin du gentilhomme.
J'avoue que j'ajoute une foi médiocre au joli conte que vous nous
avez fait... Qui sait si le prisonnier, que vous protégez d'une façon
si spéciale et si peu dissimulée, ne vous a point promis, pour prix
de ce mensonge, la rançon qu'il nous refuse... Qui sait même si,
au mépris de vos engagements, vous ne le suivriez pas volontiers
à Vienne, plutôt que de devenir la compagne du chef qui vous a
prise pour fiancée, et qui, à ce titre, nous oblige à vous respecter.

— Vous êtes lâche, Gabor! vous êtes lâche et infâme! répliqua
la jeune fille rouge d'indignation. Sur la tombe de ma mère, cachée
sous des fleurs, protégée par une croix, dans un cimetière de Vienne,
sur ma vie, à moi, fille de Bohême dont le seul tort fut de vivre
parmi vous, j'ai dit la vérité. Vous osez insinuer des infamies; si
Gaspard Orsol y ajoute créance, il peut retirer la parole qu'il m'a
donnée.

Puis se tournant vers le chef des bandits :

— Voici ta bague, Gaspard.

— Non! répondit le chef, non, Zingarelle. La fille de la Catarina ne saurait mentir ni tromper. Je ne veux pas m'arrêter aux soupçons injustes de Gabor. Je crois à la pitié de la noble jeune fille ; je crois que ce gentilhomme est l'époux de cette généreuse créature ; je crois à ton serment, et je tiendrai comme faite à moi-même toute offense qui s'adresserait à ta personne. Mais je ne puis décider du sort du prisonnier. La coutume est d'exiger une rançon en ducats...

— Ou la rançon du sang ! ajouta Gabor.

— Qu'il paye ! qu'il paye ! dirent les bandits.

— Ou qu'il meure ! ajouta Gabor.

La Zingarelle fit un pas pour se mettre au devant de Carlo.

— Le premier qui s'approche, je le tue ! cria-t-elle.

— Eh bien ! reprit Gabor, qui comprit à l'attitude de ses compagnons que la plupart répugnaient à l'assassinat d'un homme dont la femme avait sauvé la fiancée du chef, eh bien ! soit, faites-lui grâce de la vie, à une condition, une seule.

— Laquelle? demanda Gaspard avec empressement.

— Nous tuons les prisonniers pour deux raisons, la première afin de les empêcher de révéler dans quelles circonstances ils tombèrent entre nos mains, la seconde pour n'être pas obligés de nourrir des bouches inutiles... Je n'ai pas à tel point l'amour du sang que je souhaite répandre celui de ce gentilhomme... Il faut avouer, d'ailleurs, que sa façon de se battre inspire pour lui l'estime des connaisseurs en fait de vaillance... Il nous a tué trois hommes, et il en a mis quatre hors de combat ; mais il est de ceux qui peuvent compter pour dix, et mon avis est de concilier la pitié qu'il inspire à la Zingarelle avec les nécessités de la situation ; nous manquons de sujets : il faut qu'il entre dans la bande. Une fois sa parole donnée et ses premières armes faites, il sera libre comme chacun de nous, et il aura, comme nous, droit aux prises.

La proposition de Gabor fut accueillie par un murmure flatteur.

Le regard de la Gitane se tourna anxieusement vers le gentilhomme, dont le visage exprimait une fierté dédaigneuse.

— Vous avez entendu? lui demanda Gaspard.

— Oui, répondit Carlo.

— Acceptez-vous?

— Je refuse !

— Malheureux ! fit la Zingarelle, c'est la mort !

— Mon enfant, dit le gentilhomme d'une voix douce et triste, depuis quinze jours, de si effroyables malheurs tombent sur moi,

que j'en suis à me demander si le trépas ne serait point préférable
à la vie qui sera désormais la mienne... Si ces hommes me condam-
nent, je mourrai en leur pardonnant, et Dieu me tiendra compte de
cette miséricordieuse pensée.

Il ajouta plus bas et avec un frémissement :

— J'ai frappé de l'épée, je périrai par l'épée.

— Non, fit la Zingarelle, dont les yeux brillèrent d'une énergique
résolution, non, vous ne le tuerez point! Je ne veux pas qu'il
meure! Gaspard, vous m'avez demandé d'être votre femme, et j'y
ai consenti; mais, je le jure, si cet homme tombe lâchement assassiné, je vous méprise, je vous renie! Et non seulement jamais je ne
deviendrai votre compagne, mais vous pourrez me croire votre ennemie implacable... J'étais dévouée à tous, et j'aurais, vous le savez,
enduré le dernier supplice plutôt que de vous trahir; mais, à partir
du jour où vous aurez eu ma parole en dédain, où vous aurez fait
litière de ma reconnaissance, je chercherai l'occasion de vous nuire,
je me ferai délatrice et traître, j'aurai hâte de voir couler votre sang
sur la roue, comme vous aurez versé celui d'un homme dont la
femme défendit la Catarina menacée et perdue! Le talion, je vous
rendrai le talion! Je suis Tzigane et brigande, essayez!

Vraiment, la Zingarelle était superbe de bravoure audacieuse
tandis qu'elle parlait de la sorte. Elle s'adressait tour à tour à Gaspard, à Gabor, à tous les hommes groupés autour d'elle. Plus d'un
se souvenait d'avoir été pansé par elle, tous songeaient que, si mé-
créant qu'on soit, il faut pourtant se rappeler que l'on a un cœur.
Et puis elle n'était pas moins généreuse que brave, la fille de la
Catarina; la cassette apportée par Zachée et la Maugrabine valait
la rançon d'un prince. Le parti de Gabor lui-même faiblissait.

La Zingarelle reprit courage. Ses yeux se reposèrent plus doux
sur le chef, et, après l'avoir bravé, menacé, elle lui dit avec une expression soumise :

— Prononce, Orsol, prononce sur le sort de ce gentilhomme et
sur le mien!

Le chef de bandits réfléchit un moment.

— Camarades, dit-il d'une voix ferme, je ne donne pas raison à
la Zingarelle parce qu'elle doit être ma femme... Mais la fille de la
Catarina garde des droits ici; elle a partagé nos dangers, facilité nos
expéditions; elle peut, dans une certaine mesure, parler en maîtresse. Il s'agit seulement d'unir son vouloir avec la prudence. Je
crois en avoir trouvé le moyen... Zachée et la Maugrabine ont ap-

porté dans cette salle le coffret renfermant un trésor commencé par la Catarina. Chacun de vous y plongera la main et y prendra un bijou, le hasard décidera de sa valeur... Ceci est pour la rançon du prisonnier... Quant à la prudence qui nous est obligatoire, nous allons exiger de ce gentilhomme qu'il jure, sur son honneur et sur la vie de celle dont le souvenir le protège, de ne point chercher à s'évader... A cette condition, il restera libre parmi nous et ne sera nullement tenu de se mêler à nos expéditions.

— Bien parlé! dit un brigand.

— Cet homme ne tiendra point sa parole! fit Gabor, et les morts ne parlent pas...

— Je compterai cependant sur son serment! répliqua Gaspard.

— Qu'il jure! qu'il jure! crièrent plusieurs voix.

Le regard de la Zingarelle implora Carlo.

Celui-ci prit son collier d'or, et d'une voix ferme :

— Sur mon honneur et devant Dieu, je promets, en retour de la vie qui m'est laissée, de ne point chercher à quitter Gaspard avant que sa troupe ait gagné la prochaine frontière.

— C'est bien! fit Gaspard.

La bohémienne courut ouvrir le coffre.

— Puisez-y, dit-elle; je ne perds que des pierreries, j'ai sauvé le mari de ma bienfaitrice.

Le premier des brigands qui s'approcha du coffret était jeune; la conduite de la Zingarelle l'avait ému; il fit le geste de saisir quelque chose dans la cassette, puis il frappa joyeusement ses mains l'une contre l'autre.

— Prendre ces diamants, fit-il, dépouiller la Zingarelle! Nous ne serions plus dignes d'être des brigands, nous deviendrions des voleurs!

Après ce mot, nul n'osa rien accepter des libéralités de la fille de la Catarina; Zachée et la Maugrabine remportèrent chez elle le coffret; pas un bijou n'y manquait.

Puis les hommes se dispersèrent et, un moment après, la salle du festin les réunissait de nouveau sous la présidence de la Zingarelle, plus en faveur que jamais. Elle ne parut point voir l'expression haineuse du visage de Gabor; elle souriait à Gaspard, elle souriait à tous! Elle s'estimait si heureuse, si fière d'avoir sauvé la vie d'un homme.

Pendant ce temps, le comte Alberti confié à la vieille gitane s'entretenait avec elle de la tournure que semblaient prendre les événements.

— Nous avons un peu trop abusé des biens de la contrée, disait-elle avec une affreuse grimace. Nos souterrains regorgent de richesses, c'est vrai, mais nous pourrions les payer cher. On vient encore de dévaliser deux châteaux à la faveur de l'incendie, et c'est un de trop. L'autorité a maintenant l'œil sur nous, et le moment est venu de quitter le pays. D'ailleurs, seigneurs et paysans commencent à s'armer contre nous; si les pandours surviennent par là-dessus, nous allons être traqués comme des sangliers.

— Et de quel côté se dirigeraient....

— Les bandits? dites le mot sans crainte, mon gentilhomme, car nous sommes des brigands, les pires de tous, et nous en sommes fiers.

Le comte fit un geste que devina la gitane.

— Que voulez-vous... on est bien forcé de hurler avec les loups. J'ai vieilli au fond des gorges de la montagne. Enfant volée, gardant à peine le souvenir de ma mère, que pouvais-je contre cette bande de damnés pour qui le pillage est une religion et l'incendie le feu du sacrifice! D'ailleurs, ils m'auraient tuée et, on a beau dire, la vie est une chose si belle qu'on y tient malgré tout et qu'on est capable de bien des lâchetés pour la conserver... Maintenant, je le sais, je suis une créature maudite, perdue, et je suis vraiment trop vieille pour changer de vie.

— Hélas! soupira le comte. Enfin, puisque vous devez partir d'ici, que pensez-vous qu'ils veuillent faire de moi?

— Ah! mon gentilhomme, qui pourrait le dire? Ici, on sait bien quand on entre, mais on ne sait jamais quand on en sort.

Le comte Alberti appuya son front sur ses mains et parut s'abandonner à une méditation profonde.

— Orsol a donné sa parole qu'il me rendrait la liberté, mais que vaut la parole d'un bandit!

Quand les brigands eurent terminé leur repas, une grave délibération suivit. L'on convint que, la nuit suivante, la cachette serait abandonnée, et que la troupe se disperserait dans Trieste et dans les alentours, sous des déguisements divers, jusqu'à ce qu'elle eût gagné un autre repaire devant servir de centre d'action. La bande possédait, dans toutes les villes d'une certaine importance, des correspondants, des recéleurs, des complices. Chez ceux-ci, elle trouvait des mules nécessaires pour le transport des bagages.

Vers onze heures, après que chacun des membres de l'association eut revêtu un costume propre à le travestir et à assurer sa sécurité, les bandits se séparèrent. Gaspard, la Zingarelle, la Maugrabine et le comte Alberti devaient entrer dans Trieste, y prendre les mules, et les charger des bagages. Par trois ou par quatre, les bandits, travestis en chasseurs, en maquignons, abandonnèrent le bois. Huit jours plus tard ils devaient se trouver au rendez-vous indiqué.

Au moment où Orsol apprit à Carlo qu'il le suivrait, il lui dit gravement :

— Si vous manquiez à votre parole, on nous tuerait, Zinga et moi !

— Ne craignez rien ! répondit Carlo.

Un moment, il eut la pensée d'écrire à Agnès ; mais que pouvait-il lui dire ? Quelle consolation lui offrir ? En quel lieu la prier de lui transmettre des nouvelles, et de le mettre au courant de ce qui s'était passé après la mort de Ryswick ?

Ne pouvant lui apprendre toute la vérité, mieux valait se taire. Il était tombé dans une si terrible aventure que Dieu seul pouvait, par un miracle, le tirer de cet abîme. Mais la foi restait vive dans son âme, et il attendait le salut sans savoir de quelle main il viendrait. Pour le moment, ce salut s'incarnait dans la Zingarelle. Jamais elle n'avait semblé plus charmante. Ses paroles, ses gestes, son rire, tout semblait remercier Gaspard et Carlo : l'un d'avoir compris sa généreuse pensée, l'autre de lui avoir fourni l'occasion de prouver qu'elle avait un cœur susceptible de reconnaissance.

Une fois les mules chargées des bagages précieux, et ces riches bagages dissimulés sous des tapis et des couvertures de bonne qualité que les pauvres gens achetaient volontiers, le comte, Orsol, la Maugrabine et Zinga se dirigèrent du côté de leur prochaine demeure. Durant le jour, Gaspard entrait dans les maisons, proposant sa marchandise ; la Maugrabine lisait l'avenir dans les mains des gens crédules ; la Zinga chantait et dansait. Quant à Carlo, tantôt il demeurait dans l'auberge, tantôt il se réfugiait dans une église.

Il ne songeait point à fuir.

Quand les bandits l'avaient trouvé dans la ferme, il allait devant lui, au hasard ; il continuait cette marche vers l'inconnu, résolu à tenir la parole donnée et à ne jamais chercher à se séparer de la bande d'Orsol tant qu'il se trouverait sur le territoire autrichien. Il ne se croyait pas le droit de coûter la vie aux deux seuls êtres qui l'eussent défendu.

Un soir, la Maugrabine dormait dans une étable à chèvres, et Zinga, Orsol et Carlo se trouvaient dans une petite chambre d'auberge.

Depuis quelques jours, la situation entre Gaspard et Carlo semblait moins tendue. Séparé de ses hommes, le chef de bandits n'était plus le même. Son langage attestait une certaine instruction. Tout en causant avec Alberti, il laissait deviner au fond de son âme des sentiments endormis qui pouvaient peut-être encore se réveiller. En prononçant le nom de sa mère, Carlo vit ses yeux humides. Évidemment, Gaspard Orsol n'était pas un voleur vulgaire. Il n'avait pas commencé la vie par le pillage et l'assassinat. Tout portait, au contraire, le gentilhomme à croire qu'un malheur l'avait jeté dans cette terrible voie.

Le chef de bandits devina ce que pensait le gentilhomme, et, le coude appuyé sur la table, regardant loin devant lui, il dit d'une voix plus triste que railleuse :

— Vous souhaitez apprendre le secret de ma vie?..

— Je l'avoue, répondit Carlo, vous me semblez souvent une énigme vivante. Je trouve dans votre caractère des oppositions qui déroutent brusquement mes impressions premières... Vous êtes un bandit, et vous conservez quelque chose de l'homme dont le cœur connaît des sentiments élevés... Vous avez pillé des églises, volé, assassiné, et je vous ai vu sauver un petit enfant qu'un taureau allait fouler aux pieds; le nom de votre mère vous arrache des larmes, et cependant...

— Cependant, j'ai fait des orphelins... Oui, tout ce que vous dites est vrai. Je sens encore vaguement en moi le souvenir des temps passés, et, si loin qu'ils soient, ils me font tressaillir... Ce que vous souhaitez apprendre, Zinga elle-même l'ignore... Mais il y a si longtemps que, vivant au milieu de mes complices, je n'ai pas trouvé un homme, que je vous révèlerai le mystère de ma vie...

Le comte Alberti posa son coude sur la table et attacha son regard sur le chef de bandits.

Gaspard Orsol pouvait avoir trente ans. Sa physionomie était belle, son geste facile, sa parole imagée. Ses grands yeux noirs trahissaient moins de cruauté que d'énergie. A l'heure où il allait dérouler le tableau de son existence passée devant le comte Alberti, il paraissait éprouver une sorte de repos. Ses nerfs se détendaient dans cet entretien lui rappelant que jadis il avait connu des heures heureuses. Il oubliait sa situation devant la société, les périls qu'il

courait chaque jour. Il ne se souvenait ni des juges devant lesquels
on le traînerait fatalement, ni des misérables au milieu desquels
il était condamné à vivre. Entre la pauvre Zingarelle, moins per-
verse que malheureuse, et le comte Carlo, dont le cœur saignait
de si poignantes douleurs, il se retrouvait ce qu'il fut jadis dans la
maison paternelle.

— Je suis né riche, dit Orsol; mon instruction répondait à ma
fortune; malheureusement, je me laissais facilement entraîner par
l'amour du plaisir. Mon père m'adorait avec faiblesse, et cette faiblesse me perdit, parce qu'elle me laissa libre de m'abandonner à
mes passions. J'ai été élevé dans le luxe, insouciant, inconscient
pour ainsi dire. J'ignorais le prix de l'argent que je dépensais en
prodigue. J'avais des chevaux à l'âge où les adolescents pâlissent
sur leurs livres. Au lieu de chercher les divertissements de mon âge,
je jouais avec frénésie. Mon père trouvait charmante cette précocité
dangereuse, dont son unique faute fut de ne point essayer de me
guérir.

Je vivais au milieu d'une jeunesse débauchée comme moi-même,
ne m'inquiétant ni de l'avenir, que pouvaient compromettre mes
folies, ni du résultat d'une existence qui ruinait ma santé et m'enlevait peu à peu le sentiment du devoir. Ma mère mourut pendant
que j'étais au berceau; ses leçons me manquèrent, et mon père me
traita en camarade, sans songer à remplir à mon égard de plus aus-
tères devoirs... Je venais d'avoir vingt ans quand la ruine fondit sur
nous. Non pas une ruine attendue, redoutée, mais une catastrophe
amenée par l'absolue mauvaise foi d'un ami de mon père. Cette
ruine fut soudaine comme la foudre, et, comme la foudre quand
elle a passé, nous laissa non-seulement dépouillés, mais couverts
de dettes, à la façon des prodigues qui tiennent presque à honneur
de compter des créanciers. Ce coup fut si terrible pour mon père,
que, pris d'une congestion, il mourut avant d'avoir pu m'apprendre
autre chose que le nom de l'auteur de notre catastrophe.

J'aimais mon père, et mon cœur garda longtemps là douleur que
me causa sa perte. Mais, loin de verser des larmes stériles, je ne cessai
de chercher le moyen de le venger. Dénoncer à la vindicte des lois
le misérable qui nous laissait dans le dénûment était inutile, en
appeler à sa conscience n'eût pas amené davantage de résultat. Je
voulais me venger, me venger à tout prix, et lui faire à la fois
rendre gorge en me restituant une part de ma fortune, et le désespérer pour le reste de ses jours. Cet homme nous avait volés, je

résolus de lui reprendre le fruit de sa spoliation. Il m'avait
enlevé mon père, je jurai de me venger sur sa fille. Afin d'arriver
plus sûrement à mon but, je feignis de quitter Vienne; caché sous
des habits d'artisan, je rôdai aux environs de la demeure de Deutz.
Avec la patience d'un sauvage, j'épiai ses allures, je me renseignai
sur les aîtres de la maison. Un soir, tandis qu'il était à la ville,
accompagné de presque tous ses domestiques, je pénétrai dans sa
maison, je m'introduisis dans la chambre du misérable, je forçai les
meubles, j'enlevai l'or et les pierreries qu'ils renfermaient. J'agissais
bruyamment, sans crainte d'être entendu. Je savais que l'enfant
était seule avec une servante, et j'en étais presque à souhaiter que
l'une ou l'autre de ces femmes s'offrît à moi.

Ce fut l'enfant épouvantée qui, entendant du bruit dans la
chambre de son père, apparut sur le seuil. Elle pouvait avoir dix ans
et il me sembla qu'elle était charmante. Mais son père avait tué le
mien, et je trouvais sous ma main la petite créature; un seul coup
l'abattit sur le plancher. La servante accourut à ses cris, et la
servante tomba.

Ce double meurtre accompli, j'approchai des rideaux et des tentures le flambeau placé sur la cheminée, et quand je compris que
l'incendie ne pouvait plus être arrêté, je descendis l'escalier, et je
m'élançai dans le jardin. Un homme venait d'en franchir le seuil,
c'était Deutz... Il arrivait pour être témoin d'un désastre qu'il ne
gardait plus le pouvoir d'empêcher.

Il me reconnut et voulut me saisir. Mais je me sentais doué en
ce moment d'une force plus qu'humaine, et, passant entre le père
affolé et le serviteur stupide, je criai :

— J'ai vengé mon père !

Il fut impossible de constater que j'avais repris dans les meubles
de Deutz les valeurs dérobées. On ne put davantage prouver que la
servante et l'enfant avaient été assassinées avant que le feu fût mis
aux bâtiments. Mais les paroles que j'avais dites et ma présence
dans le jardin suffisaient pour prouver ma culpabilité. Je le
sentais si bien que, la nuit même, je quittai Vienne, et je partis pour
la ville dans laquelle nous sommes en ce moment. J'avais de l'or,
des bijoux, une grande audace; je sentais le besoin de m'étourdir,
et je commençai à fréquenter les tripots. Je jouai, et j'eus, comme
tous les joueurs, des alternatives de gain et de perte. Dans les lieux
suspects que je fréquentais, je trouvai des Grecs habiles, des faus-
saires, des voleurs. Ceux-ci, jugeant à ma hardiesse que j'aurais peu

de scrupules, devinrent mes compagnons habituels. Je descendis, de
degrés en degrés, jusqu'à leur indiquer le moyen de dépouiller des
femmes de leurs bijoux, des hommes de leur or. Quand la police
s'inquiéta de mes agissements, je quittai Trieste avec deux camarades, et nous suivîmes à pied la première route qui s'offrit à nous.
Elle nous conduisit dans une auberge où venait de se passer un
drame sanglant. En face de ce bouge, on avait arrêté un landau,
dépouillé, assassiné les voyageurs qui s'y trouvaient, et les voleurs,
à demi ivres, buvaient le produit de leur larcin. Entre eux et nous,
il fut question d'aller piller un château situé à une faible distance.
Ne vous étonnez pas si l'on m'offrit tout de suite de prendre part à
l'affaire : j'avais été reconnu, et l'on me savait hors la loi. Du
moment que ma tête se trouvait mise à prix, peu m'importait d'ajouter à la suite de mes crimes ; je pris part à l'expédition, je touchai la
même somme que mes nouveaux camarades, et quelques jours plus
tard je faisais définitivement partie de la troupe. Trois ans après,
le chef mourut, et je lui succédai. Depuis, j'ai répandu la terreur
dans la haute et dans la basse Autriche, dans la Carniole et dans la
Carinthie, en Tyrol et en Illyrie. Je suis le bandit Orsol que tous
poursuivent et que nul ne peut saisir ; Orsol le maudit, qui sera quelque jour capturé par une troupe de pandours et qui finira sur la
roue.

— Mais, demanda le comte, n'avez-vous jamais eu honte et
remords de cette horrible vie ?

— Si, parfois, je l'avoue... Souvent le dégoût me monte aux
lèvres... Je voudrais fuir à tout prix les misérables auxquels je suis
lié ; mais à quoi bon ? mes regrets ne feraient point que le passé
cessât d'exister... Je ne pourrais effacer les crimes de mon existence !

— Vous oubliez le repentir ! répondit le comte.

— Dieu l'accepte, les hommes n'y croient pas.

— Vous vous trompez, ils le comptent ; mais, enfin, il est trop
vrai, vos pillages, vos assassinats, vos sacrilèges forment un trop
lourd fardeau pour que la justice vous pardonne jamais... Mais ne
pouvez-vous abandonner l'Autriche, fuir en Turquie, aller si loin
que nul ne puisse vous reconnaître et vous dénoncer ?

— Mes hommes craignent parfois que j'exécute ce que vous me
conseillez : ils me surveillent. Je pourrais peut-être échapper à la loi,
mais je ne leur échapperais pas !

— Quel est votre avenir ?

— Je vous l'ai dit, la mort ignominieuse... J'ai joué ma liberté, mon honneur et ma vie, je perdrai fatalement parce que cela sera juste, et alors je paierai bravement.

— Vous avez assez d'énergie pour refaire votre existence.

— Je me le suis dit, autrefois surtout. Mais l'habitude du mal a étouffé en moi le germe des bonnes pensées. Aujourd'hui, je suis perdu, bien perdu!

— Je me refuse à le croire, vous gardez encore des sentiments généreux.

— Parce que je n'ai pas voulu qu'on vous assassinât? N'exagérez pas mon mérite... Vous êtes brave, et j'estime la bravoure... Ensuite cette jeune fille vous protégeait... Elle mérite bien que je fasse quelque chose pour elle...

— Gaspard! s'écria la Zingarelle.

— Laisse-moi dire, reprit le bandit. Tu n'es pas méchante, toi, ni avare, tu es une pauvre enfant élevée dans le mal, qui ne sait que le mal et à qui peut-être on pourrait enseigner autre chose.. J'ai parfois un remords de faire de toi la femme d'un bandit...

— Je suis une gitane, reprit Zinga, je vis en gitane.

— Je ne sais pourquoi, il me semble que je n'ai pas longtemps à vivre, que la catastrophe ne saurait tarder... Et, sachant que je ne puis me sauver, je ne veux pas, du moins, t'entraîner dans ma ruine.

La gitane secoua la tête.

— Monsieur, reprit le bandit, vous connaissez désormais ma vie, vous savez que si, parfois, vous me voyez triste, c'est que je songe à mon père... Vous et moi, nous vivrons côte à côte, jusqu'à la mort de l'un de nous, peut-être... Il serait juste que je tombasse le premier.. Alors, je vous en supplie, n'abandonnez pas la pauvre Zinga qui vous a sauvé, et ramenez-la près de l'ange à qui la Catarina dut jadis son salut.

Le bandit se leva après avoir reçu la promesse d'Alberti; puis il alla s'enfermer dans sa petite chambre, tandis que Zinga et la Maugrabine se réfugiaient dans un cabinet voisin.

Carlo Alberti resta seul. Il ouvrit sa fenêtre et regarda le ciel bleu; il était sans nuage. La fenêtre, située au premier étage, permettait une évasion facile. Carlo y songea, puis rapidement il ferma la croisée.

— Allons donc! fit-il, un gentilhomme doit tenir sa parole à tout le monde, même à un bandit!

Il s'approcha de Moll et de Goritz. (*Voir page* 82.)

VII

LES PANDOURS

— Diable de mission! s'écria le capitaine de pandours en frappant
sur la table un coup de poing qui fit résonner les verres et les bou-

teilles dont elle était couverte. J'aimerais mieux saisir tous les con-
trebandiers du monde et lutter contre une armée de Turcs, que de
poursuivre la bande de Gaspard Orsol. Dans une bataille, au moins,
on voit ce qui se passe, on comprend l'engagement de l'action ; mais
depuis quinze jours que le gouvernement nous a fait transmettre cet
ordre, aussi simple que précis, d'avoir à nous saisir des bandits et à
les amener pieds et poings liés à Vienne, afin qu'on les traite suivant la rigueur des lois, Belzébuth sait si j'ai mangé un seul bon
repas et dormi tranquillement dans un lit. Est-ce un pays que celui-
ci? On tombe d'une fondrière dans un gouffre, d'un monticule dans
une excavation. La montagne ressemble à un dédale de cavernes ;
le sol des bois même s'effondre parfois sous les pieds... Je donnerais
volontiers la moitié de ce que m'ont rapporté mes expéditions
passées pour n'avoir pas été chargé de celle-ci. Qu'en dites-vous,
lieutenant Goritz?

— Je dis que j'aimerais autant être ailleurs...

— A la bonne heure ! Vraiment, ce n'est pas là besogne de soldat...

— Je trouve comme vous, capitaine, que nous faisons un chien
de métier. Et puis tout semble conspirer contre nous, et je vous affirme ne rien comprendre à ce qui se passe. Il paraît que de tous côtés
arrivaient des plaintes au gouvernement. Les populations, épou-
vantées par les pillages et les incendies de la bande d'Orsol, sup-
pliaient la police de lui venir en aide, et d'envoyer une troupe de
soldats afin d'avoir raison des brigands. On eût dit que chacun des
Carnioliens allait devenir notre allié ! Ah bien, oui ! Les hommes,
les femmes, les enfants semblent, au contraire, n'avoir d'autre volonté que celle de protéger les brigands contre nous. De faux aver-
tissements nous lancent sur une piste, et tandis que nous cherchons
d'un côté, les brigands s'évadent de l'autre ! Cette infernale vie ne
saurait durer, car les soldats commencent à se lasser d'une chasse
stérile.

— Depuis quinze jours ils ont à peine dormi quelques heures,
reprit le capitaine Moll. C'est à jeter les épaulettes dans la rivière,
sur ma foi ! Voilà une semaine que nous fouillons inutilement les
environs d'Adelsberg, et nous serons forcés d'en partir bredouilles,
comme nous avons fait de Trieste.

— Oh ! cette fois, reprit Goritz, nous avons joué de malheur ;
Gaspard Orsol et sa bande avaient quitté le pays depuis une journée quand nous avons battu la ville et la campagne. Et c'est toujours ainsi : nous arrivons régulièrement trop tard...

— Bravo, Goritz! fit le capitaine Moll. Je crains beaucoup que votre avancement soit retardé d'une façon presque indéfinie, s'il est subordonné à la capture des brigands.

— Mon avancement et mon mariage, capitaine, le gouvernement nous devant abandonner une part sur les prises que nous pourrons faire. Il me semble que ces misérables doivent posséder d'incalculables trésors. Songez donc! tant d'églises pillées, de couvents spoliés, de manoirs dévalisés.

J'en rêve quelquefois tout éveillé, pendant nos heures de marche ou de stations nocturnes.

— Vous faites bien d'y songer, Goritz; peut-être ne posséderez-vous jamais qu'en rêve une partie de ce trésor qui s'éloigne de nous comme un mirage à mesure que nous croyons l'atteindre.

Le lieutenant vida d'un trait son large verre; puis, fouillant un instant dans sa poche, il en tira un cornet et des dés qu'il fit sonner aussitôt sur la table.

— Si nous faisions une partie de dés? dit-il.

— Ma foi, dit le capitaine, c'est peut-être ce que nous avons de mieux à faire...

— Alors, jouons! fit Goritz.

— Oui, jouons, conclut le capitaine Moll.

Et la partie commença.

Le capitaine et le lieutenant appartenaient tous deux à cette partie de l'armée autrichienne en majeure partie composée de Hongrois, et désignée sous le nom de *pandours*.

Il faut convenir qu'on les tenait généralement en médiocre estime.

Peut-être, dans la Carniole, qu'ils avaient en ce moment mission de surveiller et de protéger, les considérait-on pour aussi dangereux que les bandits eux-mêmes.

Dans les auberges, ils criaient, buvaient, brutalisaient les servantes, et partaient souvent sans solder leur écot d'une façon régulière.

Ils pressuraient le paysan sous prétexte de le défendre.

Jamais les pandours n'entraient dans une maison sans laisser des traces sinistres de leur passage. C'étaient, pour la plupart, des hommes recrutés parmi l'écume sociale, capables de beaucoup de méfaits, prêts à tout, doublement disposés à l'obéissance parce qu'ils possédaient beaucoup de vices et ne gardaient aucune conscience. Un grand nombre eût été plus à sa place sous une souquenille de forçat que sous un costume militaire; mais la petite guerre qu'ils faisaient le long des frontières eût souvent révolté les honnêtes gens, tandis que les pandours, sous prétexte de maintenir l'ordre, pillaient les habitants, et s'engraissaient des dépouilles de leurs victimes.

Rodolphe II, fils de Maximilien II, se trouvant un jour embarrassé de la surveillance de ses frontières, chercha un moyen à la fois sûr et économique d'en conserver l'intégralité. Il chargea son neveu Charles de surveiller les marches de Styrie, de Carinthie, et de Carniole.

Le duc Charles remplit les places fortes de ses propres soldats, et dispensa son oncle de conserver une petite armée en permanence sur les frontières. C'est pour défendre ces places que, ne voulant pas employer ses troupes, le duc Charles de Styrie appela dans ses États une foule d'aventuriers de toutes les nations, et forma de la sorte cette légion d'où sortit cette milice intrépide et pillarde que l'on appelait les pandours. Tandis qu'à la cour de Marie-Thérèse les trabans formaient une garde d'honneur, les pandours demeuraient chargés des entreprises difficiles, humiliantes, ce qui ne contribuait guère à relever leur moral et à modifier leur réputation. On les savait cupides et cruels, inaccessibles à la pitié si leur intérêt était d'oublier qu'ils étaient hommes sous leur uniforme de pandours.

Cette troupe pittoresque ne manquait, cependant, ni de beauté ni de grâce. A une vigueur peu commune, elle joignait dans l'expression du visage un air de bienveillance souriante, dont il était facile de devenir dupe. Mais ceux qui avaient déjà vu leur pays traversé par des bandes de pandours savaient qu'à l'heure même où ils commettaient les cruautés les plus atroces, ces soldats conservaient sur les lèvres un sourire affable. Les pandours souriaient à table; ils souriaient dans la mêlée de la bataille; ils souriaient encore en mettant le feu aux récoltes et aux toits de chaume des pauvres paysans, quand ils soutenaient avoir sujet de s'en plaindre; ils souriaient partout; ils souriaient toujours. Ils eussent souri en égorgeant un enfant sur le sein maternel.

Le capitaine Moll et le lieutenant Goritz formaient, en apparence, le contraste le plus complet.

Moll était petit, maigre, basané, nerveux. Ses cheveux frisaient et se dressaient au-dessus d'un front bien modelé; l'œil était vif, intelligent; le sourire aiguisé de cruauté féroce.

Goritz, au contraire, atteignait plus de six pieds; sa peau était blanche, ses yeux riants, sa voix sonore, harmonieuse; son rire était éclatant, presque bon, et cependant il eût mieux valu tomber entre les mains de Moll que dans celles de Goritz, car le visage de celui-ci subissait parfois des métamorphoses inattendues, effrayantes. L'œil du colosse se vitrait, le front rougissait comme si le reflet d'un foyer l'eût frappé, la voix devenait aiguë et Goritz paraissait alors effrayant.

Moll et Goritz jouaient avec acharnement, avec rage, perdant ou gagnant tour à tour l'argent de leur solde, prêts à s'accuser de tricherie, mettant la main dans leur poitrine pour y chercher le manche d'un poignard. Chacun sentait que le camarade pouvait, d'un moment à l'autre et à la première contestation, se changer en ennemi sous l'influence d'une passion violente.

Tout à coup, tandis que Moll remuait bruyamment les dés sous le regard attentif du lieutenant Goritz, la porte de la salle dans laquelle se trouvaient les deux pandours s'ouvrit timidement, et un paysan parut sur le seuil.

— Au diable l'importun! fit Moll.

— Que voulez-vous? demanda Goritz d'une voix rude.

Il lui déplaisait qu'on le surprît au milieu de cette partie passionnée, dans un temps où l'on devait croire les défenseurs de l'ordre public occupés à combiner des plans assez habiles pour déterminer le succès de leur mission.

Le paysan fit un humble salut, tourna son énorme chapeau de feutre dans ses doigts et, après avoir repris un peu contenance, dit d'une voix encore mal assurée :

— Que Messieurs les officiers de Sa Majesté me pardonnent, je viens leur offrir mes services.

— Ah! ricana Goritz, encore un carottier !

— Des services de quel genre? demanda Moll.

— Je sais où se cache la bande de Gaspard Orsol.

Moll et Goritz se renversèrent sur leurs sièges en riant à gorge déployée.

— Sur ma parole! dit le premier, tu es le cent-troisième coquin que je rencontre en Carniole.

— Puis-je savoir ce qu'ont fait les cent-deux coquins dont vous parlez?

— Pardieu! ils ont promis de nous livrer la bande de Gaspard Orsol.

— Et ils ne l'ont pas fait?

— Ils s'en sont bien donné garde.

— Et vous aviez payé leurs renseignements?

— En bons ducats.

— C'était un tort, répondit le paysan.

— Bah! fit Goritz.

— Sans doute; il ne fallait solder le compte qu'après; on vous avait trompé, il se serait réglé en bastonnade.

— Tiens, tiens, fit le lieutenant surpris, voici une autre antienne.

— Tu ne demandes donc pas d'avances, toi? poursuivit le capitaine.

— Je ne recevrai pas même de salaire.

— Quel intérêt as-tu à trahir Orsol?

— Je veux me venger!

— Oh! fit Moll, ceci devient sérieux.

— Sérieux comme la vie, irrémédiable comme la mort.

— Les brigands t'ont volé?

— Oui; mais je le leur aurais pardonné!

— Que leur reproches-tu encore?

— Ils ont tué ma fille, et leur sang paiera cette dette.

— Assieds-toi, fit Goritz, tu es pâle.

L'homme prit un escabeau et s'assit.

— Cela se peut, répliqua l'homme en passant la main sur son front baigné de sueur... Depuis la mort de Militza, je n'ai ni mangé ni bu; il me semble que je marche et que je parle en rêve.

— Bois, fit Moll; il faut ranimer tes forces pour nous servir de guide.

Le paysan vida le verre que le capitaine lui tendait; puis il reprit :

— Vous pouvez me placer au milieu de quelques-uns de vos hommes, et me casser la tête d'un coup de mousquet si je mens. Sur l'âme de Militza, les brigands sont réfugiés en ce moment dans les grottes.

— Mais quelles grottes? s'écria Moll. Les Alpes de ce pays sont percées de cavernes; ces amas de calcaire me font l'effet d'une roche gigantesque. On dirait la contrée disposée à souhait pour une bataille à livrer entre des soldats et des bandits. Nous avons apporté ici des cartes géographiques et nous sommes aussi ignorants que si nous n'avions rien étudié.

Le paysan haussa les épaules, repoussa avec dédain les cartes coloriées et pointées couvrant l'une des extrémités de la table, puis il ajouta :

— Il faut être de la Carniole pour s'y reconnaître, Monsieur l'officier. Moi qui vous parle, je pourrais vous conduire à travers les Alpes Carinthiennes et les Alpes Juliennes. J'ai un pied de chamois et l'œil d'un chat. Le jour, comme la nuit, fiez-vous à ma connaissance du territoire.

— Quand devons-nous partir? demanda Moll.

— Les bandits sont depuis huit jours dans la grande grotte de cristal; ne perdez pas de temps et, la nuit venue, mettez-vous en campagne.

— A quelle distance ces grottes sont-elles d'ici?

— Quatre lieues, à peu près.

— Tu l'appelles?

— Toëfer.

— Eh bien! Toëfer, fais-toi servir, au compte des officiers pandours, un repas substantiel, dors jusqu'à neuf heures du soir. Un de nos soldats ira te réveiller et tu nous conduiras aux grottes... Mais rappelle-toi...

— Le coup de mousquet si j'ai menti... Je n'oublie rien, capitaine! Vous le voyez bien, puisque je me venge de Gaspard.

— Quand le paysan eut disparu, Goritz remit les dés dans sa poche, puis il attira de nouveau les cartes géographiques et les livres ouverts sur la table, et se mit à étudier minutieusement la configuration du pays.

Les Alpes Carinthiennes et les Alpes Juliennes forment autour de la Carniole une ceinture de défenses naturelles.

Le sommet du Tuglon la domine, dressé entre les deux rives de la Save. Ce glacier, le seul de la contrée, répand la poésie mélancolique du nord au milieu d'un paysage où le sublime se mêle à l'horrible. Entre les monts se creusent des gorges, où s'ouvrent des précipices inattendus. Les flancs des montagnes se creusent; le sol est déchiré, crevassé dans tous les sens. On dirait que des commotions souterraines l'ont bouleversé jusqu'à lui laisser l'apparence du chaos. Du sommet des monts se précipitent des torrents dont les eaux tumultueuses grondent à travers les vallées. La Save, le Gurk, le Sayer et la Leibnitz s'enflent et débordent dans les vallées qu'elles changent souvent en marais.

Des bois centenaires couvrent les montagnes et forment la plus grande partie de la richesse de la Carniole, qui ne récolte guère que du chanvre et du maïs. L'opulence du pays ne vient pas du sol, mais des entrailles mêmes de la terre. A quoi bon cultiver le sol de la Carniole? il suffit de l'éventrer.

Après avoir étudié les moindres détails de cette carte, Goritz dit à Moll :

— Je me fie plus à la vengeance qu'à l'avarice ; cet homme ne nous trompe pas et, cette fois, je compte un peu sur mon mariage et sur mes épaulettes.

— Moi, répondit Moll, je suis moins facile à convaincre, et cependant je reste persuadé que Toëfer dit la vérité. Mais il n'est pas seul à connaître le pays. La troupe de Gaspard se recrute de tous les mauvais sujets des environs; nul doute que dans sa bande ne se trouvent des habitants du Tyrol qui lui indiqueront une troisième issue, au moment où nous croirons garder les deux routes conduisant aux grottes.

Si les grottes sont vastes, les montagnes sont plus vastes encore. Chacune d'elles renferme un nombre incalculable de cavernes mystérieuses et profondes, et dans chacune existe, préparée de longue main, une cachette renfermant les objets indispensables à la vie de quelques hommes. Vous souvenez-vous de la découverte faite dans un bois de Trieste?

— Quelle découverte? demanda Goritz.

— Un chasseur poursuivait un loup, et courait sur ses traces avec des chiens, quand tout à coup l'un d'eux disparaît sous terre en poussant un cri douloureux. Le chasseur s'élance au secours de la bête, et voit tout à coup s'ouvrir à ses pieds un trou de moyenne dimension. La trappe qui le dissimulait, pourrie sans doute par l'humidité, ou trop surchargée de bois, avait cédé. Une échelle se trouvait dressée près de l'orifice de cette ouverture souterraine; le chasseur se procura de la lumière, descendit avec précaution et demeura surpris de se trouver dans une demeure aménagée d'une façon presque luxueuse. C'était le repaire de la bande Orsol, tandis que les bandits dévalisaient les environs de Trieste. Soyez-en sûr, dans les flancs de l'Adelsberg, ils possèdent plus d'une cachette mystérieuse.

— Voulez-vous mon avis, capitaine? imitons Toëfer et dormons jusqu'à la nuit; la partie sera chaude.

— Auparavant, lieutenant Goritz, consignez tous les hommes à l'auberge.

Les soldats comprirent que, cette fois, il se passerait quelque chose de décisif.

Un repas plantureux leur fut servi, mais on se montra sévère au sujet de la ration de vin ; chacun d'eux devait garder l'œil vigilant et le pied ferme. Seulement, on remplit leur gourde d'eau-de-vie au moment du départ. Vers neuf heures, la troupe se mit en route ; Toëfer prit la conduite de l'expédition. Il marchait entre deux soldats tenant leurs mousquets armés. En dépit de ses protestations, il se pouvait qu'au lieu de livrer les brigands aux pandours, il eût vendu les soldats aux bandits. Goritz et Moll se tenaient à côté de leur petite troupe.

Il faisait une nuit nuageuse plutôt que sombre. Le ciel passait subitement d'un éclat lumineux à une obscurité subite. Ce temps servait admirablement le projet des pandours.

En effet, s'ils n'eussent été guidés par un homme du pays connaissant chaque bouquet d'arbres, chaque ruisseau, pouvant indiquer la profondeur de la moindre caverne formant un trou noir dans les masses de calcaire, il eût été impossible aux soldats de songer à poursuivre les brigands par une nuit semblable.

Le paysage prenait, par intervalles, un aspect effrayant et fantastique. Sous les rayons intermittents de la lune, on distinguait d'énormes masses rocheuses trouées de la base au faîte par une rangée de cavernes semblables aux alvéoles d'une ruche. Sur certaines parois abruptes paraissaient se dessiner des portails gigantesques ou s'aligner des colonnades symétriques. Dans des orifices de formes bizarres, à des profondeurs que le regard ne pouvait sonder, s'engouffrait le vent, ou roulaient des eaux tumultueuses. La montagne s'emplissait de bruits. On sentait des grondements de torrents autour de soi, on en devinait dans ces cavités invisibles. Tout devenait péril dans cette marche à travers la brume, dans ce pays déchiré, fouillé, que la nature semble avoir tourmenté à plaisir, et que les travaux de l'homme achèvent de bouleverser. Puis, au moment où l'on croyait prendre pour guide le cours d'eau qui un moment auparavant avait, pour ainsi dire, jailli sous les pieds, cette même eau s'écoulait subitement, disparaissait sans laisser de trace, comme si elle se fût perdue à travers un crible invisible pour rejoindre, dans les entrailles de la terre, les canaux souterrains dont le sourd grondement arrivait à l'oreille quand on passait à côté des gouffres béants comme des cratères, et paraissant se perdre dans les entrailles de la terre.

Si l'œil se portait en haut, sur les pentes des monts et le sommet des plateaux, des bois noirs dominaient leurs masses gigantesques, et le vent de la nuit en apportait l'arome aux pandours.

Ils marchaient d'un pas aussi rapide que le permettaient les inégalités et les difficultés du terrain.

Les soldats se trouvaient alors proche du massif de montagnes d'Adelsberg, dont le réseau s'étend du Sud-Ouest au Nord-Est.

Quand Toëfer arriva non loin de l'entrée de la principale grotte, il s'approcha de Moll et de Goritz.

— Vous voyez, maintenant, que je ne vous ai pas trompés, leur dit-il. Encore une seconde et vous vous trouverez dans la grotte. Je vous conseille, alors, de démasquer vos lanternes sourdes. Les bandits ont sur vous un immense avantage : celui de connaître le théâtre de la lutte. Maintenant, capitaine, de la tactique et surtout de la prudence : divisez votre troupe en deux ; tandis que vous prendrez le commandement de l'une, le lieutenant marchera à la tête de l'autre. Les grottes de Carniole ne sont pas des grottes pour rire, et ce que vous allez voir vaut la peine de courir un danger. Je guiderai la seconde troupe du côté de la sortie, pendant que vous calculerez le temps que doivent mettre des hommes pour parcourir un quart de lieue et demi environ.

— Il faut dix minutes, répondit Moll.

— A peu près, capitaine.

— Avant de choisir ma place dans le combat, j'ai besoin d'un renseignement.

— Je suis prêt à vous donner tous ceux que vous voudrez : je ne suis venu à vous que pour cela.

— Quel poste sera le plus dangereux?

— Celui de la sortie.

— Pourquoi?

— Au moment de l'attaque, les brigands, se fiant à leur connaissance approfondie des grottes, vont plutôt s'enfuir que chercher la bataille. Ils espéreront que vous vous perdrez immanquablement dans les dédales des cavernes, ou que vous vous noierez dans les rivières souterraines... Ils fuiront donc... C'est en trouvant la sortie de la grotte défendue par vos soldats qu'ils comprendront que véritablement ils sont perdus. Alors la lutte sera terrible; ces hommes se trouveront placés en face de la mort par les armes ou par la roue : dans cette alternative, ils défendront chèrement leur

vie, croyez-le bien... c'est pour cela que la sortie des grottes
semble plus dangereuse à garder que l'entrée.

— N'existe-t-il point d'autre passage?

— Je n'en connais pas, répondit Toëfer avec une évidente sincé-
rité.

Le capitaine appela Goritz à voix basse.

— Lieutenant, restez ici, lui dit-il, cachez soigneusement vos
hommes de chaque côté de l'entrée de cette excavation... Faites
sonner votre montre... Onze heures. Bien... Dans un quart d'heure,
pénétrez sans bruit dans ce couloir. Défendez votre vie, certes, mais
souvenez-vous que nous devons prendre vivants le plus grand nombre possible de bandits.

— Allons! répondit Goritz, je vais gagner mes épaulettes de capitaine.

— Rappelez-vous que vos hommes ne doivent point perdre de
temps à fouiller les grottes pour y trouver des trésors, qui peut-être
sont fort loin de la Carniole. S'il leur tombe sous la main de l'or
ou des bijoux précieux, tout sera partagé plus tard suivant la justice... Dans un quart d'heure, Goritz.

— Je serai exact, capitaine.

Moll continua à cheminer avec circonspection, sous la conduite du
paysan, tandis que Goritz comptait anxieux le nombre des minutes
qui s'écoulaient.

Enfin le quart sonna à sa montre, il siffla doucement pour grou-
per autour de lui ses soldats. Chacun d'eux prit un sabre d'une
main et un mousquet de l'autre. Des lanternes sourdes de taille
exiguë étaient fixées à l'un des boutons de leur uniforme : ils devaient les démasquer en pénétrant dans les grottes, et seulement
après avoir constaté le nombre de bandits et calculé leurs moyens
stratégiques.

A partir de ce moment, un silence complet régna parmi les pandours, qui sentaient qu'une partie décisive allait se jouer dans ces
ténèbres. Goritz s'avança le premier, et suivit un couloir sombre
dont les parois allaient s'élargissant. Le sol semblait solide sous les
pieds. Mais toute la montagne paraissait incroyablement sonore.

Les soldats marchèrent sans bruit; mais, à mesure qu'ils avançaient, il leur devenait facile de définir la nature des bruits divers
dont la perception leur arrivait d'abord indistincte, ensuite plus
nette, enfin entièrement précise.

D'abord une basse sombre, monotone, lugubre, un grondement

sourd rappelant le tumulte des vagues déferlant contre une falaise ;
ensuite des sons vibrants, comme si des trompes s'étaient engouf-
frées dans des cavernes et y formaient des accords autour d'immenses tuyaux d'orgues; enfin des éclats de voix humaines mon-
tant et descendant la gamme du rire.

Goritz s'approcha encore davantage, et bientôt il lui fut possible
de voir une partie de la grotte principale.

Cette portion se trouvait richement éclairée, car les magnificences
de l'illumination se doublaient en se reflétant dans les stalactites du
plafond et les cristallisations des parois.

De la voûte descendaient des draperies à demi transparentes, que
l'on eût dit relevées par les mains d'un décorateur habile. Contre
les murailles se profilaient des colonnes d'un style pur et, entre
leurs groupes surmontés de chapiteaux bizarres, on voyait tantôt
s'élever un autel de pierre, tantôt se dresser une urne à demi voilée.
De la voûte pendaient des lustres de cristaux, des aiguilles transparentes d'un blanc lacté ou d'un rose tendre. L'ensemble de la grotte
était réellement admirable. Quelque peu poète que fût le lieutenant
des pandours, il resta un moment stupéfait à la vue de cette merveille dont rien ne dépasse les beautés !

Ses hommes le suivaient, regardant à leur tour, prêts à obéir au
premier signal.

Le spectacle que présentaient les bandits était réellement pittoresque. La Maugrabine avait jeté sur le sable de la grotte un certain nombre de tapis, et sur ces tapis se trouvaient les restes d'un
repas plantureux.

Un grand nombre de bouteilles vides avaient roulé à terre. Les
hommes d'Orsol se trouvaient assez libres, et se croyaient assez certains de n'être point découverts, pour s'abandonner à leur goût
pour l'orgie pendant les dernières nuits qu'ils devaient passer dans
les grottes de la Carniole.

Ainsi que l'avait prédit Toëfer, ils ne pouvaient prolonger leur
séjour dans ce pays que leurs dévastations avaient couvert d'autant
de ruines que les environs de Trieste.

Ils étaient rangés autour d'un foyer. (*Voir page* 88.)

VIII

LES PANDOURS (*suite*)

Depuis le jour où Gaspard Orsol raconta à Carlo Alberti sa terrible histoire, huit mois s'étaient passés; huit mois pendant lesquels, prisonnier sur parole de la bande des brigands, le comte attendit qu'on lui rendît sa parole, ou qu'il pût s'enfuir en Turquie.

Mais l'occasion ne vint pas, et les bandits ne lui parlèrent point de le délivrer de son serment.

Il restait isolé, muet et sombre, au milieu de cette troupe de pillards, prisonnier dans les souterrains, les grottes et les cavernes, durant les résidences mystérieuses de la bande aux points de ralliement. Puis il marchait avec eux le plus souvent en compagnie de Zingarelle, de Gaspard et de Maugrabine. La vieille femme avait fini par s'accoutumer au gentilhomme, le seul être dont elle ne reçût jamais une injure. Quant à la fille de la Catarina, elle avait voué au comte Alberti un de ces cultes fanatiques, une de ces tendresses fraternelles et reconnaissantes que rien ne détruit et n'offense... La Zingarelle aurait sans regret donné pour lui sa vie, parce qu'Agnès l'avait un jour protégée contre la populace. Les brigands le savaient, et la terreur presque superstitieuse que leur inspirait Zinga protégeait le comte d'une façon plus efficace que ne l'eût fait le pouvoir même de Gaspard. Les bandits de cette race gardent des croyances d'enfant. Tout en niant Dieu, ils croient aux sortilèges. Rien n'aurait pu les convaincre que la Catarina n'avait point transmis à sa fille un don de seconde vue. Ils croyaient que les doux yeux de la Zingarelle jetaient des sorts terribles, quand elle le voulait. Parfois ils s'irritaient de sa puissance et de leur soumission, ils se répétaient tout bas qu'ils obligeraient le chef à la renvoyer de la bande; mais un mot de Zinga, une parole dite à voix basse, une menace mystérieuse les domptaient. Ils la voyaient belle, ils la savaient bonne, et la croyaient savante en magie : pour ces hommes faciles à recevoir des impressions fluctuantes, c'en était plus qu'il ne fallait pour se taire au moment précis où ils avaient résolu de parler.

Depuis que le comte Alberti habitait avec eux, un changement progressif s'opérait dans la fille de Bohême.

Carlo n'avait rien pu gagner sur l'esprit et le cœur de Gaspard.

Le vice y avait laissé son cancer, et le mal ne paraissait plus guérissable.

La jeune fille, au contraire, échappait à peine à l'adolescence. Les exemples pervers avaient eu moins de prise sur sa nature fière et presque sauvage qu'ils n'en eussent exercé chez une créature moins indépendante. Sans doute, elle jugeait la vie à un point de vue erroné. Sans prendre part aux vols de ses compagnons, elle ac-

ceptait sa part de pillage. Depuis son enfance, elle vivait au milieu
de gens de sa nation exerçant des friponneries de tout genre, et demeurait convaincue que, suivant une tradition racontée par un des
anciens de la tribu, les Bohèmes ne faisaient qu'exercer des repré-
sailles. Ils avaient été jadis dépossédés de leur État, de leurs trésors
par des chrétiens sans foi, et la guerre se perpétuait entre les deux
races. Seulement, on ne se battait plus en bataille rangée, on s'atta-
quait dans l'ombre : les Bohèmes avaient pour armes le fer et le feu ;
les autres le couperet, les verges et les barres de fer.

Ce fut Carlo qui, lentement, doucement, avec des précautions infinies, inclina l'âme de Zingarelle vers la vérité.

Cette fille lui avait sauvé la vie, il voulait racheter son âme.

Avec quelle soumission elle l'écoutait! Comme elle aspirait les
paroles qui lui montraient l'existence telle que la font la société,
la morale et la religion.

La sauvage enfant se rebellait bien quelquefois ; tantôt elle ne
pouvait comprendre la vie retirée de la mère de famille se dévouant
à son mari et à ses enfants ; tantôt elle secouait la tête quand Carlo
lui parlait du Christ Rédempteur. Elle quittait parfois brusquement
le maître, vers lequel elle ne tardait pas à revenir, implorant des
leçons nouvelles, et promettant de se montrer plus docile. Gaspard
s'accoutuma difficilement à l'idée que son prisonnier prenait sur
Zingarelle un empire croissant. Il tenta de lutter, mais alors la fille
de la Catarina montra une résolution froide qui le dompta à son
tour.

— Pourquoi ne me plierais-je point aux mœurs de la civilisation?
lui demanda-t-elle, un jour. L'étranger me parle de choses que
jamais la pauvre Catarina ne put m'apprendre. Je me souviens toujours de la rapide vision de l'église catholique de Vienne ; en écou-
tant le comte Alberti, je crois revoir cette chapelle et retrouver le
visage recueilli de celle qui descendit les marches du temple pour
venir à mon aide. Je vis avec vous dans des terriers comme une
bête fauve ; les paroles du mari de Mme Agnès me rafraîchissent
comme l'ombre et le murmure des bois.

A partir du jour où Carlo lui eut fait comprendre l'abjection
d'une existence de tromperie et de rapines, la Zingarelle refusa les
parts de prise que ses camarades lui réservaient. Elle, qui jadis se
parait avec tant de joie de ses bijoux, les laissa dormir dans le fond
du coffret. Quand elle ne causait point avec Carlo, ou qu'elle ne
s'occupait point des repas des compagnons de Gaspard, elle jouait

de la cithare ou composait des mélodies d'un caractère bizarre et charmant.

Elle ne parlait jamais d'avenir ; et, si elle ne manifestait point la volonté de quitter la troupe, elle ne semblait pas non plus vouloir resserrer les nœuds qui l'unissaient à cette bande d'enfants perdus.

On eût dit qu'elle s'abandonnait à un flot qu'il n'était pas en son pouvoir d'endiguer, et que les événements seuls lui inspireraient quelle conduite elle devait tenir plus tard.

Peut-être se disait-elle que tant qu'il lui serait possible de protéger Carlo par sa présence, elle resterait avec les brigands, mais que du jour où le comte serait libre, elle courrait à Vienne, et, se jetant aux genoux d'Agnès de Haag, elle la supplierait de sauver son âme de la damnation comme elle avait sauvé son corps.

Mais les semaines succédaient aux semaines, et neuf mois entiers s'étaient écoulés depuis que le comte avait été pris dans la ferme de Karl. Lui aussi attendait. Au moment où l'espionnage de Toëfer livrait la bande des brigands à la troupe des pandours, les hommes de Gaspard buvaient l'eau-de-vie à pleines coupes et racontaient leurs exploits avec une sauvage éloquence.

Zingarelle, dont les doigts couraient sur la cithare, regardait dans le vague, essayant d'oublier la scène qui se passait sous ses yeux pour retrouver, dans les lointains du passé, des souvenirs moins impurs. Carlo, les bras croisés sur sa poitrine, était assis près d'elle.

A deux pas de là, Gaspard prenait des notes et traçait l'itinéraire que devait suivre sa troupe, le lendemain. Plus loin, un autre groupe de bandits, recrutés sur les bords du Danube, étaient rangés en cercle autour d'un foyer et s'entretenaient entre eux dans leur langue maternelle.

Vraiment, on ne pouvait rien voir de plus étrange que le spectacle qui s'offrait en ce moment aux regards des pandours.

Les flammes du brasier qui avait servi à préparer le repas formaient une féerique illumination. Les stalactites, dont la transparence se colorait parfois d'un rose pâle, brillaient de tous les tons du prisme. On eût dit une salle de pierreries éclairées par des feux magiques.

Au centre de cette pièce, que les grottes de Han et celles de Fingal ne sauraient égaler, les costumes pittoresques des bandits tranchaient avec une vigueur surprenante, et formaient un groupe de démons dans le décor d'un palais de fée.

Les couleurs rouges et jaunes, les ors brunis, l'éclat des armes,

soigneusement entretenues et rangées contre les colonnades naturelles, contribuaient à l'étrangeté du tableau.

Les rires, les blasphèmes s'échappaient de toutes les bouches.

Après avoir raconté leurs cruautés et leurs turpitudes, les bandits parlaient de leurs prouesses à venir.

Gabor se tenait en arrière.

Le farouche lieutenant devait une partie de son empire sur les
hommes de Gaspard à son dédain de la mort, à ses raffinements de
cruauté sur les vaincus. On racontait de lui des faits inouïs, mons-
trueux. Il tirait gloire de l'accumulation de ses forfaits. Ses camarades venaient d'énumérer ce qu'ils réservaient dans l'avenir à
leurs victimes, Gabor ne voulut point rester en arrière.

— Sans doute, dit-il, nous pouvons forcer par mille moyens les
châtelains et les paysans à nous livrer leurs trésors, leurs épar-
gnes, leurs troupeaux ; mais nous ne nous serons vraiment rendus
redoutables qu'après avoir tué assez de soldats pour en remplir un
cimetière. La police est sur les dents, on enverra prochainement
contre nous quelques-uns de ces pandours dont la plupart ne
valent guère mieux que nous-mêmes; jurons d'épuiser sur eux
toutes les cruautés imaginables, et de leur faire payer si cher l'audace de nous poursuivre, que l'on finira par pactiser avec nous, en
nous offrant des lettres d'abolition.

— Oui ! oui, crièrent vingt voix.

— Capitaine, fit Gabor, je viens de remplir votre verre, videz-le
à l'extermination des pandours lancés à notre poursuite.

Gaspard Orsol se leva.

— Au trépas de tous ceux qui entreront en lutte avec la bande
d'Orsol! dit-il.

— Mort aux pandours! hurlèrent les bandits.

Ils avaient à peine porté leurs gobelets à leurs lèvres qu'un bruit
de froissements de fer retentit aux oreilles des brigands, et subitement, comme s'ils eussent répondu à une évocation, les soldats,
munis à la fois de sabres et de mousquets, s'élancèrent dans la
salle.

Même au milieu d'un festin, la prudence n'abandonnait pas
assez ces brigands pour qu'ils négligeassent d'avoir leurs armes
chargées. D'un bond, ils saisirent des carabines et des poignards, et
une double détonation éclata dans la grotte, répercutée par les
échos des voûtes et les sonorités des couloirs.

Des deux côtés, des hommes tombaient. Mais si les brigands acceptaient une bataille de ce genre, les pandours préféraient une lutte corps à corps. Ils ne pouvaient laisser le temps à la bande d'Orsol de s'élancer dans les couloirs et de chercher un refuge dans les fissures du roc. Il s'agissait de faire le plus grand nombre possible de prisonniers. Aussi, jetant loin d'eux leurs pistolets inutiles, se précipitèrent-ils vers les brigands. Ceux-ci prirent à leur tour des pistolets d'arçon rangés le long des murailles de cristal. Mais, contrairement à leur programme, de venger sur les pandours les agissements de la justice, ils ne songèrent qu'à s'évader des grottes, dont les divers passages leur étaient connus.

— Chacun pour soi ! cria Gaspard.

Ce fut le signal d'une retraite. Tout en faisant face aux soldats, les bandits reculèrent, et, quittant la vaste salle, dont la Maugrabine éteignit successivement les torches, ils se trouvèrent bientôt dans une galerie étroite et sombre conduisant vers des refuges ignorés des pandours.

Ceux-ci avaient, pour la plupart, conservé leurs lanternes sourdes ; mais, tandis que la grande salle offrait des chances égales pour le combat, la lutte dans les couloirs mettait tout l'avantage du côté des bandits. Sans doute, l'épée des soldats abattait des poignets, trouait des poitrines ; mais les brigands étaient plus nombreux, et, tandis qu'ils allaient vers le torrent, les pandours se demandaient si les bandits ne leur ménageaient point quelque terrible surprise.

Ils commençaient à redouter de s'être jetés dans une entreprise aussi difficile que périlleuse ; de sourds grondements, dont il leur était impossible de définir la nature, s'accentuaient à mesure que se prolongeait la fuite des bandits et la poursuite des pandours.

Enfin ce bruit acquit la violence d'un déchaînement d'orage, et, à la lueur de leurs lanternes, les soldats virent tout à coup un torrent noir, tumultueux, dont le cours se perdait dans les antres des roches formant une voûte surbaissée.

Sur un sifflement aigu de Gaspard, Zachée s'élança dans le torrent, et une seconde après, une barque se trouvait à une faible distance de la rive de pierre. Tandis que cinq bandits protégeaient le départ de leurs compagnons, dix hommes de la bande, Zinga, Maugrabine et Carlo Alberti prenaient place dans la barque, et Zachée, répétant la même manœuvre, détacha un canot que Gabor et Gaspard accostèrent en nageant.

Cette fois encore, les bandits l'emportaient sur les pandours. Leurs vêtements les gênaient moins que l'uniforme n'entravait les

mouvements des soldats. Il n'y avait pas à reculer, cependant : il
fallait s'emparer des brigands s'éloignant à force de rames. Goritz
fit entendre un juron énergique et se précipita dans l'eau tumul-
tueuse.

La plupart des soldats le suivirent; ceux qui ne savaient pas
nager restèrent sur le bord, se réjouissant au fond de l'âme d'une
ignorance qui leur laisserait, sans doute, assez de temps pour qu'il
leur fût possible de fouiller la grotte de stalactites et d'y trouver, au
moins, une partie du trésor qu'ils supposaient devoir y être
caché.

Tandis que les pandours restés sur la rive accompagnaient d'un
regard inquiet la double course de la barque et celle du canot dont
leurs camarades suivaient le sillage, le lieutenant Goritz et ses
hommes luttaient contre la rapidité du torrent souterrain et se rapprochaient sensiblement de la barque, pesamment chargée, sur laquelle le canot n'avait pas tardé à prendre de l'avance. Dans celui-ci,
Zingarelle et Gaspard tenaient les rames. La Maugrabine assistait
impassible et muette à l'étrange scène qui se passait.

Carlo Alberti se demandait si son salut ou sa perte dépendaient
du résultat de la lutte, et la Zingarelle, tout en serrant énergique-
ment un stylet italien, ne songeait qu'au danger des deux seuls
hommes à qui elle eût jamais témoigné de l'intérêt : au mari
d'Agnès et à Orsol.

Le lieutenant Goritz n'oubliait point que ses épaulettes de capitaine dépendaient du résultat de l'entreprise; aussi nageait-il avec
une rapidité et une précision dues à son éducation première.

Élevé sur les bords de l'Adriatique, il avait joué dans ses flots
bleus dès sa plus tendre jeunesse, et si l'eau de la rivière souterraine lui semblait plus lourde et le portait moins, il faisait cependant preuve d'autant d'habileté que d'énergie.

Il se trouva, néanmoins, dépassé par le plus jeune des pandours,
qui s'accrocha brusquement d'une main au rebord de la barque,
tandis que de l'autre, armée d'un poignard à large lame, il ouvrit
une plaie béante dans la poitrine du premier brigand qui se précipita sur lui.

Le combat, qui commençait entre les pandours et les bandits, ralentit assez la marche de la barque pour permettre aux soldats d'entourer l'embarcation.

Les hommes de Gaspard Orsol, à demi couchés dans le fond de
la barque et présentant à l'ennemi le moins de surface possible,

s'efforçaient d'atteindre les mains assez hardies pour se cramponner au bordage.

Des coups de sabre et de hache mutilaient les poignets, abattaient les doigts saignants. Mais l'effort des pandours l'emporta sur la résistance; deux soldats, puis trois parvinrent à monter dans la barque, et le combat allait dégénérer en tuerie, quand les hommes d'Orsol, par un mouvement imprévu, firent chavirer la barque. Pour la seconde fois, pandours et bandits allaient se donner la chasse en descendant le torrent souterrain.

La grotte des stalactites était déjà loin, et ne projetait plus sur les eaux qu'une vague lumière; à mesure que le torrent s'engouffrait sous ces arcades mystérieuses sans ciel et sans jour, le danger prenait des apparences plus terribles. Les lanternes des pandours s'étaient éteintes. On n'entendait, sur les eaux bouillantes, que le bruit régulier et plus rare des rames du canot maniées par la Zingarelle et par Gaspard. Les soldats et les brigands nageaient dans l'ombre, le poignard aux dents. Parfois un cri de rage s'élevait, un homme venait d'être atteint. Soldat ou brigand? Dieu le savait. De temps à autre, il semblait aux pandours que leurs ennemis disparaissaient dans les mystérieuses profondeurs de la galerie. Chacun d'eux, se souvenant d'une pointe de roc, d'un escarpement, d'un fragment de calcaire, s'y reposait un instant, moins pour recouvrer des forces que pour dépister les pandours. Il arrivait parfois à ceux-ci de distinguer un rire moqueur et sinistre répercutant ses éclats de galerie.

Les pandours pouvaient alors s'imaginer que les brigands retournaient en arrière, mais presque au même moment un cri d'appel s'élevait en avant. Les bandits les bravaient assez pour les remettre sur la voie.

La fatigue commençait à s'emparer des pandours. Les roches formant le fond de la Poïk, qui roulent en grondant, déchirèrent plus d'une fois les mains des soldats. Enfin, à travers les rocs amoncelés formant son lit, le torrent présenta vers la droite une sorte de chaussée étroite.

Des hommes très agiles s'y pouvaient maintenir et fournir une course, et les pandours ne tardèrent point à voir les bandits ruisselants de l'eau de la Poïk courir sur cet espace, puis tout à coup disparaître. Un nouveau gouffre séparait les pandours des brigands. Ceux-ci venaient de sauter, avec une agilité de chasseurs, dans une grotte qui jadis formait l'ancien lit du torrent, et dont les murailles se décoraient de stalactites aussi riches que celles de la première.

Des deux côtés, la fatigue était extrême. Cependant, tout l'avantage demeurait aux bandits. La pensée de sauver leur tête leur donnait plus d'énergie que n'en communiq uait aux pandours la pensée de s'emparer des brigands. Les grades et les parts de prises seraient pour le lieutenant Goritz et le capitaine Moll.

Les soldats avaient espéré compenser les honneurs par les bénéfices du pillage ; mais, jusqu'à ce moment, ils n'avaient trouvé aucune trace des trésors dont la description les avait fait rêver tant de fois les yeux ouverts, à côté d'une bouteille d'eau-de-vie blanche dans laquelle flottaient de minces feuilles d'or battu.

N'importe, ils allaient. Le plus alerte des pandours atteignit le moins rapide des brigands, et tous deux luttèrent les bras au corps, le couteau à la main. Ce fut un combat acharné, pendant lequel on entendit des craquements d'os, des vociférations, puis un clapotis sinistre dans l'eau troublée. Si le torrent eût coulé sous le ciel, on l'aurait vu rouge ; mais la nuit se dissipait à peine.

Depuis que les pandours s'étaient enfoncés dans les galeries, ils avaient parcouru tantôt à la nage, tantôt courant sur l'étroite chaussée de roches abruptes, plus d'une demi-lieue et, de loin en loin, ils pouvaient apercevoir un point bleuâtre.

Ce point était le ciel, et sa vue indiquait la fin des grottes immenses de la Carniole.

Les bandits s'imaginaient que, pour eux, le salut était d'atteindre l'extrémité des couloirs, et qu'ils trouveraient aisément le moyen d'échapper à leurs adversaires, tandis que les pandours, certains de recevoir du renfort, se hâtaient de rejoindre les frères qui les attendaient.

Le canot du capitaine volait sur l'eau comme une mouette. Gaspard gardait la double espérance de sauver ses compagnons et d'attirer les soldats dans un piège ; pour cela, il devenait indispensable qu'il atteignît le premier l'extrémité de la caverne calcaire.

Un mot dit par lui à Zingarelle fut rapidement compris par l'intelligente créature.

Elle se précipita hors du canot, continua de nager ; puis, gagnant une masse de rochers, elle la gravit avec la sûreté de pied d'un chasseur, resta une seconde debout sur la roche, jeta autour d'elle un regard rapide, puis elle poussa un cri étranglé.

Elle venait d'apercevoir Moll et ses compagnons.

Le cri de la Zingarelle trahit sa présence, la flamme d'un mousquet brilla, une détonation retentit, et la gitane, comme si elle eût été frappée au cœur, s'engouffra dans un abîme.

— C'est dommage ! fit Moll, cette bohémienne était sans doute la moins coupable de la bande.

Gaspard et ses compagnons devinèrent une partie de ce qui venait de se passer.

— Nous voici pris entre deux feux sans nul doute, dit Orsol. S'il faut mourir, camarades, mourons bien !

Les lèvres d'Alberti remuèrent, mais il ne répondit pas.

— Où sont vos armes ? lui demanda Gaspard.

— Je n'en ai point.

— Voici un couteau.

— Merci, fit le comte, je n'ai pas l'intention de me défendre.

— Alors on vous tuera !

Le comte fit un geste trahissant plus de résignation que d'insouciance.

— Le gouffre de *Pinta-Jama* est à deux pas, dit Orsol ; puissions-nous y arriver avant qu'on nous ait fermé ce passage.

Le jour grandissait, encore un moment et l'on reverrait le ciel. De loin, et se rapprochant de plus en plus, Moll distinguait la course essoufflée des pandours et des bandits.

Un coup de sifflet signala au chef de brigands l'arrivée des siens.

En une minute, ceux-ci se trouvèrent acculés contre un angle de roche, prêts à se défendre contre une double attaque.

De leur côté, les pandours avaient répété un appel prolongé à leurs frères d'armes, et Moll, groupant ses soldats et leur donnant des instructions rapides, pénétra avec eux dans la dernière arcade des grottes.

La lumière crue, en tombant sur les pandours et sur les bandits, les faisait paraître également épouvantables. Le sang, qui coulait de leurs visages et rougissait leurs vêtements, n'avait point été lavé entièrement par les eaux de la Poïk. Les uns agitaient des poignets mutilés, les autres s'efforçaient d'arrêter une hémorragie, ou de maintenir un lambeau de vêtement sur une plaie récente.

La troupe de Moll gardait seule assez de vigueur pour achever la bande des misérables. Au lieu de poursuivre une lutte armée, qui pouvait lui coûter un grand nombre de soldats, le capitaine cria aux siens :

— Faites des prisonniers! faites des prisonniers!

Gaspard et Gabor luttèrent seuls avec une énergie effrayante. Tous deux voulaient mourir. Peu leur importait d'avoir la tête cassée d'un coup de mousquet ou de sentir leur poitrine trouée par un sabre. La pensée de la justice leur paraissait bien autrement effrayante que la fin d'une vie tranchée au milieu de fiévreuses excitations d'une lutte mortelle. Mais Moll et Goritz auraient cru ne vaincre qu'à moitié s'ils n'avaient ramené que des cadavres de leur expédition. Il leur fallait des bandits vivants. Ils tenaient surtout à emmener à Vienne Gabor et Orsol, les deux chefs de cette terrible association.

Cinq pandours, sur un signe du capitaine Moll, se précipitèrent à la fois sur Gaspard. Celui-ci était véritablement terrible. Il n'avait plus pour arme qu'un tronçon informe; mais si grande était sa force, qu'il faillit plus d'une fois échapper à ses adversaires. Si l'un des soldats ne l'avait point fait tomber sur le sol, il se serait sans doute débarrassé des pandours qui souriaient de leur sourire éternel, tandis que les yeux de Gaspard lançaient des flammes de colère et de haine.

On serra d'abord ses pieds; ensuite on lui lia les mains, et on le laissa le long de la paroi de roches, entravé comme une bête de somme. Tandis qu'on s'emparait de Gaspard, Gabor se précipitait le front en avant contre la muraille de rochers, s'ouvrait le crâne, et retombait en arrière tout sanglant.

Cinq hommes furent liés en même temps que le chef.

Un seul parmi ceux qui faisaient partie de la bande de Gaspard n'avait pris aucune part à la lutte. On ne voyait point de sang sur ses habits, point de sang à ses mains. Les bras croisés, il attendait l'issue de cette bataille comme si le résultat lui en devait être indifférent.

Quand on lui eut attaché les mains, il baissa le front et parut s'absorber dans une pensée intime.

La Maugrabine hurlait comme une chienne sauvage.

Au moment où le capitaine Moll quitta l'excavation d'où la Poïk s'échappait mugissante, il compta du regard les hommes qui lui restaient.

Il en manquait dix.

Deux blessés furent rapportés sur les bras.

Les pandours descendirent avec précaution un haut talus de débris, puis ils regagnèrent le bord du torrent qu'ils suivirent jusqu'au moment où ils passèrent sous un immense portail formé de piliers.

Ils se trouvaient alors à la distance d'une demi-lieue depuis le moment où la Poik, cessant de côtoyer la montagne d'Adelsberg, s'était définitivement perdue dans ses grottes.

Des paysans qui passaient furent requis de laisser des chars remplis de paille à la disposition des pandours : dans l'un on plaça les blessés, dans l'autre on entassa les prisonniers.

Au moment où Toëfer y vit monter Gaspard, il lui cria :

— Tu as tué Militza, ma fille ; je me suis vengé !

Puis, sans se soucier davantage des pandours, il s'enfuit à travers la campagne.

Ni Moll, ni Goritz n'avaient besoin de lui, on le laissa aller.

Le jour était complètement venu lorsque les pandours regagnèrent la ville d'Adelsberg.

Les paysans, les curieux, tous ceux qui dans leur course matinale avaient rencontré les soldats, leur faisaient escorte en poussant de grands cris. La capture des bandits équivalait à la délivrance du pays tout entier.

— Allons, dit Moll à Goritz, pour cette fois, tu tiens tes épaulettes.

Les pandours regagnèrent l'auberge, puis ils attendirent des ordres de Vienne.

Au bout de quinze jours, Moll et Goritz étaient chargés d'escorter la bande de Gaspard jusqu'à la Capitale, où devaient être jugés les brigands.

Toute la population se trouvait sur pied. (*Voir page 98.*)

IX

LE JUGE HORSTER

A la nouvelle de l'arrivée des bandits capturés par les pandours placés pour cette expédition dangereuse sous les ordres du capitaine Moll et du lieutenant Goritz, toute la ville de Vienne s'émut. Les déprédations de la troupe de Gaspard Orsol étaient telles que l'on considérait les bandits non comme des criminels ordinaires, mais comme des ennemis de la sûreté générale. Aussi, le jour où les prisonniers et leur escorte entrèrent dans la ville, toute la population se trouvait sur pied.

Dès que l'on reconnut l'uniforme des pandours, un long cri s'éleva dans la multitude.

Moll s'avançait le premier, souriant de son sourire large et cruel, et paraissant dominer la foule qui l'applaudissait frénétiquement.

Goritz semblait plus modeste; mais son regard étincelait sous ses sourcils épais, et les louanges données à sa bravoure lui semblaient autant de promesses réitérées des épaulettes de capitaine, qu'il convoitait avec autant d'ardeur que la main d'une héritière.

Deux charrettes s'avançaient, traînées par des chevaux robustes. Dans la première se trouvaient les bandits.

Sur des bancs, placés d'une façon transversale, étaient assis au premier rang Gaspard Orsol, le capitaine, Gabor son lieutenant et la Maugrabine. Le visage pâle et presque beau de Gaspard, sa taille plutôt petite que moyenne, l'éclat de ses yeux gris démentaient tout ce que l'on avait redouté de sa personne. Il semblait dire par l'expression de son visage :

— J'ai perdu la partie que j'ai jouée; que voulez-vous de plus?

Gabor était loin de garder la tranquillité de son chef.

Si étroitement garrotté qu'il fût, il semblait se tordre dans ses liens.

Ses yeux lançaient des éclairs de haine. Il eût voulu pouvoir se ruer sur cette foule et déchirer de ses dents, aiguës comme celles d'un chacal, quelques-uns de ceux que réjouissait sa capture.

La Maugrabine semblait indifférente à ce qui se passait.

Derrière le premier banc, étaient assis quatre brigands hideux, dont le visage, labouré d'anciennes cicatrices, racontait de nombreuses rencontres et de terribles batailles. Zachée et le plus vieux des bandits venaient ensuite, l'un riant sans trop comprendre ce qui allait se passer, l'autre résigné à finir de la main du bourreau. Zachée était brun, grêle, presque joli. Jamais il n'avait exercé d'autre métier dans la bande que celui d'éclaireur, et peut-être en faveur de son âge, la justice pourrait-elle se montrer indulgente.

Puis, accotés contre les ridelles de la charrette, trois blessés, la tête enveloppée de bandages, les bras suspendus à des écharpes, tressautaient de douleur à chaque tour de roue.

Des cris, des malédictions, des huées accueillirent les scélérats.
Des vivats saluèrent les pandours et la foule escorta prisonniers et
soldats jusqu'à la porte massive qui devait se fermer derrière eux.

Durant ce temps, le silence le plus complet régnait dans la maison
du juge Horster.

Il n'avait pas besoin de quitter son bureau pour voir les bandits
ramenés des grottes de Carniole ; il savait bien qu'il les examinerait
à loisir, et que durant de longues heures il devait fouiller dans
ces consciences souillées afin d'en arracher le secret de leurs
crimes.

Assis devant une table chargée de papiers constituant un terrible
dossier, il compulsait des pièces, rapprochant le nom de chacun
des brigands de notes fournies antérieurement par la police.

L'heure du souper sonna sans que le juge s'arrachât à sa
besogne ; enfin la porte s'ouvrit, et Marthe, la blonde Marthe, vint
nouer ses deux bras autour du cou de son père.

— Tu travailles trop ! lui dit-elle.

— Pauvre chérie ! répondit-il, je commence à peine ma tâche.

— C'est donc vrai, ce que m'a dit ma nourrice ?

— Que t'a conté Marga ?

— Que les pandours venaient de ramener dans la prison des
hommes composant la bande de Gaspard Orsol.

— Oui, ou plutôt ce qui reste de cette bande : une douzaine
d'hommes, je crois.

— Et tu vas les voir, les interroger ?

— Demain.

— Mon Dieu ! mon Dieu ! que je te plains d'être obligé d'écouter
des récits semblables, de te trouver côte à côte avec des criminels,
toi si bon, si juste, si doux.

— Oui, répondit le juge, c'est une dure mission : deux hommes
la remplissent en ce monde, l'un au nom de Dieu, l'autre au nom de
la société : le prêtre et le juge... Mais le premier conserve toujours
un droit de pardon, qui souvent est refusé au second... Les bandits
que les pandours nous amènent sont condamnés d'avance par les
crimes de leur passé, tandis que le Ciel peut encore les purifier et
les absoudre.

— Le prêtre est plus heureux que le juge, répondit Marthe.

— Marthe, ma chérie ! ne parlons plus de ces bandits : l'heure du
repas est venue, voilà ce que Marga répète au son de la cloche et
ce que m'annonce ta présence. Viens dîner. Rien ne repose un

homme obligé de plonger ses regards dans les sentines du cœur humain, comme de voir, près de lui, s'épanouir un cœur d'ange.

— Père, dit Marthe, vous me flattez encore.

— Qu'est-ce que cela fait, si cela ne te gâte pas ?

— C'est toujours dangereux, père, on ne sait point ce qui peut arriver.

— Soit ! Je ne te dirai donc plus jamais que tu es douce, charmante, ni que tu me rends fier et heureux.

Marthe prit le bras de son père, et tous deux passèrent dans la salle à manger.

De grands bahuts, des cuivres repoussés, de lourde orfèvrerie allemande, dont diverses pièces représentaient des cerfs élégants, des plats bizarres, des hanaps couverts d'amours ventrus et de Silènes ivres, des rhytons pouvant contenir autant de vin que la botte d'un cavalier : tous ces objets se mêlaient, dans un opulent arrangement, à des grès de Flandre, à des porcelaines de Saxe, alors dans tout l'éclat de leur mode, à des cristaux gravés et peints de Bohême. On voyait tout de suite que le luxe était héréditaire dans la maison du juge, et que Marthe prenait plaisir à disposer avec grâce les trésors paternels.

— Voyons, demanda le juge avec un sourire, qu'as-tu fait ce matin, Marthe ?

— Je suis allée à l'église prier pour toi, pour moi, pour celle que nous avons perdue... Sur le seuil, la vieille Cat m'attendait ; j'ai rempli sa sébile de monnaie, et au même moment trois pièces d'or sont tombées sur mes kreutzers. Cette riche aumône ayant excité ma curiosité, j'ai levé la tête en même temps que Cat, et j'ai reconnu la comtesse Agnès Alberti, plus pâle, plus faible que jamais, touchante et courageuse comme toujours : « — Priez pour lui ! » a-t-elle dit à Cat. La pauvresse a saisi la main de la comtesse et, après l'avoir portée à ses lèvres, elle l'a gardée pour en examiner les lignes. Mme Alberti tremblait. On voyait qu'une lutte s'engageait entre sa curiosité et sa conscience. Elle redoutait d'entendre les paroles de la pauvresse, parce qu'elle avait peur d'y croire. Mais Cat examinait toujours la petite main, et quand elle la laissa retomber elle murmura :

« — Vous le reverrez ! vous le reverrez ! » Mme Agnès faillit tomber. Je l'ai soutenue, et la vieille femme a ajouté d'une voix plus sourde :

« — Vous le reverrez... Le fond du gouffre... Le gouffre

mortel... » Alors j'ai entraîné la comtesse vers la voiture. « La
pauvre Cat est presque folle, lui ai-je dit; ne gardez dans tous les
cas d'autre souvenir de sa prédiction que celui qui vous promet
que vous reverrez votre mari. » Elle m'a tristement regardée, et
j'ai vu des larmes dans ses yeux : « — Mlle Marthe, m'a-t-elle dit,
vous êtes toujours bonne, il ne peut tomber que des paroles d'espérance de vos lèvres... Mais, en allant prier, c'est à peine maintenant
si je conserve l'espérance... J'accepte la volonté de Dieu, je n'ai pas
le droit de lui demander les secrets de sa Providence... Vous ne
venez jamais me voir, a-t-elle ajouté, j'en serais cependant bien
heureuse... depuis mon deuil, je vis toute seule avec ma mère ;
quand vous voudrez bien franchir le seuil de notre triste maison,
vous ferez une bonne œuvre. »

Je l'ai saluée, et ses chevaux l'ont emportée.

— C'est une noble et sainte créature! répondit le juge.

— Jamais, depuis la double disparition du général Ryswick et
du comte Carlo Alberti, vous n'aviez rien appris sur cette affaire?

— Jamais... Le seul souvenir matériel que j'en conserve, ce
sont les preuves à conviction trouvées sur le terrain où le duel eut
lieu... Un nœud de rubans et des ferrets appartenant au comte
Alberti, l'épée du baron de Ryswick et un bouquet de roses sanglantes... Mais je suis de ceux qui croient toujours que le coupable
est jeté par Dieu entre les mains de la justice humaine... A l'heure
où nous y compterons le moins, nous apprendrons le secret de
cette affaire mystérieuse. Dans tous les cas, le malheur de la comtesse Alberti est assez grand et sa vertu est assez haute pour que
je t'autorise de grand cœur à te rendre à son invitation. Lors du
duel qui fut suivi de la fuite du comte, elle parut touchée de mes
égards et de la grâce. Ce sera pour toi une amie sûre et digne;
aime-la d'autant plus qu'elle a souffert davantage.

— Merci, père, répondit Marthe avec élan.

Le repas s'acheva rapidement. Le juge rentra dans son cabinet,
et Marthe reprit une de ces tapisseries qui sont des œuvres de patience et racontent souvent toute une vie cachée dans le sanctuaire
de la famille.

Marthe reposait depuis longtemps quand Horster ferma le dernier de ses dossiers.

Le lendemain de très bonne heure, il se rendit à la prison, afin
de procéder à l'interrogatoire des prisonniers.

Il se fit d'abord conduire dans le cachot de Gaspard Orsol.

Celui-ci, fatigué d'un long voyage en charrette, blessé par la chaîne et par ses fers, s'était jeté sur la botte de paille déposée dans un angle de son cachot et s'était endormi d'un lourd sommeil, du sommeil de l'homme exténué dont l'unique besoin est de se plonger dans le repos stupéfiant qui succède aux fatigues excessives.

Le geôlier dut réveiller le prisonnier.

En apercevant le juge, Gaspard retrouva subitement son sang-froid. Il quitta sa couche et se tint debout jusqu'à ce que le juge se fût assis. Gaspard Orsol, par son attitude, paraissait vouloir reprendre les façons qu'il devait à son éducation première.

— Monsieur, lui dit Gaspard, le nom que je porte est le mien, la soif de la vengeance m'a jeté dans la voie que j'ai parcourue. Vous chercheriez inutilement à dresser le compte des vols, des assassinats et des incendies dont je fus l'auteur. Après avoir été malheureux, je suis devenu effrayant. Je ne veux ni ne puis rien nier. La vindicte publique me condamne, et j'accepte l'arrêt. Je suis un brigand, soit ! Je sais quelle sera votre sentence, et vous m'y trouverez soumis. Depuis le jour où, pour venger ma famille spoliée, j'ai fait peser mon malheur sur des innocents, il ne s'est point écoulé un seul jour sans que je songeasse au châtiment futur. J'aurais préféré tomber sous la balle d'un mousquet, mais je me console de finir par la main du bourreau.

Horster voulut obtenir quelques détails du chef de bandits ; mais celui-ci salua avec respect le vieux juge, et ajouta :

— Tout ce que je pourrais vous dire n'ajouterait rien à la cause. Je suis criminel, je l'avoue afin d'abréger la procédure. Agissez comme il vous plaira.

Le brigand paraissait désormais résolu à garder le silence pour son compte personnel, cependant il ajouta :

— Il est hors de doute que mon lieutenant et mes hommes feront les mêmes aveux... Seulement, monsieur le juge, dans l'intérêt de la vérité et de la justice, je vous prie de vous souvenir que l'un des hommes arrêtés dans les grottes de Carniole est resté complètement étranger à nos meurtres et à nos déprédations, de quelque genre qu'elles soient.

— Et vous appelez cet homme ?

— L'Étranger.

— Ce n'est pas un nom ?

— Il n'en porte point d'autre parmi nous.

— Si, comme vous l'affirmez, il n'a point pris part à vos crimes, en quelle qualité le gardiez-vous en votre compagnie?

— En qualité de prisonnier.

— Votre habitude est de n'en faire jamais.

— Celui-là obtint la faveur d'une exception.

— Voilà qui est au moins étrange.

— Tout est invraisemblable dans notre vie, monsieur le juge!

— Expliquez-vous mieux.

— Une femme, que la crainte de l'emprisonnement et de la mort a jetée dans le suicide, la Zingarelle, avait demandé la vie de cet homme au nom d'un ancien service rendu... Je devais épouser cette jeune fille... ajouta Gaspard, dont la voix faiblit un peu... Elle exigea, je cédai... Mais je fis grâce sans rendre la liberté à celui qu'elle protégeait, et, captif au milieu de ma bande, il a été pris avec elle.

— Où l'avez-vous capturé?

— Dans une ferme, dont il défendit bravement les habitants.

— Il refusa de vous apprendre son nom?

— D'une façon absolue.

— A quoi attribuez-vous ce refus?

— A l'orgueil. Je parierais ma tête, si elle n'était perdue à l'avance, que ce prisonnier est gentilhomme.

— De sorte que vous ne pouvez rien me révéler sur son compte...

— Rien que sa non-complicité à nos actes.

— Il se trouve depuis longtemps parmi vous?

— Neuf mois environ.

— C'est étrange! pensa le juge.

Horster se leva:

— Gaspard Orsol, dit-il, vous le savez, vous n'avez rien à attendre de la clémence des hommes; mais la bonté de Dieu est le refuge des plus grands misérables.

— J'y songerai, répliqua froidement Gaspard.

La première cellule qui s'ouvrit ensuite devant le juge fut celle de la Maugrabine.

Le sommeil avait dérangé l'apparence de symétrie de son turban, elle se hâta de jeter un regard sur sa toilette quand elle aperçut le juge.

En un quart d'heure, celui-ci apprit tout ce qu'il voulait savoir sur le compte de la vieille femme. Elle avait suivi la bande en qualité de devineresse, vendant ses prédictions dans les villes, les châteaux et les fermes que les bandits se proposaient de piller. Sans scrupule, elle avait reçu de temps à autre un bijou, une loque éclatante, comme la servante accepte son salaire. Elle confectionnait la cuisine des hommes de la troupe, et ne prenait pas plus de place dans les conseils qu'un chien souvent battu.

Interrogée sur la Zingarelle, elle répondit avec une sorte d'attendrissement :

— Elle était notre rayon de soleil, et sa beauté éclairait nos cavernes... J'ai connu sa mère, la Catarina... qui mourut à Vienne... Zinga devait épouser le chef; mais, je ne sais pourquoi, depuis quelque temps surtout ce mariage lui faisait peur... Je crois que jamais, en dépit d'une promesse souvent donnée, elle ne l'eût accepté pour mari.

— A quoi attribuez-vous ce changement dans les idées de la Zingarelle?

— A l'Étranger.

— Avait-il donc pris dans le cœur de la bohémienne la place de Gaspard?

— Lui! Il n'y songeait guère... Un homme de son sang et de son orgueil... Mais il entretenait Zingarelle de Dieu, de la société, de la famille, et la fille de la Catarina l'écoutait comme un oracle.

— Et cette Zingarelle?

— L'enfant s'est jetée dans le gouffre de *Puita Jama* pour échapper à la poursuite des pandours.

— N'avez-vous rien de plus à dire?

— J'ai à dire à Votre Seigneurie qu'on me traitera comme sorcière, sans que j'aie jamais jeté un maléfice; ou qu'on m'enverra pourrir au fond d'un cachot, jusqu'à ce que la mort veuille de ma vieille carcasse. Mais le feu, la corde ou la prison, peu m'importe! Je suis si vieille que la liberté ne se fera pas attendre.

— Vous affirmiez n'avoir jamais rien volé, et en ce moment même vous portez des bijoux valant plusieurs milliers de ducats.

— Oh! fit la vieille femme, avec une sorte d'orgueil, je les ai gagnés!

— Comment?

— En sauvant la vie d'un homme.

— Dans quelles circonstances?

— L'Étranger venait d'être dangereusement blessé pendant l'attaque d'une ferme; sa bravoure, quelques bijoux luxueux firent supposer à Orsol que cet homme pourrait payer une forte rançon; il fut emmené prisonnier...

— Sa rançon ne fut donc pas payée?

— Non; il refusa de dire son nom, et de fournir des renseignements sur sa famille.

— Et on ne le tua pas?

— La Zingarelle le protégeait.

— Songez à votre âme, dit Horster d'une voix grave en se disposant à quitter le cachot de la Maugrabine.

Gabor, que le juge interrogea après la vieille bohémienne, ne laissa pas le temps à Horster de lui poser les questions habituelles.

— J'ai trente ans, lui dit-il; à quinze, je tuai à coups de couteau un pâtre de mes camarades, et je quittai la Carinthie afin de me soustraire à la justice. Pendant une année, je vécus du produit de mes rapines; mais je ne tardai pas à comprendre que surtout pour exercer le mal il faut s'associer. J'entrai dans la bande de Tylmon, qui dévasta longtemps la Basse-Autriche. Orsol ayant succédé à Tylmon en qualité de chef de la bande, je devins son lieutenant. Si Gaspard avait succombé dans une affaire, je ne doute pas que mes camarades ne m'eussent prié de le remplacer! J'ai pris part à l'incendie de six châteaux, dix maisons, vingt fermes; pour ma part, j'ai arraché la vie à plus de dix hommes, je ne compte ni les jeunes filles ni les enfants; j'ai profané trois églises et enlevé les vases sacrés de cinq chapelles. Je suis riche à ma manière, et le secret de mes richesses périra avec moi. J'ajoute que je ne regrette rien de ce que j'ai fait, que je refuserai de recevoir un prêtre, et que je nargue la justice, parce que je ne crains pas la mort, et que les tortures ne m'arracheront pas un cri.

Le juge sortit en frémissant du cachot de Gabor, et interrogea successivement les bandits ramenés par les pandours.

Ceux-ci ne pouvaient nier et ne cherchaient point à égarer la justice. Pris d'un coup de filet, sachant bien qu'ils ne pouvaient rien attendre, ils avouaient leurs crimes. Quelques-uns affirmaient n'avoir jamais pillé d'églises, et paraissaient attacher un grand prix à ne pas être considérés comme sacrilèges. Un seul témoigna d'un vif repentir, et dit au juge que, certain du sort qui l'attendait, il souhaitait se mettre en règle avec la justice de Dieu avant d'entendre la sentence des hommes.

Enfin le juge se fit ouvrir la porte du cachot où l'on avait renfermé l'homme que les bandits appelaient l'Étranger.

Le comte Alberti était assis sur le siège de bois massif fixé dans la muraille; ses mains enchaînées reposaient sur ses genoux. Il

était pâle, mais l'expression d'une puissante volonté se reflétait sur
son visage. Pendant les neuf mois qu'il avait passés avec les bandits, il avait laissé croître sa barbe et ses cheveux. Son teint s'était
hâlé, et il était impossible de connaître dans cet homme vêtu d'une
façon presque sordide le brillant gentilhomme époux d'Agnès de
Haag.

Le regard du juge se fixa sur le prisonnier avec une grande curiosité ; ce que lui avait dit Gaspard, corroboré par les paroles de
la Maugrabine, indiquait un mystère dont la pénétration ferait
honneur à sa sagacité de magistrat.

Loin de prendre la voix brève avec laquelle il avait interrogé les
bandits, au lieu de masquer de sévérité son visage, dont l'habi-
tuelle expression était la bienveillance, le juge s'approcha du prisonnier avec une sorte de cordialité, et lui dit d'une voix douce :

— Je commence par vous prévenir que chacun des hommes interrogés par moi m'a déclaré que, prisonnier de la bande de Gaspard, vous n'avez jamais pris part à ses crimes... Je ne viens donc
pas à vous comme un juge, je suis prêt à vous tendre la main
comme un ami. On doit la liberté aux innocents et la réparation
aux victimes. Un mot de vous suffira pour qu'on vous élargisse.

Contre l'attente de Horster, le captif reçut cette ouverture avec
une froideur presque défiante.

— Quel est le mot que vous attendez, Monsieur ? demanda-t-il.

— Il faut que je sache votre nom, que je reconstitue votre identité, et que je prouve à tous, comme j'en suis déjà convaincu
moi-même, que vous n'avez jamais été complice des bandits.

— Non, dit le comte d'une voix grave, je ne pris jamais part à
leurs crimes.

— Alors, apprenez-moi...

— Rien... ajouta le prisonnier. Si abjects que soient les hommes
au milieu desquels les pandours m'ont trouvé, ils ont fait acte de
justice en ne m'accusant pas. Ni le chef, ni les subalternes n'ont
intérêt à vous tromper... Rapportez-vous-en à leur parole, en me
rendant la liberté.

— Je ne le puis, répondit le juge vivement ; non, je ne le puis...

— C'est fort simple, pourtant. Si je ne suis pas coupable, pourquoi me gardez-vous ?

— Parce que le mystère planant sur cette aventure a besoin
d'être éclairci.

— Quel mystère ?..

— On vous trouve dans une ferme, sous un déguisement, dissimulant mal votre fortune probable et votre éducation certaine... Apprenez-moi ce que vous faisiez dans cette ferme aux portes de Trieste, pourquoi vous ne portiez pas l'habit de votre condition, et quelles raisons vous ont empêché de racheter votre liberté à la bande d'Orsol ?

— Monsieur le juge, répondit Carlo Alberti, les raisons qui ne me permirent pas de révéler mon nom aux bandits sont les mêmes qui m'empêcheront de vous répondre.

— Mais, Monsieur ! s'écria Horster, vous ne calculez pas les suites d'un pareil silence !

— Vous vous trompez, répondit faiblement le prisonnier.

— On dira, reprit Horster, que les affirmations des bandits au sujet de votre innocence sont une ruse pour faire mettre en liberté le membre le plus intelligent de leur association. La justice croira que seul vous connaissez le secret des trésors enfouis par ces misérables, que d'autres bandes de brigands se ramifient à celle d'Orsol... que l'on cherche à égarer la conscience des juges, et que l'on joue pour elle une comédie misérable.

— Cet avis est-il le vôtre ? demanda tranquillement le prisonnier.

— Comment voulez-vous que je me fasse une opinion ? s'écria Horster. Si je regarde votre front, si j'interroge votre regard, j'y trouve ce que Dieu mit comme un sceau sur ses créatures privilégiées : mais, depuis que j'exerce le sacerdoce de la justice, j'ai vu le visage de bien des coupables usurper le calme de l'innocence, et bien des yeux qui m'avaient semblé purs cacher de criminels mystères... Votre voix est calme, votre maintien paisible, vous paraissez en pleine possession d'une volonté intelligente ; mais, en même temps, vous persistez à me dérober un secret que j'ai le plus grand intérêt à connaître ; un secret dont vous devez la révélation non pas à moi, Horster, mais à la société que je représente...

— Je sais cela, Monsieur.

— Et vous persistez ?

— Je persiste.

— Vous vous perdrez ! fit le juge.

— Vous vous trompez, Monsieur, je suis perdu.

— Je suis obligé, maintenant, de vous comprendre dans la liste des bandits.

— C'est votre devoir.

— Vous serez condamné avec eux.

— Soit !

— Ni leurs dénégations ni les vôtres ne vous sauveront de la torture et de la mort.

— Ce sera une souffrance ajoutée à beaucoup d'autres, Monsieur.

— Voilà qui est horrible ! s'écria Horster ! Quelque chose me dit que vous n'êtes pas un misérable. Je pressens dans votre silence une fatalité que vous n'êtes pas le maître de déjouer... Je voudrais pouvoir vous venir en aide, et vous me réduisez à l'impuissance.

— Dieu tient compte aux juges de leur compassion, Monsieur ; il en est tant dont la sensibilité s'est émoussée au contact des méchants... Pour moi, je vous remercie, et ce m'est, croyez-le, un grand adoucissement aux tristesses de ma situation, que de me savoir plaint par un honnête homme.

— Voyons, reprit Horster, vous avez souffert, beaucoup souffert... Une douleur immense a brisé votre vie... Mais n'avez-vous plus rien à en espérer ? Ne reste-t-il pas sur la terre un seul être qui vous aime et à qui vous teniez par toutes les fibres de la tendresse : une mère, une sœur, une compagne ? Vous trouvez-vous bien le droit d'aller, pour ainsi dire, au-devant de la mort ? Ne commettez-vous point un crime réel, en refusant de prouver votre innocence au sujet des forfaits dont on peut vous accuser ?

Monsieur, répondit Carlo Alberti, vous êtes en face d'un homme sans patrie ayant pour nom l'Étranger, qui ne se réclame de personne... et qui subira la sentence prononcée par les hommes sans blasphémer Dieu, qui lui ouvrira ses bras, sans maudire ses juges qui l'auront condamné suivant les présomptions.

— Vous ne me direz rien de plus ?

— Rien ! répondit Alberti.

Horster fit un mouvement brusque pour tendre la main au prisonnier. Il sentait au fond de son cœur que cet homme ne pouvait être un criminel. Mais le juge réprima le geste instinctif de l'homme, et le magistrat sortit du cachot le front baissé, le cœur serré par un doute poignant.

Quant au comte Alberti, cachant son front dans ses mains enchaînées, il songeait à Agnès, et il pleurait.

Une heure après, l'aumônier fut introduit. (*Voir page* 111.)

X
CONDAMNATION

Jamais procès n'inspira, en Autriche, une curiosité plus grande
que celui de la bande d'Orsol.

L'élément d'effroi sur lequel comptait la justice ne tarda pas à s'effacer devant le sentiment sympathique qu'exerce sur les foules un personnage mystérieux. L'intérêt des femmes surtout fut acquis à l'homme impénétrable qui, tout en protestant de son innocence, refusait de révéler son nom, et se renfermait dans un silence dont les suites devinrent bientôt trop faciles à prévoir.

En dépit de ses aveux et des affirmations de bandits subalternes, Gaspard Orsol perdit aux yeux de la foule son titre de chef de brigands. L'Étranger fut considéré comme le maître occulte de la bande, celui que tous tenaient à sauver, parce qu'il connaissait les secrets des bandits, et savait les cachettes où étaient amassés leurs trésors.

Chaque jour, on inventa une version nouvelle sur le compte de l'inconnu.

Les gazetiers de Vienne se pressèrent chez le juge Horster afin d'en obtenir l'autorisation de visiter le prisonnier et de recueillir de sa bouche des notes intéressantes pour des désœuvrés de la Cour. Par humanité, Horster refusa.

Il ne se croyait point le droit d'infliger volontairement une torture à un malheureux, qu'au fond de son âme il ne pouvait s'empêcher de plaindre.

Vingt fois, Horster le supplia avec une bonté qui n'avait rien de factice d'avoir confiance en lui et de lui dire le secret de sa vie ; le prisonnier lui montra le ciel sans répondre.

La veille même du procès, le juge tenta une dernière fois de l'émouvoir, et le trouva inflexible.

On aurait pu croire, en raison de l'élégance native du prisonnier, et de la beauté de ses traits altérés par le chagrin, mais dont le type gardait une grande pureté, qu'il s'efforcerait de paraître au moins décemment devant les juges ; il n'en fut rien. L'Étranger laissa sa chevelure et sa barbe incultes, et se drapa dans des haillons avec une sorte de parti pris.

Il se rendit à pied au tribunal ; trois des bandits y furent portés sur des brancards, la torture ayant, la veille, brisé leurs jambes. Gaspard et Gabor, soumis à la question de l'eau, l'avaient courageusement supportée.

Lorsque les brigands reconnurent Carlo, ils lui adressèrent un salut mêlé de pitié et de respect.

Tous les misérables ayant avoué leurs crimes furent rapidement interrogés devant la cour suprême. Chacun d'eux répondit aux questions d'Horster avec le caractère qui lui était propre. Les uns

raillaient ; les autres, devenus graves à la pensée de ce qui allait
suivre, essayaient de pallier certains crimes ou d'en diminuer
le nombre. L'application de la peine fut la même pour tous : on les
condamna au supplice de la roue.

Plus d'un brigand pâlit ; seul le visage de l'Étranger ne révéla pas
la moindre émotion. Ainsi qu'il l'avait dit au juge, il ne tenta rien
pour fournir la preuve qu'il n'appartenait pas à la bande de
Gaspard.

Au moment où la nouvelle de la sentence se répandit dans la
foule encombrant les abords du palais, une clameur sortit de cent
mille bouches. La société se trouvait vengée, le peuple applaudissait
les juges. On ramena les condamnés à la prison.

Comme ils en approchaient, une jeune fille de seize ans, très jolie
et qui semblait timide, se trouva prise et portée par la foule
jusqu'aux portes de la prison de Vienne. La pauvre enfant ne cherchait certes pas à repaître ses regards de ce pénible spectacle ; elle
allait en hâte remplir une commission dont l'avait chargée sa maîtresse, quand le courant populaire la jeta au premier rang des spec-
tateurs. Elle eut d'abord envie de fermer les yeux afin de ne pas
voir les condamnés ; mais l'instinct lui fit tourner ses regards vers
eux, au moment même où passait l'Étranger qui venait de partager la condamnation des bandits.

Alors elle tendit les bras en avant, un grand cri s'échappa de ses
lèvres, et, blanche, froide, inanimée, elle tomba sur le pavé.

Avec une rapidité que les soldats ne purent prévoir, et une
adresse dont les chaînes semblaient devoir le rendre incapable, le
prisonnier souleva la jeune fille dans ses bras, murmura un mot à
son oreille, et la remit dans les mains de femmes compatissantes.

Le mot du condamné, l'enfant l'avait entendu, car ses mains se
joignirent, son regard exprima un effarement mêlé de désespoir, elle
répéta :

— Je deviens folle ! mon Dieu ! je deviens folle !

On l'entraîna loin de la place, au moment où la porte de la prison
se refermait sur les condamnés.

Ceux-ci venaient d'être changés de cachots. Par une sorte de
pitié, on leur apporta un meilleur repas ; ils reçurent une botte de
paille fraîche, afin de reposer leurs membres, que la barre de fer
devait briser.

Une heure après, l'aumônier fut introduit dans la prison.

C'était un moine habile et docte, un saint, un apôtre. Rien ne le rebutait dans l'exercice de son sacerdoce de miséricorde ; on citait peu de misérables ayant résisté à son éloquence paternelle. Cette fois, sa tâche était si lourde qu'on résolut de lui adjoindre d'autres moines ; mais il voulut du moins, le premier, s'efforcer de toucher le cœur de ces brebis égarées.

Gaspard témoigna une froide indifférence, Gabor le rebuta avec une brutalité farouche ; mais, sans se laisser troubler, l'aumônier se contenta de répondre :

— Je reviendrai.

Il passa dans le cachot de l'Étranger.

— Mon fils, lui dit-il, vous allez mourir...

— Je le sais, mon Père, et je comptais vous prier de me venir apporter le secours de vos prières.

— Vous vous repentez de vos fautes, mon fils?

— On se repent toujours d'avoir offensé Dieu.

Le prisonnier s'agenouilla, fit le signe de la croix, prononça les paroles qui changent le prêtre en un ministre du Dieu vivant, et lui dit d'une voix ferme :

— A vous seul, mon Père, je puis et je dois dire la vérité, une vérité plus terrible même que l'apparence...

— Mon fils, répondit le moine, vous savez quel sceau est posé sur mes lèvres. Fasse Dieu que je puisse vous consoler et vous soutenir.

— Depuis le jour où la bande de Gaspard Orsol est entrée à Vienne, j'ai été l'objet de la curiosité générale. Le juge Horster m'a témoigné une pitié approchant de la sympathie ; les misérables dont j'étais le prisonnier ont fait ce qu'ils ont pu pour me faire rendre la liberté ; mais nul ne pouvait me sauver que moi-même.

— Et vous ne l'avez pas voulu?

— Non, mon Père.

— Quelle raison vous poussait à dissimuler une vérité qui vous eût fait libre?

— Je n'eusse pas été rendu à la liberté !

— Vous vous dites innocent, cependant?

— De toute complicité avec les bandits, oui.

— Cela ne suffit-il pas?

— Non, mon Père, car, innocent de crimes apparents, je suis réellement coupable de la mort d'un homme.

— Parlez, mon fils, parlez...

— Je ne vous cacherai rien, pas même mon nom... Nul ne m'a

reconnu à Vienne sous les haillons qui me couvrent, et vous-même, mon Père, vous n'avez pas retrouvé sous ces lambeaux sordides le comte Carlo Alberti.

— Vous ! s'écria le moine, vous !

— Maintenant vous comprenez pourquoi je garde le silence... Fait prisonnier par la troupe de Gaspard, plutôt que de révéler mon nom, je suis resté au milieu de ces misérables. Ne savais-je pas que la moindre démarche pouvait me perdre à Vienne... Mieux valait faire croire que je m'étais exilé, que de m'exposer à être jugé et condamné comme duelliste...

Le moine saisit la main de Carlo :

— Je le savais bien, fit-il, vous vous êtes battu !

— M'aurait-on pris pour un assassin ?

— L'opinion générale et celle de Horster en particulier est que votre rencontre avec Ryswick fut conforme aux lois qui régissent ces luttes terribles ; cependant, la disparition du corps du général a fait naître dans l'esprit de plusieurs de graves soupçons.

— Je ne vous comprends pas, mon Père... dit Carlo. Voici comment les choses se sont passées : le baron, après m'avoir atteint à la poitrine, s'est enfui et est tombé à la renverse. Je me suis penché vers lui, et, ayant acquis la conviction que la blessure était mortelle, redoutant d'être aperçu près de ce corps qui se glaçait dans mes bras, je quittai, comme un fou, la passerelle du torrent où notre duel avait eu lieu, je courus chez mon garde-chasse, j'y changeai de vêtements ; puis, remontant sur mon cheval, je courus devant moi jusqu'à ce que la bête fût exténuée... C'est aux environs de Trieste, dans une ferme où je recevais l'hospitalité et que vinrent piller les brigands, que la bande d'Orsol s'empara de moi.

— Ainsi vous n'avez pas enterré le cadavre de Ryswick ?

— Non, mon Père.

— Ce que vous dites, mon fils, corrobore la déposition de deux paysans qui, revenant à la ville le jour même de cette sanglante rencontre, se rendirent chez Horster, et lui affirmèrent avoir vu près du pont du torrent le corps d'un homme vêtu d'un uniforme... Horster se transporta sur les lieux à l'instant même, mais le cadavre n'y était plus. On ne trouva que l'épée du général, un nœud d'épaule vous appartenant et un bouquet de roses flétries.

— Le bouquet d'Agnès... murmura le prisonnier.

— Vous comprenez quelles présomptions s'accumulèrent contre vous...

— Ma femme m'a-t-elle cru coupable? demanda Carlo d'une voix tremblante.

— Non, répondit le moine.

— Alors, répondit Alberti avec douceur, que la volonté de Dieu s'accomplisse! Le Seigneur sait que je suis innocent, ma chère Agnès le croit : que puis-je demander davantage... On vient de condamner comme complice de Gaspard Orsol un inconnu dont nul ne sait le nom ni la patrie... Aucun arrêt ne flétrit le blason des Alberti ; ma femme reste la compagne d'un exilé, rien de plus. Elle portera noblement son deuil, et nous nous retrouverons là-haut.

— Malheureux! s'écria le moine; mais vous n'avez pas le droit de mourir !

— Je n'ai pas le droit de mourir ?

— Non! non! devant Dieu qui m'entend, vous ne pouvez accepter l'arrêt qui vous frappe. On condamne en vous un voleur, un incendiaire, un assassin, un homme qui a participé à tous les crimes, et vous n'êtes pas cet homme-là !

— Qu'importe! dit Carlo, n'ai-je pas tué?

— Je condamne le duel, fit le moine d'une voix grave; vous avez sur vous le sang d'un homme qui, sans doute, n'était point en état de paraître devant Dieu; mais enfin vous avez disputé votre vie, et peut-être, dans cette lutte, ne fûtes-vous pas l'agresseur!

— Vous avez raison, mon Père, répondit Alberti; je fis même des efforts pour éviter le combat... La haine du baron contre moi était grande... J'avais été son rival quand il prétendait à la main de celle qui devint ma femme ; je venais de dénoncer les trames obscures de sa politique... Il en voulait à ma vie, et, en dépit de mes efforts pour me défendre sans attaquer, il se jeta lui-même sur mon épée...

— Vous voyez donc bien que vous n'avez pas le droit d'accepter la condamnation portée contre vous.

— Mon Père, fit Carlo Alberti d'une voix grave, si la vérité était connue, on tendrait de noir un échafaud, on y placerait un billot neuf, le bourreau aiguiserait son glaive, et m'abattrait la tête d'un seul coup... voilà mes privilèges de gentilhomme... Au lieu de cela, on me brisera les membres avec une barre de fer, on me placera tout broyé sur une roue et j'y resterai jusqu'à ce que la mort s'ensuive... La différence de la sentence est dans le plus ou le moins de douleur... Eh bien! cette souffrance je l'accepte afin d'épargner à ma femme les tortures qu'elle endurerait en me voyant dans cette prison, en sachant que ma tête devrait tomber.

Le moine se leva. Son agitation était extrême. D'un côté, le touchant et si simple héroïsme de Carlo lui remuait le cœur ; de l'autre, il persistait dans son opinion que devant Dieu le comte Alberti ne pouvait accepter la solidarité des crimes de la bande de Gaspard, que, quelque fût le résultat d'un aveu franc et complet, il le devait à la justice, à sa femme, à lui-même.

— Vous cédez à une pensée d'héroïsme exagéré, mon ami, dit-il à Carlo. Une mort comme celle que vous acceptez serait un suicide.

— Un suicide !

— Oui, répondit le moine. La condamnation qui vous a frappé est juste, si vous êtes le complice de Gaspard ; mais elle cesse d'être équitable pour l'adversaire de Ryswick... Sans doute, les lois contre le duel sont graves, la peine terrible ; mais la rigueur d'une condamnation semblable n'entraîne pas l'infamie. Il n'est pas une noble famille de la haute ou de la basse Autriche qui ne compte des duellistes... Les rois, les empereurs accordent souvent grâce entière aux coupables... Votre situation intéressera... Ce que vous avez souffert chez les bandits, ce courage dont vous venez de donner des preuves, tout contribuera à vous mériter l'intérêt. Vous savez quelle tendresse vous porte votre femme.,.

— Je n'ignore point quelle haine me garde Reynold de Haag, mon beau-frère.

— Quelle que soit cette haine, il n'oserait se déclarer contre vous.

— Il l'osera, répondit Alberti.

— Laissez agir Dieu, mon fils ; en son nom, je vous défends de mourir !

— La vérité déshonorera ma famille.

— Elle vous sauvera peut-être la vie.

— Elle désespérera Agnès !

— La comtesse Alberti est une grande âme.

— Mon Père ! mon Père ! ne demandez pas cela de moi... Vous le voyez, je suis fort contre la douleur, j'attends la mort avec courage... Laissez-moi descendre dans l'éternité avec mon masque sur le visage...

— Non, dit le prêtre, non !

— Par le calice du Sauveur, laissez-moi la roue de préférence à l'échafaud.

— Non ! répondit encore le moine.

Au même moment un grand cri s'éleva dans le couloir, on entendit des chocs d'armes, des bruits de clefs; la porte du cachot tourna sur ses gonds, et une femme en deuil apparut dans le cachot.

Elle marcha droit au prisonnier, saisit malgré lui ses mains enchaînées, et, tombant à genoux, elle s'écria :

— Carlo! mon Carlo !

— Mon fils, dit le moine, je vous laisse avec Dieu qui vient de vous répondre, avec votre femme, qui vient vous consoler.

Puis, élevant la main avec lenteur, le moine bénit Alberti et Agnès qui ne le pouvaient plus voir à travers leurs larmes.

— Toi! toi! répétait Agnès avec une sorte de folie.

Elle ne voyait plus ses chaînes, elle oubliait la condamnation infamante pesant sur lui, les murs étroits de la prison fuyaient devant son regard. Elle savait une seule chose : c'est que son Carlo vivait et qu'elle l'avait cru mort.

Le comte Alberti partagea, dans une certaine mesure, le sentiment de joie ardente dont s'emplissait l'âme d'Agnès; nous disons : dans une certaine mesure, car lui se souvenait, même au moment où sa femme l'accablait des témoignages de sa tendresse, que dans deux jours il devait mourir.

Après un long moment donné à des épanchements dont les cœurs éprouvés savourent seuls la puissance consolatrice, Agnès souleva de ses mains les chaînes meurtrissant les poignets de Carlo :

— Pourquoi ne sont-elles déjà ôtées? s'écria-t-elle. Pourquoi n'es-tu pas rendu à la liberté? Horster est dans l'erreur, tous les juges se sont trompés; mais moi, Carlo, je t'ai reconnu sous tes haillons, avec ta barbe inculte, tes cheveux pendants sur tes épaules; j'ai retrouvé ton regard, et dans ce regard toute ton âme. Ne suffit-il point de heurter à cette porte, d'appeler le geôlier pour te faire enlever ces carcans odieux?

— Non, répondit le comte en attirant doucement sa femme vers son pauvre siège de bois, non, Agnès, cela ne saurait suffire... Ah! ma bien-aimée, quel avenir que te ménageait ma tendresse! Songeais-tu, le jour de nos noces, qu'un jour je te recevrais dans un cachot meublé d'une botte de paille et d'un bloc de chêne?

— Non, répondit Agnès, je ne pouvais rien prévoir; mais si j'avais été prévenue que mon rapide bonheur se paierait un tel prix, je l'eusse encore accepté. A cette heure seulement je puis te prouver combien tu m'es cher et me dévouer pour toi. Non, je ne me dévoue pas; je suis la pente de mon cœur, voilà tout... Voilà donc l'œuvre de la justice humaine! Te confondre avec des bandits... Je sais à peine les circonstances de cet odieux procès; mais je sens que tu es innocent, et cela me suffit... Seulement, Carlo, pourquoi ne parlais-tu pas? Pourquoi ne criais-tu pas ton nom? Rien n'aurait existé de cette odieuse procédure, et tu me serais déjà rendu...

Alberti soupira profondément; il se demandait comment il apprendrait à sa femme la terrible vérité.

— Mais toi-même, fit-il, toi-même, qui t'a instruite, Agnès?

— Vois-tu, reprit la comtesse en regardant le prisonnier avec un sentiment d'affection profonde, le bien que l'on fait retombe en grâces d'en haut sur nous... Tu te souviens de cette fille bohème que je sauvai des fureurs de la foule et du bûcher peut-être, sur une place de Vienne, de cette Zingarelle qui me remit comme talisman le sequin d'or...

— Dont je ne me suis point séparé, répondit le comte.

— Eh bien! reprit Agnès, il y a deux heures environ, une femme soigneusement enveloppée d'une mante vint heurter à la porte de l'hôtel, demandant instamment à me voir. Le suisse, plus dévoué à mon frère qu'à moi, et trouvant que je dépense trop en charités, a donné ordre d'écarter les mendiants de ma porte. La pauvre créature venait d'être chassée, et, pleurant silencieusement, elle s'assit dans la rue, à deux pas de l'hôtel, attendant qu'une occasion se présentât pour être introduite près de moi... Un moment après, Myrtille revenait de remplir une mission dont je l'avais chargée. La Zingarelle la reconnut, car, tu t'en souviens, la Zingarelle habita dans les combles de l'hôtel pendant plusieurs semaines, une année environ avant notre mariage. La gitane courut vers Myrtille, et saisissant ses deux mains:

« — Il faut que je parle à votre maîtresse, lui dit-elle, il le faut! »

Myrtille était arrivée jusqu'au portail en courant comme une folle et, au moment où la gitane lui parlait, ma pauvre petite camériste n'était pas bien sûre encore de conserver sa raison.

Mais l'instinct la servait, à défaut de raisonnement, et, avec une rapidité trahissant une émotion violente, elle saisit la main de la bohémienne, franchit avec elle la grande cour et les escaliers, et, traînant comme une criminelle la pauvre fille à travers les appartements, elle la jeta, pour ainsi dire à mes genoux, tandis qu'elle-même éclatait en sanglots.

— Sauvez-le, Madame! s'écria Zingarelle, sauvez-le!

— Qui, mon enfant? Pauvre petite gitane, je te reconnais bien, va! Pour qui veux-tu que j'intervienne aujourd'hui? Je souffre assez pour savoir compatir à toutes les souffrances... Parle! parle! qui donc est en danger?..

— Lui, Madame, lui!

— Qui, lui, Zingarelle?

— Je ne sais pas son nom... Mais votre cœur va vous l'apprendre... Lui, l'homme à qui vous avez confié le sequin d'or...

— Carlo, mon mari!

— Je savais bien, ajouta Myrtille, que je ne m'étais pas trompée.

Pendant un instant, il me fut impossible de rien comprendre à ce que me disaient les pauvres enfants. Leurs larmes les étouffaient... Enfin, mot par mot, je parvins à deviner l'horrible vérité... Myrtille, poussée par la foule, s'était trouvée portée près de la bande de brigands rentrant à la prison de la ville ; le regard de l'un des prisonniers avait rencontré le sien... et le saisissement l'avait foudroyée... Elle se rappelait cependant que cet homme l'avait relevée avec bonté, et qu'approchant ses lèvres de son oreille il lui avait murmuré : *Silence... pour elle, sur ton salut...* Puis la porte s'était refermée sur les captifs, et Myrtille revenait vers moi affolée de douleur, incapable de garder le secret recommandé, quand elle rencontra la Zingarelle pleurant à la porte... Ce que ne pouvait m'expliquer Myrtille, la gitane me l'apprit, entrecoupant ses mots de cris étouffés, de soupirs et de larmes... La pauvre fille, au moment où les pandours garrottèrent ceux de ses compagnons survivant à la double lutte dont les grottes de la Carniole avaient été le théâtre, était parvenue à s'échapper en feignant de rouler dans le précipice de *Puita-Jama.* Ce gouffre, qui semble sans fond, était depuis longtemps connu de la bande d'Orsol. Une corde à nœuds pouvant servir d'échelle permettait d'en atteindre le fond sans danger, et la Zingarelle employa ce moyen pour échapper à ceux qui n'auraient pas manqué de l'emmener prisonnière avec les brigands... Dans la nuit suivante, elle remonta vers l'orifice du puits et courut jusqu'au matin à travers la campagne. Elle acheta des vêtements, une mante d'artisane, et fit à pied la route qui la séparait de Vienne... Cachée dans la foule des curieux, elle avait vu passer ses anciens compagnons, et toi, Carlo, toi au milieu d'eux... Dès lors elle venait à moi, me crier sa douleur, et me supplier de t'arracher au supplice... Je l'écoute, j'essuie ses larmes, je viens et tu es sauvé!

— Sauvé! répéta Alberti d'une voix douloureuse.

— Ne peux-tu pas prouver qui tu es?

— Peut-être!

— Mais tu es mon mari, je le proclame devant tous!

— Peut-être refusera-t-on de te croire.

— Non, cela est impossible!

— Tout est possible, Agnès... Il peut se trouver un homme ayant avec ton mari une bizarre et complète ressemblance... Une bohémienne et une enfant le reconnaissent... Ta tendresse t'aveugle... Tu tombes dans un piège habile... Souviens-toi d'étranges procès jugés en France, de l'aventure de Martin Guerre, de celle de M. de la Caille... On peut m'accuser d'imposture... Et puis, Agnès, je le disais tout à l'heure au moine qui s'entretenait avec moi quand tu es entrée, quand bien même mon identité serait reconnue, je ne serais pas sauvé pour cela... Le baron de Ryswick n'a point reparu, et je me suis battu en duel avec le baron de Ryswick.

— Oui, reprit Agnès avec un mouvement d'effroi, j'ai revu sur la table du juge Horster le bouquet de roses sanglantes... mon pauvre bouquet de fiançailles...

— Tu le vois donc, Agnès, je suis condamné à mort!

— Soit! fit-elle avec un mouvement de bravoure, soit! tu es perdu... Pour avoir jeté à la face d'un Ryswick que ses conseils perfides pouvaient entraîner Marie-Thérèse dans une fausse voie politique, tu as été menacé, puis contraint de te défendre... La justice de Dieu a frappé ce général par ta main, c'est un malheur et non pas un crime... Ce malheur sera connu, compris... Tu encourras une peine légère, l'exil peut-être, et je te suivrai... la prison? je m'y enfermerai avec toi... l'échafaud? on te condamnera à mort... Tu vois que je mets tout au pire, soit! l'échafaud... Combien de gentilshommes y ont posé leur tête... Je serai là tout près... en habit de veuve... J'ensevelirai ton cadavre de mes propres mains, on le mettra, debout, dans les murailles de la chapelle où j'irai finir ma vie, et demander à Dieu de te rejoindre bientôt... Le Seigneur est le maître de t'imposer ce martyre; mais tu n'expireras pas au milieu d'une troupe de bandits, tes membres ne subiront pas la torture, on ne brisera pas tes os, on ne t'exposera pas à la risée du peuple, on ne fera pas de toi la pâture des oiseaux du ciel... Tu mourras comme meurt un Alberti, par le glaive!

— Tu le veux, chère et vaillante femme?

— Je l'exige.

— J'ai tenté d'écarter le calice de tes lèvres, tu demandes à le partager avec moi.

— C'est mon droit ! répondit Agnès.

— Tout à l'heure, un saint prêtre m'ordonnait la même chose au nom de Dieu... Je dois me tromper, puisque celui qui parle en qualité de représentant du Seigneur, et celle qui invoque les droits de sa tendresse me tiennent le même langage. Seulement, Agnès, souviens-toi que la dernière hypothèse est la seule vraie, la seule possible... Je ne pourrai jamais prouver suffisamment que je me suis loyalement battu avec le baron Ryswick... La disparition du corps laissera planer sur moi une accusation d'assassinat. Ce sera toujours la mort... mais, tu l'as dit, ma bien-aimée, la mort consolée par tes larmes, pacifiée par ta vue, la mort d'un gentilhomme, la mort d'un chrétien... Va, maintenant, Agnès, va retrouver le juge Horster, et dis-lui que je demande à faire des révélations

La jeune femme poussa un cri de joie ; tout sursis lui semblait le salut de son époux, et, après avoir une dernière fois répété à Carlo des paroles d'espérance, elle disparut dans les sombres couloirs de la prison.

2316

Il prit son tricorne et se retira. (*Voir page* 123.)

XI

L'ARCHIDUCHESSE

La matinée était douce et belle : le printemps ouvrait ses bour-
geons et ses fleurs. La vie et la sève affluaient dans les êtres et

dans les plantes. On se sentait, ce jour-là, heureux de respirer l'air saturé d'émanations parfumées, heureux de regarder un ciel sans nuage. Il ne semblait pas possible que, durant une pareille matinée, personne pût souffrir et pleurer.

Deux jeunes filles se promenaient dans le jardin du palais de Vienne, riant et causant avec la gaieté et l'insouciance de leur âge.

— Je voudrais savoir quels souhaits tu formes, quand tu rêves un bonheur complet? demandait Marie-Caroline à sa sœur Marie-Antoinette.

— Je vais te l'apprendre répondit la jeune fille...

— Suppose donc que je sois reine... reine d'un magnifique royaume, reine d'un pays où la nature soit clémente, les cœurs affectueux, le culte des arts en honneur, où la foi soit ardente et la charité vivace...

— Tu demandes beaucoup, répondit Caroline, mais enfin j'admets que cette terre chimérique existe.

— Alors, reprit la jeune fille en riant, j'aurais une demeure comme aucune souveraine n'en possède...

— Un palais des *Mille et une Nuits?*

— Une chaumière, ma sœur! une véritable chaumière couverte de paille. On me bâtirait des étables merveilleuses, que je peuplerais de belles vaches suisses ; j'aurais une laiterie de marbre blanc, et je confectionnerais des fromages moi-même ... Tu ne comprends pas cela, Caroline! avoir une jupe de basin, des souliers plats, un fichu de laine, un bavolet ; couper soi-même des roses, donner la becquée à des oiseaux ; jouer à la fermière, courir dans des charmilles hautes comme des maisons, chanter des airs villageois non plus avec accompagnement de clavecin, mais de musette... C'est un rêve, cela ! Se moquer de l'étiquette, des traînes, de la poudre et du cérémonial. N'avoir ni dames d'honneur, ni pages, mais se choisir des amis, qui m'aimeraient pour moi...

— Oh ! fit Marie-Caroline, tu es trop ambitieuse !

Et puis, devenir une providence visible pour les souffrants, les pauvres, les affligés... Recevoir les placets avec un sourire encourageant. Se faire bénir d'un mari que l'on rendrait heureux, d'un peuple pour qui l'on se montrerait affable et dévouée.

— As-tu jeté les yeux sur la carte d'Europe afin d'apprendre où se trouve un tel royaume ?

— Tu sais bien, répondit la jeune fille, que notre mère décidera pour nous... Et toi, Caroline, que demandes-tu ?

— Un ciel pur, la mer baignant les degrés de mon palais, des sujets enthousiastes... des diamants comme une idole de l'Inde.

— Tout cela est plus facile à rencontrer que ma chaumière et
ma laiterie... répondit la plus jolie des deux sœurs.

— En attendant, Antoinette, je rentre dans l'appartement de
notre mère ; me suis-tu ?

— Pas encore ; ce bouquet est pour elle, et je ne le trouve point
assez beau.

— Continue ta cueillette, je reprends la divine Oympiade de
Métastase.

La liseuse s'éloigna, et Marie-Antoinette continua à remplir de
fleurs la corbeille qu'elle tenait à la main.

Tandis qu'elle grossissait sa moisson odorante, le jardinier du
palais impérial échangeait à voix basse quelques mots avec une
femme vêtue de noir qui paraissait l'implorer. Ce que demandait
cette femme paraissait difficile à accorder, et cependant, avec
une sorte de brusquerie prouvant une violente émotion intérieure,
le jardinier, étendant la main dans la direction de la cueilleuse de
fleurs, répondit à la personne qui l'implorait :

— Allez, Madame, Dieu vous fasse réussir !

Alors cette femme, qui paraissait se soutenir à peine, recouvra
subitement ses forces, et s'avança d'un pas rapide vers la jeune fille.

Celle-ci ne l'avait point entendu venir ; elle ne s'aperçut de la
présence de l'étrangère qu'en sentant deux mains tremblantes
effleurer sa robe.

— Madame ! Madame ! dit une voix rauque de larmes.

— Qu'avez-vous ? Que voulez-vous ? Mon Dieu ! ne pleurez pas
ainsi... Ne restez pas à mes genoux, c'est devant le Seigneur seul
que l'on s'humilie de la sorte...

— Madame ! Madame ! répondit la femme en deuil, je pleure
parce que l'on veut tuer mon mari... Je suis à vos genoux parce
que je vous demande sa vie ..

— Je ferai tout ce que je pourrai, répondit la jeune fille,
très émue... Mais, encore une fois, séchez vos pleurs, et trouvez la
force de m'instruire de ce qui se passe...

Puis, regardant attentivement l'affligée :

— Je ne me trompe pas, vous êtes...

— La comtesse Alberti, oui, Altesse Impériale... Et savez-vous
ce que l'on fait à cette heure, sur la plus grande place de Vienne...
Savez-vous à quoi s'occupent plus de vingt charpentiers?... Ils

dressent sept poteaux autour de cette place, et sur ces poteaux ils placent sept roues énormes, afin d'y mettre les corps brisés et sanglants des. condamnés... Et Alberti est de ceux-là... On refuse de le reconnaître pour le comte de ce nom, on me croit la dupe d'une ressemblance étrange, on va me le tuer, Altesse, on va lui broyer les membres avec une barre de fer... Cela est horrible, voyez-vous ! ces coups sur la chair, cette pluie de sang qui tombe... Vous ne laisserez pas un tel crime s'accomplir au nom de la justice... Je demande grâce, je la demande à vous, Madame, qui êtes jeune, qui êtes belle, qui serez reine un jour, et qui devez avoir hâte d'exercer la plus belle prérogative des souverains : la clémence !

Il fallut un certain temps à la jeune fille pour comprendre toutes les phases du double drame auquel se trouvait mêlé le comte Alberti.

Quand elle connut le duel de Carlo avec le baron Ryswick, puis l'aventure des bandits, elle répondit avec une douceur affectueuse :

— Tout à l'heure j'expliquais à ma sœur Caroline avec quel bonheur je recevrai, si je deviens reine, les placets des malheureux... Voici la première fois que l'archiduchesse Marie-Antoinette est traitée en souveraine ; croyez bien qu'elle fera tout au monde pour vous rappeler une bonne parole.

— Ah ! s'écria la comtesse Alberti, l'Impératrice est trop heureuse d'avoir une fille comme vous pour lui refuser quelque chose.

— La mère est bonne, répondit l'archiduchesse, l'Impératrice se montre souvent inflexible... Espérez, pourtant, et priez... Je ne puis vous faire entrer au palais, réfugiez-vous chez l'excellent homme qui vous a introduite ici... et attendez-moi...

La comtesse Alberti baisa la main de l'archiduchesse et regagna l'entrée du parterre, tandis que Marie-Antoinette se dirigeait rapidement vers le palais.

Elle ne chantait plus, la ravissante princesse, elle ne songeait plus à son clavecin, à sa laiterie de marbre ; elle eût même oublié sa corbeille si elle n'eût pensé que ce prétexte était charmant pour pénétrer chez sa mère, à l'heure où celle-ci travaillait d'habitude.

— Quoi ! tandis qu'elle chantait et causait avec Marie-Caroline, on élevait des échafauds, on dressait des roues patibulaires... Le sang allait couler... les bourreaux allaient broyer des membres... Sans doute, ces hommes étaient de grands criminels, mais enfin un innocent se trouvait parmi eux... cette femme en larmes l'affirmait, et si l'Impératrice ne faisait pas grâce, le mari de cette créature intéressante mourrait d'une horrible mort...

A cette pensée, l'archiduchesse précipita sa marche. Marie-Thérèse restait d'ordinaire invisible pour tous, durant la matinée, hors pour le prince Léopold, qu'elle avait fait nommer corégent de ses États héréditaires.

En ce moment, l'Autriche était agitée par la question de la Pologne, et l'Impératrice n'avait pas encore pris de décision à ce sujet.

Des courriers venaient d'arriver. Marie-Thérèse dépouillait sa correspondance avec le prince Léopold, au moment où Marie-Antoinette promettait sa protection à la comtesse Alberti.

La mère et le fils paraissaient joyeux ; évidemment, les courriers venaient d'apporter des nouvelles heureuses.

— Ainsi, demanda l'Impératrice, vous êtes d'avis de répondre à cette première ouverture, mon fils ?...

— Certes, dit le prince ; cependant vous pouvez consulter...

Le prince n'acheva pas. La porte s'ouvrit et la jeune archiduchesse, le cœur tout palpitant, se précipita dans les bras de sa mère...

— Voyez donc ! s'écria l'Impératrice, mais voyez donc, Léopold, quelle folle sœur vous avez... La dernière bourgeoise de Vienne est plus correctement mise... Vous me désespérez, ma fille... que ne prenez-vous exemple sur Marie-Caroline !

La jeune princesse ne répondit rien, et regarda l'Impératrice d'un air suppliant.

Celle-ci fit un signe rapide au prince, qui prit son tricorne et se retira en souriant.

Alors Marie-Antoinette attira un tabouret et s'assit aux pieds de l'Impératrice.

Marie-Thérèse renversa doucement de la main le front de Marie-Antoinette, la regarda longuement puis lui demanda :

— D'où venez-vous ainsi, Antoinette ?

— De jouer à la jardinière, puisque vous me refusez une laiterie de marbre... Tenez, ces fleurs, je viens de les cueillir pour vous... Si vous saviez combien je vous aime, ma noble mère. La guerre vous a rendue grande, Dieu vous a créée bonne... Vous avez dû accomplir beaucoup de bien depuis l'an 1740, époque à laquelle la Pragmatique Sanction vous fit non pas reine, mais véritablement roi, empereur... Dites, dites-moi, ma mère, n'est-ce pas que le plus grand bonheur qu'on puisse goûter, en ce monde, est de consoler, de guérir, d'avoir, presque comme Dieu, le droit de faire grâce et de laisser la vie...

— Oui, répondit l'Impératrice, cela est vrai, ma fille ; malheureusement, le chef d'un État se doit d'abord à la justice.

— Oh! ma mère, à la clémence d'abord.

— Tu te trompes, Antoinette. Qui ne saurait conserver l'énergie de châtier des coupables pourrait causer de graves désordres dans un royaume. Il faudra que je t'explique ces questions graves, ma fille, car, toi aussi, tu régneras, et le Ciel seul sait en face de quels bouleversements tu peux te trouver, et quel degré d'énergie il te faudra pour lutter contre le mal.

— Je ne lutterai pas, répondit Marie-Antoinette.

— Peut-être si tu étais seule... Mais si tu devais t'armer de courage pour les tiens, conseiller un mari, défendre le trône de ton fils, tu verrais que la reine ne penserait, ne sentirait plus comme l'archiduchesse.

— Tout cela est loin, bien loin... Je resterai sans doute long-temps à vos côtés, je le demande à Dieu. Savez-vous quel déchire-ment de cœur ce me serait de vous quitter? N'est-ce pas, Ma-dame ma mère, mon Impératrice bien-aimée, que vous ne refuse-riez rien à votre enfant si elle était à vos genoux pour vous dire...

— Antoinette, reprit Marie-Thérèse, en ce moment c'est ta mère qui souhaite quelque chose de toi... L'Impératrice pourrait ordon-ner ; ta mère prie.

— Parlez ! dit l'archiduchesse; vos désirs seront des ordres.

— Veux-tu devenir dauphine de France? demanda l'Impéra-trice en regardant le beau visage de sa fille.

— Dauphine de France ! répéta Marie-Antoinette... La France est un noble pays, dit-elle ; le dauphin est loyal, bon et pieux... Mais qui vous dit...

— Voici une lettre de la main de Louis XV, lis...

Marie-Antoinette prit la missive royale, la parcourut lentement; puis tout à coup son visage rayonna :

— Embrasse la future dauphine de France, dit-elle ; à une condition...

— Faut-il la transmettre à mon frère Louis XV ?

— Elle ne concerne que toi.

— Et c'est...

— Le jour de leur avènement, de leur couronnement ou de leur entrée dans leur capitale, les princes ont coutume d'exercer le droit de grâce... Je n'ai point encore le droit de signer... fais-le pour moi... Une vie, ma mère, donne-moi la vie d'un malheureux... la vie d'un homme victime d'une erreur terrible, qui sera irrémé-

diable si tu ne cèdes pas à ma prière... Je le sais, tu aurais refusé
à Marie-Antoinette, archiduchesse d'Autriche ; tu accéderas à la
prière de la future dauphine de France... Grâce, mère, grâce, pour
porter bonheur à mon règne.

— Chère, chère enfant ! dit l'Impératrice, dont les yeux se
mouillèrent.

— Tu consens... c'est promis ! Signe, et je baiserai la main qui
rend la vie à un gentilhomme et sauve une femme du désespoir...
Signe donc ! et puis fais-moi don de la plume, et mets-la parmi
mes diamants dans le plus beau de mes écrins.

Et Marie-Antoinette attira une feuille de parchemin sous la main
de sa mère, trempa une plume dans l'écritoire de Boule, puis répéta
avec une impatience affectueuse :

— Écris là : *Grâce entière*... Nous, MARIE-THÉRÈSE.

L'Impératrice regarda sa fille en secouant la tête.

— Auparavant, Antoinette, apprends-moi le nom du condamné.

— Il se nomme le comte Carlo Alberti.

— Oh ! Carlo Alberti ! l'assassin du général Ryswick !

— Ma mère, ma mère ! dit la princesse en s'agenouillant devant
Marie-Thérèse, la dauphine de France est à vos genoux et vous
supplie... Je désire accorder la première grâce qui m'est demandée... La vie, donnez-moi la vie du comte Alberti !

— Allons, répondit Marie-Thérèse, je ne refuse pas à la dauphine.

Elle traça quelques lignes d'une écriture large et puissante, et
tendit le parchemin à Marie-Antoinette.

— Va, dit-elle, tu es bonne et belle, les Français t'aimeront...

La jeune archiduchesse échangea avec sa mère de rapides
caresses ; puis, cachant le parchemin dans son corsage, elle quitta
le palais et regagna les jardins.

Elle aperçut, affaissée sur un banc de marbre, la comtesse Alberti, pâle comme une morte sous ses voiles de deuil.

Marie-Antoinette courut au-devant de l'infortunée.

— Sa grâce ! s'écria Agnès, vous m'apportez sa grâce ?

— Grâce de la vie, seulement, répondit l'archiduchesse.

— Qu'importe ! s'écria la comtesse, Dieu fera le reste.

Elle tomba aux genoux de la princesse.

— Altesse Impériale, dit-elle en lui baisant les mains, toute ma vie
je prierai pour votre bonheur !

— Allez consoler votre mari, comtesse, répondit Marie-Antoinette ; les malheureux n'ont pas le temps d'attendre...

— La femme de Carlo baisa la main de l'archiduchesse. Elle ne sentait plus sa fatigue. Il lui semblait que, pour retrouver Carlo et lui porter sa grâce, elle aurait pu aller au bout du monde.

Quand elle traversa de nouveau la place de Vienne sur laquelle se pressaient de lugubres travailleurs, elle vit leur besogne presque achevée. Encore une heure, et le bourreau, suivi de ses aides, ferait son apparition au milieu d'un cortège lugubre.

Agnès courait, courait toujours. Elle ne voyait pas une foule impatiente se hâter de gagner les abords de la place ; elle n'entendait point le murmure sourd des masses discutant sur les péripéties probables du drame sanglant qui allait se jouer.

Sept hommes roués le même jour ! Jamais on n'avait vu cela ! Vraiment, c'était un fait unique dans les fastes de la justice.

Quelques-uns prétendaient que le même exécuteur ne viendrait jamais à bout de terminer cette funèbre besogne.

On parlait de ces choses presque en riant, comme s'il ne s'agissait pas de corps humains qu'une barre de fer allait broyer.

Les courants de la foule grossissante entravaient, gênaient la marche de la comtesse ; elle gagna pourtant la prison, et trouva accroupie contre le mur, le visage dissimulé sous un lambeau de serge noire, la Zingarelle, qui, elle aussi, attendait le passage des condamnés, et des nouvelles de la suprême démarche de la comtesse.

— Eh bien ? demanda la gitane, d'une voix anxieuse.

— Il ne mourra pas !

— C'est tout ?

— C'est tout !

Agnès franchit le seuil de la prison, adressa un mot au guichetier, traversa de nouveau les grands couloirs, poussa la porte du cachot, dans lequel se trouvait le moine, puis vint tomber demi-morte dans les bras de son mari.

— Dieu est bon ! fit-elle, Marie-Thérèse est une grande souveraine et l'archiduchesse Antoinette est un ange... Je savais bien que je rapporterais ta grâce... incomplète pourtant, mais la vie ! et tant que tu vivras j'attendrai la résurrection d'un mort, l'apparition de Ryswick venant lui-même témoigner de ton innocence.

Le prêtre prit le parchemin que lui tendait la comtesse.

En le parcourant du regard, il ne put s'empêcher de frémir.

— Eh bien ! mon Père ? demanda la comtesse.

— Madame, répliqua le moine, vous apportez le sursis de Dieu.

— Mon mari...

— Votre mari sera conduit aux mines d'Idria pour y prendre part aux travaux d'exploitation du cinabre et du mercure.

— Je le savais, fit Agnès. Tu resteras prisonnier, tu peineras dans les profondeurs de la mine ; mais pendant ce temps tes amis s'occuperont de prouver ta complète innocence ; et Dieu, qui a si bien couronné l'œuvre de ton salut, daignera de nouveau avoir pitié de nous ! Tu vivras ! tu vivras ! Carlo, mon Carlo...

La force, qui jusqu'à ce moment avait soutenu l'infortunée, l'abandonna subitement, et elle défaillit entre les bras d'Alberti, qui la déposa sur sa couche de paille.

Ce fut en ce moment qu'entra le juge Horster.

Prévenu que l'homme arrêté avec la bande de Gaspard Orsol demandait à faire des révélations, il arrivait pour les recevoir. Il apprit en même temps le nom du prisonnier des bandits et la nouvelle de la commutation de sa peine.

— Monsieur le juge, dit Carlo Alberti, la généreuse créature à qui, pour son malheur, le Ciel a lié ma vie, s'illusionne sur la valeur de la grâce qui m'est accordée... Laissez-la croire que je pourrai vivre ; je sais bien, moi, quelle mort je vais lentement endurer.

Horster fit transporter Agnès au greffe, où des soins touchants la rendirent à l'existence.

Pendant ce temps, le juge entendait de la bouche de Carlo Alberti le récit de ce qui s'était passé sur la passerelle du torrent.

— A quoi bon mentir ! lui dit Carlo. Pourquoi vous tromperais-je ? Je ne me trouve nul intérêt à vous abuser par un récit inexact... J'ai laissé le corps de Ryswick étendu sur le pont... Il m'avai blessé, et voici la cicatrice de cette blessure... Vous avez retrouvé sur le terrain mon épée et la sienne, j'ignore le reste... Il règne sur la fin de cette aventure un mystère que le temps seul nous permettra de pénétrer.

— Croyez bien, Monsieur le comte, répondit Horster, qu'il ne dépendra pas de moi que la vérité se fasse jour. Je dévouerai ma vie à vos intérêts ; car, de cette heure, si je vous crois responsable d'un malheur, je vous sais innocent d'un crime.

Une heure après, Horster ramenait la jeune femme à l'hôtel de Haag.

La Zingarelle avait quitté les abords de la prison, et, mêlée à la foule, elle courut sur la place où devaient être roués Orsol et ses complices.

Avec un courage effrayant dans une créature si jeune, elle resta près de l'échafaud, et quand le capitaine de bandits gravit à son tour la plate-forme rouge de sang, la gitane lui dit d'une voix vibrante de larmes :

— Adieu, Orsol, adieu !

Le regard du capitaine s'adoucit en retombant sur elle. Une rapide expression de regret passa sur son visage. Il s'arrêta l'espace d'une seconde sur la première marche, et murmura :

— Pauvre fille !

Des hallebardiers le poussèrent de la pointe de leurs armes, et il gravit la plate-forme. Alors il tourna ses regards sur la place.

Sur chaque poteau, au-dessus duquel se trouvait fixée une roue énorme aux moyeux dégouttant de sang, se trouvait placée une masse de chair informe, amas broyés d'os, de moelle, de caillots rouges. Les faces convulsées des bandits paraissaient regarder une scène d'épouvante. Trois des misérables étaient morts ; les trois autres, en dépit du coup connu sous le nom de *coup de grâce*, respiraient encore. Leurs prunelles roulaient d'une façon convulsive dans les orbites sanglantes ; leur bouche se tordait et laissait échapper les râles sourds de l'agonie. De temps à autre, ces masses horribles qui avaient été des corps doués de vie, s'agitaient avec un soubresaut ; la tête sonnait sur la roue, et les misérables retombaient dans leur immobilité.

Gabor semblait le plus vivant de tous. Il tentait de se soulever sur la roue ; il parlait encore à la foule, injuriant les témoins de son supplice et blasphémant le Ciel.

Gaspard embrassa d'un seul regard cet horrible spectacle ; puis, avec un sang-froid dont rarement un condamné garde la puissance, il aida au bourreau à lui enlever ses vêtements, et s'étendit sur la croix de saint André.

L'exécuteur leva la barre de fer triangulaire et massive, qui, retombant sur le bras gauche, le cassa au coude. Gaspard ne poussa pas un soupir. La douleur qu'il ressentit quand la barre de fer retomba sur le bras droit fit passer une crispation sur son visage. Le bourreau rassembla ses forces, lança la barre sur l'une des jambes, qu'il sépara presque du tronc, changea la dernière en un amas de débris mêlés de chairs, de moelle et de sang ; puis, las de sa besogne, révolté de sa propre cruauté, halluciné par la vue des six hommes roués étendus sur les disques patibulaires, il leva si faiblement la masse, au moment de la laisser retomber sur la poitrine de Gaspard, qu'elle lui échappa à demi des mains.

La besogne du bourreau étant finie, les aides emportèrent le corps du chef de bandits sur la dernière des roues, puis l'exécuteur descendit lourdement les marches de l'échafaud.

Tandis que les charpentiers le démontaient, la foule demeura sur la place ; mais enfin repue de sang, de supplices, honteuse de ses curiosités malsaines, elle s'écoula par des rues diverses, et, quand vint la nuit, les bandits restèrent seuls sur les roues dressées autour de la place.

Vers minuit, deux ombres apparurent.

La première marchait rapidement ; la seconde, portant une courte échelle sur l'épaule, avançait avec plus de lenteur.

Un des hommes dressa l'échelle contre une des roues ; puis il dit, d'une voix effrayée, mais respectueuse :

— Elle est solide, Monsieur le docteur, vous pouvez monter.

Celui à qui venaient de s'adresser ces paroles gravit les échelons, parvint à la plate-forme de la roue, promena ses mains sur le corps du supplicié et murmura :

— Rien à faire !

Il redescendit, monta de la même façon sur la seconde roue, et ne trouvant qu'un corps roidi, il secoua la tête.

— Mort ! fit-il.

Cinq fois, il arriva ainsi jusqu'aux corps des bandits, afin de s'assurer si les misérables, qui venaient de payer leur dette à la justice humaine, avaient rendu le dernier soupir.

Au moment où son humble compagnon appuyait l'échelle contre la roue sur laquelle Gaspard Orsol était étendu, une femme enveloppée d'une mante noire se souleva du sol et dit d'une voix faible :

— Laissez-moi le voir, laissez-moi lui parler.

— Que faites-vous ici ? qui êtez-vous ? demanda le médecin.

— Une fille de Bohême, une créature méprisée qui a pitié de tous les misérables et surtout de celui-ci... Nous avions été fiancés... ajouta-t-elle plus bas.

Le médecin se recula, et la Zingarelle gravit l'échelle la première.

— Gaspard ! dit-elle, Gaspard !

Le bandit ouvrit les yeux, et, à la faible clarté de la lune, il reconnut la Zingarelle.

Celle-ci prit une fiole dans son sein, versa sur les lèvres du mourant quelques gouttes de la liqueur qu'elle contenait ; puis, se penchant vers la plaie :

— Docteur, dit-elle, il vit ! il vit !

Avec une incroyable agilité, le médecin monta les échelons, et s'assura que la poitrine n'avait point été brisée. Les membres seuls étaient broyés.

— Enfin ! dit-il.

Il regarda attentivement Gaspard et lui demanda :

— Veux-tu vivre ?

— Oui, répondit le brigand.

— Je ne te cacherai point que tu devras subir quatre amputations successives.

— Soit ! répondit Gaspard.

— Allons ! dit le docteur, tu es un homme.

— Que faut-il faire ? demanda la Zingarelle.

— M'aider et me suivre, si tu es certaine de ne pas t'évanouir.

— Je ne m'évanouis jamais, répondit la fille bohème.

— Descends alors, fit le docteur Hals... étends ta mante à terre, nous coucherons dessus le malheureux.

Il fallut à Gaspard une force de volonté sans exemple pour qu'il subît, sans pousser un seul cri, l'atroce douleur qu'il dut éprouver, tandis que le médecin et Luidas, son valet, le descendaient de la roue sur le pavé couvert par le manteau de la Zingarelle.

L'échelle fut ensuite posée sur le sol et le docteur, saisissant par deux côtés le vêtement de la gitane, tandis que Luidas s'emparait de l'autre extrémité, l'échelle se trouva transformée en civière. Puis le docteur et son servant l'emportèrent à travers les rues, tandis que la Zingarelle couvrait le corps du supplicié avec un lambeau rouge attaché par dessus sa jupe.

Des soldats, parcourant la ville pour y maintenir l'ordre, rencontrèrent l'étrange groupe formé par la fille de Bohème, Luidas et Bethlau Hals.

Ils questionnèrent les porteurs du nocturne et sinistre fardeau.

— Docteur Hals, médecin de Sa Majesté l'Impératrice ! dit le vieillard.

L'officier salua et s'éloigna avec ses hommes.

Une demi-heure après, le médecin arrivait à sa maison et, un moment plus tard, le corps broyé de Gaspard Orsol reposait sur une table de marbre dans le laboratoire du savant chirurgien.

2316

Agnès de Haag, vous vous repentirez! (*Voir page* 144.)

XII

LES HAINES DE FAMILLE

Après les scènes tour à tour douloureuses et terribles dont elle venait de subir les impressions, la comtesse Alberti se trouva subitement à bout de forces. Surexcitée par le danger, elle avait pu lui faire face victorieusement ; rendue à elle-même, elle tomba comme anéantie, et un violent accès de fièvre s'empara d'Agnès dès qu'elle fut rentrée à l'hôtel de Haag.

Le docteur Hals, appelé en grande hâte, trouva la jeune femme plus dangereusement malade qu'on ne le croyait autour d'elle. Les souffrances étouffées pendant de longs mois, le drame terrible du procès, dans lequel Carlo se trouvait impliqué, troublèrent son organisation délicate. Si le cœur resta vaillant, les nerfs défaillirent. Le médecin ordonna un calme absolu, interdit l'entrée de la chambre de la malade à tout autre qu'à la douairière de Haag et à Myrtille, et sortit en promettant de venir le soir même. Agnès était en proie à un délire qui la transportait tour à tour dans les jardins de l'Impératrice près de Marie-Antoinette, dans les cachots de la prison, ou sur la grande place hérissée de poteaux sanglants.

L'exécution des brigands composant la bande d'Orsol avait, sans doute, occupé, passionné la foule avide de spectacles cruels ; mais tandis que les curieux se repaissaient de la vue des tortures des misérables, la cour se préoccupait d'une seule chose et d'un seul homme : l'identité de Carlo Alberti venait d'être reconnue, et celui-ci était condamné à travailler aux mines d'Idria.

La plupart de ceux qui avaient connu Carlo croyaient à sa double innocence, et non-seulement le jugeaient pur de toute participation aux brigandages de la troupe d'Orsol, mais ils croyaient encore que, s'étant loyalement battu en duel avec Ryswick, il ne devait pas être si durement châtié pour avoir défendu sa vie contre un bretteur de profession.

Mais Carlo ne comptait pas seulement des amis à la cour de Vienne. Un certain nombre de gentilshommes lui faisaient l'honneur de le haïr ; les uns, parce qu'il était jeune, beau, chevaleresque ; les autres, parce que lui, étranger, avait obtenu la main d'une héritière dont plus d'un convoitait l'alliance ; les derniers, simplement parce que son bonheur les avait longtemps gênés, blessés. Certaines gens considèrent comme un dol personnel la félicité d'autrui, et détestent les heureux pour cette seule raison que l'envie les dévore.

Mais de tous les ennemis que comptait Carlo, le plus dangereux, le plus implacable était Reynold de Haag. Le mariage de sa sœur avec le Vénitien exilé ruina des plans élaborés avec patience. La volonté d'Agnès brisa l'avenir de Reynold, qui s'était juré de faire de sa sœur un des instruments de sa fortune, et la voulait unir à

Ryswick, afin d'annuler en famille la dette contractée avec le général par des emprunts successifs.

La disparition de Carlo, la mort de Ryswick parurent pendant quelques mois servir les nouvelles espérances de Reynold. Si Carlo ne reparaissait pas, la jeune femme, après la mort de la douairière, se réfugierait, sans nul doute, dans un couvent, et l'immense fortune de la comtesse Gutta tomberait entre ses mains avides. Mais, brusquement, Carlo Alberti paraissait. Et dans quelles circonstances? Confondu avec des bandits, jugé avec eux sur le même banc d'infamie, condamné comme eux au plus horrible des supplices, et n'échappant à la roue que pour être jeté au fond du gouffre d'Idria.

La résolution de Reynold ne fut pas longue à prendre, dès qu'il apprit le résultat de la supplique que Marie-Antoinette avait présentée à l'Impératrice Marie-Thérèse.

A peine Agnès venait-elle de tomber dans l'assoupissement provoqué par un breuvage du docteur Hals, que Reynold de Haag se fit annoncer chez sa mère.

— Que voulez-vous, mon fils? demanda-t-elle d'une voix grave.

— J'ai besoin de vous parler, ma mère ; avez-vous le loisir de m'entendre?

— J'ai toujours le temps d'écouter mon fils.

— Possédez-vous également le vouloir de sauver l'honneur de notre nom?

— Ce n'est pas moi qui lui ai porté atteinte, Reynold, c'est votre main qui y mit la première tache.

— Moi! s'écria de Haag avec violence, moi!

— Avant vous, jamais notre race n'avait compté des traîtres.

— Ma mère !

— Je vous ai dit, Reynold, que j'étais prête à vous entendre.

— Voici : Je me suis autrefois opposé de tout mon pouvoir à l'union de ma sœur avec l'aventurier italien qui se présenta chez nous sous le nom de Carlo Alberti.

— Et qui était un noble exilé de Venise, dit la douairière.

— Je le suspectais d'être à la fois intrigant et bretteur ; il me semblait impossible qu'il rendît Agnès heureuse.

— Votre sœur lui doit plusieurs années de bonheur sans ombre, Reynold.

— Certains hommes savent garder longtemps sur le visage le masque de l'hypocrisie ; celui-ci s'est démasqué trop tard, malheureusement... L'assassinat du général de Ryswick, mon ami...

— Carlo s'est borné à se défendre, reprit l'aveugle.

— Ah ! fit Reynold avec rage, vous le défendez encore !

— Je le défendrai toujours contre la calomnie.

— Qu'importent, après tout, des opinions de femme ? Je suis le chef de la maison de Haag, et je me trouve le droit de prendre les résolutions que je croirai nécessaires pour sauver du naufrage ce qui peut rester de sa vieille renommée. Ce Carlo Alberti que vous avez trouvé digne de notre alliance, ce Carlo Alberti capturé par les pandours avec une bande de brigands, cet Alberti condamné à la roue et sauvé d'un supplice infamant par l'indulgente faiblesse de l'Impératrice, cet Alberti qui va partir pour les mines d'Idria avec un groupe de misérables assassins ou de voleurs ne peut plus laisser parmi nous de souvenir. Tout ce qui rappelle son nom détesté doit disparaître. Puisque la mort ne le frappe pas assez vite pour nous en débarrasser immédiatement, nous devons rompre les liens qui nous le rappellent, et comme on lave une tache sur ses vêtements, comme on guérit une plaie rongeant ses membres, nous devons supprimer cette souillure. Agnès l'aime encore, Agnès le croit innocent ! allez-vous me dire. Soit, Agnès, qui eut l'âme assez basse pour le choisir, n'aura point le courage de briser sa chaîne. Elle le pleurera vivant, elle le regrettera mort... Eh bien ! ma mère, pour les filles et les femmes obstinées dans des passions semblables, la famille n'est plus un asile. La charité a ouvert des maisons pour les créatures faibles et déchues , c'est là qu'elles vont pleurer l'erreur d'un jour et la faute qui creuse entre elles et les femmes honorables un abîme que rien ne comble, pas même le repentir ! Agnès la compagne d'un assassin, Agnès la femme d'un condamné aux mines, se réfugiera dans une de ces demeures miséricordieuses, et y pleurera des larmes de sang.

— Agnès me quitter ! s'écria la douairière, Agnès chassée de la maison paternelle, et chassée par vous ! Jamais, entendez-vous, Reynold ! jamais un pareil crime ne s'accomplira, moi vivante !

— Et si je voulais, moi, comte de Haag, chef de la maison ?

L'aveugle se leva toute droite, et d'une main se retenant au dossier de son fauteuil, tandis que l'autre s'étendait vers son fils :

— Reynold, dit-elle d'une voix dont l'autorité n'avait jamais été plus solennelle, Reynold, le fils de mon bien-aimé mari Henri-Léolpold de Haag n'a pas le droit de se dire le chef de cette maison. Je le lui dénie, je le lui retire, ce droit des fils respectueux ! Vous avez attristé les dernières années de l'existence de votre père, et

depuis que Dieu me l'a repris, gaspillant votre fortune dans les tripots et les mauvais lieux, vous avez affaibli le respect qu'imprimait
notre nom... Aujourd'hui, couvert de dettes, et placé dans l'impossibilité de satisfaire des jouissances ruineuses, vous pensez qu'en
éloignant de moi votre sœur, vous disposerez de sa fortune comme
vous avez fait de la vôtre... Eh bien ! je vous le jure, Reynold, vous
vous êtes trompé dans vos calculs... Je ne permettrai jamais que
l'on touche à la part d'Agnès et, pour satisfaire à vos débordements,
vous demanderez de l'argent aux juifs qui ont coutume de vous
ouvrir de larges crédits, ou vous attendrez ma mort, qui vous rendra une nouvelle opulence. Ce qui m'appartient est à Dieu, et c'est
en son nom que je le distribue à ses pauvres...

— Vous avez dit votre dernier mot, ma mère?

— J'ajouterai encore ceci : Je me défie de quiconque a renié sa
foi et son Dieu... Je vous sais capable d'ourdir toutes machinations
pour arriver à votre but... Retenez donc cette parole, Reynold :
si par votre fait Agnès quittait cette maison, je vous maudirais, et
je vous déshériterais en même temps... Allez ! la patience d'une
mère a des bornes, et vous soumettez la mienne à une rude épreuve.

Le comte de Haag fit un geste menaçant qui semblait s'adresser
plutôt à une créature absente qu'à la douairière, puis il sortit en
laissant retomber lourdement la porte.

Pleine de terreur à la pensée que Reynold allait peut-être se diriger vers l'appartement de sa fille, la comtesse de Haag, s'appuyant
aux meubles, aux murailles, quitta son salon et passa dans la
chambre de la malade. Agnès respirait paisiblement, et Myrtille, à
genoux, priait près de son lit. L'aveugle s'approcha sans bruit de
la couche de sa fille, étendit la main, et, de ses doigts incertains et
tremblants, effleura le visage de la jeune femme.

— Elle dort, murmura-t-elle, Dieu soit béni !

Alors, s'asseyant dans un vaste fauteuil, elle y demeura immobile ;
mais, sans doute, elle se souvenait de tristes scènes et redoutait
des événements cruels, car de grosses larmes ne tardèrent pas à
rouler sur ses joues.

Vers la fin du jour, Agnès s'éveilla, et, quand elle se souleva
sur son lit, elle vit sa mère à ses côtés.

— Tu me gardes, dit-elle, d'une voix affectueuse, tu fais bien, car
j'ai vu dans ton sourire des choses effrayantes, qu'il me serait impossible de préciser, mais dont l'impression m'oppresse encore.

— Oui, répondit l'aveugle, je suis là, je ne te quitterai pas.

Vers neuf heures du soir, le docteur Hals revint. Il trouva une amélioration sensible dans l'état de la malade, et, après avoir écrit une ordonnance, il allait se retirer quand la jeune femme lui prit la main :

— Êtes-vous attendu, docteur ? demanda-t-elle.

— Non, Madame, répondit le médecin.

— Alors, donnez-moi quelques instants encore : j'ai besoin de vous parler.

— Je redoute pour vous la fatigue.

— Craignez-la moins que l'angoisse, docteur. La potion que vous m'avez donnée a détendu mes nerfs : je me sens mieux, beaucoup mieux, et je tiens à profiter de cette amélioration pour vous questionner.

— Je suis à vos ordres, Madame.

— Vous le savez, docteur, il existe bien des choses terribles que nous ignorons, nous autres femmes... Nous avons tort... Notre pitié devrait nous porter à nous inquiéter de tous ceux qui souffrent... D'ailleurs, combien d'infortunés peuvent se trouver confondus avec les coupables... La grâce que j'ai obtenue pour Carlo n'est qu'un sursis, je le devine ; mais ce que je ne sais pas d'une façon suffisante, c'est ce que sont ces mines d'Idria au fond desquelles le malheureux est condamné à vivre...

— Plus tard, Madame ; plus tard, dit Hals d'une voix troublée. Attendez à être guérie pour pénétrer ces tristes mystères... Permettez-moi, d'ailleurs, de vous faire observer que pour vous expliquer d'une façon suffisante ce que vous souhaitez apprendre, il faudrait traiter des questions scientifiques, et que...

— Laissez la science de côté, docteur, parlez-moi des condamnés travaillant à l'exploitation des mines de cinabre et de mercure...

— Ce que j'en sais, reprit Hals, je le tiens de mon père, qui fut le contemporain et l'ami de l'homme le plus savant, non pas de l'Autriche, mais de l'Europe ; un homme dont les études furent universelles et dont les travaux servirent plus tard de base à d'admirables découvertes. Je ne sache pas une des sciences idéales, mécaniques ou exactes qu'il n'ait effleurée, et si l'expérience me manque sur certains points, la lecture d'un des ouvrages d'Athanase Kircher, le *Mundus subterraneus*, m'en a beaucoup appris, quand j'y ajoute les souvenirs personnels de mon père.

— C'était un jésuite, n'est-ce pas ?

— Oui, Madame. Il était né à Geysan, près de Fulda, en 1602, je crois. Il étudia la physique, les mathématiques, l'histoire naturelle, les langues anciennes, la philosophie, les langues orientales. Son œuvre est une véritable encyclopédie. Mon père le connut à Rome et se prit pour lui d'une amitié mêlée d'admiration. C'est tandis qu'il préparait les matériaux du *Monde souterrain* que le Père Kircher descendit au fond des mines de mercure d'Idria. Je ne vous cacherai point, Madame, que si mes malades ne m'avaient gardé à Vienne, j'aurais voulu voir moi-même l'intérieur de cette mine, et chercher si, avec mes études et l'aide de Dieu, il ne me serait pas possible d'adoucir le sort des infortunés qu'on y enferme.

— Cela est bien horrible, n'est-ce pas, docteur ?

— Oui, Madame, répondit Bethlen Hals, cela est horrible.

— Et, ajouta Agnès, vit-on longtemps dans cet enfer ?

— Cela dépend, Madame.

— De la force des condamnés ?

— Oui.

— Mais enfin peuvent-ils exister un an, deux ans dans la mine...

— Deux ans... oui, peut-être, répondit le médecin d'une voix qui devenait plus basse à mesure que les questions de Mme Alberti se faisaient plus précises et plus poignantes.

— Deux ans ! répéta Agnès, deux ans ! non pour vivre, mais pour mourir lentement... Deux ans pendant lesquels mon mari agonisera chaque jour... Ah ! on me l'a bien dit, c'est seulement le sursis de Dieu.

— Et Dieu, d'ici là, peut opérer un miracle, Madame !

— Vous avez raison, docteur ; les morts seuls ne se réveillent pas !

Agnès retomba sur les oreillers, et pendant un instant elle demeura sans mouvement, pâle comme une morte. Ses mains restaient immobiles sur sa couverture de soie rouge, ses yeux demeuraient clos ; elle rassemblait ses forces afin de guérir et de vivre en dépit des coups violents qui l'accablaient.

Quand le docteur Hals rentra chez lui, au lieu de songer au repos, il prit dans sa bibliothèque le *Mundus subterraneus* d'Athanase Kircher et, pendant une partie de la nuit, il relut les travaux du savant jésuite sur les mines de mercure.

Quand il ferma le livre, le jour se levait ; le visage du docteur était blêmi par la fatigue ; mais le rayonnement d'une pensée généreuse brillait sur son front.

— Seigneur, dit-il, en posant la main sur l'in-folio couvert de cuir rougeâtre, cette pensée doit venir de vous car elle est humaine et généreuse ; faites-la fructifier et grandir, si vous la croyez capable de consoler et de sauver.

Pendant huit jours, Agnès se débattit contre les accès d'une fièvre intermittente. Enfin le mal céda non pas seulement à la médication du docteur, mais à l'énergie de la malade.

Agnès voulait guérir, elle guérit. Cependant, elle ne se trouvait point encore assez forte pour sortir, et la douairière se rendait à l'office matinal accompagnée par Myrtille. Elle rapportait à Agnès un peu du calme puisé dans la prière ; la jeune femme se sentait plus confiante quand la noble aveugle lui disait d'espérer.

Par une suite d'événements imprévus ou réglés d'après des ordres supérieurs, les condamnés partirent le lendemain même du jour qui suivit l'exécution de Gaspard et de ses complices. Agnès se débattait contre un accès terrible au moment où le comte Alberti et ses futurs compagnons quittaient la ville de Vienne dans de misérables charrettes, qu'escortaient une vingtaine de pandours. Ces soldats ne suivaient pas seuls les malheureux. Montée sur un cheval maigre, mais d'une marche rapide, une femme pauvrement vêtue et enveloppée d'une cape sombre suivait les chariots et l'escorte à une faible distance. Le premier jour il lui fut impossible de s'approcher des malheureux ; mais le lendemain elle les rejoignit et put serrer la main d'un des condamnés.

— Courage, comte Alberti ! lui dit-elle.

La cape qui couvrait le visage de la jeune femme ne permettait point de la reconnaître mais le prisonnier tressaillit à sa voix.

— Zingarelle !

— Taisez-vous ! lui dit-elle, les pandours nous regardent.

— Où vas-tu, pauvre fille ?

— Au mines d'Idria, Monseigneur.

— Qu'y viens-tu faire ?

— Apprendre combien de temps on y peut vivre et combien il y faut de mois pour mourir.

Les pandours avaient fini de boire : les conducteurs cinglèrent de coups de fouet l'attelage de la charrette, et le convoi reprit sa marche.

Quand arriverait au terme du voyage la triste caravane ? Nul ne pouvait le dire ; cela devait dépendre de la température, des pandours, de la santé des malheureux que l'on conduisait à une mort lente, mais certaine.

Lorsque Agnès, revenue de sa première crise douloureuse, s'enquit de son mari, elle apprit que Carlo Alberti était déjà en route.

Ce coup la frappa rudement ; mais elle était courageuse, et, appelant Dieu à son aide, elle triompha de la fièvre et entra bientôt en convalescence.

Elle se trouvait seule un matin dans sa chambre, et, assise près de la grande fenêtre, elle regardait si la douairière de Haag ne revenait pas de l'église, quand Reynold entra subitement, et vint se placer dans un fauteuil à ses côtés.

— Ma sœur, lui dit-il, je suis charmé de vous savoir guérie ; ma présence ne pouvant rien à l'amélioration de votre santé, je me suis abstenu de venir près de votre lit de malade... Je sais mal exprimer des idées de pitié et de consolation, et je me réservais pour un cas plus grave... Vous êtes debout, et me voici... Que comptez-vous faire ?

— Ce que me dicteront les circonstances et mes devoirs, répondit froidement la jeune femme.

— Vous êtes enthousiaste, reprit Reynold, avec un peu de raillerie dans la voix, et vous pouvez, en prenant seulement conseil de vos sentiments, commettre de généreuses imprudences dont vous auriez plus tard à vous repentir.

— Vous vous trompez, Reynold, répliqua la jeune femme, on ne regrette jamais une action inspirée par un bon sentiment.

— Lorsque la raison ne contrôle pas nos actes, nous avons, souvent trop tard, assez de logique pour constater notre folie.

— Où voulez-vous en venir, mon frère ?

— A discuter avec vous vos projets.

— Dieu m'inspirera, Reynold ; d'ailleurs, il me reste notre mère.

— Une mère âgée, infirme.

— Une sainte, une martyre ! ne l'oubliez pas.

— A votre tour, Agnès, souvenez-vous que je me considère comme le gardien de ce qui survit de l'honneur de notre maison.

— Qu'est-ce à dire, mon frère, m'accuseriez-vous d'y avoir porté atteinte ?

— Non pas vous, mais l'homme qui était entré dans notre famille.

— Cet homme est mon mari, Reynold.

— Soit ! répliqua dédaigneusement le comte de Haag ; vous cédâtes, en l'épousant, à un entraînement d'imagination. Alberti était beau, proscrit, et vous lui accordâtes votre main en dépit de mes conseils, contre ma volonté... Je vous prédis que cette union serait malheureuse, et vous refusâtes de m'entendre; ma mère, dont la tendresse est infinie à votre endroit, vous encouragea; elle adopta Alberti, et l'on éloigna le baron Ryswick, que j'avais choisi pour votre époux... Le drame qui vient de s'accomplir dans l'espace de quelques mois m'a trop donné raison pour que j'abuse aujourd'hui de ma victoire.. Il ne me reste plus qu'à vous tendre la main au milieu de ce désastre, et à vous dire : Agnès, j'oublie que vous avez méconnu des intentions inspirées par ma tendresse; mais je me souviens que vous êtes ma sœur, et je vous offre de vous sauver...

— Serait-il vrai, Reynold! demanda la jeune femme avec une émotion profonde; mes chagrins vous rapprocheraient de moi, et vous redeviendriez le frère dont je croyais l'affection éteinte?

— Oui, répondit Reynold, j'agirai en frère, en ami, en chef de notre maison.

— Il suffit que vous agissiez en frère, Reynold; tant que notre mère vivra, je la considérerai comme représentant ici l'autorité absolue... Vous avez parlé de salut : que pouvez-vous, que voulez-vous faire?

— Je suis influent, Agnès, non pas seulement à la Cour, mais auprès d'un parti considérable. Je ne suis pas un, mais dix mille; ce n'est donc pas seulement mon appui que je vous offre, mais celui de mes alliés.

— Hélas! jamais protection ne fut plus indispensable; ce que j'ai obtenu de Marie-Thérèse est beaucoup, sans doute, mais je ne saurais m'en contenter... L'idée qu'Alberti va subir un long supplice m'épouvante presque autant que la mort même...

— Vous voulez sauver Carlo?

— A tout prix! répondit Agnès.

— Sans restriction aucune?

— Sans restriction, répondit Agnès... Tenez, Reynold, on vous dit prodigue, et la prodigalité conduit à la ruine... Ne vous offensez pas de ce que je vais vous dire... Vous êtes mon frère, et tout doit devenir commun entre nous... Soyez mon allié, aidez-moi dans mon œuvre libératrice, et je vous abandonnerai une fortune dont je n'ai nul besoin... Que m'importe d'être riche! Je ne tiens qu'à Alberti! Prenez tout ce que je possède, titres, terres, diamants, châteaux; mais rendez-moi mon mari, Reynold, rendez-le moi!

— Vous ne m'avez pas compris, fit le comte.

— N'est-ce pas le salut que vous venez de m'offrir?

— Oui.

— Eh bien alors ?

— Le salut pour Alberti, mais à une condition.

— Parlez, j'accepte d'avance.

— Je puis aider à l'évasion de Carlo Alberti, je puis lui aider à franchir les frontières, mais seulement, seulement si vous renoncez à lui.

— Renoncer à mon mari ! pourquoi ?

— Pour n'avoir aucune part à la réprobation dont son nom est couvert.

— Mais j'ai promis, Reynold, j'ai promis !

— Qu'importe, qu'enfant ignorante de la vie vous ayez été dupe des pièges tendus par un aventurier ?

— Ne parlez pas ainsi, mon frère ; je refuserais de vous entendre davantage.

— Si, vous m'écouterez, puisqu'il s'agit de Carlo, et que son bonheur vous est plus cher que le vôtre... Je vous jure de le faire évader des mines d'Idria, si vous consentez à m'obéir.

— Qu'exigez-vous ?

— Votre signature au bas de cet acte.

— S'agit-il de l'abandon de mes biens ?

— Non.

— Alors lisez ce papier, mon frère

Reynold le tendit à Agnès de Haag.

— Je ne vous prends point au piège, dit-il.

La jeune femme saisit le parchemin, en parcourant les premières lignes sans les comprendre ; puis, poussant un cri étouffé, elle froissa l'acte que lui avait remis son frère, et le lança avec dédain dans la chambre.

— Savez-vous bien que cela est infâme ! s'écria-t-elle. Quoi ! vous avez pu croire que le malheur de Carlo me détacherait de lui ! Vous avez pensé que je repousserais ce malheureux dans lequel jamais je ne consentirai à voir un criminel... Vous vous êtes imaginé qu'infidèle à la plus sacrée des promesses, je demanderais à me séparer de celui dont la tendresse est ma seule joie ? Quel cas faites-vous donc de moi, Reynold ? Ne savez-vous point que je suis chrétienne ? Oubliez-vous que je suis une de Haag comme vous ? Le divorce ! me proposer de demander le divorce ? Ce mot seul est impie, mon frère ; ce mot, les catholiques ne le comprennent pas... Je sais que la secte dont vous faites partie, que les hérésiarques veulent, au gré de leurs ambitions ou de leurs désirs, rompre des nœuds consacrés par l'Église ; mais, grâce au ciel, Reynold, votre exemple n'aura jamais la puissance de m'entraîner... C'est assez, mon Dieu ! c'est assez d'un renégat dans la famille !

— Agnès !

— Et voilà le salut que vous veniez m'offrir, voilà les aides que vous prétendiez rallier à ma cause et à celle d'Alberti ? Des hommes de la prétendue Réforme, des révoltés contre l'autorité de l'Église, des Judas ayant menti aux promesses de leur baptême. Non ! non ! Reynold, je n'en suis point réduite à réclamer un semblable service... Il en sera de Carlo et de moi ce qu'il plaira au Seigneur d'ordonner ; mais nous saurons souffrir pour l'innocence de notre cœur, pour la dignité de notre conscience... J'ai pu espérer un moment que mes souffrances vous rapprocheraient de moi ; je me trompais... Celui qui renia son Dieu peut bien repousser sa sœur.

— Avez-vous réfléchi, Agnès ?

— Je n'ai pas même besoin de réfléchir, Reynold.

— Je veux, par tous les moyens possibles, arriver à vous séparer de Carlo Alberti ; si vous refusez de divorcer avec cet homme...

— Vous le tuerez... s'écria Agnès, vous êtes capable de le tuer.

— Persistez-vous ?

— Oui, fit-elle, d'une voix étouffée.

— Agnès de Haag, vous vous repentirez.

— Je ne suis plus Agnès de Haag, mais Agnès Alberti.

Reynold sortit lentement de la chambre de sa sœur.

Il venait d'échouer dans les deux seules combinaisons qui fussent possibles à cette heure. La douairière refusait de se séparer de sa fille, et celle-ci repoussait toute idée de divorce avec Alberti.

— Le tuer... murmura Reynold, pourquoi faire?... La mine d'Idria n'est-elle point mortelle?... Lui mort, en serai-je plus riche? Tant qu'Agnès vivra... Il ne faut pas qu'elle le rejoigne, il ne faut pas qu'elle conserve une lueur d'espérance... Tant qu'elle ne restera pas absolument en mon pouvoir, j'échouerai dans mes projets... Attendons le départ annuel pour le château de Haag et là...

Reynold n'acheva pas, mais un cruel sourire erra sur ses lèvres.

Ses lettres étaient remises a son frère. (*Voir page* 149.)

XIII
PRISONNIÈRE

Le château héréditaire de Haag se trouvait dans une situation magnifique et sauvage. De grands bois de pins l'entouraient de tous côtés, et un précipice de plus de cent pieds en défendait l'approche au nord et à l'ouest.

Bâti sur un roc, il s'élevait sombre et droit; le temps ne paraissait pas posséder la puissance d'en entamer les pierres, et ce souvenir du règne de Rodolphe de Hapsbourg restait un des monuments les plus curieux de cette époque féodale.

Une chapelle aux sculptures élégantes dressait son clocher aigu près des tours rondes, et la douairière, suivant en cela l'exemple de ses aïeules, avait mis tous ses soins à l'enrichir.

Les douleurs éprouvées par Gutta de Haag avaient altéré sa santé, et Agnès n'osa lui faire part tout d'abord du projet qu'elle avait conçu. Quand sa mère se trouverait à l'abri du danger, il serait temps de l'en instruire. Le docteur Hals accompagna Agnès et la noble aveugle au château de Haag. Il s'effrayait un peu de la faiblesse de la douairière; mais une mission sacrée l'appelait au loin, et, confiant Gutta aux soins de la femme de Carlo, il annonça à celle-ci que la semaine suivante il partirait pour la Carniole.

Agnès prit la main du vieillard et y colla ses lèvres.

— Dieu seul paie de semblables dévouements, dit-elle. Allez, je vous rejoindrai là-bas.

— Vous, Madame?

— Ne faut-il pas que je le sauve ou que je le console!

— Non, dit Hals; votre mère ne saurait se passer de vos soins.

— Croyez-vous qu'Alberti se résigne à me perdre?

— Le comte est courageux, Madame.

— Sur votre honneur, Hals, combien de mois un homme peut-il vivre au fond du gouffre d'Idria?...

— Ne consultez pas les statistiques du passé, Madame... Si je me rends en Carniole, c'est afin de mettre ma science au service des mineurs...

Je chercherai, je trouverai le moyen de prolonger leur vie... Dieu me viendra en aide, et celui que vous chérissez sera gardé à votre tendresse.

Agnès ne répondit rien, et serra de nouveau la main du vieillard.

Le lendemain du départ de celui-ci, le comte Reynold entra dans l'appartement de sa sœur.

— A l'hôtel de Vienne, lui dit-il, j'étais chez ma mère; ici, moi, comte de Haag, titulaire du nom, je suis chez moi... Étant chez moi, j'agirai en maître si vous m'y contraignez... Un homme de loi viendra aujourd'hui même et vous présentera à signer un acte de

divorce : si vous refusez de le faire, n'attendez plus de ma part que
des rigueurs méritées à la fois par votre révolte et par votre haine.

— Vous pouvez tout de suite commencer les persécutions dont
vous me menacez, répondit froidement Agnès. Je sais quel chemin
conduit de Haag à Vienne ; ma mère et moi, nous le reprendrons
le jour où vous nous y forcerez.

— Vous ne quitterez plus le manoir, Agnès.

— Y suis-je donc prisonnière ?

— Vous y resterez, du moins, jusqu'à ce que vous ayez cédé à
mon vouloir.

En signant ce que m'interdisent les lois et ma conscience !

— En vous séparant d'un bandit.

— Soit ! fit Agnès ; je vous ai dit que j'attendais de vous toutes
les lâchetés, toutes les violences, comme vous pouvez attendre de
moi une résolution invincible, une patience à toute épreuve.

— Toutes les patiences se lassent, ma sœur.

— Celles qui se reposent sur un sentiment humain, peut-être ;
mais non pas celles qui s'appuient sur Dieu... Et notre mère, la gar-
derez-vous donc au domaine de Haag contre sa volonté ?

— Il lui importe peu désormais d'habiter Vienne ou ce château.
L'âge et la maladie l'ont brisée, elle ne voit plus rien de ce qui
pouvait autrefois lui plaire... D'ailleurs, en vous rangeant à mes
projets vous lui rendrez la liberté dont elle jouissait autrefois.

— Ne redoutez-vous pas qu'elle vous maudisse, Reynold ?

— Elle aurait trop peur d'être exaucée.

— C'est assez, fit Agnès. Le Seigneur, qui nous soutiendra dans
l'épreuve, sera plus tard votre juge.

Le comte de Haag sortit, et Agnès sonna pour appeler Myrtille.

A la place de la jeune fille, une soubrette étrangère parut.

— Qui êtes-vous ? demanda Agnès.

— Je suis la nouvelle femme de chambre de Madame la Comtesse.

— Ma nouvelle femme de chambre...

— Oui, Madame.

— Mais je tiens aux services de Myrtille, et je ne compte point la
changer.

— Monsieur le Comte m'a mise à sa place...

— Et Myrtille ?

— Est repartie pour Vienne, Madame la Comtesse.

— C'est bien ! fit Agnès.

Les menaces de son frère commençaient à être mises à exécution.

Elle dissimula son indignation trop légitime et reprit :

— Vous donnerez ordre à Fritz de passer chez l'abbé Lestang, et de le prier de me venir voir.

— L'aumônier du château est parti la nuit dernière dans le carrosse de Monsieur le Comte.

— Sortez, dit Agnès, je n'ai pas besoin de vous.

La jeune femme se rendit chez sa mère.

La douairière soupçonnait déjà la vérité. Les femmes de service qu'elle gardait depuis vingt ans avaient été congédiées et remplacées par des filles appartenant à la religion réformée. Le vénérable aumônier, qui comptait si bien mourir dans le domaine de Haag, venait d'en être arraché avec violence, et un dissident venait de prendre sa place dans l'appartement voisin de la chapelle.

— Ma mère! ma mère! demanda Agnès, que faire?

— Attendre, ma fille, répondit Gutta de Haag.

— Le traitement que l'on vous fait subir est indigne.

— Reynold en sera trop puni! Ne pleure pas, Agnès : Dieu est avec nous, et partout où Dieu reste, l'espérance demeure...

— Ma mère, ma mère bien-aimée, savez-vous quel prix Reynold met à notre liberté?

— Non, répondit Gutta. Il t'a donc voulu imposer des conditions?

— Oui, répondit Agnès... Il exige que, mariée à Carlo par un prêtre catholique, je réclame aujourd'hui mon divorce devant les hommes de la Réforme, que je renie mon Dieu tout en brisant mon cœur... il m'a menacée de me garder ici malgré moi, et de m'obliger par la violence à renoncer à mon mari et à ma religion...

— Mon Dieu! mon Dieu! dit la douairière en levant les mains au ciel.

Elle serra contre elle Agnès en larmes, puis elle ajouta :

— Ne pleure pas, ma fille, le salut viendra à son heure... et le châtiment du fils coupable ne sera, hélas! que trop certain et trop effrayant.

A partir de ce moment, les deux femmes ne furent entourées que de valets vendus à Reynold et choisis parmi ses coreligionnaires. La persécution dont Agnès et sa mère se trouvaient victimes n'avait rien de dur en apparence, mais en réalité les deux femmes se trouvaient captives. Les doubles murailles de Haag ne leur laissaient aucun espoir d'évasion. Le château était devenu pour elles une forteresse.

Reynold ne se présentait jamais chez sa mère ni chez sa sœur. Ré-

solu à vaincre ce qu'il appelait leur obstination, il comptait sur la
vue de la douleur de Gutta pour triompher de la volonté
d'Agnès.

Les deux femmes ne reçurent plus de courriers de Vienne, et les
lettres écrites par la comtesse Alberti étaient remises à son frère,
qui les faisait disparaître.

La condamnation d'Alberti à une peine infamante expliquait suffisamment aux anciens amis de la famille de Haag la retraite de la
noble aveugle et de sa fille. On comprenait que leur désespoir et
leur deuil eût besoin d'ombre et de silence.

Le vieil aumônier ne confia qu'à son archevêque les craintes qu'il
avait conçues; les serviteurs renvoyés par le comte de Haag se con-
tentèrent de regretter et de plaindre les deux nobles femmes. La
séquestration dont elles se trouvaient victimes ne produisit donc
aucun bruit dans la haute société viennoise, Haag était situé à
trente lieues de la ville, et les bruits du dehors mouraient bien loin
de l'enceinte du château fortifié.

Durant l'été, tandis que Reynold habiterait le manoir, il n'était
pas probable que l'occasion de recouvrer leur liberté se présentât
pour Agnès et pour sa mère. Toutes deux reculaient devant une
dénonciation. N'y avait-il point déjà assez de hontes et de malheurs
sur la famille? Mais après la saison des chasses, quand l'hiver reviendrait, Reynold ne manquerait pas de rentrer à Vienne; alors
peut-être y aurait-il moyen d'acheter un des complices de Reynold.
La douairière et Agnès se résignaient et attendaient...

Mais que de larmes versées en silence! quelles angoisses épan-
chées entre deux âmes également tendres et chrétiennes! Agnès
voyait avec désespoir s'affaiblir la santé de Gutta, et en même temps,
privée des nouvelles que Hals lui avait promises, elle se demandait
ce que devenait, au fond du gouffre d'Idria, celui qui lui était plus
cher que la vie.

Souvent elle avait essayé non pas de fuir de Haag, mais de vérifier
jusqu'à quel point elle y était prisonnière, et, chaque fois, un valet
l'avait suivie, épiée, prêt à dénoncer même l'apparence d'une tentative d'évasion.

Agnès et Gutta finirent par renoncer à leurs promenades. Il leur
en coûtait moins de demeurer enfermées dans leur appartement
que d'être gardées à vue dans leur propre domaine, par les valets
d'un fils et d'un frère.

Reynold, qui comprenait tout l'odieux de sa conduite, renouvela souvent ses propositions de divorce à la femme d'Alberti. Celle-ci les repoussa avec la même résolution.

Gutta de Haag songea plus d'une fois à mander son fils, à lui reprocher sa conduite, à le sommer de la rendre à la liberté, sous peine d'être maudit et déshérité. Mais la sainte créature croyait à la puissance de la malédiction maternelle et reculait devant les suites qu'elle pourrait avoir. Si odieuse que fût à son égard la conduite de Reynold, avec cette persistance de l'amour que rien ne saurait éteindre dans le cœur d'une mère, Mme de Haag attendait un événement nouveau, un appui inespéré. Il lui semblait impossible que Reynold s'obstinât dans une conduite odieuse. Si la situation qu'il venait de faire aux deux femmes menaçait de se prolonger, Gutta chercherait alors le moyen de faire parvenir ses plaintes jusqu'au trône, et d'implorer l'appui de Marie-Thérèse contre un fils impie et dénaturé.

Le ministre protestant introduit à Haag par Reynold n'avait pas obtenu de voir les deux femmes.

Leur sourire était rare dans le château métamorphosé en prison. Des terreurs sourdes hantaient leur esprit ; leur cœur s'y trouvait assailli de souvenirs. Gutta y avait vécu avec Henri de Haag, son époux. Leurs enfants y étaient nés ; dans cette chambre où la retenait plus encore l'ingratitude de Reynold que sa cécité, elle vivait dans un monde disparu pour elle, et dont Agnès restait le seul vivant souvenir. La tendresse de cette jeune femme si cruellement éprouvée devenait plus grande, plus expansive à mesure que grandissait son angoisse. Elle comprenait que Gutta, en voyant déchoir de plus en plus son fils, éprouvait le besoin de sentir grandir, chez Agnès, le dévouement et l'amour filial.

Mais bientôt celle-ci éprouva des craintes nouvelles. Sa résistance aux souhaits, puis aux volontés de Reynold, lui fit redouter que celui-ci songeât à se débarrasser d'elle. Le misérable, ne pouvant ni l'obliger à se retirer dans un couvent, ni à se séparer violemment d'un mari auquel elle conservait sa tendresse et son estime, pouvait songer à s'en défaire d'une façon violente. Le fils de Gutta n'en était plus à compter ses fautes. Elle en était venue à ce degré de terreur qu'elle n'eût pas osé prendre ses repas loin de sa mère. Reynold, qui convoitait la fortune d'Agnès, n'aurait peut-être pas commis un parricide. La mère protégeait encore la fille. Mais Gutta lisait dans l'âme d'Agnès, et la douleur de la douairière réduite à trembler pour les jours de sa fille, et à soupçonner Reynold, devenait de plus en plus intolérable.

L'appartement d'Agnès et celui de sa mère donnaient sur la partie la plus inaccessible du manoir, celle qui surplombait l'abîme.

En cet endroit, le château paraissait continuer la roche. D'en bas montaient des arbres gigantesques, dont les racines s'enfonçaient dans la pierre et dont les cimes ondulaient au souffle du vent avec des bruits de marée.

Des deux côtés du gouffre, des sapins centenaires étageaient leurs branches à feuillage épineux. Cette partie du manoir se trouvait en dehors des doubles murailles ceignant le château à l'est et au couchant. Les rudes seigneurs qui l'avaient construit le jugeaient suffisamment défendu par le gouffre. De lourds balcons de pierre le surplombaient; mais l'idée ne fût venue à personne qu'un être humain fût capable d'y atteindre. Les oiseaux seuls rasaient de l'aile ces balcons trifoliés, et plus d'une fois le vent de leurs ailes effleura le visage d'Agnès ou les cheveux blancs de la comtesse Gutta.

L'été était venu et la chaleur était si grande que plus d'une fois la comtesse Alberti laissa ouverte la fenêtre donnant sur le balcon. L'odeur balsamique des pins rafraîchissait et fortifiait sa poitrine. Elle se sentait renaître durant les nuits étoilées, et il lui semblait que la rigueur de sa destinée ne pouvait manquer de s'adoucir quand, séparée des hommes et seule en face de Dieu, elle regardait s'allumer les astres et sentait les saines odeurs forestières monter vers elle dans le silence des nuits.

Ce soir-là, elle dormait, d'un sommeil lourd, peuplé de songes. Lorsqu'elle avait porté à ses lèvres le verre d'eau préparé pour elle par les soins de la cameriste gagnée par Reynold, elle avait trouvé à ce breuvage un goût amer qui éveilla au même instant ses terreurs et ses répugnances... Elle le vida par la fenêtre, et s'étendit sur son lit. Mais ses rêves furent effrayants, elle se vit menacer par des morts également terribles, et celui qui se serait approché de sa couche aurait pu entendre ses cris inarticulés et ses sanglots inconscients.

Tandis qu'elle cédait à un assoupissement plein de cauchemars, un être dont il devenait difficile de déterminer le sexe et l'âge montait du fond de l'abîme vers le balcon du château.

Une rare vigueur, une élasticité de membres remarquable servaient cet être dans son ascension. De cime en cime, de branche en branche, il gravissait par une échelle végétale, tantôt grimpant le long d'un tronc lisse, tantôt paraissant bondir sur les branches. Parfois il disparaissait sous l'épaisseur des feuillages, puis tout à coup il se montrait plus haut, s'arrêtait pour reprendre haleine, et reprenait son voyage aérien.

Quand il se trouva au sommet du dernier pin, il prit son élan, et bondit avec une telle adresse qu'il se trouva suspendu à la galerie de pierre du balcon. Alors, se soulevant par les poignets, il se hissa sur l'entablement, s'y reposa une minute, sauta dans l'intérieur du balcon, respira de nouveau, puis, s'avançant jusqu'à la fenêtre ouverte, il gagna l'appartement et jeta autour de lui un regard à la fois curieux et inquiet.

Nul bruit! personne! La créature qui venait de s'introduire chez Agnès par le périlleux chemin de l'abîme étouffa le bruit de ses pas; puis, guidée par un rayon de lune, elle s'avança vers le lit de la jeune femme.

Elle contempla un moment avec une douleur silencieuse son beau visage altéré par la douleur et peut-être aurait-elle hésité à la priver tout de suite d'un sommeil réparateur si Agnès, s'agitant sur sa couche avec un profond sentiment de terreur, n'avait crié d'une voix étouffée :

— Au secours! à moi! j'ai peur!

Une petite main se posa sur le bras de la comtesse Alberti, et une voix douce lui dit :

— Madame Agnès, Madame Agnès, me voici!

La jeune femme sortit de son sommeil troublé pour tomber dans une nouvelle terreur. Elle ne reconnut pas tout de suite la créature qui lui parlait.

Environnée d'ennemis et le souvenir de ce qu'elle regardait comme une tentative d'empoisonnement lui revenant à la mémoire, elle s'épouvanta en voyant quelqu'un, la nuit, à côté d'elle.

— Madame Agnès, répéta la voix avec une sorte d'autorité, ne me reconnaissez-vous pas?

Les yeux de la comtesse Alberti se fixèrent alors sur le visage, qu'éclairait un rayon de lune, et, se dressant sur sa couche, elle demanda :

— Serait-ce toi, toi?

— Oui, Madame, c'est moi, la Zingarelle.

— Qui t'a conduite ici, pauvre enfant?

— La volonté de vous sauver.

— Quelle route as-tu prise?

— Celle de l'abîme.

— Comment! tu es venue...

— D'arbre en arbre, comme un oiseau.

— Quand tu m'as quittée à Vienne, tu allais...

— A Idria, Madame, et j'ai accompagné jusqu'aux mines le comte Alberti.

— Tu as fait cela, pauvre fille!

— Je vous dois ma vie à moi et la tombe de ma mère.

— Parle-moi de Carlo, Zingarelle; comment a-t-il supporté ce trajet?

— Avec un grand courage, Madame. Dès le second jour, j'ai pu me faire reconnaître; le troisième, j'égayais l'escorte de pandours avec mes chansons. Au bout d'une semaine, je m'étais rendue indispensable. Je pouvais causer avec le comte, lui parler de vous. Je lui promettais de vous rejoindre aussitôt que je le saurais rendu à Idria. La route fut longue et rude, Madame. Le comte se trouvait rapproché de misérables qui raillaient sa noble douleur et troublaient son silence. Je fis ce que je pus pour adoucir les privations dont il souffrait, et le jour où nous arrivâmes à Idria, nous étions tous deux bien las. Jamais cependant il ne témoigna plus d'énergie. Avant de descendre dans la mine, il pria le chef de l'escorte de lui permettre de s'entretenir un moment avec moi :

« — Maintenant, Zingarelle, me dit-il, retourne vers Agnès, que sa douleur pourrait pousser au désespoir. Dis-lui que je suis fort, résigné, que j'attends un miracle de la bonté du ciel. Répète-lui que, du fond de l'enfer où je vais descendre, je ne cesserai de songer à elle, et que je la supplie de garder la force de vivre. » Il ajouta :
— « Tu diras à ma mère que je lui demande sa bénédiction. »

— Ah! s'écria Agnès, toi qui as eu l'énergie de faire cette longue route pour m'apporter des nouvelles, qui donc te récompensera, Zingarelle?

— Je suis payée, fit la gitane, vous m'aimez.

— Mais, reprit Agnès, tu ne me parles que du voyage en Carniole; tu en as fait un second plus difficile peut-être. En revenant d'Idria, tu t'es rendue à Vienne?

— Oui, Madame, et j'ai trouvé votre hôtel fermé... Désespérée, j'ai demandé vainement des renseignements, et j'allais renoncer à l'espoir de retrouver vos traces, lorsque, passant devant l'église dont vous descendiez les marches le jour où des méchants m'entraînaient chez le juge Horster avec la Catarina, l'idée me vint d'y entrer et d'implorer l'aide de Celui dont vous m'aviez parlé jadis et dont le nom fortifie le comte Alberti... Ce fut une inspiration d'en haut, Madame, car dans cette église je trouvai Myrtille. Nous sortîmes ensemble ; elle me raconta ce qui s'était passé, m'indiqua la route de Haag, me donna quelque argent, et m'encouragea dans la pensée que j'avais formée au fond de mon cœur. Je franchis sans fatigue la distance séparant Vienne de Haag. Mais, une fois arrivée au manoir, je compris qu'il me serait difficile de remplir ma mission. Je fus chassée avec autant de dureté que de mépris, et je dus me retirer. Mais, en quittant les portes closes du manoir, je ne renonçai point à vous voir, au contraire. Je compris qu'on vous gardait à vue, que Reynold de Haag vous traitait en ennemie, et finirait peut-être par recourir au crime pour se débarrasser de vous. Après avoir bien étudié la situation du château, j'en vins à formuler cette idée que le seul côté accessible était celui de l'abîme. Je dus quitter Haag pour regagner la bourgade voisine ; je me munis de vêtements de paysanne, d'une corde souple et forte, et revins, à la chute du jour, sur les pentes du précipice. Une fois parvenue au fond, il fallait remonter ; la muraille trop lisse ne me permettait pas d'y chercher un appui ; alors, me fiant à mon agilité, je suis venue par les arbres.

— Tu pouvais te tuer, malheureuse enfant !

— Si je n'étais pas venue, vous seriez morte ! répondit la gitane.

Agnès s'enveloppa dans une robe de nuit.

— Viens, dit-elle, viens chez ma mère ; tu vas lui parler de Carlo.

L'aveugle ne dormait pas. Elle tourna du côté de la porte son visage sans regard et demanda d'une voix inquiète :

— Souffres-tu, Agnès ?

— La jeune femme et la gitane s'approchèrent de son lit.

Alors la Zingarelle recommença le récit de son voyage ; puis, prenant les mains de la douairière :

— Madame, dit-elle, disposez de moi... Faut-il porter des messages à Vienne, implorer l'aide de la justice pour vous arracher à cette prison ? La gitane est votre servante, votre esclave, votre chien... parlez, elle est prête.

— Écoute, mon enfant, demanda l'aveugle tu es venue ici pour enlever Agnès ?

— Oui, Madame, répondit résolument la gitane.

— De quels moyens disposes-tu ?

— J'ai une longue corde qui, fixée au balcon, nous servira d'échelle ; je suis jeune et alerte, Madame est vaillante...

— Tu réponds de la vie de ma fille ?

— Sur la mienne, Madame.

L'aveugle saisit les deux mains d'Agnès.

— Nous offenserions la Providence en refusant le secours qu'elle nous envoie, dit la douairière ; pars, Agnès, pars... La haine que te porte Reynold n'arrive pas jusqu'à moi... On ne frappe jamais une mère...

— Mais vous ! vous ! s'écria la comtesse Alberti.

— Avant huit jours, tu seras à Vienne, où je te rejoindrai...

— Ma mère ! ma mère ! dit Agnès en s'agenouillant devant le lit de l'aveugle, si je quitte le château de Haag, je ne rentrerai pas à Vienne.

— Où iras-tu donc, Agnès ?

— Ne le devinez-vous pas ?

— A Idria ?

— Oui, fit Agnès d'une voix résolue.

— C'est courir au-devant de la mort, malheureuse fille.

— C'est remplir mon devoir, ma mère.

— Non, cela ne se peut pas, Agnès, c'est impossible...

— Impossible ! Qu'auriez-vous fait à ma place, vous qui m'avez enseigné le courage jusqu'à son expression la plus sublime... Écoutez-moi, ma mère, et vous comprendrez que je ne saurais agir autrement... Tandis que mon mari souffre, j'endure des tourments plus terribles peut-être que les siens... Là-bas, au fond de son enfer, il me trouvera à ses côtés. Le mal qui le frappera lentement m'atteindra vite, ma mère... Si j'ai obtenu de l'Archiduchesse Marie-Antoinette la vie de Carlo, vous obtiendrez sa grâce entière quand l'Impératrice saura que les mines d'Idria nous dévoreraient tous deux... Songez donc ! quelle souveraine résisterait en voyant à ses pieds la comtesse de Haag aveugle, en cheveux blancs, criant pitié pour sa fille et pour son fils innocents tous deux. Car ma force est dans ce mot, ma mère : Carlo est innocent, et Carlo doit un jour prouver son innocence...

— En aura-t-il le temps, Agnès ?

— Tandis que vous tenterez de rappeler Reynold à des sentiments humains, je prendrai la précaution de prévenir le juge Horster...

— Non ! non ! fit l'aveugle, quand il devrait me tuer, je n'accuserai pas mon fils.

— Qu'il en soit fait suivant votre volonté... Et, maintenant, me permettrez-vous de partir ?

Un violent combat se livra dans l'âme de l'aveugle. Elle étreignit sa fille sur son sein avec une poignante douleur; mais elle comprit à la fois l'héroïsme de la jeune femme, et le danger qu'elle courait au manoir, et posant ses mains tremblantes sur le front de la jeune femme :

— Je te remets à Dieu ! dit-elle.

Agnès serra l'aveugle dans ses bras avec le transport d'une tendresse ardente, puis elle dit à la fille de Bohème :

— Tu m'as apporté des vêtements, où sont-ils ?

La gitane eut en un instant métamorphosé la comtesse Alberti en paysanne. Agnès tira de leurs écrins des diamants de prix, qu'elle cacha dans son corsage; puis la Zingarelle passa par-dessus le balcon, tendit les mains à la jeune femme et lui dit :

— Laissez-moi descendre deux échelons... Quand je dis échelons, il s'agit des nœuds faits à cette corde... Vous êtes mince, agile, imitez-moi et agissez avec prudence... Le gouffre est au-dessous de nous... Dieu nous voit, Carlo vous attend...

Agnès s'accrocha des deux mains à la corde, qui vacilla sous le poids du corps des deux jeunes femmes, qui, lentement, commençaient à descendre.

Tout à coup, une voix répéta lentement, dans la nuit :

— Dieu vous protège ! Dieu vous protège !

C'était l'aveugle qui, se traînant jusqu'au balcon, bénissait, sans les voir, les intrépides créatures.

Sa clientèle était la première de la ville. (*Voir page* 158.)

XIV
LE DOCTEUR HALS

Fidèle à la promesse qu'il avait faite à la comtesse Alberti, le docteur Hals s'occupa activement de son départ. Le savant médecin

ne faisait pas un léger sacrifice en quittant Vienne pour se rendre
à Idria afin d'y étudier et d'y combattre les ravages du mercure dans
l'organisme humain. La clientèle de Bethlen Hals était la première
de la ville. Il soignait tour à tour les coups d'épée reçus par
les gentilshommes et les vapeurs de leurs femmes, le mot
« névrose » n'était point encore inventé. Mais, s'il consentait à s'occuper de médecine vulgaire, Hals n'en était pas moins un de ces
chercheurs dont les études amènent des résultats inattendus
faisant l'étonnement et l'admiration de leur siècle. Voué à la
science dès sa jeunesse, il ne songea jamais à former de liens qui
l'eussent distrait de ses recherches. Luidas, vieux valet que l'habitude avait rendu adroit, et que son cœur portait à être fidèle, suffisait à l'entretien de sa maison. Plus d'une fois, même, Hals admit
son serviteur à lui servir d'aide durant des opérations difficiles. Ces
deux vieillards s'aimaient, se comprenaient, et lorsque le docteur annonça son départ pour la Carniole, Luidas se contenta de répondre :

— Monsieur le docteur peut compter sur moi, tout sera prêt.

Hals sourit doucement et se rendit dans une petite pièce située
à côté de sa chambre, dans laquelle régnait un demi-jour qui,
pendant quelques instants, rendait difficile de distinguer les objets.

Il s'approcha d'un lit placé dans un angle et sur lequel reposait
une sorte de masse de chair difforme et sanglante, et demanda :

— Comment vous trouvez-vous, Gaspard?

Deux grands yeux noirs se levèrent sur le médecin.

— Aussi bien que possible, répondit Orsol.

— Tant mieux ! tant mieux ! Aujourd'hui même viendra le mécanicien le plus habile de Vienne ; il comprend ce que j'exige de
son talent et j'espère que d'ingénieux appareils vous permettront
de vous mouvoir à l'avenir.

— Je vous dois la vie, docteur ; vous voulez que je vous doive
encore davantage.

— Oh! ne me remerciez pas! fit Hals ; la cure que vous m'avez
procuré l'occasion d'opérer est une des plus rares qu'il soit possible de réaliser... Qu'un homme roué sur la croix de saint André,
et dont les os et les chairs ne sont plus qu'une bouillie sanglante,
échappe au trépas après un tel supplice, cela tient presque du merveilleux. Sans nul doute, un autre médecin aurait réussi comme
moi : votre courage a été la moitié de votre salut.

— Je n'avais pas grand mérite, docteur, et je vous assure qu'aux
tortures que j'endurais, vos couteaux et vos scies ne purent rien

ajouter. D'ailleurs, l'évanouissement m'enleva plus d'une fois le sentiment de la douleur. Misérables que nous sommes! quand je revins à moi je me sentis heureux de vivre! moi qui n'étais plus un homme, mais un tronçon humain, une tête pensante, un être à demi broyé, sans jambes et sans bras. Vous m'avez gardé des moignons auxquels vous espérez fixer les appareils du mécanicien, et je garderai une sorte de mouvement automatique... Oui, je vous remercie, docteur, non pas seulement de m'avoir conservé le cerveau qui pense, mais surtout le cœur qui se repent.

— Que deviendrez-vous quand je ne serai plus là? demanda Hals.

— Quand vous ne serez plus là? Je n'ai jamais songé à m'adresser une question pareille... Est-ce que je puis vivre hors de cette maison? Je suis moins qu'un enfant, un débris répugnant, avili, un être effrayant et sans membres, un monstre physique, comme je suis un monstre moral... Si vous ne deviez pas me garder sous votre toit, pourquoi m'avez-vous sauvé? Je ne puis rien faire, moi! Votre chien est mort, abritez-moi dans sa niche vide, et jetez-moi comme à lui des croûtes durcies et des os à ronger.

— Je quitte Vienne, Gaspard, dit le docteur d'une voix émue.

— Pour longtemps?

— Peut-être pour toujours.

— Et vous allez?

— A Idria.

— Je comprends : après m'avoir sauvé, vous allez tenter de délivrer le comte Alberti.

— Je puis succomber en remplissant ma tâche, Gaspard.

— Depuis que vous m'avez coupé les membres et guéri, je vous crois capable de tous les prodiges... Vous partez, emmenez-moi...

— Y songez-vous, Gaspard? une route longue et difficile.....

— Que ferais-je ici sans vous, docteur? Même en supposant que les appareils de votre mécanicien soient aussi merveilleux que vous croyez, quelle sera ma vie à Vienne? Mes membres factices ne me permettront de me livrer à aucun travail. J'en serai réduit à m'asseoir sur les marches d'une église et à attendre la charité des fidèles. Et en dépit de leur foi, de leur bonté, tous éprouveront, en passant près de moi, un sentiment pénible; et quand les enfants demanderont : « — Qui est ce misérable sans jambes et sans bras? » on leur répondra : « — C'est Gaspard Orsol, le chef d'une bande de voleurs qui fut roué par le bourreau. » Non! Non! docteur, si vous ne consentiez pas à vous charger de ma misérable existence, il fallait me

laisser sur la roue ; la soif et d'intolérables douleurs seraient venues
à bout de mon reste de vie. Et puis, ce n'est pas seulement mon
corps que vous avez sauvé, vous avez commencé la rédemption de
mon âme. Les paroles flétrissantes des juges n'avaient point éveillé
le remords dans mon âme, j'avais repoussé le prêtre ; mais quand je
vous ai vu, vous, un savant, décoré de tant d'ordres, ressentir pour
moi de la compassion, quand je vous ai vu, penché sur moi, me
veiller comme un frère, me donner à la fois votre science et votre
pitié, et m'arracher au trépas pour me ramener au repentir, j'ai
compris que vous étiez plus qu'un savant ordinaire : un chrétien
qui s'inclinait plein de compassion vers son frère coupable. Et
votre exemple, votre influence m'ont changé, et j'ai voulu vivre
pour demander pardon à Dieu. Ne me dites pas qu'en quittant Vienne
vous me remettriez entre les mains d'un saint prêtre ; c'est près
de vous que je veux vivre, c'est près de vous que je veux mourir...

— Vous ne songez pas aux fatigues d'un tel voyage.

— En mourrai-je ?

— Peut-être.

— Eh bien ! je suis certain de ne pas survivre à votre absence ; je
garde, vous le voyez, les bénéfices du doute.

— Vous êtes bien résolu, Orsol ?

— Oui, docteur.

— Vous viendrez donc.

— Vous partirez...

— Je retarderai le voyage de quelques jours afin de vous laisser
le temps de reprendre des forces.

— Docteur, demanda Orsol, vous n'avez jamais eu de nouvelles
de la Gitane ?

— Jamais.

Gaspard poussa un soupir et ne répondit pas. Il ferma les yeux
et le docteur s'éloigna de son lit.

Le soir même, suivant sa promesse, le mécanicien apporta un
appareil formé de fer et de bois qui, exécuté suivant les indications
du médecin, réalisait un véritable prodige. Il se composait d'une
armature complète fixée autour du buste, et cette armature soutenait des membres artificiels d'un mécanisme admirable. En con-
servant les tronçons des membres, le docteur avait gardé les articulations, et par conséquent le mouvement des épaules et
celui des hanches. Quand le mutilé comprit qu'il pourrait marcher et se servir de ses mains artificielles, il laissa échapper un

cri de joie. Pour la seconde fois, la vie lui était rendue.

Cette certitude de ne point rester aussi incapable de mouvement qu'il le redoutait hâta sa guérison plus encore que ne l'espérait le docteur. Celui-ci devait voyager dans une voiture à lui, soigneusement aménagée, et la place de Gaspard fut réservée secrètement dans la berline.

La guérison d'Orsol restait un secret pour tous. Luidas seul savait que le bandit n'avait point succombé aux épouvantables souffrances du supplice ; et les soldats, ne le trouvant point le lendemain sur la roue, crurent qu'un complice l'avait enlevé.

Hals prit congé de ses amis, et comme le premier ministre de l'impératrice lui exprimait le regret qu'éprouverait Marie-Thérèse de son départ, le docteur répondit :

— Veuillez, Monseigneur, informer sa gracieuse Majesté que je reste à ses ordres...

— Du fond de la Carniole ?

— Je n'ai pas l'intention de m'y fixer d'une façon définitive.

— Quand reviendrez-vous ?

— En même temps que le comte Alberti.

— Ce qui signifie...

— Que pour revoir son médecin, il suffira à l'Impératrice de signer la grâce d'un innocent.

— Vous vous entêtez dans une croyance folle.

— Je persiste dans ma conviction.

— Adieu, docteur.

— Au revoir, Monsieur le ministre.

Deux jours plus tard Hals se mettait en route.

Tant qu'il voyagea dans les environs de Vienne, le paysage conserva une apparence régulière et paisible ; mais à mesure qu'il approchait de la Carniole, Bethlen Hals constata dans la nature du sol des changements complets. Il entrait au milieu d'un cercle prodigieux de montagnes. Le sol paraissait soulevé de toutes parts par des mouvements volcaniques. La fertilité refusée aux vallées se cachait dans les entrailles de la terre. Les monts chauves renfermaient d'incalculables richesses.

La Carniole, province des États autrichiens, faisait jadis partie du royaume d'Illyrie. Elle forme aujourd'hui une province particulière située entre la Carinthie et la Styrie au nord, la Croatie à l'est, le littoral au sud, et est à l'ouest traversée par les Alpes Carniques. La Save l'arrose, et reçoit le tribut d'un grand nombre de cours d'eau.

Quand le docteur arriva à Adelsberg, il se trouvait en pleines montagnes. Par pitié pour la fatigue dont souffrait le mutilé, il y passa deux jours, et ne reprit qu'au bout de ce temps le chemin de la ville d'Idria, qui s'est lentement construite à côté de la mine. Huit lieues seulement séparent Adelsberg d'Idria, qui doit son nom à la rivière qui la traverse.

Ce fut l'empereur Maximilien Ier qui, en ordonnant l'exploitation des mines de mercure et de cinabre, fonda la cité d'Idria en 1510. Maximilien aimait les lettres, les sciences, le commerce et l'industrie. On pouvait lui assigner une place parmi les historiens de son temps, car il prit part à la rédaction du *Weisskœnig*, sorte de poème racontant les aventures de son père et souvent les siennes. L'histoire ajoute qu'après avoir porté la couronne des Hapsbourg, il songea à couvrir son front de la Trirègne, et qu'à cet effet il envoya Monseigneur de Guerek à Rome, afin d'engager le pape Jules II à le prendre pour coadjuteur. La lettre que Maximilien écrivit à sa fille, et dans laquelle il témoigne le double souhait de devenir pape d'abord et saint ensuite, est des plus curieuses. A partir du règne de cet empereur, la situation des mines d'Idria devint de plus en plus prospère ; elles fournissaient par an, à l'époque où Hals s'y rendit, 3.000 quintaux de mercure, et 500 de cinabre.

Le voisinage de l'Italie avait fourni aux femmes un métier moins dangereux. Elles excellaient dans l'art de faire soit au fuseau, soit à l'aiguille, des guipures que nous admirons encore aujourd'hui.

Le cocher du docteur, ayant pris des informations sur les ressources du pays, fit arrêter la berline devant un cabaret d'assez belle apparence. Sur les bancs de pierre placés à l'entrée un homme dont les mains s'entrechoquaient avec un bruit sec, et dont la tête s'agitait à droite et à gauche avec un mouvement inconscient, restait assis au soleil dont il semblait avoir besoin pour se réchauffer ; tandis qu'une jeune fille, portant le coquet habillement du pays, tirait d'une cithare placée sur ses genoux des sons légers et harmonieux, dont un bel enfant suivait la mesure avec grâce.

— Oui, dit Hals, voilà bien ce qu'à chaque pas je rencontrerai ici : des contrastes sans nom, une maladie terrible engendrée par un travail mortel, puis la fraîcheur, la grâce et la vie ! Je viens pour remplir une mission de salut, Dieu veuille que je n'échoue pas !

Hals loua deux chambres dans l'auberge, prit lui-même le mutilé dans ses bras, et le plaça sur une bergère à coussins gonflés de plumes ; puis il chargea Luidas de commander le repas.

Gaspard éprouvait un violent accès de fièvre que le docteur apaisa avec une liqueur dont il possédait le secret; puis il soupa en homme dont les forces sont à bout, et s'étendit sur son lit. Luidas dormit dans un fauteuil à côté du mutilé.

Le lendemain, Hals procéda à une installation provisoire.

Gaspard et le valet partagèrent la même chambre, Hals tira ses papiers de son porte-manteau, ses livres de deux caisses volumineuses, puis il fit prier l'aubergiste de monter.

— Mon ami, lui dit-il, je viens me fixer dans le pays, et je souhaite y faire le plus de bien possible. Pouvez-vous m'apprendre le nom de l'habitant d'Idria qui pourrait m'aider davantage dans la réalisation de mes projets?

— Monsieur le docteur, répondit l'aubergiste, adressez-vous à l'abbé Fulda. Ce n'est pas seulement un savant, mais un saint.

— Que fait-il, à Idria?

— Il console les mineurs, Monsieur.

— Est-il donc permis de descendre dans la mine?

— Aux employés supérieurs et à l'abbé Fulda seulement ; mais si vous avez la curiosité de voir un triste spectacle ou la volonté de tenter un miracle, consultez monsieur l'abbé Fulda.

— Le trouverais-je chez lui à cette heure?

— Il rentre à la nuit tombante... l'enfant vous conduira.

En effet, une heure plus tard, la joueuse de cithare guidait le docteur vers la maison de l'abbé Fulda.

C'était une demeure presque pauvre, cachée au milieu des arbres. On devinait que celui qui l'habitait ne songeait jamais à lui-même, et qu'un toit quel qu'il fût suffisait pour l'abriter.

Un être chétif, malingre et fiévreux, ouvrit la porte au docteur Hals, et, sans lui demander son nom, l'introduisit dans une salle garnie de meubles en bois de sapin.

Le docteur avait à peine eu le temps de fixer ses regards sur le pauvre mobilier, quand l'abbé Fulda parut sur le seuil.

Ce n'était pas un homme, mais une ombre. Son teint était livide, ses lèvres blanches, de grands yeux noirs paraissaient seuls vivants au milieu de ce visage émacié. Le corps lui-même était d'une maigreur prodigieuse et l'on devinait une ossature rigide sous l'étroit vêtement du vieux prêtre. Mais ce qui frappait davantage dans cette physionomie, dans ce corps privé de chair, et que soutenaient seulement les muscles, c'était de constater le tremblement léger, mais persistant, de cette belle tête pâle, de ces mains diaphanes. On eût dit que le vent de la mort agitait ce fantôme humain qui de la vie ne conservait plus que l'apparence.

Hals ressentit à la vue de l'abbé Fulda un sentiment de respect qu'aucun homme ne lui avait encore inspiré. Il s'avança vers le vieillard et lui dit d'une voix émue :

— Monsieur l'abbé, je me nomme le docteur Bethlen Hals, et je viens..

— Ah! s'écria l'abbé, en prenant dans les siennes les mains du savant, je devine quel dévouement se cache sous votre voyage...

— Je ne comprends pas, Monsieur l'abbé...

— Si éloigné que je sois de Vienne et du centre de la science, je me suis vu forcé cependant de travailler beaucoup... Une seule chose m'était indispensable, mais je l'ai apprise en conscience... Me vouant au soulagement des malheureux que le gouffre d'Idria dévore, j'ai dû étudier tout ce qui concerne Idria... C'est vous dire qu'à côté du *Mundus subterraneus* du Père Kircher, je possède vos œuvres... Comme savant, je vous connais, comme homme, le comte Alberti m'a parlé de vous.

— L'infortuné! s'écria le docteur, comment supporte-t-il son affreuse situation?

— Avec courage. Jusqu'à présent sa santé n'a pas souffert des travaux auxquels il se livre, mais cependant chaque jour sa pâleur augmente.... Quelque effort qu'il fasse pour réagir, le chagrin le tuera plus vite que la mine elle-même.

— Monsieur l'abbé, dit le docteur, les malheurs immérités qui se sont abattus sur la famille de Haag ont été pour moi comme un ordre de la Providence. Je me suis juré d'essayer de défendre le comte Alberti contre le mal qui dévore les mineurs. Tout ce que la volonté et la science peuvent mettre au service d'une bonne cause, sera employé au soulagement, à la guérison des mineurs. Je tenterai d'abord de prévenir le mal chez les individus qui n'en sont point atteints; je tâcherai ensuite de soulager ceux qui en souffrent. Jusqu'à ce moment, les condamnés à la mine ont été considérés comme des misérables voués au trépas pour leurs crimes, et nul n'a songé à les protéger contre la maladie plus ou moins rapide qui les atteint.

On les a comptés à l'avance parmi les morts, et la mine d'Idria ressemble à une vaste nécropole. Vous êtes descendu dans le gouffre mortel au nom du Dieu de charité, j'y descendrai au nom de la science,

— Docteur, combien de temps me donnez-vous à vivre?

— Un an, si je n'étais pas venu, mais me voici armé d'une volonté de fer, et mû par un tel mobile que Dieu ne saurait me refuser son aide.

— Votre main, mon frère ; vous êtes un grand cœur.

— Quand pourrai-je descendre dans la mine? reprit Hals après avoir répondu à l'étreinte du vieux prêtre.

— Vous aurez besoin pour cela d'une permission du directeur.

— Daignerez-vous me présenter à lui?

— Certes, à l'époque de son retour : il est parti avant-hier pour Adelsberg et rentrera à Idria vers la fin de cette semaine.

— Ainsi, je ne pourrai voir Alberti avant le retour du directeur?

— Non, docteur; mais la nouvelle de votre arrivée suffira pour doubler son courage... J'ajouterai même que je ne suis pas précisément fâché de l'absence de Melbourg... Vous vous seriez tout de suite enseveli dans la mine, et je crois que pour les rendre fructueuses, vous devez commencer vos études sur les bords du gouffre. Ce que vous apprendrez en étudiant le pays profitera aux recherches que vous pourrez faire... Jusqu'au moment où le directeur rentrera, nous aurons le temps d'explorer la ville, la montagne, de suivre le cours de l'Idria, d'errer sous les bois, de connaître la vie intime de cette population patiente qui vit trop en communication avec la mort pour ne pas mener une vie régulière. Je me mets donc à votre disposition d'une façon absolue; sauf les deux heures que je passe régulièrement chaque jour dans la mine, mon temps est libre et je vous le donne... J'offre le saint sacrifice à l'aube pour les mineurs, et durant la nuit je lis mes offices, et je pense à Dieu... D'ailleurs, ne sera-ce point travailler pour lui que de vous apprendre le peu que je sais moi-même, et vous fournir de la sorte le moyen de vous dévouer à vos frères malheureux?

— J'accepte, répondit le médecin. Rendez-moi donc tout d'abord un service : connaissez-vous un logis convenable pour moi?

— Que vous faut-il?

— Une chambre pour y placer mon lit, un cabinet de travail, puis une petite pièce pour mon domestique et pour... son compagnon.

— Vous vous contenterez d'une table frugale?

— Je suis sobre comme un homme qui comprend le danger des moindres excès.

— Tout est pour le mieux alors, docteur... Permettez-moi de vous offrir la moitié de cette humble maison...

— Comment, vous m'offrez?...

— Les trois pièces dont vous avez besoin, et ma table. Acceptez

aussi simplement que je vous fais cette proposition... Nous nous
verrons de la sorte presque à toute heure, et nous poursuivrons
ensemble le même but.

— Il me reste un seul scrupule, reprit le docteur, je vous ai
parlé de mon domestique Luidas et de son compagnon... Je ne me
permettrai point d'amener celui-ci sous votre toit sans vous apprendre son nom... Il s'appelle Gaspard Orsol...

— Le chef de bandits qui fut pris avec sa troupe dans les grottes
de Carniole?

— Lui-même.

— La rumeur publique le disait jugé et condamné à la roue.

— Il a été roué, monsieur l'abbé.

— Et il vit?

— De quelle vie! Un tronc mutilé et privé de bras et de jambes...
Cet homme jeune, alerte, vigoureux, est devenu un débris humain
plus faible qu'un enfant... Mais le cerveau pense, le cœur sent, et
le repentir germe dans cette âme coupable...

— Jamais cure semblable ne fut entreprise! répondit l'abbé Fulda.
Je l'admire, et je vous remercie de m'offrir une part dans votre
bonne œuvre... Vous avez guéri le corps, j'essaierai d'achever le
salut de cette âme. Installez chez moi Gaspard Orsol; ma maison
sera doublement bénie, quand elle abritera la science et le repentir.

L'abbé Fulda ne permit point que le docteur Hals remît au lendemain son installation dans sa maison. Les malles, les caisses furent vite apportées. Le mutilé arriva à son tour dans les bras de
Luidas, qui commençait à dompter les répugnances que lui inspirait le misérable.

La même table réunit le soir le docteur et le prêtre, et dès le
lendemain après l'office matinal, l'abbé Fulda, s'appuyant sur le
bras du médecin, le conduisit hors de la petite ville d'Idria.

— Monsieur l'abbé, dit le docteur, tout en cheminant dans la
campagne, vous comprenez qu'avant de songer à guérir ou du moins
à soulager les infortunés condamnés à un lent trépas au fond des
mines d'Idria, j'aurais besoin de connaître tout ce qui se rapporte
non seulement au mercure et au cinabre, mais encore à la botani-
que, à la minéralogie du pays. Je viens ici en chirurgien, et je dois
apprendre une science toute nouvelle. Qui pourrait mieux m'en
instruire que vous?

Acceptez-moi donc pour élève, jusqu'à ce que je me sente assez
fort pour commencer mon œuvre.

L'abbé Fulda serra la main du docteur.

— Le Seigneur est vraiment bon, lui dit-il, je vivais seul, et il m'arrive un ami; j'avais la douleur de songer que mon influence serait passagère, et vous allez y joindre les résultats positifs d'un vaste savoir agrandi, réchauffé par la charité. Oui, le peu que je dois à l'expérience, à l'étude constante du sol que l'on fouille, des montagnes que l'on éventre, de la terre que l'on sème et moissonne, tout cela sera à vous et, j'en suis sûr, les résultats ne se feront pas attendre.

— Le gouverneur s'occupe-t-il d'adoucir le sort des mineurs?

— Un nouveau chagrin m'était réservé, docteur, les doctrines de Luther ont franchi cette vallée! Le directeur d'Idria et les gens de sa maison, son secrétaire et quelques hommes à la solde du gouvernement ont cessé d'appartenir à l'Église catholique. Melbourg seul est riche et puissant dans le pays, et j'éprouve une crainte mêlée d'angoisse à la pensée qu'il cherchera à recruter des partisans parmi les mineurs, à qui il fera espérer, comme une récompense de leur apostasie, des adoucissements à un sort misérable.

— Cela est horrible! s'écria le docteur.

— Mon ami, reprit le prêtre, nul ne peut sonder les plaies vives que nous portons en nous... Dieu seul connaît les douleurs secrètes de ceux qui se sont faits ses serviteurs et ses martyrs.

Hals et l'abbé Fulda gardèrent un moment le silence.

L'apôtre essayait d'étouffer l'angoisse qui venait de s'emparer de son cœur, et le docteur, tournant autour de lui des regards dans lesquels la surprise le disputait à l'admiration, étudiait le paysage qui se dévoilait à ses yeux.

La vallée d'Idria, dans laquelle allaient entrer les voyageurs, se trouvait environnée de gigantesques montagnes calcaires, différant peu au premier aspect de celles dont la Carniole est hérissée. Celles-ci atteignaient seulement une hauteur plus grande, et faisaient souvenir des falaises qui semblent dressées sur certains rivages pour servir de limites aux colères de l'Océan.

La montagne de Vogelberg, dont la cime atteint une hauteur de deux cents toises, donne naissance à la montagne d'Erzberg, au-dessous de laquelle coule la Nicoua, petite rivière qui baigne la ville d'Idria avant de se jeter dans l'Idrizia.

La montagne, regardant le cours d'eau à cinquante toises au-dessous d'elle, semblait le considérer comme un ruisseau chétif.

En somme, ce paysage était charmant. Les hauteurs de Vogelberg se couronnaient de verdure, tandis que la cime et les flancs de l'Erzberg paraissaient trahir au dehors les sombres mystères du gouffre creusé sous sa masse imposante.

Le prêtre s'efforça d'oublier ses préoccupations afin de répondre au désir exprimé par Bethlen Hals, et, quittant le centre de la vallée, il se rapprocha lentement de la montagne. A mesure que les promeneurs avançaient, il leur devenait facile de distinguer les éléments mêmes de la montagne, et de déterminer les âges de ces masses énormes qui portent les siècles écoulés et les chiffrent à l'aide des couches successives que laissa chacun d'eux comme traces indélébiles de son passage.

— Docteur, dit l'abbé Fulda, si vous observez attentivement les roches qui se présentent à quelque distance des gîtes de minerai, vous en rencontrerez plusieurs se rapprochant des terrains primitifs : tels que le *schiste micacé* et une roche *feldspathique* pénétrée d'*amphibole verdâtre* qui lui communique sa couleur, tandis que le calcaire dont cette même roche est imprégnée lui donne la propriété de faire effervescence avec les acides.

— Et, demanda le docteur Hals, où pourrai-je chercher des échantillons de ces roches?

— Elles se trouvent, ainsi qu'un calcaire blanc et cristallin, sur les rives de Coomuba, gros torrent qui, se précipitant du nord-ouest, tombe dans l'Idrizia, qui reçoit déjà les eaux du Nicoua.

— Et, reprit le docteur, quelles différences d'aspect peut-on saisir entre les roches d'une grande partie de la Carniole, et celui que présente l'intérieur des mines d'Idria?

— On signale l'interposition de quelques couches minces d'un schiste noir, dans les bancs grisâtres de la roche calcaire, dont ce schiste suit les fréquentes ondulations, mais surtout la présence du minerai de mercure dans le schiste, et même dans le calcaire.

Le docteur cassa divers échantillons, cueillit des plantes qui lui étaient inconnues, et, comme le jour commençait à baisser, il reprit avec l'abbé Fulda le chemin du village.

Il allait prier dans le cimetière. (*Voir page* 180.)

XV
AU FOND DU GOUFFRE

C'était le gouffre, et dans ce gouffre régnait la nuit. On ne distinguait pas même, faible et lointain comme la clarté d'une étoile,
l'espace bleu dominant le trou béant sur l'orifice duquel s'appuyaient
les échelles servant à descendre au fond de la mine. Ce gouffre

contenait un monde noir, doublement sinistre; l'ombre d'abord, la mort après. Des hommes n'habitaient pas ces profondeurs souterraines, mais des spectres s'agitaient au sein de ces ténèbres. Des bruits de pics et de pioches retentissaient avec le choc sinistre des marteaux clouant des bières. Des lanternes accrochées à de rares intervalles mettaient une tache jaune sur les parois, mais cette lumière restait sans rayonnement et servait à rendre plus blafard le visage des hommes marchant dans cette nécropole.

Le long des échelles tremblant sous leurs vivants fardeaux, montaient et descendaient tour à tour des hommes exténués, chargés d'une hotte contenant le minerai qui devait subir au jour un nouveau triage. D'en bas, on ne pouvait voir à une hauteur de plus de six cents pieds s'agiter les fantômes, gravissant péniblement les échelons vacillants sous le poids d'une grappe humaine.

Parfois une détonation éclatait semblable à l'éruption d'un volcan. C'était le minerai que l'on arrachait du sein de la montagne avec une charge de poudre. Plus d'une fois les misérables occupés à un labeur meurtrier regrettaient que cette charge de poudre n'eût pas ébranlé suffisamment les murailles schisteuses de la mine pour les ensevelir sous un éboulement.

Tandis qu'un certain nombre de travailleurs portaient en haut le minerai, d'autres attaquaient la montagne et en détachaient des blocs contenant plus ou moins de mercure. A mesure que le minerai était extrait soit des fosses creusées à l'aide du pic, soit des excavations ménagées par la poudre, on le triait d'une façon sommaire.

Les pierres stériles rejetées dans les trous béants servaient à les combler, tandis que le minerai renfermant du mercure s'entassait dans des brouettes.

Des hommes, les reins ceints d'une large bande de cuir, les épaules traversées par une bretelle semblable, s'attelaient à ces lourdes brouettes, puis les poussaient jusqu'à l'endroit où le minerai devait subir un second triage.

Tout à coup, l'un des hommes jeta son pic contre la muraille, et tomba plutôt qu'il ne s'assit sur un monceau de minerai.

— Je ne travaille plus, dit-il. C'est assez subir la vie qu'on nous inflige. J'ai tué, c'est vrai, mais d'un seul coup... On avait le droit de m'écarteler, mais non pas de me faire endurer un supplice plus lent que celui de ma victime! Ah! pourquoi Wallis n'a-t-il pas mis assez de poudre dans les trous de la montagne pour qu'elle s'effondrât sur nous! Je ne travaillerai plus, c'est fini... J'aime mieux le

bâton... Ou plutôt, si, je travaillerai encore une fois! Mais ce ne
sera plus pour extraire le mercure et le cinabre... Je ne briserai
plus de pierres, il me reste seulement la force de broyer un crâne!

— Mathias, que dis-tu? demanda le mineur travaillant à côté du
révolté. Pourquoi aggraver ta peine si lourde déjà?

— Rien ne peut l'augmenter, Goot.

— Les châtiments contre les révoltés sont terribles.

— On me fera bien la grâce de me tuer.

— Et après? demanda Goot.

— Après, ce sera la nuit de la tombe au lieu de la nuit de la
mine... ce sera le néant au lieu du supplice quotidien.

— Non! dit Goot d'un accent qui retrouva subitement de la force,
ce sera l'éternité du châtiment au lieu d'une douleur passagère;
ce ne sera plus la mine qui lentement nous dévore, mais l'enfer
sans espoir, l'enfer dont le plus grand tourment est la perte de
Dieu. Tu as tué, dis-tu, sache donc mourir...

— Oh! toi! fit Mathias, tu prêtes l'oreille aux paroles de l'abbé.

— Oui, répondit Goot, elles m'apaisent, elles me consolent.
Lorsque je fus amené ici, je regrettais comme toi qu'on ne m'eût
pas fait payer mon crime de la mort... J'ai volé, moi! volé et in-
cendié; le châtiment qui m'est infligé, je le mérite, je l'accepte, je
le bénis. Chaque souffrance acceptée lave mon âme d'une souillure.
Oh! je comprends quel désespoir devait s'emparer du mineur, avant
que l'abbé Fulda se dévouât pour nous. Mais qui donc garde désormais le droit de se plaindre? Ne reste-t-il pas comme nous plusieurs heures par jour dans la mine... Le mal qui nous ronge ne
l'atteint-il pas? Je l'ai vu, moi; sa tête s'incline, ses mains tremblent:
il est frappé, et qui est frappé doit mourir... N'est-ce pas, compagnon? demanda Goot à son voisin de tâche, vous avez remarqué
les symptômes du mal qui se manifeste chez l'abbé Fulda?

— Oui, mon ami, répondit le mineur d'une voix sonore et harmonieuse. Oui, vous avez raison en affirmant qu'il paiera son dévouement de sa vie; raison aussi en répétant à Goot que la miséricorde de Dieu se manifeste par la présence de cet homme, qui s'est
fait l'apôtre des mineurs.

Puis l'homme qui venait de parler se tournant vers Mathias :

— Reprenez votre outil, lui dit-il, songez que le contre-maître
est implacable.

— Tant mieux! fit Mathias en courbant le front.

Ses compagnons s'appuyèrent un moment sur leurs pioches,

comme s'ils se demandaient s'il ne valait pas mieux en finir d'un seul coup avec une existence épouvantable; mais si dure qu'elle fût, c'était la vie encore, et ces agonisants avaient peur de la mort... Ils reprirent donc leurs pics et continuèrent à attaquer la montagne.

Le son d'une cloche les avertit que l'heure du repos allait sonner, mais en même temps qu'un inspecteur des travaux allait traverser la galerie. Mathias demeura dans la même attitude.

Les mineurs accotés contre la paroi restaient immobiles.

La clarté jaune de la lanterne tombait sur leurs faces blèmes, ils s'appuyaient sur leurs pics, épuisés, à demi somnolents.

Un bruit de pas retentit dans la galerie, le contre-maître s'avançait avec plusieurs gardiens chargés de la surveillance.

C'était un être implacable que ce contre-maître. Il traitait les mineurs non pas en hommes, mais en brutes. Il leur rappelait sans cesse les crimes qui les avaient amenés à Idria. Parce que la loi ne l'avait jamais châtié, il multipliait des actes féroces. Mattet était moins un chef qu'un bourreau.

Il marchait rarement sans tenir à la main une épaisse et souple lanière de cuir, qu'il brandissait comme un fouet, et qui, sans pitié, s'abattait sur les bras, les épaules, le visage des misérables, qu'il cinglait d'une façon sanglante.

Goot et ses compagnons se demandaient avec terreur ce qui allait advenir de Mathias quand Mattet s'apercevrait qu'il n'avait pas rempli sa tâche. Quoique l'habitude de souffrir et de voir souffrir eût endurci leur âme, ils ressentirent pour leur camarade une crainte motivée par les violences habituelles du contre-maître.

Celui-ci paraissait du reste d'une humeur détestable, et l'on entendait de loin sa voix grondeuse doublée par les échos des galeries.

— Mathias, fit Goot, Mathias, dis que tu es malade : tu es si pâle qu'on te croira... Nous avons bien le droit d'être malades, puisque nous sommes ici pour mourir...

— Non! fit Mathias, je veux qu'on me tue, mais avant...

Il n'eut pas le temps d'en dire davantage : Mattet arrivait avec ses hommes.

Quand il parut au fond du couloir, Mathias était debout, la tête droite, et sa main, que la force de la volonté avait affermie, pressait le manche du pic d'une façon menaçante.

— Nous allons rire, dit la voix dure de Mattet, on a besoin d'être rudement mené dans cette mine... les canailles de dessous terre ne valent pas des chiens ! Je le leur ferai voir !

— Oui, nous allons rire, répéta Mathias d'une voix sourde, en s'avançant de deux pas.

— Voici votre travail, Goot ? il est à peine suffisant, ce matin.

— J'approche de ma fin, Monsieur.

— Oui, je sais, je sais... Vous dites tous cela... En attendant, du zèle ! du zèle ! on nous demande une augmentation dans le métal à fournir et on ne nous envoie pas souvent de nouveaux condamnés... Où est votre tas, Turgmac ?... C'est bon ! vous êtes dans la mine depuis six mois, je crois... Et vous, Mesmer ? Vous vous relâchez, prenez garde... Allons, ce n'est pas assez ! Je dois rendre des comptes rigoureux à Monsieur le directeur.

— Attends ! attends ! dit Mathias d'une voix étranglée, tu vas les rendre, tes comptes.

Il leva le pic...

Mais soudainement, et avec une rapidité qui ne permit ni à Mathias, ni à Mattet de comprendre ce qui venait de se passer, un bras robuste renversa le mineur sur le sol, et un des travailleurs s'élança vers le contre-maître.

— Monsieur, fit-il, ma tâche n'est pas terminée ce matin.

— Comment, votre tâche n'est pas terminée ?

— Non, Monsieur.

— Et pourquoi ?

— La force m'a manqué !...

— Oui, je comprends... le défaut d'habitude...

— En effet, Monsieur.

— Approchez.

Le prisonnier fit deux pas en avant, et se trouva juste sous le rayonnement de la lanterne.

— C'est bien vous qui vous nommez...

— Carlo, répondit le mineur.

— Vous êtes modeste... Si j'ai bonne mémoire, vous êtes le comte Alberti, condamné aux mines pour complicité avec la bande d'Orsol... Ah ! monsieur le gentilhomme refuse de travailler... Ses mains blanches ne peuvent soulever le pic... Alors le dos supportera le bâton... Vous entendez, vous autres, vingt coups...

Mathias avait entendu ce dialogue avec une stupeur profonde. Renversé sur le sol au moment où Alberti se plaçait entre lui et le contre-maître, afin de l'empêcher de commettre le crime qu'il préméditait, il avait vite compris l'apparente violence de son compagnon, et la générosité avec laquelle il acceptait pour lui un châtiment immérité.

Sur un signe de Mattet, Carlo Alberti allait être entraîné, quand Mathias bondit vers le contre-maître et lui saisit le bras.

— Êtes-vous donc aveugle et sourd? lui demanda-t-il, n'avez-vous jamais compris que des hommes comme nous ne reculent pas toujours devant un nouveau crime, et que c'est tenter Dieu et les forçats que de se montrer si dur? On vous a créé contre-maître et vous vous êtes fait bourreau!

— Insolent! fit Mattet.

— Oh! je n'ai pas fini et vous m'entendrez, cela vous sera utile à vous et à ceux qui vous imitent...

— Silence! Mathias, dit Carlo d'une voix grave, silence!

— Non! fit Mathias, à chacun sa part dans le mal comme dans le bien... Carlo vient de mentir. Carlo a fini sa tâche, moi j'ai jeté mon pic de rage, et je refuse de travailler... Laissez donc Carlo en paix, ou plutôt rendez-lui grâce, car s'il n'avait deviné mon projet, et ne m'avait renversé au moment où j'allais l'accomplir, je vous aurais déjà cassé le crâne avec l'outil que voici.

— Misérable! s'écria Mattet.

Le contre-maître se tourna vers les mineurs :

— La vérité! dit-il, je veux savoir la vérité. Parlez, Goot.

— Carlo a fini son travail, Monsieur.

— Et Mathias?

— Mathias a trop envie de mourir.

— Ainsi, tu voulais me tuer? reprit Mattet, en s'adressant à Mathias.

— Oui; je me serais vengé des coups que j'ai reçus, et j'aurais débarrassé la mine d'Idria d'un monstre.

— Sois donc content, fit Mattet, tu périras sous le fouet.

En ce moment une main tremblante se posa sur l'épaule du contre-maître. L'abbé Fulda, guidant le docteur Hals dans les dédales de la mine, venait de rejoindre le groupe des mineurs

— Monsieur, dit-il, avant de châtier la faute de Mathias, ne devez-vous rien au comte Alberti?

— En effet, répondit Mattet avec une sorte de honte, il paraît que ce drôle m'a sauvé la vie...

— Oui, oui, répétèrent les mineurs.

— Eh bien! reprit Mattet en s'adressant à Carlo, que souhaitez-vous de moi, quel allégement désirez-vous?

— Je vous demande la grâce de Mathias, répondit Carlo.

— Ah ! fit le contre-maître, vous venez par ce mot de vous enlever tout le mérite de votre bonne action.

— Ceci regarde Dieu ! dit Carlo.

— Soit, fit le contre-maître, la grâce est accordée pour aujourd'hui ; mais au premier manquement...

Il n'ajouta rien et s'éloigna de la galerie avec ses hommes.

Alors seulement le compagnon de l'abbé Fulda sortit de l'ombre dans laquelle il se tenait.

— Monsieur le Comte, dit-il d'un accent ému dans lequel tremblaient des larmes, me reconnaissez-vous ?

— Hals ! Bethlen Hals ! Si je vous reconnais ? Vous ici, et qu'y venez-vous faire, Grand Dieu !

— Vous avez une heure de repos, répondit l'abbé Fulda, profitez-en pour causer avec votre ami ; j'ai besoin de parler à Mathias.

Carlo Alberti prit la main du docteur et l'entraîna dans une galerie voisine, où personne ne travaillait. Tous deux s'assirent sur un amas de minerai. Carlo serrait les deux mains du médecin et celui-ci levait sur le comte des yeux remplis d'une affectueuse inquiétude. Pour Carlo, la vue de Bethlen Hals était une immense consolation. Le docteur devenait un lien entre ce banni et les biens qu'il avait perdus. Du fond de son enfer, il revoyait la terre et l'Éden lointain de son bonheur. Il demeura un moment sans parler, écrasé sous le poids de son émotion.

— Docteur, dit-il enfin, docteur, parlez-moi d'Agnès et de ma mère.

— Je suis ici en leur nom, répondit Bethlen Hals... Il m'a été impossible de résister à leurs larmes, à leurs supplications... D'abord, je me promis de vous voir seulement, puis de rapporter de vos nouvelles, ensuite je me dis que je ne pourrais manquer de trouver ici d'intéressants sujets d'étude, que j'y rendrais sans nul doute des services, et je reste...

— Vous restez !

— Oui, Monsieur le Comte, je suis désormais un habitant d'Idria... Tandis que cet humble héros qui s'appelle l'abbé Fulda se voue à l'apostolat des âmes, je chercherai le moyen de combattre le fléau qui vous décime et vous tue. Je ne songeai d'abord qu'à vous, Monsieur le Comte, à la douleur de votre femme, à l'épreuve terrible que subissait la douairière Gutta de Haag ; mais le cercle du devoir s'est soudainement élargi... Au lieu de travailler pour un seul, je m'efforcerai de vous soulager tous. Vous devez vivre, Carlo Alberti, vous devez vivre, votre innocence ne peut manquer d'être reconnue un jour. Dieu aura, je n'en doute pas, cette miséricorde et cette justice... Eh bien! quand finira l'épreuve, je veux qu'elle vous trouve assez fort pour soutenir votre bonheur comme vous avez supporté l'épreuve.

— Vous faites cela, vous! docteur!

— Ne m'en louez pas trop, Monsieur le Comte, je commence à craindre déjà de n'avoir point à remplir cette tâche avec autant de mérite que vous le croyez. D'abord, j'habite sous le toit de l'abbé Fulda, un saint! Il n'apaise pas seulement mon âme, il m'instruit. Il ne se contente pas de mettre sur mon petit bagage scientifique un rayon de l'éternelle clarté, il m'apprend des choses admirables. Ce prêtre est un apôtre doublé d'un homme de génie. Ce qu'il m'aurait fallu dix années pour étudier, il me l'explique en quelques heures. Sa maison est un musée minéralogique. Je ne sais où il a appris tout ce qu'il sait, mais il me surprend et me confond... J'ajouterais qu'il m'humilie, s'il était possible qu'un si grand esprit et un si grand cœur pussent jamais froisser quelqu'un.

— Vous avez raison, répondit le comte, l'abbé Fulda est l'ange de cet enfer.

Avant qu'il y descendît, les mineurs ajoutaient à leurs maux par des révoltes multipliées, des rixes, des colères et des haines. On semblait ne point trouver que la mort vînt assez vite : on la prévenait par l'assassinat. Oh! ne croyez pas que l'abbé Fulda ait réussi dès les premiers jours à répandre l'apaisement parmi ces misérables dont chaque heure augmente les tortures, et qui ne voient d'autre fin que le trépas à leur long supplice. Il n'est point de grâce pour les mineurs d'Idria... Le pouvoir de l'Impératrice resterait impuissant à sauver un seul homme ayant travaillé une année dans la mine... Regardez-moi, Hals, regardez-moi... voyez comme déjà mes yeux se ternissent, comme mes joues se plombent... avant six mois je tremblerai comme un vieillard... dans un an je perdrai mes dents et mes cheveux ; enfin dans deux ans les articulations de mes membres seront ankylosées au point de me refuser tout mouvement. Perclus, dévoré par des douleurs, j'appellerai la mort comme un bienfait... Vous parlez d'innocence reconnue, de liberté, docteur! mais dans six mois je serai perdu comme ces malheureux à côté de qui je travaille...

— Non ! non ! répondit le docteur, cela ne peut pas être, je ne le veux pas ! Ce fléau, je viens le combattre ; ces douleurs, je les préviendrai. Le mercure vous tue, je trouverai le moyen d'en affaiblir les ravages. C'est un duel acharné qui commence entre cet agent destructif et moi, et, croyez-le, Comte Alberti, Dieu sera avec celui qui implore humblement son aide...

— Je veux vous croire, répondit Carlo, j'ai tant besoin d'espérer ! Une cloche se fit entendre, et Alberti se leva.

— Vous me laissez plein d'espoir, lui dit-il. L'abbé Fulda soutenait mon âme, je vais demander à Dieu que vous guérissiez mon corps.

Un second son de la cloche avertit les travailleurs que l'heure du repas était terminée, le docteur le comprit, et serrant avec effusion les mains du comte Alberti :

— Le Seigneur vous aime, lui dit-il, le Seigneur vous sauvera !

Tandis que Bethlen Hals s'entretenait avec le comte Carlo, l'abbé Fulda parcourait la mine. L'un après l'autre, il visitait les couloirs emplis de travailleurs. A l'un il adressait un reproche amical, il relevait l'autre de son abattement. Les misérables dont chaque jour emportait un reste de vie lui devaient la résignation.

Quel ministère exerçait ce prêtre, volontaire martyr de la charité ! La vue des infirmités humaines nous cause à tous une impression de dégoût ; c'est la réflexion qui inspire la pitié ; le mouvement instinctif est de se reculer de tout homme portant une plaie ou trahissant un mal incurable. Il semble même que l'approche de ces malheureux nous épouvante comme une souillure. Nos regards se détournent de ceux que ronge une lèpre mortelle, un cancer dévorant. Il faut de l'héroïsme pour toucher les plaies et bander les blessures. Nos nerfs sont sensitifs au plus haut degré. Il n'est pas aussi facile qu'on le pourrait croire de triompher de ses répugnances.

L'abbé Fulda devait à une organisation délicate une horreur naturelle de tout ce qui porte le cachet de la laideur ou du malsain. Ses nerfs se crispaient devant certains tableaux. La délicatesse de ses organes repoussait toute laideur, comme la beauté de son âme lui faisait jadis éprouver une souffrance au contact des êtres pervers.

Aussi, quand il songea à quitter le monde pour Dieu, sa première pensée fut-elle de s'enfermer dans un de ces cloîtres où le cœur brûle devant l'autel comme un encensoir, où l'âme, tournée vers le ciel, ne voit plus rien des choses périssables. Les hasards d'un voyage, rendu nécessaire par le règlement de graves affaires de amille, le firent traverser la Carniole et passer deux jours à Idria. Il eut la curiosité d'en visiter les mines. Ce qu'il sentit durant son exploration dans les souterrains, au milieu d'une population d'êtres flétris par une condamnation et voués à une mort certaine, ne saurait se décrire. Il se crut en proie à un cauchemar horrible. Il s'effraya à l'idée que ces condamnés courbés sous un travail mortel n'entendaient point parler du repentir qui purifie et du Dieu qui pardonne. Et, par un mouvement spontané de charité ardente, il ouvrit les bras et serra sur sa poitrine le vieillard qui se trouvait le plus rapproché de lui.

— Je reviendrai! cria-t-il en s'éloignant, je reviendrai....

Dès lors, sa vocation fut décidée...

Il renonça au calme de la vie monastique, aux joies de l'étude, à la vie ascétique perdue dans la contemplation des choses d'en haut...

Il ne se trouva pas le droit d'être heureux en cachant son existence au fond d'un cloître. Où donc eût été le combat. Quelle eût été la victoire? Il se voua aux mineurs d'Idria avec l'enthousiasme d'un cœur jeune et d'une âme ardente; il embrassa son apostolat comme un martyre.

La science et la piété du jeune homme abrégèrent la durée de ses études et de ses épreuves, et deux ans après être entré au séminaire, l'abbé Fulda reprenait le chemin du Frioul.

Sa fortune lui permettait de soulager les infortunés auxquels il dévouait sa vie. Il s'installa pauvrement ne se croyant pas le droi d'être riche, et le seul luxe qu'il se permit fut celui d'une bibliothèque de volumes spéciaux, propres à lui faire comprendre la nature du pays dans lequel il allait vivre, et les maux contre lesquels il allait tenter de réagir.

Pendant les premières semaines de son séjour à Idria, les mineurs l'accueillirent avec plus de défiance que d'affection. Ces malheureux, accoutumés à n'être pas même traités en hommes, ne comprenaient point la miséricordieuse bonté du prêtre. Les secours matériels qu'il leur distribua les attirèrent peu à peu. Quand ils comprirent que l'abbé Fulda n'était point envoyé par le gouvernement, mais que sa bonté seule le rapprochait d'eux, ils éprouvèrent une sorte de stupéfaction. Quoi! un homme jeune, riche, beau, de cette beauté physique qui semble souvent une couronne, venait au-devant de leur misère, adoptait leur détresse, et se condamnait à vivre de leur vie? Quel mobile le poussait? Que voulait-il? Il le leur apprit un jour :

— Je veux vos âmes pour les rendre à Dieu. Ce qu'a fait la justice humaine ne me regarde pas. Il est possible que vis-à-vis d'elle vous ayez à rendre un terrible compte ; elle l'a réglé, vous payez votre dette... Pour moi, prêtre du Seigneur, vous restez des enfants, les enfants condamnés à des travaux meurtriers. Je ne vous parlerai que de miséricorde. Il faut un intermédiaire entre ce monde souterrain et le monde des vivants. Vous avez besoin qu'on vous parle de votre famille, je vous en entretiendrai, je ne vous quitterai plus... Ceux qui m'aimeront me rendront heureux, ceux qui me haïront seront encore mes frères! Je sais bien, d'ailleurs, que tous vous finirez par me considérer comme votre père, j'ai pour l'espérer la plus forte des raisons, je vous aime comme des abandonnés et des malades, comme des fils perdus que je retrouve et que je consolerai.

A partir de ce jour, l'abbé Fulda eut parmi les condamnés un groupe de disciples et de pénitents. Peu nombreux d'abord, il ne tarda pas à s'augmenter. La douceur du prêtre appelait et gardait ces pauvres êtres dont l'échine ployait sous le bâton des gardiens, et dont la vie s'en allait minée par deux maux également sans remède : le mercure et le désespoir.

Mais qui dira la lutte que le prêtre dut soutenir contre lui-même? Combien de fois sa chair frémit devant les cadavres ambulants passant devant ses yeux. Nul, excepté Dieu, ne le vit le soir, au retour de la mine, se débattant contre le dégoût qui l'envahissait, et tentant d'affermir ses nerfs contre un horrible spectacle.

Il espéra pendant quelque temps qu'il lui serait possible de s'y accoutumer, mais il se trompa, l'habitude n'affaiblit pas l'épouvante. Ses yeux ne purent se faire à la vue des corps dégradés et s'en allant par lambeaux qu'il frôlait dans les galeries souterraines. Dieu voulait sans doute que son martyre fût complet dans son intensité comme dans sa durée. Pendant les longues années qui s'étaient écoulées depuis son arrivée à Idria, jamais l'abbé Fulda n'avait trouvé une âme sœur de la sienne ; le prêtre auquel il confia la direction de son âme angélique habitait Adelsberg, et la rareté de leurs rapprochements ne pouvait rien enlever à l'amertume de sa vie.

Nous disons amertume, et cependant l'abbé Fulda n'eût consenti à aucun prix à changer son existence.

Quand il se promenait le soir dans le vaste cimetière, il reconnaissait les croix d'un grand nombre de malheureux qu'il avait amenés au repentir ; le champ des morts lui rappelait une moisson d'âmes. Lorsqu'il se sentait faiblir, car les plus grandes âmes ont de ces accès douloureux que Dieu permet pour les grandir davantage, il allait prier dans ce cimetière de forçats ; le calme revenait en lui et, dans le bruissement des arbres noirs, dans le murmure des feuilles, il croyait entendre des chuchotements vagues de voix à demi éteintes lui envoyant des bénédictions.

Parfois l'abbé Fulda ressentait ces joies puissantes dont le cœur des prêtres garde seul le secret. Lorsqu'un mineur, rebelle à toute parole affectueuse et enfermé dans son crime comme dans une seconde prison, cédait tout à coup à ses supplications, à ses larmes, et se jetait dans ses bras en lui rendant son âme, il ressentait des surabondances de bonheur et d'enthousiasme, son esprit et son cœur chantaient les *alleluia* du triomphe ! Il ne se souvenait plus d'avoir souffert et pleuré, il venait de rendre une brebis à la bergerie.

Oui, c'était un grand et héroïque cœur que l'abbé Fulda. Si le directeur de la mine d'Idria, sectaire de la réforme, le haïssait pour l'influence qu'il exerçait dans le monde souterrain où l'enfermait sa charité, les habitants d'Idria lui vouaient un culte fervent et passionné ! Chaque jour, au moment où le pauvre prêtre quittait les mineurs, il semblait à ceux-ci que le poids de leurs douleurs devenait plus lourd. Ils comptaient les instants en attendant le lendemain qui devait le ramener parmi eux.

A l'heure où sonna la seconde cloche, l'abbé Fulda quitta Mathias, Goot et Wallis, et rejoignit le docteur qui prenait congé du comte Alberti.

— Au revoir, dit Bethlen Hals, j'écrirai ce soir à Madame Agnès.

— A demain, ajouta l'abbé Fulda.

Il étendit sa main tremblante, et les fronts des forçats s'inclinèrent.

Ils traversèrent quelques groupes de maisons. (*Voir page* 182.)

XVI

LES TRAVAILLEURS DE LA MORT

— Docteur, dit l'abbé Fulda, en s'adressant le lendemain à
Bethlen Hals, vous avez visité hier les souterrains du fond desquels

on extrait le minerai renfermant le mercure. On le trouve là dans
son état de fluidité mêlé au schiste argileux, et la plupart des terrains
dans lesquels on le recueille appartiennent aux terrains secondaires.
Tantôt le métal s'y rencontre en mottes disséminées et accompagné
de substances combustibles, tantôt on en signale la présence dans des
terrains primitifs. Vous savez tout cela aussi bien que moi et, si je
vous le rappelle, c'est afin de vous intéresser davantage aux opérations diverses qui vont passer sous vos yeux dans l'établissement
d'Idria. Ici, les masses de minerai tiré des entrailles du sol subissent des traitements successifs, dont le résultat donne le brillant
métal que vous connaissez.

Vous assisterez aux opérations de lavage et de fusion, et vous
étudierez les dangers d'un travail qui dévore la vie de ceux qui s'y
livrent.

Des groupes d'ouvriers passèrent près de l'abbé et le saluèrent
avec déférence.

— Comme on vous aime ! dit le docteur.

— Je suis aussi connu dans l'établissement que dans les souterrains de la mine : les Travailleurs de la mort me regardent comme
un frère, et, vous le voyez, docteur, ils ont doublement raison,
puisque je tremble presque autant qu'eux.

Une larme d'attendrissement vint mouiller les yeux du médecin.

Ils traversèrent avec une lenteur mélancolique les quelques
groupes de maisons, bâties un peu au hasard, au milieu des
champs, qui constituaient le triste village d'Idria. L'église, l'habi-
tation du directeur de la mine et l'auberge dans laquelle le docteur était descendu à son arrivée étaient les seuls bâtiments joignant à la solidité une élégance relative. Là aussi seulement,
et dans un petit nombre de boutiques, on sentait affluer la vie, on
entendait les éclats de rire de la gaieté.

Les autres demeures, d'aspect misérable, étaient habitées par
des familles d'ouvriers travaillant à la mine et à des titres divers,
et semblaient voilées de tristesse. Les enfants mêmes, les pauvres
petits enfants chétifs et pâles que l'on voyait dans les rues, ou
qui se dressaient sur le seuil des portes, portaient sur leur visage
le signe indélébile d'une maladie précoce. Les mères ne connaissaient, pour ainsi dire, que les douleurs de la maternité, et leurs
yeux s'emplissaient souvent de larmes quand elles serraient leurs
nourrissons sur leur sein. Les berceaux étaient si proches des
tombes dans le village d'Idria ! Chose étrange, on y rencontrait

des femmes âgées, mais point de vieillards. La mine dévorait les
hommes dans l'âge mûr, souvent même dans l'âge de la jeunesse.
On eût dit que, dans ce village, tout se préparait pour la mort, et
rien pour la vie.

Aussi l'endroit le plus vaste, le plus peuplé, le plus fleuri d'Idria
était le cimetière.

La nécropole, dans laquelle s'entassaient les générations successives, occupait une vaste place dans la campagne. On avait dédaigné de
l'enclore de murs; à quoi bon? n'aurait-il pas fallu l'agrandir sans
cesse? Le terrain appartenait au gouvernement, et le gouvernement
faisait l'aumône d'une tombe gratuite à ceux que tuait la mine...
Des croix de bois de toutes tailles alternaient, noires et blanches,
sortaient de terre et semblaient germer, des tertres, comme la fleur
de l'espérance divine.

Dans ce village, qui étouffait et agonisait à chaque heure, on
gardait religieusement le culte de la mort. Loin de la craindre, les
habitants d'Idria vivaient familièrement avec elle. Ne devait-elle
pas bien vite les couvrir de ses ailes noires pour les endormir
dans le grand repos de Dieu! Aussi, tandis que les maisons
semblaient mornes comme des tombes, les tombes riaient comme
des parterres. Les arbres fleuris s'échevelaient au souffle d'une
brise chargée de senteur. Les grands pins dressaient leurs parasols
superbes. Point de monuments dans le champ de repos; mais,
parfois, sur une élévation où l'herbe haute et grasse s'égayait de
graminées, se dressaient les outils du mineur. L'instrument du
supplice décorait la place où dormait la victime. Le long des
allées ou bien agenouillés des femmes, des enfants, priant et pleurant. Parfois, cependant, les enfants jouaient inconsciemment,
cueillaient des fleurs sur la tombe des pères. Sur le visage des
veuves et des mères on ne lisait point la révolte, mais une résignation morne. Le trépas ne surprenait personne en pleine vigueur, à Idria. Ceux qui mouraient étaient prévenus d'avance.
Les chefs de l'exploitation eux-mêmes n'étaient pas à l'abri du
fléau. Ils en souffraient moins, mais ils en ressentaient les atteintes.

Le docteur et le prêtre quittèrent le cimetière et gagnèrent la
campagne. Le chanvre y dessinait ses champs d'un vert sombre,
tandis que les feuilles rubanées du maïs fouettaient le vent avec un
bruit léger.

En passant auprès de monceaux de pierres couleur de foie ou de *crocus metallorum*, le docteur s'arrêta longuement avec curiosité. Mais Bethlen Hals ne se contentait point de regarder, il voulait surtout apprendre.

— Je suis un écolier, auprès de vous, Monsieur l'abbé, dit-il. Je vous demande donc la permission de vous interroger. Voudriez-vous me dire quelle est la matière qui compose ces agrégations rougeâtres?

— Monsieur le docteur, c'est du minerai, répondit l'abbé Fulda; il se trouve parfois dans ces morceaux du mercure atteignant la grosseur d'une noix, mais cela est rare. On en découvre également dans les terres molles.

En cet instant, des hommes courbés sous de lourdes hottes s'avancèrent avec lenteur, et en vidèrent le contenu sur les amas déjà considérables dont l'abbé Fulda avait montré des échantillons au docteur.

Immédiatement, une nouvelle escouade d'ouvriers s'approcha. Chacun d'eux tenait en main un crible formé d'un treillis de fer d'archal, ayant des mailles assez larges pour que le doigt y pût entrer.

Lorsque les sas furent remplis, les travailleurs les portèrent sous une chute d'eau tombant d'un vaste bassin qu'alimentait un torrent descendant de la montagne, et se précipitant d'une hauteur de 2000 pieds. Ce lavage entraîna les pierres mêlées au mercure qui, débarrassé déjà d'une partie de ses scories, fut de nouveau versé dans un crible dont les mailles plus serrées devaient permettre un nettoyage plus complet.

— Docteur, dit l'abbé, examinez avec attention la manière de traiter le minerai : le mercure passera successivement dans dix sas gradués de finesse, de telle sorte que le dernier crible renfermera le métal débarrassé de toute matière étrangère.

— Cette opération terminée, que fait-on des terres et des pierres sorties de ces cribles?

— Oh! ne croyez pas qu'on perde rien de ce qui peut contenir une parcelle de mercure. Aussitôt après, ces terres lavées subissent de nouvelles triturations, et fournissent jusqu'à deux ou trois récoltes. Quant aux détritus dont l'eau restera impuissante pour extraire encore du mercure, on les jettera dans ces *retortes* de fer auxquelles on *lute* des récipients dans lesquels la violence du feu pousse le mercure.

— A quelle époque remonte l'établissement d'Idria? demanda le docteur.

— Les chroniques que j'ai pu recueillir font remonter la connaissance de ces trésors miniers à l'an 1497, et comme la plupart des
découvertes, elle dut tout au hasard et rien à la science. Un pâtre,
ayant placé dans l'eau courante un vase de bois, fut très surpris de
trouver au fond des grains brillants dont il ignorait la nature et la
provenance. Je vous montrerai ce vase de bois, il fait partie du
musée d'Idria. Le berger révéla sa découverte ; la nature du métal
fut déterminée, et cependant il passa près d'un siècle avant que
l'industrie songeât à en tirer parti. Les Vénitiens, maîtres du pays,
dédaignèrent ces richesses, et ce n'est que l'avènement du gouvernement autrichien qui permit, en 1575, de créer une exploitation régulière, dont l'importance et les bénéfices ont toujours été
en augmentant. Plus tard, sans nul doute, la valeur des mines
d'Idria deviendra telle que l'Europe n'aura plus rien à demander à
celles du Nouveau-Monde. Celles du Portugal et d'Amalden, en
Espagne, sont, d'ailleurs, d'une richesse au moins égale à
celle-ci.

— Et quelles sont les mines de mercure existant en dehors de
l'Europe? demanda le docteur.

— On en trouve à la Nouvelle-Grenade, répondit l'abbé Fulda,
dans la vallée de Santa-Rosa, province d'Antioquia, dans la montagne de Quindia, près du village d'Azagues, puis non loin de
Cuença, au sud du Pérou. La province de Guamalta en fournit ;
on en recueille au Bagne de Jésus, à Conchuco, au pied du Nevado
et du Palagato, à Gualoz près de Guaroz. Enfin la Chine en possède
et le Mexique lui en demanda longtemps.

Mais revenons à l'établissement d'Idria.

— En 1635 on construisit ici une usine permanente, et des fourneaux dits *galères* garnis de maçonneries de terre cuite, en imitation de ce qui se pratiquait dans plusieurs mines du Palatinat.
Plus tard, la terre fut changée pour de la fonte, et la tôle remplaça
enfin celle-ci. Ce n'est qu'à partir de 1750 que l'on construisit de
grands appareils distillateurs pour le traitement du minerai de
mercure. Ces appareils furent copiés d'après les fourneaux existant
déjà dans les mines espagnoles d'Amalden.

— Combien la mine d'Idria peut-elle fournir actuellement de
quintaux de mercure?

— 667.600 de mercure commun, 27.668 de mercure vierge. Ce
dernier se trouve tout fait dans les mines, et naturellement il est
plus estimé.

— Le mercure commun, amalgamé avec l'or mis au feu, absorbe-t-il ce métal de même que le mercure vierge ?

— Non, répondit l'abbé Fulda.

— J'ai vu, il y a deux jours, des pompes au fond de la mine ; à quel usage sont-elles destinées?

— A extraire l'eau qui envahit les galeries. Il y en a cinquante-deux en mouvement ; l'eau qu'elles rejettent sert dans l'usine à différents usages.

— Allons, fit le docteur, rien ne vous échappe, Monsieur l'abbé, et me voici déjà renseigné sur bien des choses. Si nous entrions dans l'établissement?

— A vos ordres, docteur.

Le prêtre et le médecin franchirent le seuil de l'usine où s'agitaient les Travailleurs de la mort.

En reconnaissant l'abbé Fulda, ceux-ci s'approchèrent avec une émotion mêlée de respect, prouvant mieux que toutes les paroles ce qu'était le prêtre pour ces hommes misérables.

— Mes amis, leur dit l'abbé Fulda, Monsieur est un savant : le docteur Hals. Il a entendu parler de vos misères, de vos souffrances, des maladies terribles qu'engendrent vos travaux ; il vient ici pour les combattre. Jusqu'à cette heure, vous n'aviez au milieu de vous qu'un consolateur pour vos âmes, voici le médecin du corps. Ayez confiance en lui comme en moi. Avant de songer aux maladies terribles qu'engendre votre périlleux métier, il veut assister à toutes les opérations du travail de l'usine. Hier nous sommes descendus dans le gouffre d'Idria, aujourd'hui le docteur Hals verra traiter le minerai. Que les plus habiles d'entre vous se mettent donc à ses ordres ; en satisfaisant son désir, c'est de l'amélioration de votre sort que vous vous occuperez.

Une douzaine d'ouvriers s'approchèrent à la fois des visiteurs avec empressement.

Leur visage était d'une pâleur livide, et tout leur corps tremblait sans cesse d'une façon convulsive. Leurs doigts semblaient noués ; leurs membres paraissaient vouloir se rapprocher du buste et s'y souder. La bouche de ces misérables, dont les dents étaient tombées, était contractée comme celle des vieillards. Les yeux seuls, brûlant d'un feu sombre, paraissaient doués d'une grande intensité de vie dans ces figures jaunes, que la mort marquait d'un stygmate terrible. Les ouvriers de l'usine faisaient encore plus mal à voir que ceux des souterrains.

L'expression de la reconnaissance des condamnés fut touchante dans son effusion. Un rayon de joie traversa ces visages flétris. En apprenant qu'un savant, un homme qui semblait bon et généreux allait soigner leurs infirmités, ils crurent presque à la guérison. Le cœur de l'homme, si infortuné qu'il soit, s'ouvre si vite à l'espérance !

— Monsieur le docteur, dit un des plus habiles ouvriers de l'établissement, nous allons vous faire assister d'abord à la première de nos opérations. Suivez attentivement la manœuvre : Nous prenons dans cet amas de minerai une quantité de 70 livres de matière ; puis, comme vous le voyez, nous la mêlons à une quantité de chaux variant de 15 à 18 livres.

— A quoi sert cette addition de chaux ? demanda doucement le docteur.

— Monsieur, répondit l'ouvrier, la chaux garde la propriété d'absorber le soufre.

— Traitez-vous indifféremment tous les minerais de la même façon ?

— Non, Monsieur. Quand il s'agit de minerais pauvres, nous diminuons la quantité de chaux et la quantité de minerai. Quarante livres de celui-ci par exemple, suffisent dans une cucurbite.

— Et pourriez-vous bien me dire, mon ami, la raison de cette différence ?

— C'est que le volume du minerai pauvre égale alors à peu près celui des 70 livres d'un minerai riche, et que, d'ailleurs, la quantité de soufre à absorber est beaucoup moindre.

— Il me semble que vous ne remplissez pas complètement la cucurbite ? reprit le docteur en voyant que l'ouvrier cessait d'y jeter de la matière.

— En réalité, elle n'est jamais pleine qu'aux deux tiers, Monsieur le docteur.

Après avoir chargé ces fourneaux, l'ouvrier prit des récipients de terre cuite, les combla jusqu'à moitié de leur hauteur, les adapta aux cucurbites, et les *luta* avec soin.

Puis ses compagnons allumèrent un feu progressif, jusqu'au moment où, sous l'action de la chaleur, les cucurbites devinrent toutes rouges.

— Combien de temps durera le feu de ces fourneaux ? reprit Bethlen Hals.

— Dix heures environ, Monsieur.

— Je serai donc obligé d'attendre à demain pour voir la suite de cette opération?

— Non, Monsieur, ce n'est pas nécessaire et vous allez être satisfait tout de suite; tandis que nous chargeons ces fourneaux, il en est d'autres dont le feu vient de s'éteindre, et dans l'atelier voisin vous allez suivre notre seconde opération.

L'abbé Fulda, Hals et l'ouvrier pénétrèrent alors dans une seconde salle. Là des travailleurs retiraient des récipients et les rapprochaient d'une cuve dans laquelle leurs camarades les vidaient à mesure.

Sur cette cuve se trouvait, placée horizontalement, une planche soutenant une jatte de bois.

— Cette jatte, dit l'ouvrier, va tout à l'heure contenir du mercure épuré.

En effet, un homme chargé d'un récipient en versa le contenu dans la jatte, et le mercure, attiré par sa pesanteur, tomba au fond.

— Mais, dit Bethlen, cette matière n'a ni le brillant ni la pureté du mercure.

— Il faut attendre, Monsieur, que nous l'ayons auparavant débarrassée du *Noir mercuriel*. Le noir mercuriel est la matière noirâtre qui s'écoule dans la cuve, en même temps que l'eau des récipients.

— Où se forme-t-il?

— Il tapisse les parois intérieures des récipients renfermant le mercure. C'est un mélange de mercure passé et de mercure oxydé.

— Ne sert-il à aucun usage?

— On le recueille dans la cuve lorsque l'eau qui la remplit s'est écoulée; puis ce noir mercuriel, amalgamé avec beaucoup de chaux, devient l'objet d'une seconde distillation.

— Je comprends, répondit le docteur; achevez maintenant de m'apprendre par quels moyens vous rendez au mercure le brillant nécessaire pour qu'il devienne commercial?

— On va, sous vos yeux, débarrasser le métal de cette matière brune, en se servant de chaux en poudre. On le lavera ensuite dans de l'eau courante, et quand il aura été nettoyé à l'aide d'un linge blanc, comme il se trouvera à l'état parfait, on le mettra en réserve afin qu'il soit livré au commerce.

— Combien faut-il de temps, en somme, pour achever ces divers traitements?

— Environ six heures, Monsieur. Deux sont indispensables pour vider les récipients de terre dans lesquels le mercure a été poussé sous forme de vapeurs qui s'y sont condensées, puis ensuite pour désemplir et remplir les cornues de nouvelles matières.

— De telle sorte, demanda l'abbé Fulda, que vous faites environ trois *brands* dans vingt-quatre heures?

— Pour du minérai ordinaire; lorsqu'il est riche, les fourneaux doivent être entretenus plus longtemps.

— Combien emploie-t-on de travailleurs pour le service des fourneaux distillateurs?

— Trois. Ils se relèvent alternativement. Ces ouvriers sont chargés de préparer le mélange de chaux et de minerai, de charger les cornues, de veiller à ce que les gerçures soient bouchées aussitôt qu'elles se produisent dans le *lut* liant les récipients aux cornues.

— De quelle matière se servent ordinairement pour cela les ouvriers?

— De terre glaise mêlée de balle d'orge.

— Enfin...

— On entretient le feu dans les fourneaux jusqu'à l'achèvement de l'opération, après laquelle les ouvriers réunissent dans un plat de terre le mercure renfermé dans tous les récipients.

— Comment atteignent-ils ce dernier résultat? demanda le docteur.

— Ils frottent avec un bouchon de paille ou un linge de toile l'orifice des vases, et les globules de mercure tombent au fond du plat rempli d'eau.

— Maintenant, par quel procédé est établie la quantité de mercure obtenue?

— On pèse d'abord le mercure; le chiffre du poids est inscrit à la craie sur une table noire. Ensuite le contrôleur relève les chiffres et les transmet sur un registre.

Au moment où l'ouvrier achevait sa démonstration, le docteur et l'abbé virent passer une troupe d'ouvriers attelés à des brouettes de fer et charriant, hors de l'atelier, la matière brûlante sortie des cornues et étendue alors sur des banquettes de maçonnerie recouvertes de pierres de grès, puis de plaques de fonte.

Immédiatement, de nouveaux travailleurs nettoyèrent activement les fourneaux, puis apportèrent du minerai qu'ils jetèrent sur les tables de tôle recourbées en avant en forme de cylindre, et

construites de façon à pouvoir s'ajuster à l'orifice de la cornue.
Pour pousser de cette plaque le minerai dans les cornues, un groupe
d'ouvriers se servait maintenant de râteaux de fer, qui plus tard leur
aideraient de nouveau à retirer la matière brûlante pour la jeter
dans les brouettes.

La visite du docteur dans l'usine, les explications des travailleurs
avaient pris du temps, la nuit était presque venue quand le médecin et le prêtre quittèrent l'établissement d'Idria.

Les yeux de l'abbé Fulda étaient remplis d'un brouillard de
larmes, le front de Bethlen Hals paraissait presque aussi pâle que
le visage des malheureux qu'il venait de voir.

— Monsieur le docteur veut-il faire une expérience sur Schulik ?
demanda un ouvrier.

— Volontiers, répondit presque machinalement Bethlen.

— Hé ! Schulik, cria l'ouvrier, viens ici, approche sans crainte ;
ce que tu as fait jusqu'ici pour satisfaire la curiosité d'un grand
nombre d'étrangers, tu peux bien le répéter aujourd'hui pour celui
qui rejoint à Idria le prêtre qui nous apprend à nous résigner et à
mourir...

Schulik n'était pas un homme, mais un spectre. Son visage par-
cheminé ressemblait à celui d'une momie, ses mains se mouvaient
à peine, et ses genoux s'entrechoquaient avec un bruit d'ossements.
Il avait des lèvres blanches et minces coupant le visage comme une
blessure. Ses yeux gardaient une sorte d'égarement, et le mouvement oscillatoire de sa tête faisait mal à voir. Il leva ses yeux
ardents sur le docteur :

— Vous êtes sans doute savant, lui dit-il, et peut-être en soula-
gerez-vous quelques-uns dans la mine ; mais moi, voyez-vous, je me
sais perdu et je ne puis attendre que la miséricorde divine promise
par l'abbé Fulda. Avez-vous une petite pièce de cuivre, Monsieur le
docteur?

— Voici, répondit Bethlen.

Schulik la plaça dans sa bouche, l'y tourna et l'y retourna avec
sa langue, puis au bout d'une minute il la retira et la présenta à
Bethlen Hals.

La pièce de monnaie était devenue toute blanche.

Un geste d'épouvante échappa au médecin.

— Quoi ! s'écria-t-il, êtes-vous donc à ce point saturé de mercure?

— Oui, répondit Schulik, nos corps sont imprégnés de ce métal
qui tue ; si vous pressez les parties molles de notre chair, vous en

verrez sortir aussitôt des globules de mercure. La vapeur mercurielle s'insinue dans nos pores et fait de nous ce que vous voyez... Il y a trois ans que je travaille à Idria, docteur, et je sais ce qui m'attend.

— Sortons! sortons! dit Bethlen Hals, j'en sais assez, j'en ai trop vu...

Le prêtre et le médecin traversèrent de nouveau les groupes de condamnés.

— A demain! dit l'abbé Fulda.

— A demain! répéta Hals.

Ce fut dans un silence plein de réticences douloureuses que les deux hommes regagnèrent la petite maison du pasteur. L'un priant en silence pour les malheureux dont il avait adopté la misère, l'autre se demandant comment il lui serait possible de lutter contre le fléau.

Le repas qu'ils prirent, frugal et court, fut presque aussi morne que le trajet de la mine au presbytère.

Cependant, après le dîner, l'abbé Fulda crut devoir arracher le docteur à sa préoccupation. Le meilleur moyen d'y parvenir était de renouer l'entretien en s'occupant d'une question scientifique, et le prêtre dit à Bethlen :

— Le temps vous a manqué aujourd'hui pour vous instruire de la façon dont on fabrique le soufre. Vous aurez besoin de voir expérimenter ce travail; en attendant, je vais vous apprendre ce que je sais moi-même. On casse le minerai en petits morceaux, on les met dans des creusets de terre de cinq pieds, d'une forme pyramidale, et dont l'entrée est d'environ d'un pied carré. On les dispose de telle sorte qu'ils se trouvent posés et inclinés les uns sur les autres. D'habitude, on en place huit en bas et sept au-dessus; un intervalle est ménagé entre eux; au travers de ces interstices passe le feu qui touche à la fois tous les creusets. Le soufre, que fond la violence du feu, dégoutte surtout par l'extrémité la plus pointue du creuset, puis il tombe dans une auge de plomb qui reçoit à la fois le tribut de tous les creusets, et au travers duquel coule incessamment un petit ruisseau d'eau froide, conduite par des tuyaux afin de congeler immédiatement le soufre liquéfié qui met d'habitude quatre heures à fondre. On tire ensuite les cendres avec un instrument de fer, on les emporte dans une brouette et on les dispose par monceaux en ayant soin de les couvrir de cendres lessivées et sèches, afin de les conserver chaudes, aussi longtemps que l'on espère en retirer du soufre.

— Il ne me reste plus qu'à m'enquérir d'une seule chose, reprit le docteur. Je sais que le cinabre se rencontre à Idria, et dans toutes les mines de mercure, mais j'ignore ce qui le forme.

— Il doit provenir de la sublimation simultanée du soufre et du mercure, répondit l'abbé Fulda.

— Et à quelles causes attribuez-vous la présence des mines dans ce pays, Monsieur l'abbé?

— A mon avis, répondit l'abbé Fulda, le mercure est dû à la présence des volcans. Tout ce pays a été la proie de feux souterrains. Dans chaque contrée où l'on vous signale la présence du mercure, vous pouvez affirmer, sans crainte de vous tromper, que, dans un âge si reculé qu'il soit de la vie, des montagnes, des volcans en ont soulevé les mines. Amalden, la nouvelle Grenade, le Frioul sont des terrains volcaniques.

— Ah! s'écria le docteur avec un geste empreint d'angoisse, contre quel ennemi avons-nous à lutter! nous ne sommes que des hommes, et il faut un miracle!

— Mon ami, répondit le prêtre, nous n'avons pas la prétention d'agir par nos propres forces. Vous parviendrez seulement, sans doute, à soulager les malheureux dont vous connaissez désormais les misères... Ce sera déjà beaucoup. Prolonger la vie de ces coupables, dont j'essaie de faire des pénitents, ne serait-ce point déjà un succès dont l'humanité tout entière devrait se montrer reconnaissante?

— Priez pour moi, l'abbé, fit Bethlen Hals; je prie mal, et cependant je crois.

— Eh bien! mon ami, je vous enseignerai à aimer : Dieu d'abord, puis les hommes; non pour eux, mais pour l'amour de Celui qui sacrifia sa vie afin de les racheter.

Lillia tombait dans des crises terribles. (*Voir page* 200.)

XVII

LILLIA

M. Melbourg, directeur de la mine d'Idria, avait, comme nous l'avons dit, embrassé le parti de la Réforme. C'était un homme dur, inaccessible à la pitié, et dans le caractère duquel on trouvait l'instinct du tortionnaire.

Il aimait les fonctions qu'il remplissait, parce qu'elles lui permettaient de donner un libre cours à la férocité naturelle de son caractère. Il est des créatures qui naissent avec l'amour du mal, et trouvent une jouissance dans l'exercice de la cruauté Melbourg était de ceux-là. Les malheureux placés sous ses ordres, et retranchés de la société pour leurs crimes, lui semblaient des êtres sur lesquels il pouvait exercer une autorité sans contrôle, une méchanceté froide sans réprimande possible. La sentence qui jetait les condamnés au gouffre d'Idria les abandonnait bien plus encore au despotisme de M. Melbourg. Par son ordre, les châtiments se multipliaient sans fin dans l'intérieur de la mine ; les contre-maîtres croyant faire leur cour au directeur en se montrant d'une sévérité outrée, plus d'une rigueur dépassant la mesure de l'humanité et de la justice fomenta des désordres qui furent réprimés avec une sévérité sans exemple.

Il n'est pas besoin de dire quelle haine s'amassait dans l'âme des condamnés contre le directeur qui, chargé d'exercer une surveillance équitable, ajoutait aux maux des malheureux placés sous ses ordres.

L'abbé Fulda avait tenté d'adoucir cette indomptable nature ; mais le luthérien s'était fait une joie cruelle de refuser une grâce au prêtre catholique. S'il l'avait osé, il eût interdit l'entrée de la mine ; mais il craignit d'aller trop loin, et se borna à renfermer les généreuses intentions de l'abbé Fulda dans le cercle de l'apostolat.

L'arrivée de Bethlen Hals fut bientôt connue de M. Melbourg.

Il attendit la visite du médecin avec le sentiment d'une curiosité haineuse.

— Décidément, pensa-t-il, mes forçats inspirent trop d'intérêt.

Bethlen Hals se présenta chez le directeur de la mine d'Idria, le lendemain du jour où, en compagnie de l'abbé Fulda, il avait visité l'établissement dans lequel le mercure subit les divers traitements à la suite desquels il peut être livré au commerce.

Quand le domestique de M. Melbourg introduisit le docteur dans l'appartement du directeur, la figure de celui-ci était masquée d'une froideur impénétrable.

Il attendit que Hals lui eût exprimé son ardent désir d'arriver, après des recherches successives, à découvrir le moyen d'améliorer la santé des condamnés, puis il lui répondit avec un sourire glacial :

— Je regrette, Monsieur, qu'un homme de votre valeur et de votre science songe à s'occuper de misérables, voués par la loi à une mort plus ou moins prochaine. La rigidité des règlements ne me permettra pas de mettre votre bon vouloir à profit. La justice qui nous expédie les criminels, et renouvelle si fréquemment ses envois de forçats s'occupe peu, soyez-en certain, du plus ou du moins de durée de leur existence. Ces scélérats préfèrent la mine à la roue ou à la potence, et s'estiment trop heureux de traîner ici quelques mois ou quelques années d'une vie qui, en réalité, ne leur appartient plus.

— Mais, Monsieur, répondit Hals d'une voix que faisait vibrer l'indignation, qui vous affirme que la science soit impuissante? Qui vous dit qu'à force de chercher le moyen de soulager ces pauvres gens je ne viendrai pas à bout de le découvrir?

Où vous ne trouvez plus que des forçats, je vois encore des hommes, comme l'abbé Fulda voit des chrétiens. La justice remplit les souterrains et les usines d'Idria d'infortunés dont quelques-uns sont innocents peut-être; laissez-moi les défendre contre les progrès du mal, peut-être même en prévenir la naissance. J'ai quitté Vienne et la clientèle de la cour pour me vouer à ceux dont vous avez la direction et le commandement. Ne rendez pas ma bonne intention inutile, ne m'empêchez pas de secourir ceux que je suis venu sauver.

— Monsieur, fit Melbourg de sa voix incisive et cassante, vous ne me parlez pas en ce moment avec une franchise entière. Sans doute, vous offrez vos services à tous; mais vous venez à Idria pour un seul.

— Monsieur...

— Je sais que vous ne vous abaisserez pas jusqu'à mentir. Une lettre reçue hier m'apprend l'arrivée à Idria du docteur Bethlen Hals, ami dévoué de tous les membres de la famille de Haag.

— Vous avez raison, répondit le docteur. Le malheur qui frappe soudainement la comtesse Agnès Alberti, les terribles événements qui se succèdent depuis une année dans l'existence de son mari m'ont rendu impossible de rester à Vienne, tandis que Carlo se trouvait englouti dans les profondeurs des mines d'Idria. Mais ce que je réaliserai pour le mari de madame Agnès, je le ferai pour tous, Monsieur. Si un sentiment personnel m'a poussé vers la Carniole, je suis résolu à employer mes jours, mes veilles, et ce

que l'on veut bien appeler ma science, au soulagement de tous les
condamnés.

— Malheureusement, Monsieur, répondit Melbourg, mes ordres
sont formels.

— Ces ordres ne peuvent vous interdire de laisser pénétrer un
médecin dans un lieu dévasté par la mort!

— Je vous l'ai dit : mineurs et usiniers sont condamnés d'avance.
Il serait inutile de chercher à les soulager. Pour les gens du pays,
marchands, laboureurs, nous avons une sorte de chirurgien de
village qui soigne assez adroitement et suffit à sa clientèle.

— Ainsi, demanda Bethlen Hals, il m'est interdit de soigner les
travailleurs d'Idria?

— Oui, monsieur. En qualité d'étranger je vous ai laissé libre
de visiter les galeries et les ateliers de l'établissement; à l'avenir
je ne pourrai renouveler cette autorisation.

— Le séjour d'Idria m'est-il permis au moins? demanda Bethlen
Hals avec une ironie qui n'échappa point au directeur.

— Vous habitez un pays libre, monsieur.

— Mille grâces, répondit Bethlen Hals.

Il salua et sortit.

Quand il revint près de l'abbé Fulda, il tremblait d'indignation.

— Mon ami, lui répondit le prêtre, je ne puis être surpris de ce
qui arrive. Reynold de Haag connaît votre départ, il devine vos
intentions. Or Reynold de Haag, coreligionnaire de Melbourg,
veut la mort de Carlo Alberti.

— Que faire? demanda le docteur.

— Attendre, répondit l'abbé Fulda. Tant que durera l'interdic-
tion qui vous ferme les portes de la mine, vous poursuivrez des
études indispensables pour atteindre le résultat que vous désirez.

Quelque irrité que fût le docteur, quelque douloureusement
éprouvé qu'il se sentît par la dureté de Melbourg, il suivit les conseils de l'abbé Fulda et s'absorba dans les nouvelles études qu'il
devait entreprendre pour arriver sinon à la guérison, du moins au
soulagement des Travailleurs de la mort.

Les deux expériences qu'il avait faites en voyant un ouvrier
retirer brillante de sa bouche la pièce de cuivre qu'il y avait placée,
puis le mercure extrait en globules de quantités infinitésimales des
parties du corps d'un second ouvrier ne pouvaient lui suffire. Il
voulait apprendre quelle quantité de ce métal mortel pouvait satu-
rer le corps d'un homme, avant de chercher le moyen de l'en extraire.

Tout eût été possible au docteur Hals avec l'aide du directeur
d'Idria. La dureté calculée de Melbourg doublait les difficultés de
sa tâche au point de les rendre peut-être insurmontables. En présence des faits, et désespérant de triompher de l'obstination à la fois
orgueilleuse et cruelle de Melbourg, Bethlen aurait peut-être repris
la route de Vienne ; mais le prêtre, qui voyait en lui l'aide de son
sacerdoce et l'envoyé de la Providence, lui promit le triomphe
d'une juste cause au nom de Celui qui attend le retour de l'enfant
prodigue et cherche la brebis égarée.

Tout ce que l'expérience avait appris à l'abbé Fulda fut mis au
service de Bethlen Hals. Durant le jour tous les deux visitaient les
paysans, les laboureurs, les marchands, soignant, consolant, recueil-
lant la reconnaissance et les bénédictions en échange de leur
bonté.

Le soir, le prêtre et le savant échangeaient leurs impressions.
Souvent ils ouvraient l'ouvrage du Père Kircher, et y cherchaient
le secret de ce qu'ils ignoraient encore, et que le vaste génie du
jésuite avait pressenti. Ils étudiaient ensemble la chimie, la physique, et Hals demandait à l'électricité des secrets qui semblaient
alors une témérité insensée.

Soutenu par l'abbé, il osait davantage. Ne pouvant descendre
dans la mine, il faisait transmettre au comte Carlo Alberti ses prescriptions et ses conseils.

— Mon ami, dit-il un jour au prêtre, j'ai trouvé, je crois, un premier moyen de combattre le fléau.

— Lequel ? demanda l'abbé.

— A un métal j'oppose un autre métal, à un poison un autre
poison... Portez ce petit paquet de poudre blanche au mari de madame Agnès, et dites-lui d'en prendre lentement le contenu.

— Quelle est cette poudre ? fit l'abbé en regardant les éclatantes
pulvérisations renfermées dans la boîte que venait de lui remettre
Bethlen.

— De l'arsenic, répondit tranquillement le docteur.

— De l'arsenic ! répéta Fulda.

— Depuis quelque temps je multiplie à ce sujet les expériences, et
je suis émerveillé des résultats obtenus. Ne cachez point au comte
la nature du remède que je lui envoie ; dites-lui seulement que
j'aime assez sa famille pour qu'il puisse avoir confiance en moi.

Le soir même l'abbé Fulda apprenait à Bethlen que Carlo Alberti
avait commencé son traitement.

Maintenant, dit celui-ci, à quelque prix que ce soit, il me faut un cadavre.

— Un cadavre !

— La mort seule me révélera le secret des vivants ou plutôt des agonisants qui se traînent à Idria. Dieu sait avec quel respect je traite la dépouille de ceux dont l'âme est allée devant Dieu ; mais nous ne sommes plus au temps où l'on considérait comme un acte criminel de chercher sur un cadavre la marche lente et ignorée d'une maladie... André Vesale a tracé la voie et la pureté de nos intentions appuie les services que peuvent rendre nos découvertes. J'ai trouvé le moyen d'extraire d'un corps le mercure qu'il renferme. Une fois l'expérience faite sur un cadavre, je découvrirai peut-être comment il serait possible d'obtenir sur un corps vivant le même résultat.

— Vous commencez à m'effrayer, dit l'abbé Fulda.

— Non, car vous me savez chrétien.

Trois jours plus tard le prêtre dit, en rentrant, à Bethlen :

— Un mineur est mort cette nuit.

Hals se fit immédiatement indiquer la demeure du fossoyeur.

Il trouva un homme dont la maigreur était celle d'un affamé, et qui portait sur son visage la trace de longues souffrances.

— Me connaissez-vous ? lui demanda Hals.

— Oui, répondit le fossoyeur. Vous êtes un homme bon et juste, aimant les pauvres quoique vous soyez riche, et compatissant aux misères des forçats, bien que vous soyez honnête... On parle de vous dans les maisons d'Idria... Nous savons que ce bourreau de Melbourg vous interdit l'entrée de la mine, et que vous êtes ici pour chercher le moyen de guérir les travailleurs.

— Et si vous pouviez m'aider...

— Moi ! un ignorant, un misérable !

— Vous ! et sans vous, peut-être, ne pourrais-je rien !

— Parlez donc, Monsieur, je suis à vos ordres.

— Demain vous enterrez un mineur ?

— Oui, Monsieur.

— J'ai besoin de son cadavre pour faire une expérience... Il faut que durant la nuit vous l'apportiez chez moi, et que la nuit suivante vous le replaciez dans sa fosse.

— Il se pourrait, Monsieur, répondit le fossoyeur, que l'on me blamât hautement et que je fusse châtié cruellement, si jamais l'on apprenait que j'ai aidé à ce que beaucoup de gens appelleraient une

profanation ; mais vous êtes un homme de science, et vous croyez
en Dieu. Moi chétif, je puis bien faire quelque chose pour vous
aider dans votre œuvre... Vous serez obéi, Monsieur.

— Ce n'est pas tout ! fit le docteur, vous resterez avec moi et
l'abbé Fulda durant la nuit où je ferai mon expérience. Je ne veux
mettre que vous dans le secret.

Le fossoyeur s'inclina.

— Comptez sur moi, Monsieur le docteur.

Tandis que Bethlen faisait cette demande à la fois dangereuse et
importante, une profonde angoisse régnait dans la maison Melbourg.

Ce tyran des faibles, ce bourreau des condamnés, cet homme qui
ne trouvait jamais pour eux la loi assez dure et le châtiment assez
sévère sentait cependant parfois qu'il avait un cœur.

Les tigres ont dans leur tanière une femelle et des petits, et on
assure qu'ils les aiment. Melbourg adorait sa fille Lillia.

Cet homme qui condamnait au fouet des misérables que guettait
la mort, cet homme qui repoussait pour eux les dévouements et
qui avait interdit au docteur l'entrée de la mine, aimait d'un amour
profond, absolu, presque sauvage, une enfant blonde et pâle à
peine douée d'un souffle de vie et qui grandissait chez lui comme
certaines plantes de serre pour lesquelles l'excès de vent, de soleil
et de froidure devient également pernicieux.

On se demandait comment cette créature charmante, blanche et
mignonne comme les figures peintes sur les missels, devait la vie
à cet homme dont l'aspect seul repoussait. Lillia paraissait devoir
traverser sans s'y arrêter ce monde de douleurs et d'épreuves. Son
âme d'ange aurait voulu répandre autour d'elle la consolation.
Plus d'une fois elle supplia son père de lui permettre d'entrer dans
les ateliers, de descendre dans les noires galeries de la mine. Elle
avait besoin de voir les malheureux, de leur tendre ses mains
frêles, de les rassurer de sa douce voix. Elle les plaignait, elle les
aimait de loin. Retenue loin d'eux, elle ne manquait jamais de répéter aux pauvres gens qu'elle rencontrait, combien elle les plaignait dans leur épreuve.

Et cependant les mineurs, par haine du père, ne pouvaient se ré-
soudre à chérir l'enfant.

Quand Melbourg voyait sa fille amaigrie et pâle, sa fille qui semblait porter en elle un principe morbide, il lui arrivait de frémir en
se demandant si elle ne portait point le poids de ses cruautés.

Lillia tombait souvent dans des crises terribles; vingt fois déjà on avait pu croire à sa mort.

Depuis quelque temps ces crises se succédaient en se rapprochant. Leur intensité devenait plus grande; elle en sortait au bout d'un plus long espace de temps, et pendant plusieurs heures Lillia paraissait avoir perdu le souvenir.

Elle restait sans regard, sans voix; le pouls battait, mais le cerveau demeurait endormi. Avec une lenteur désespérante pour ceux qui l'aimaient, elle retrouvait la parole et la pensée. Alors elle se jetait dans les bras de son père en fondant en larmes; ces pleurs la soulageaient, et Lillia était sauvée.

Peut-être cachait-elle au fond de son âme une mystérieuse douleur. Sa mère n'était pas heureuse. Le changement de religion de Melbourg avait ajouté un chagrin profond, incurable à des épreuves journalières. Elle subissait sans se plaindre la rudesse de l'époux; l'apostasie du chrétien la jeta dans une inguérissable tristesse. L'autorité de Melbourg ne put rien contre cette morne douleur dont l'enfant prit une part plus grande que ne le comportait son âge.

Lillia comprit vite que son père ne priait plus, elle sentit qu'il tâchait de la courber sous le même joug schismatique, et avec une résolution surprenante dans un être si jeune, si frêle, elle lui résista.

Ce fut à la suite d'une scène violente faite par Melbourg à sa femme, en présence de sa fille, et au sujet d'une question religieuse, que l'enfant tomba dans sa première crise.

On la crut morte, et le désespoir de Melbourg fut aussi violent que sincère.

Il eut sans doute conscience de la raison qui avait déterminé dans la santé de Lillia cette perturbation alarmante, car il s'efforça de ne plus traiter devant elle certaines questions épineuses. Mais Lillia savait que la cause de la douleur maternelle persistait; elle n'ignorait point que son père alourdissait chaque jour le joug des condamnés de la mine, et que ces malheureux trouvaient en lui un maître redoutable. Souvent, quand elle surprenait un ordre inhumain, un refus cruel, elle s'efforçait de faire adoucir une sentence ou d'incliner le cœur de son père vers la clémence. Mais celui-ci se vengeait sur certains de la faiblesse qu'il ressentait pour sa fille. Et si, vaincu par les instances de Lillia, il accordait la grâce demandée, le malheureux à qui s'était intéressée l'enfant savait bien qu'il se passerait peu de jours avant que Melbourg prît une revanche éclatante.

Un matin Lillia tomba dans un de ces accès nerveux sous lequel se tordait son corps frêle.

Melbourg ne se souvenait point de lui avoir refusé quelque chose. Aucune scène violente n'avait eu lieu dans l'intérieur de la famille. Il ignorait qu'une jeune servante, dont le frère avait un emploi libre dans l'usine, avait raconté à l'une de ses amies la visite de Bethlen Hals et le motif qui avait conduit l'hôte de l'abbé Fulda chez le directeur.

La conversation des deux jeunes filles fut entendue par Lillia. Son cœur s'indigna du refus paternel, et tout son être fragile, ébranlé par la douleur, succomba sous une crise d'une effrayante intensité. Le médecin que Melbourg trouvait suffisant pour les Travailleurs de la mort fut appelé en grande hâte.

D'habitude, il parvenait à calmer la jeune malade, mais cette fois tous les moyens qui jadis lui avaient réussi échouèrent. Le père, écrasé de douleur, tantôt éclatait en blasphèmes et tantôt retombait dans une sorte d'hébétement. La journée s'écoula dans des transes lamentables.

Dans la maison de l'abbé Fulda on était loin de deviner ce qui se passait chez le directeur; mais personne ne dormait cette nuit-là. Le docteur Hals, le prêtre et Luidas attendaient l'exécution de la promesse du fossoyeur.

Il faisait nuit noire, et celui-ci devait en profiter pour apporter au logis de l'abbé Fulda le cadavre nécessaire au docteur pour ses expériences.

La porte de la demeure du prêtre était restée ouverte. Vers minuit un pas lourd retentit dans le jardin, et le fossoyeur courbé sous son fardeau pénétra dans la maison.

Tout avait été disposé par Bethlen Hals afin qu'il procédât, cette nuit même, à une série d'expériences.

Une grande table se trouvait placée au milieu d'une pièce reculée, et sur cette table le fossoyeur plaça le corps roidi; dans un angle était une baignoire, et sur des planches on voyait des flacons et des cornues. Un fourneau flambait dans un coin.

Hals remit quelques pièces d'or dans la main du fossoyeur.

Celui-ci les repoussa.

— Docteur, dit-il, on ne risque pas pour de l'argent ce que je fais cette nuit. Il me semblerait, en vous vendant ce service, que je commets un sacrilège. Vous croyez que je puis aider à soigner, à guérir des malheureux, je suis à votre discrétion pour toute la nuit.

— Vous avez raison, dit Hals avec simplicité.

L'abbé Fulda s'approcha du cadavre.

C'était celui d'un homme de vingt-sept ans. Mais qui eût pensé qu'il comptait à peine cet âge? Il n'avait plus ni dents ni cheveux. Ses doigts, roidis et noués, devaient depuis longtemps lui refuser tout service. Des douleurs terribles avaient contourné, tordu ses membres. Sa peau était collée à ses os; en voyant sa maigreur, en trouvant sur son corps usé par la douleur la trace des maux soufferts par lui, on ne pouvait plus que le plaindre, et le souvenir de ses fautes s'effaçait.

— Qu'allez vous faire? demanda l'abbé Fulda.

— Je vais essayer de débarrasser le corps de cet homme du mercure dont il est imprégné.

— C'est impossible! s'écria l'abbé.

— Mes recherches pour arriver à réduire ou à isoler les métaux m'ont conduit à des découvertes importantes. En les traitant par les acides, j'ai constaté un développement considérable d'électricité; je suis arrivé à la faire naître non plus *statique*, c'est-à-dire de surface, ne circulant pas, comme l'électricité produite par la roue de verre de nos machines, mais à la faire circuler, à lui donner un courant continu. J'ai découvert, dans ces courants, des propriétés extraordinaires qui me permettent de séparer les métaux des métalloïdes en dissolution.

— Comment s'opère ce phénomène? demanda l'abbé Fulda.

— En plongeant dans un vase rempli d'eau acidulée deux lames, l'une de zinc, l'autre de cuivre, que je réunis extérieurement par un fil de laiton. Il se produit une action chimique qui, en attaquant le zinc, a pour résultat de l'électriser négativement, tandis que le liquide s'électrise positivement. Cette électricité du liquide est recueillie par le cuivre, et un courant continu circule dans le fil. Je plonge les extrémités de ce fil représentant, l'un le pôle *électro-positif*, l'autre le pôle *électro-négatif*, dans un vase contenant en dissolution des métaux et des métalloïdes; le courant électrique produit la décomposition des sels métalliques en séparant l'acide de sa base; les métalloïdes se portent au pôle *électro-positif*, et le métal au pôle *électro-négatif*. On le recueille sur une plaque métallique mise en communication avec le pôle, sur laquelle il vient se reconstituer.

Ainsi, pour opérer dans le cadavre de cet homme la dissolution du métal, et son union aux métalloïdes, je le plonge dans une cuve remplie de cyanure de potassium, qui le pénètre et réduit le métal. Je le recueille ensuite en plaçant sur la poitrine une plaque conductrice où vient aboutir le pôle *électro-négatif*, tandis que je fais plonger le pôle *électro-positif* dans la cuve.

Le docteur se tourna vers le fossoyeur :

— Il s'agit, dit-il, de placer le cadavre dans ce bain.

L'homme souleva le corps du Travailleur de la mort par les épaules, tandis que Bethlen Hals le prenait par les pieds, et le cadavre se trouva bientôt dans un bain de cyanure de potassium préparé à l'avance.

Le docteur posa sur la poitrine du mineur une plaque métallique qu'il mit en communication avec le pôle électro-négatif d'une pile, puis il plongea dans le liquide le conducteur du pôle électro-positif.

— Dieu me vienne en aide! dit-il; si cette expérience réussit, peut-être serai-je assez heureux pour ne pas échouer dans la seconde.

Mais le docteur n'eut pas le temps de surveiller l'opération à laquelle il se livrait; la porte de la maison de l'abbé Fulda résonna sous un coup violent; et, dans la crainte d'être surpris, le docteur et le prêtre regagnèrent le salon. Le fossoyeur resta seul dans la pièce isolée, avec le cadavre plongé dans son bain mystérieux.

— Ouvrez, dit l'abbé Fulda à son serviteur.

Il pouvait être deux heures du matin. La nuit était d'une obscurité sinistre, et jamais le prêtre n'avait été réveillé à pareille heure pour les obligations de son ministère.

— Monsieur l'abbé, lui dit Hals, je prends tout sur moi.

— Croyez-vous donc?

— Je pense que la police a découvert le rapt fait au cimetière, et qu'elle vient m'en demander raison... Mais je suis connu à Vienne, et j'en appellerai à l'impératrice Marie-Thérèse. C'est par compassion pour les vivants que j'ai souhaité surprendre les secrets de la mort.

Luidas rentra brusquement dans la salle.

— De la part de Monsieur le Directeur d'Idria, dit-il en remettant une missive.

Le docteur Hals prit la lettre et la décacheta.

Le billet, écrit par Melbourg avec la fièvre et la hâte du désespoir, suppliait Bethlen Hals de se rendre au chevet de Lillia.

— N'y a-t-il donc point de médecin à Idria? demanda le docteur au valet.

— Pardonnez-moi, Monsieur, le médecin des gens de la mine.

Hals se souvint alors du mot cruel de Melbourg. Il prit une plume et traça rapidement quelques lignes qu'il tendit au valet.

— Quoi ! Monsieur ! fit le serviteur, vous ne m'accompagnerez pas?

— Non, répondit Hals.

— Alors l'enfant va mourir !

— Est-ce que les enfants des mineurs ne meurent pas aussi !

— Mon ami... dit l'abbé Fulda avec prière.

— Non..: répondit Hals.

— Puis se tournant vers le valet de Melbourg :

— Portez ma réponse à votre maître.

Le serviteur sortit.

— Je ne vous reconnais plus, dit l'abbé Fulda, quoi ! vous refu-votre aide à une créature mourante?

— Oui, répondit Hals d'une voix brève.

— Rendez-vous Lillia responsable des fautes de son père?

— Non, sans doute ; mais mon refus, croyez-le, vaincra les résistances de Melbourg. Quand il comprendra que la vie de sa fille est entre mes mains, il viendra à composition. Ce qu'il m'a refusé jusq 'à cette heure me sera accordé, et en échange du salut de Lillia Melbourg, j'acquerrai le droit de soigner les pauvres. Le médecin vétérinaire que le directeur d'Idria trouvait suffisant pour les condamnés, lui paraît incapable quand il s'agit de remettre entre ses mains la santé de sa fille. Dieu lui-même me livre cet homme, et je resterai implacable jusqu'à ce qu'il me permette de me dévouer aux malheureux que je suis venu consoler, et surtout au comte Alberti. J'ai trouvé le point vulnérable de ce cœur de tigre, il saignera jusqu'à ce que son orgueil cède devant l'humanité.

Puis, sans ajouter un mot, Bethlen Hals quitta la salle et rentra dans la petite pièce où le cadavre du mineur baignait dans la dissolution de cyanure de potassium.

Le fossoyeur agenouillé dans un coin priait tout bas. Le pauvre être n'était pas bien sûr de ne point avoir commis une faute en se prêtant au souhait du docteur Hals.

Celui-ci examina la plaque de métal placée sur la poitrine du cadavre, puis il poussa un soupir de satisfaction.

— Tout va bien ! dit-il.

Et il resta debout, les yeux fixés sur la face livide du Travailleur de la mort.

Les hommes criaient, menaçaient. (*Voir page* 214.)

XVIII

LA VOYAGEUSE

Deux femmes marchaient rapidement, dans la campagne, par une matinée claire et douce. Leur route avait été difficile, car leurs

vêtements portaient des déchirures d'épines, et la boue couvrait
leurs chaussures. Une différence notable se trahissait dans les deux
voyageuses.

L'une avait le teint d'un brun mordoré et chaud, la taille forte et
souple, l'autre le visage beau et délicat, la tournure plus élégante
que robuste. Quoiqu'elle semblât douée de moins de force que sa
compagne, elle ne courait pas sur le chemin avec une célérité
moins grande.

La grande fille brune portait un costume de bohème, dans lequel
se confondaient des étoffes de nuances tranchées ; sa compagne
avait l'habillement des paysannes autrichiennes : le jupon court
dégageant bien la jambe, le corset d'indienne à fleurs vives, et sur
a tête un mouchoir blanc dont les plis arrangés d'une façon claus-
rale donnaient à sa physionomie douce et triste un cachet tout
particulier de distinction. Par-dessus ce mouchoir blanc était posé
un large chapeau laissant dans la pénombre son visage d'une
pâleur de cire. La belle et la robuste bohème regarda plus d'une
fois, avec une expression de compassion infinie, sa compagne qui
la remerciait d'un triste sourire.

Vers le milieu de la matinée, les voyageuses parvinrent à un
village composé d'une centaine de maisons. Tout y semblait fait
pour réjouir les yeux. On entendait au loin le chant des pâtres,
uni aux mugissements des troupeaux ; parfois les sons d'une
cithare traversaient l'air comme la note d'un chant d'oiseau. Les
deux femmes s'assirent à côté de la maison qui paraissait la plus
riche ; la bohémienne tira d'un sac de peau un morceau de pain
qu'elle tendit à sa compagne.

— Je n'ai que cela, dit-elle humblement.

— La moitié me suffit, répondit la paysanne.

— Si vous vouliez, reprit la Gitane, nous ne manquerions de
rien, j'entrerais dans la cour de cette ferme et je chanterais...

— Non, dit vivement l'artisane, non, non ! ni chants, ni danses,
rien de ce qui pourrait attirer sur nous l'attention... Quand nous
arriverons à Trieste, je trouverai le moyen de me procurer plus
que le nécessaire.

Mais un enfant, un bel enfant rieur avait vu les deux femmes,
et, tout triste en les voyant manger ce maigre morceau de pain,
il était rentré dans la maison, d'où il ressortit tenant dans ses
petites mains un bol de lait écumeux. La paysanne embrassa le cher
petit avec effusion, puis se tournant vers la bohémienne :

— Dieu me rend aujourd'hui l'aumône que j'ai faite, dit-elle.

Après s'être reposées, toutes deux se remirent en route. Elles marchèrent sans s'arrêter malgré les beaux ombrages de la route. Rarement elles se parlaient. La paysanne paraissait absorbée dans des pensées douloureuses, et sa compagne se préoccupait de sa tristesse sans oser tenter de l'en distraire.

Ce fut à l'ombre d'une haute meule, qui tout l'hiver était restée dans un champ, qu'elles passèrent la nuit. Dieu seul sut le secret de leurs rêves, mais la Gitane entendit plus d'une fois sangloter la paysanne.

Enfin elles aperçurent Trieste toute blanche, et baignant ses pieds dans les flots bleus de l'Adriatique. Trieste, le port de Vienne, a la grâce des villes de l'Italie et les splendeurs du soleil de la Grèce.

Les deux voyageuses ne songèrent cependant pas un instant à visiter l'escale de Scunvring ni les ruines prouvant l'antiquité de la ville, ni les inscriptions lapidaires que ses musées renferment. Toutes deux gravirent rapidement les rues de la cité serpentant sur les flancs de la colline. Dans cette rivale de Venise, les voyageuses ne voyaient qu'un moyen de faire halte et de se procurer la faculté d'achever moins difficilement leur pénible voyage.

Quand elles traversèrent les rues garnies de boutiques élégantes renfermant autant de marchandises diverses qu'un bazar de Constantinople, elles ralentirent leur marche, cherchant le magasin où elles souhaitaient entrer.

Enfin elles aperçurent derrière un vitrage des matières d'or et d'argent à demi brisées, des bijoux modestes et de magnifiques pierreries... Puis devant un comptoir, et occupé à nettoyer une parure, un homme vêtu d'une houppelande de velours vert à brandebourgs, bordée d'une fourrure de chat, et dont la tête pointue, en dépit de la température, était couverte d'une toque assortie à son costume.

Devant lui, humble et tournant son chapeau entre ses mains nerveuses, se tenait un jeune homme parlant bas et discutant un prix avec une obstination à laquelle se mêlait une sourde colère.

— Entrons! dit la paysanne à la fille bohème.

— En voyant les voyageuses au costume flétri par la marche, le juif leva à peine les yeux, pensa qu'il s'agissait d'une croix d'argent ou d'une bague de mariage.

Mais afin d'en finir avec le jeune homme il lui dit d'une voix sèche :

— C'est à prendre ou à laisser, Goriz.

Sans doute, le jeune homme voulait encore garder le temps de la réflexion, car il se recula dans un angle de l'étroit magasin, et parut s'absorber dans la vue des marchandises contenues dans la vitrine.

— Que vous faut-il? demanda le juif à la Gitane.

En regardant cette belle fille brune, et en songeant aux habitudes de sa nation, il se dit qu'elle devait être plus coquette que sa compagne.

— Je ne veux pas acheter, répondit celle-ci, je viens vous offrir un bijou.

— Voyons, répondit Sédécias, car quelques pauvres que parussent les deux femmes, en réfléchissant que l'une d'elles était de race bohème, et que par conséquent elle pouvait être affiliée à une bande de voleurs, il se dit qu'il aurait bon marché du produit d'un larcin.

Contre son attente, ce fut la paysanne qui, retournant le chaton d'une bague cachée jusqu'à ce moment dans sa main fermée, posa sur la table du juif un anneau orné d'une magnifique émeraude entourée de brillants.

L'œil du juif étincela. Il recula le bijou pour en étudier les feux; puis regardant fixement la voyageuse.

— Combien en demandez-vous?

— Cinq cents ducats, et vous savez que ce bijou vaut davantage...

— Cela dépend... fit le juif. Si cet anneau m'était apporté par une grande dame, je n'hésiterais pas à le payer cette somme; mais je peux me compromettre en achetant des pierreries à des femmes qui passent et qui, sans doute, se trouveraient fort en peine de justifier de la possession d'une bague aussi précieuse.

— Je comprends... fit la paysanne, vous allez spéculer sur l'obligation où je suis de vendre ce bijou... Je pourrais sans doute frapper à une autre porte, j'aime mieux traiter avec vous, puisque je suis entrée dans cette boutique. Combien me donnez-vous de ma bague?

— Vingt-cinq ducats, répondit le juif, et je ne m'inquiéterai pas de sa provenance.

— Payez, fit la voyageuse froidement.

Celle-ci prit les ducats que le juif choisit parmi les plus rognés de sa sébile, puis faisant un signe à la bohémienne, celle-ci sortit de la boutique.

Alors, sans paraître s'inquiéter davantage du marché qu'il était en train de conclure, le jeune homme s'élança sur les pas des deux femmes.

Elles pénétrèrent au hasard dans une auberge d'apparence
modeste, y prirent un repas frugal et s'endormirent de ce sommeil
alourdi des êtres fatigués par une marche forcée.

A l'aube elles se levèrent. Mais quand l'artisane s'habilla, elle ne
trouva plus le sac dans lequel la veille elle avait enfermé les vingt-
quatre ducats du juif. La monnaie seule de l'un des ducats, qui avait
servi à payer la chambre et le souper des voyageuses, se trouvait
sur la petite table de sapin.

— Volée! s'écria la paysanne avec désespoir, je suis volée! Zingarelle, comprends-tu, il ne me reste rien! Le misérable qui nous
a dévalisées a non seulement trouvé dans le sac l'argent du juif,
mais les diamants grâce auxquels je devais subsister là-bas et soulager les misères des autres. Il ne me reste rien! rien que la monnaie d'un ducat... Que faire? Me plaindre? impossible! Qui croirait
que la comtesse Alberti se cache sous ces habits misérables; que,
persécutée par son frère, elle a dû s'enfuir comme s'évade une
prisonnière, au risque de briser ses membres au fond d'un gouffre...
Non, je ne puis ni réclamer, ni me plaindre. Dieu me fait la route
difficile, je la suivrai avec courage... A Idria nous trouverons du
secours, puisque le docteur Hals y est installé... Viens, Zinga, et
quand nous serons loin, plus loin des villes, si nous ne pouvons
manger sans cela, eh bien! tu chanteras.

Les deux femmes sortirent de Trieste et regagnèrent la campagne.

Elle était une fertilité magnifique. Des fleurs couvraient les
buissons, des fruits pendaient à tous les arbres. Si maigres que
fussent les ressources des deux voyageuses, elles suffisaient pour
deux jours.

Ce qu'elles devaient avoir le plus à cœur, c'était de se rapprocher
du but de leur voyage. Aussi chaque fois que le galop d'un cheval
ou les sonnettes d'un attelage se faisaient entendre, elles s'arrê-
taient, puis s'enquéraient de la route que devaient suivre les conducteurs de charrettes.

Après plusieurs rencontres qui n'amenèrent pour elles aucun
heureux résultat, elles s'adressèrent à un marchand ambulant dont
la longue voiture tintinnabulait du bruit des casseroles, des
chaudrons et des poêlons suspendus à des barres de fer. Le mari
paraissait jovial, la femme alerte et, comme le cheval trottait bien,
il n'était pas à craindre que la charge nouvelle qu'on lui allait
imposer le retardât beaucoup.

— Montez, montez! dit le marchand, je vous aurais peut-être

refusées, mais en regardant le ciel je prévois que nous allons avoir un orage, et le *bora* ne plaisante pas, dans notre pays. Tel que vous me voyez j'ai beaucoup voyagé, eh bien! ni le mistral de la **Pro-vence**, ni le siroco desséchant les terres africaines ne peuvent se comparer au *bora*. Il y aurait de la cruauté à laisser deux femmes en pleine campagne par le vent du diable qui va souffler.

Comme pour donner raison au négociant en ferblanterie, le vent s'engouffra subitement dans la vallée que traversait la route et, sautant subitement du haut du plateau, il courba la cime des arbres qui craquèrent, enleva les toitures de tuiles ou de bardeaux de sapins des maisons, affola les bestiaux paissant dans la campagne, et pénétra comme une trombe dans la petite voiture.

— Ah! fit le marchand, le *bora* vient plus vite que je ne l'atten-dais. Va, Grisor, va, mon vieux! nous n'avons pas de temps à perdre.

Comme s'il craignait que ses conseils restassent insuffisants, un coup de fouet les accompagna, puis le marchand s'enveloppa de son manteau, tandis que la comtesse Alberti et Zingarelle se plaçaient dans le fond du véhicule à côté de la femme du marchand.

— Qu'allez-vous faire à Aldelsberg? leur demanda celle-ci.

— Nous poursuivons notre route jusqu'à Idria, répondit Zin-garelle.

— Pauvre fille! que ferez-vous dans cet horrible pays? Savez-vous ce que c'est qu'Idria, et quelle population s'y trouve? On ne voitdans ce village, comme au fond de la mine, que des assassins et des voleurs condamnés par la haute justice pour leurs crimes. Tous ressemblent à des cadavres ambulants, et la mort ne chôme jamais dans le pays.

Encore s'ils ne souffraient que du travail et des effets du mercure! mais le directeur est une espèce de bourreau qui aggrave pour eux les rigueurs de la justice... Allons, Grisor, un coup de collier!

La comtesse Alberti venait de se renverser dans le fond de la voiture, et sa tête pâle s'appuya sur l'épaule de Zingarelle.

Au même instant, le *bora*, redoublant de violence, s'abattit sur la campagne avec la rapidité d'une trombe d'eau, déracinant les grands arbres, emportant les toitures, couvrant les champs de dé-bris, hachant les récoltes et détruisant en un instant l'espérance des laboureurs. Le cheval, aveuglé, surpris, enveloppé des nuages de poussière s'élevant de la route, se trouva dans l'impossibilité de suivre son chemin, et les cercles d'osier supportant la couverture de cuir de la voiture se brisèrent sous un coup de rafale, et s'envolèrent dispersés.

Grisor tenta de tenir tête à l'orage, le marchand mettant pied à terre le maintint par la bride; mais bientôt il ne fut plus possible de se faire illusion : le véhicule légèrement construit ne devenait plus un abri sûr; un second coup de vent dispersa quelques marchandises ; le cheval, affolé, rua dans les brancards, et le marchand cria à sa femme, tandis qu'il maintenait la bête frémissante :

— Descends de voiture, il y a du danger!

La Zingarelle sauta la première à terre, tendit la main à la comtesse Alberti, et la marchande descendit la dernière. Au même instant un tourbillon d'une force et d'une rapidité terribles prit la voiture en flanc, et la jeta dans le fossé de la route. Les hennissements douloureux du cheval se mêlèrent aux cris de la marchande ; Zingarelle, enveloppant la comtesse de ses bras, se blottit avec elle sous un buisson, tandis que le marchand enlevait le harnachement de la bête.

Le cheval avait la jambe cassée et les marchandises gisaient au fond du fossé.

Il n'y avait pas moyen de songer à faire un pas de plus. Les voyageurs durent se résigner à attendre la fin de la bourrasque. Elle dura tout le jour et une partie de la nuit.

Au matin, la douleur du marchand fut extrême. Cet homme gai, riant, obligeant, se trouvait subitement ruiné. La perte du cheval, et la détérioration des marchandises lui portaient un rude coup. Il s'efforça cependant de relever le courage de sa femme :

— Nous sommes jeunes, dit-il, nous recommencerons. Le plus simple est que je reprenne la route de Trieste, afin d'y acheter un âne, à défaut de cheval. Quant à vous, mes pauvres filles, je regrette de ne pouvoir rien pour vous obliger ; mais, vous le savez, mon cœur n'est pas responsable des dégâts du *bora*.

— Je vous remercie de vos bonnes intentions, répondit l'artisane. Si courts qu'aient été nos rapports ensemble, je serais bien aise d'apprendre votre nom.

— Fienne, répondit le marchand.

— Vous demeurez?

— Sur la grande route où vous m'avez trouvé ; mais ma mère, la vieille Johanna Fienne, habite un des faubourgs de Vienne.

— Nous sommes obligées de poursuivre notre route, reprit la Gitane, mais je me souviendrai de vous.

Elle serra la main de la marchande, dit un cordial adieu au pauvre homme qui tentait de secourir son malheureux cheval, puis elle suivit avec Zingarelle la route d'Aldelsberg. Elles atteignirent, vers le soir, une ferme où elles se décidèrent à demander l'hospitalité.

Elles furent accueillies avec affabilité et toutes deux prirent part au repas des paysans qu'anima une franche cordialité.

Mais, au moment où la gaîté semblait la plus vive, une femme de haute taille, maigre et brune, entra rapidement dans la salle. A sa vue les convives firent un signe d'effroi, les hommes mêmes ne purent réprimer leur répugnance, et les femmes dirigèrent vers elle deux des doigts de leur main.

La nouvelle venue paraissait plutôt jouir que s'effrayer de la répugnance visible qu'elle inspirait. Soit dédain pour les gens de la maison, soit qu'elle pensât que les étrangères se montreraient plus généreuses à son égard, la femme maigre et pâle s'approcha de la Gitane et posa sa main sèche sur son épaule.

Celle-ci tressaillit, une clameur s'éleva dans la salle, et toutes les voix répétèrent :

— Hors d'ici, la Mariska ! Va-t'en, furie de l'enfer !

La Gitane et sa compagne furent les seules à ne se point troubler.

— Du pain, dit la femme maigre, du pain !

— Hors d'ici ! cria le maître de la maison, on te jettera la nourriture dans la cour, comme on fait au chien de la ferme.

— Vous n'êtes pas des chrétiens ! fit la Mariska en avançant son bras maigre ; non, vous n'êtes pas des chrétiens !

Avec une délicatesse pleine de pitié, la paysanne prit de la main du fermier le pain que celui-ci allait, suivant sa parole, lancer sur la terre fangeuse de la cour, puis elle le tendit à Mariska.

Celle-ci eut un sourire triste.

— Tu n'es pas du pays, dit-elle, Dieu te bénisse et te garde !

Puis elle sortit à pas lents.

Quand elle eut disparu, la compagne de la bohémienne demanda au fermier :

— Quelle raison vous a porté à vous montrer aussi dur pour cette créature ?

Vous êtes naturellement généreux, puisque vous nous accueillez, nous, pauvres femmes errantes qui allions tomber d'inanition à votre porte... Et vous repoussez cette Mariska affamée et maigre avec autant de terreur que de mépris.

— Vous êtes de Vienne, répondit le fermier, et la **Mariska** l'a compris... Vous ne l'avez pas non plus regardée, sans cela vous sauriez pourquoi nous l'éloignons de nos demeures.

— Elle semble exténuée par les privations.

— Mais ses yeux, ses yeux...

— Ont l'expression égarée, j'en conviens.

— Si ce n'était que cela ! Jobs l'idiot qui chante sans fin le même couplet depuis vingt ans, Jobs aussi a la vue trouble, et cependant il pénètre dans nos maisons et s'assied au foyer, sans que jamais la pensée de le chasser nous vienne ; mais la Mariska a le mauvais œil, et ceux qui ont le mauvais œil portent malheur.

— A quoi reconnaissez-vous que l'on a le mauvais œil ? reprit la voyageuse.

— Ces êtres-là, fléau d'une famille, d'un village, et souvent de tout un pays, sont faciles à reconnaître. Ils ont deux prunelles dans le même œil...

Si vous aviez été prévenue et que vous eussiez longuement fixé les yeux de la Mariska, vous eussiez vu qu'elle a deux prunelles noires dans l'œil gauche.

— Et vous vous croyez certain que la vue de cette femme attire le malheur sur vous ?

— Ce malheur, nous l'avons conjuré en étendant nos doigts vers elle, mais la plupart d'entre nous iront demain à l'église afin d'être bien sûrs que la bénédiction du prêtre ôtera le maléfice lancé par la Mariska.

Ni la bohémienne, qui connaissait, pour en avoir souffert, l'obstination des superstitions, ni sa compagne, que ces croyances surprenaient de la part de gens sages, hospitaliers et pieux, n'essayèrent d'enlever aux paysans la persuasion que Mariska avait le mauvais œil.

L'impression produite par son apparition ne tarda pas à se dissiper ; et le repas fini, chacun se disposa à goûter un repos bien mérité

Le lendemain matin, au moment du départ, la comtesse tendit la main au fermier avec une dignité affectueuse.

— Si je reviens dans ce pays, lui dit-elle, ce sera, je l'espère, au milieu de circonstances meilleures... Je me souviendrai de vous toute ma vie, Dieu vous bénira, vous, vos filles et les enfants de vos enfants...

Les voyageuses firent deux lieues pendant la matinée.

Mais si la gitane supportait aisément la fatigue de la marche, il était loin d'en être de même de sa compagne. Ses forces diminuaient sensiblement. Elle se traînait sur la route. Son courage moral ne suffisait plus à la soutenir. Elle prévoyait l'instant où elle tomberait sans garder la force de se relever.

Un peu de pain et de l'eau, bue dans le creux de la main, formèrent le repas des deux femmes, et quand vint la nuit, elles se trouvaient seules sur le chemin.

La bohémienne, voyant l'affaissement de sa compagne, restait sur l'herbe, agenouillée près d'elle, et tordait ses mains de désespoir.

Tout à coup une inspiration lui vint.

Elle se pencha vers sa compagne.

— Nouez vos bras autour de mon cou, lui dit-elle, ne craignez rien, je suis forte, et je vous porterai bien jusqu'au village dont nous apercevons les lumières dans le lointain.

Sans écouter les refus de sa compagne, elle la souleva dans ses bras, et reprit sa course.

Mais si léger que fût le corps frêle de la voyageuse, si énergique que fût la volonté de la Gitane, il lui devint bientôt impossible d'aller plus avant. Désespérant d'atteindre le but de son voyage, elle se résigna à passer la nuit en plein air.

Une barrière formant un enclos se trouvait devant elle, elle la poussa; puis, voyant vaguement des silhouettes d'arbres et un lit d'herbe épaisse, elle coucha sur le gazon sa compagne évanouie, la couvrit d'une partie de ses vêtements, puis elle tenta de la rappeler au sentiment de la vie. Elle y parvint avec beaucoup de peine; mais comme la fatigue seule jetait la voyageuse dans cet anéantissement, elle ne tarda pas à s'endormir.

Un cri effrayant, épouvantable, un cri dont rien ne saurait donner l'idée réveilla les deux femmes en sursaut. L'enclos fermé et solitaire dont elles avaient franchi la barrière s'emplissait de tumulte. Des torches, des falots s'agitaient dans la nuit. Prises de peur, les deux femmes se serrèrent l'une contre l'autre; l'arbre qui étendait son feuillage au-dessus d'elles paraissait capable de les défendre contre les regards de ceux qui envahissaient en ce moment l'enclos.

Jusqu'à ce moment les deux femmes ne s'étaient pas rendu compte de l'endroit dans lequel elles se trouvaient. Les clartés des torches et des lanternes leur permirent de reconnaître un cimetière. Les hommes criaient, menaçaient; les femmes agitaient les bras;

des mains brandissaient des bâtons, des pieux, et des faux. Puis
de ces cris confondus un seul cri se dégagea :

— Au vampire ! au vampire !

— J'ai peur ! dit la plus jeune des voyageuses.

— Ne craignez rien, je ne vous quitterai pas.

Les pauvres femmes se reculèrent plus avant dans l'ombre pro-
jetée par l'arbre pleureur qui s'étendait au-dessus de leur tête, et le
tumulte général grandit dans le cimetière.

La nuit précédente un jeune enfant avait, disait-il, été mordu
par un vampire.

Quelques gouttelettes de sang sur son cou convainquirent les
parents de l'affirmation de l'enfant, et le bruit se répandit dans
tout le village qu'un vampire allait aspirer le sang des enfants et
les ferait tous infailliblement mourir. On chercha sur quel mort
nouveau il serait possible de faire retomber cette accusation de
vampirisme, et bientôt, de nombreux souvenirs se pressant dans la
mémoire des paysans, ils affirmèrent que le vampire devait être
Quika, un homme étrange enterré depuis une semaine, et dont la
vie mystérieuse semblait s'accorder avec le soupçon survivant à sa
mort.

La croyance au vampirisme existe dans ces pays avec une grande
puissance. Le peuple est convaincu que certains morts ont le pouvoir de quitter leur fosse durant la nuit, et de chercher le moyen
de prolonger une vie à demi factice, en buvant le sang des vivants.
Ils déchirent le cou de leurs victimes de leurs dents ou de leurs
ongles, boivent le sang qui s'échappe de la veine, et retournent
ensuite dans leur cercueil où ils gardent l'apparence de la vie. Dès
que la superstition populaire accuse un mort de vampirisme, la
foule se rend la nuit au cimetière et procède à l'exécution de ce mort.

Le fait qui s'était passé la veille motivait la colère et la crainte
des habitants du village. L'autorité eût vainement tenté de s'opposer
à des faits semblables à celui qui allait se passer. Mieux valait, pour
les magistrats, fermer les yeux que d'être accusés des malheurs qui
auraient pu survenir.

Enfin, une sorte d'ordre se fit dans ce tumulte. Les porteurs de
falots et de lanternes se rangèrent des deux côtés de la fosse désignée, puis les hommes, armés de pioches et pelles, attaquèrent le
sol.

Au bout de quelques minutes, le fer des outils sonna sur le bois
du cercueil.

On descendit dans le trou béant dont la bière soulevée fut posée sur le bord, puis deux menuisiers en firent sauter le couvercle.

Un cri jaillit de toutes les poitrines. Falots et torches s'inclinèrent et tous les regards se fixèrent sur le mort.

La croyance générale est que la chair du vampire échappe à la décomposition. Ses cheveux, sa barbe et ses ongles poussent dans le cercueil.

Le cadavre n'avait pas encore subi les atteintes de la corruption. Ses cheveux très longs entouraient la tête, sa barbe florissante couvrait la poitrine.

Il n'en fallut pas davantage pour changer en certitude la crainte des superstitieux habitants du village, et pour la seconde fois retentit ce cri farouche :

— Le vampire ! le vampire !

Alors, avec une rapidité fantastique et féroce, un homme se baissa vers ce cadavre, le saisit par les cheveux, et trancha d'un seul coup la tête exsangue, tandis qu'un second armé d'un pic aiguisé l'enfonçait dans la poitrine de Quika.

Un frémissement agita la foule, des vociférations s'élevèrent ; on repoussa du pied le cadavre et les débris du cercueil dans la fosse béante ; la terre retomba sur la bière profanée et la tête, lancée au hasard dans le cimetière, alla rouler près de l'arbre cachant sous son feuillage sombre les deux femmes terrifiées.

La main de l'une des voyageuses s'étendit au hasard, et se crispa dans la chevelure du mort.

La foule s'écoula avec un calme relatif. Le vampire ne reviendrait plus jamais boire le sang des vivants.

Un quart d'heure plus tard le cimetière se trouvait vide de nouveau, et quelques torches de résine achevaient de se consumer dans l'herbe.

— Sortons, dit la plus faible des voyageuses à la Gitane, sortons : je sens que je mourrais si je restais ici une heure de plus.

Et quelque brisées qu'elles fussent, les deux voyageuses s'éloignèrent à travers la nuit.

Vous ne ferez pas cela, Monsieur. (*Voir page* 219.)

XIX

UN CŒUR DE PIERRE

Il pouvait être huit heures du matin quand les deux femmes, brisées de lassitude, arrivèrent à Idria. La matinée était splendide, et, contraste fréquent, tandis que des créatures souffraient à mourir de leur douleur, la nature étalait ses pompes adoucies par la grâce. Les ombres noires des grands sapins servaient de fond à une campagne fertile et parfumée, et l'on eût dit que la vallée d'Idria ne pouvait abriter que des heureux si les bâtiments sinistres formant les ateliers n'eussent fait deviner que le travail et le désespoir s'abritaient dans ces murs.

— Mon Dieu! mon Dieu! demanda la paysanne à la fille de Bohême, n'arriverons-nous jamais?

S'il ne se fût agi que d'elle, qui sait si la Gitane ne se serait point couchée sur la route pour y mourir, comme un oiseau blessé se cache sous un buisson en fleurs et, la tête sous l'aile, expire loin du chasseur dont le plomb l'atteignit. Mais cette fille d'une race proscrite et méprisée gardait au fond du cœur des vaillances capables de résister à toutes les épreuves, à toutes les fatigues. Si elle eût dédaigné sa propre vie, elle se croyait chargée de protéger un être non moins courageux, mais plus fragile. Le culte dont elle entourait sa compagne la rendait capable de tous les héroïsmes. D'ailleurs, on touchait le but.

— Encore un effort, encore un pas, dit la Zingarelle. L'on nous a dit que le directeur habite cette grande et belle maison que vous voyez là bas. C'est vers lui que vous devez vous rendre. C'est lui qui vous donnera l'autorisation que vous souhaitez.

— Je me traînerai encore jusque-là, dit la malheureuse jeune femme.

Elle s'appuya sur le bras de sa compagne, et avec une lenteur qui trahissait sa lassitude, elle gagna le seuil de la maison de Melbourg.

Celui-ci avait passé la nuit au chevet de sa fille.

A la colère excitée par le refus du docteur Hals, venait de succéder un désespoir sans nom. La tête dans ses deux mains, perdu dans le sentiment de son angoisse, il se demandait si sa Lillia allait mourir faute de secours.

Un moment, l'idée lui vint d'envoyer de nouveau supplier le docteur Hals; mais il comprit que l'obstination du médecin égalait au moins la sienne, et il renonça à cette idée. Faute de mieux, il fit demander l'homme chargé de traiter les mineurs et, en même temps, il envoya un exprès à Adelsberg, avec ordre d'en ramener le meilleur praticien.

— Le meilleur! répétait-il avec rage, le meilleur! comme si je ne savais pas qu'ils sont tous des ignorants et des cuistres... Vienne même n'a pas d'homme aussi habile que ce Bethlen Hals, et Bethlen Hals refuse de sauver ma fille...

Un faible coup de marteau frappé à la porte extérieure fit espérer au directeur que le médecin d'Adelsberg arrivait. Un peu d'espérance lui revint au cœur. Mais personne ne se présenta, et il sembla à Melbourg qu'il entendait, dans le vestibule, des voix suppliantes alternant avec l'accent dur des valets.

La discussion se prolongeant, Melbourg traversa la salle et entra rapidement dans le vestibule.

— Qu'y a-t-il ? que se passe-t-il ? demanda le directeur. Je vous ai défendu, Lipps, de laisser pénétrer des étrangers dans cette demeure.

— Aussi, je m'efforçais de renvoyer cette femme qui s'obstine à vouloir parler à Monsieur, répondit le valet.

— Une mendiante, une vagabonde ! chassez ces créatures, Lipps, chassez-les...

— Monsieur, monsieur, dit l'aînée des voyageuses en se rapprochant de Melbourg, je ne suis pas une aventurière..... l'excès de ma misère est grand, et cependant ce n'est pas une aumône que je sollicite de vous... Mon mari, mon mari bien-aimé travaille au fond du gouffre d'Idria, et je viens vous supplier de me permettre d'y descendre avec lui.

— C'est cela, fit Melbourg, un assassin et une coureuse ! Nous avons assez de misérables à Idria, sans que j'aille en grossir le nombre... Non seulement vous n'entrerez pas dans la mine, mais je vous ferai chasser du village, vous et la fille de Bohême qui vous accompagne.

— Vous ne ferez pas cela, Monsieur, vous ne le ferez pas ! s'écria la Zingarelle en se jetant aux genoux de Melbourg... Si vous saviez combien elle a souffert... Nous avons parcouru à pied la route qui sépare Vienne d'Idria... Nous avons eu froid, nous avons eu faim, nous avons eu peur... Une seule espérance nous soutenait : celle de revoir le comte, son mari... Il est innocent, Monsieur, c'est le cœur le plus généreux, le plus noble...

— Assez ! fit Melbourg. Je vous ai dit de sortir, sortez !

Mais loin d'obéir à l'ordre du directeur, la Zingarelle s'attachait désespérément à ses habits, tandis que la comtesse, rigide comme un marbre, ressemblait à la statue du désespoir.

— Vous n'avez pourtant pas un cœur de pierre, fit-elle, une mère vous a aimé, une femme vous a souri... un enfant...

— Malheureuse ! s'écria Melbourg, elle ose me parler de mon enfant, et ma fille se meurt...

— Alors, alors, poursuivit la Bohémienne, ne défiez pas Dieu par votre cruauté : demandez-lui humblement le salut de celle qui vous est chère et, pour l'obtenir, ayez pitié des malheureux... Dieu vous la rendra, nous le lui demanderons à deux genoux, nous qui avons souffert un si cruel martyre pour venir jusqu'ici... Il se fait des miracles, Monsieur, au nom de la charité... Oh ! si votre enfant mourante était là, sans nul doute elle joindrait ses prières aux miennes, elle vous attendrirait, elle vous vaincrait...

— Monsieur, monsieur, intervint la comtesse, je ne demande pas à vivre, je demande à mourir... A mourir près de l'époux que Dieu m'a donné et que j'ai juré d'aimer tant qu'il resterait une pensée dans mon cerveau, un battement à mon cœur...

— Eh bien ! non, non ! répéta Melbourg avec rage. Je ne souffrirai pas seul, au moins ! Je ne serai pas seul à désespérer... Dans mon angoisse et le délire de ma douleur paternelle, je ne serai pas seul à blasphémer et à maudire... Il y a quelques heures, un homme m'a refusé de rendre la vie à ma fille, je puis bien vous refuser le droit de mourir dans le gouffre d'Idria.

— Monsieur, monsieur, par le salut de votre âme ! supplia la comtesse Alberti.

— Mon âme ! fit Melbourg avec un éclat tenant de la folie, mais j'ai renié le crucifix, comment pouvez-vous croire que je ne renierai pas l'humanité...

La Zingarelle resta sur le sol agenouillée, ses mains jointes tombant sur ses genoux, ses yeux en larmes levés vers le directeur.

— Cœur de pierre ! murmurait-elle, cœur de pierre !

Un instant, Melbourg parut goûter une joie féroce à voir les infortunées réduites à un tel désespoir. Il croisa les bras et contempla dans l'agonie de sa faiblesse et de sa douleur celles qui venaient de le supplier d'une façon si touchante. La comtesse releva sa compagne d'un geste énergique.

— Viens ! dit la malheureuse, viens ! il me reste encore une espérance : Bethlen Hals.

— A peine eut-elle prononcé ce nom que Melbourg bondit vers elle, et la saisissant par le bras avec une rudesse qui la fit chanceler :

— Vous connaissez Bethlen Hals ? demanda-t-il.

— Oui, répondit la voyageuse et je vais lui dire......

— Restez ! restez ! s'écria Melbourg... asseyez-vous... comme vous êtes faible... Je suis dur, c'est vrai, mais si vous saviez combien je souffre... Ah ! vous connaissez Hals ! N'ayez plus peur de moi... la douleur rend fou, voyez-vous... Reprenez des forces, vous ne pourriez jamais aller jusqu'à la maison du médecin...

— Merci, dit la voyageuse, merci... Je savais bien qu'un homme ne pouvait pousser si loin la cruauté... Votre fille guérira, je prierai pour votre fille.

En un instant, les deux femmes furent entraînées dans le petit salon et un couvert fut placé devant elles. Melbourg les servait lui-même. Il n'y avait plus pour lui ni fille de Bohême ni vagabondes, mais deux femmes dont l'une connaissait Hals, Hals qui pouvait sauver Lillia. Quand les voyageuses eurent repris quelques forces, Melbourg fit apporter du papier, une plume, et dit à la paysanne :

— Savez-vous écrire ?

— Oui, Monsieur.

— Eh bien ! mandez à Bethlen Hals que vous vous trouvez chez le directeur d'Idria, qu'il vous offre l'hospitalité, et que vous le suppliez de venir vous voir dans sa maison.

La jeune femme écrivit rapidement, puis elle tendit sa lettre ouverte à Melbourg.

Le regard de celui-ci se porta sur la signature.

— La comtesse Agnès Alberti ! fit-il avec stupéfaction.

— Oui, Monsieur, répondit la jeune femme avec une dignité simple... La comtesse Alberti fugitive et pauvre, et qui sollicite de rejoindre son noble époux au fond de l'abîme où le jeta un injuste arrêt.

— Cette lettre sera immédiatement portée, répondit-il.

Comme il remettait à Lipps le billet destiné au docteur, une femme manifestant la douleur la plus vive sortit de la chambre de Lillia.

— Morte ! morte ! dit-elle.

Melbourg devint livide et, s'élançant du côté de la chambre de sa fille, il laissa Agnès et la Gitane seules dans le salon.

Il ne se passa pas une demi-heure sans que la porte du vestibule s'ouvrît devant le docteur, dont le visage trahissait l'émotion la plus vive.

— Conduisez-moi vers la comtesse Alberti, dit-il à Lipps.

En reconnaissant Bethlen Hals, Agnès poussa un cri de joie :

— Vous, ami, vous ! dit-elle en lui serrant les mains.

Elle ajouta en plongeant son regard dans les yeux de Hals :
— Carlo, parlez-moi de Carlo !

— Votre mari se trouve relativement bien. Quoiqu'il me soit interdit de descendre dans la mine, je lui fais suivre un traitement
dont j'attends de grands résultats.

Melbourg, prévenu de l'arrivée du docteur, accourut le front
livide, les yeux injectés de sang.

— Ma fille est morte! dit-il, vous avez tué ma fille!

— Pardon, dit Hals avec une froideur glaciale, vous oubliez,
Monsieur, que je ne suis point le médecin de votre maison.

— Je sais ! dit Melbourg; vous avez refusé de soigner cette chère
créature; vous avez eu le courage, vous, médecin, d'abandonner
entre les mains d'un ignorant...

— Monsieur, répliqua Hals qui devenait plus grave à mesure
que la douleur de Melbourg se traduisait d'une façon plus véhé-
mente, cet ignorant n'est-il point le médecin des mineurs d'Idria?..

— Et quand cela serait ! mettez-vous en balance...

— Une vie et une vie, une âme et une âme... Oui, Monsieur.
D'ailleurs, je ne me trouve point à Idria en qualité de médecin
exerçant sa profession... Je suis un chimiste, assez savant, disent
mes amis... Il est vrai qu'en arrivant dans le Frioul j'avais
d'autres projets... Je voulais tâcher de sauver, non-seulement le
mari de cette héroïque jeune femme, mais tous ceux que la loi condamne et que l'on jette dans l'enfer d'Idria... Cet espoir, Monsieur,
vous l'avez vite fait évanouir... Vous m'avez refusé l'autorisation
de descendre dans la mine, d'en combattre les fléaux, de sauver
peut-être la vie aux malheureux qu'elle renferme...

— Ma fille ! ma fille ! s'écria Melbourg, venez près de ma fille...
Il se peut que la douleur m'égare, qu'elle ne soit pas morte, que
vous puissiez encore la sauver.

— On a enterré trois mineurs hier, Monsieur.

— Bethlen Hals, dit Agnès d'une voix douce, ayez pitié du désespoir de ce pauvre père; c'est moi, moi qui vous en prie... J'ai
mangé son pain, sa maison m'est sacrée... par affection pour moi,
allez près de l'enfant innocente.

— Comtesse Alberti, dit Hals, vous ne connaissez pas cet homme.
Il a le cœur plus dur que le rocher... Jamais il ne s'est ému de la
douleur d'autrui... Des mères l'ont supplié à genoux comme il supplie, et il a repoussé ces mères. Il est le tyran, le bourreau d'Idria.
A cette heure, il prie, il s'humilie ; mais si je sauvais sa fille, il

vous ferait demain chasser du village, et continuerait à me refuser
le droit de défendre Alberti contre les ravages du mercure.

— Sur mon honneur! dit Melbourg.

— L'honneur d'un renégat !

— Mais que voulez-vous, que faut-il ? Hals, faut-il signer?...

— Oui, répondit Hals, je veux de votre part un engagement for-
mel de me laisser descendre dans la mine quand il me conviendra,
de traiter les mineurs à l'exclusion de tout autre, et d'accorder à la
comtesse Alberti...

— De descendre dans le gouffre d'Idria, pour n'en sortir que le
jour où sera reconnue l'innocence de son mari...

Melbourg traça rapidement quelques lignes, et tendit le papier
au docteur Hals.

— Cela suffit, dit celui-ci en renfermant le précieux papier dans
son portefeuille... Je vous suis, Monsieur... Quant à vous, comtesse, si vous en avez la force, rendez-vous chez l'abbé Fulda où je
ne tarderai point à vous rejoindre.

— A bientôt, dit Agnès.

Elle s'appuya sur le bras de la Gitane et quitta la maison du directeur, tandis que celui-ci pénétrait avec Hals dans l'appartement de
se fille.

Sur un lit de bois doré garni de courtines de velours blanc, reposait Lillia, pâle et roidie, et dont le visage semblait garder l'em-
preinte des doigts bleuis de la mort.

La rigidité cadavérique paraissait complète.

Le cœur ne battait plus. Un seul des symptômes du trépas et le
plus certain manquait à l'ensemble de preuves qui paraissaient
l'affirmer.

Aucun signe de décomposition ne se manifestait dans cette créature inanimée.

Le visage était calme, et des teintes d'un rose pâle marquaient
les joues délicates.

— Est-elle morte? Monsieur, répondez-moi, fit Melbourg avec
violence. Si ce malheur me frappe, si ma fille a succombé pendant
que j'attendais ici que vous vinssiez m'apporter les secours de votre
art, je vous rendrai responsable de son trépas, je vous accuserai
d'avoir manqué au devoir professionnel, et toute ma haine...

— Monsieur, dit Hals froidement, peut-être votre fille est-elle
morte, en effet... Si cela est, courbez-vous sous l'arrêt de Dieu...
Depuis le jour où je vous fis demander l'autorisation de soigner

les condamnés et tous les malheureux enfermés dans les galeries souterraines, quatre enfants que j'aurais pu faire vivre ont succombé... Ne parlez donc pas si haut, Monsieur, des obligations de mon état, ou prenez garde qu'à mon tour je vous accuse d'avoir failli aux lois de l'humanité.

Melbourg baissa la tête.

Le docteur approcha un miroir des lèvres de l'enfant, le miroir ne se ternit pas. Alors il prit une fiole dans sa poche, et versa sur les lèvres de Lillia trois gouttes de la liqueur rouge qu'elle contenait. Ensuite penché sur le lit, Hals attendit l'effet de cet élixir.

Melbourg regardait aussi. Ses yeux rouges de larmes ne quittaient pas l'enfant ; il enfonçait dans sa poitrine ses mains crispées, et ses ongles se teignirent de sang.

Enfin Hals tressaillit, il lui semblait qu'un léger frémissement venait d'agiter les lèvres de Lillia. Il lui fallut attendre plusieurs minutes encore, cependant, avant de surprendre le battement de ses cils. Mais bientôt les doigts de la petite malade s'agitèrent sur son drap de toile de Hollande, et elle se souleva sur son lit.

— Ah ! fit-elle avec une expression de regret déchirant, je ne suis pas morte !

— Lillia ! Lillia ! dit le père au désespoir, c'est moi, ne me reconnais-tu pas ? Moi ton père, moi qui t'aime !

— Il me semble que je m'étais endormie dans les bras des anges... dit la jeune fille, sans paraître remarquer l'angoisse de Melbourg : ils m'emportaient haut, bien haut, je sentais que j'allais vers Dieu, et cependant il vint un moment où leur vol se ralentit... Autour de moi volaient d'autres anges soulevant aussi des enfants dans leurs bras... Et ces enfants, je les reconnaissais... leurs figures étaient pâles, leurs membres amaigris, leurs yeux éteints ; Dieu ne leur avait pas encore donné le manteau des élus, et leurs haillons troués laissaient voir leurs membres grêles... Oh ! combien je me sentais le cœur troublé à leur vue... Je ne sais pourquoi il me semblait que ces innocentes victimes avaient le droit de m'accuser... Leurs groupes devenaient de plus en plus compacts ; les anges qui emportaient ces petits enfants au pied du trône de Dieu passaient devant nous, je sentais qu'ils allaient franchir les premiers le seuil des saints parvis, et toujours s'augmentait leur foule, et toujours mon cœur se serrait davantage... Puis des morts sortirent de terre, en foule, sinistres, décharnés, tremblants comme des feuilles d'automne, et tous me montraient du doigt... Et leurs bouches sans dents

criaient : — C'est la fille du bourreau ! — Et leurs mains osseuses
voulaient me disputer à l'ange. — Ce n'est pas de sa faute ! murmura celui-ci. Puis des femmes vinrent à leur tour, des femmes
maigres sous leurs cheveux gris, elles pleuraient les enfants morts,
et au milieu de leurs sanglots, elles répétaient: — C'est la fille de
l'apostat ! — Et je me cramponnais au cou de l'ange qui cherchait
à percer la foule des femmes, des hommes et des enfants. — Emmenez-moi ! disais-je, emmenez-moi ! Enfin il me semble que
j'avais dépassé des milliers de lieues : les voix qui me maudissaient
s'étaient tues ; à mesure qu'ils approchaient du ciel, les enfants
retrouvaient la fleur de leur beauté, et leurs haillons se changeaient
en vêtements de gloire. Ils me tendaient les bras, l'approche de
Dieu les transformait et me ravivait moi-même... Enfin, dans l'espace infini j'entendis des sons de harpes, je vis des clartés brillantes
se mouvant sur des fonds d'or, et dans des hauteurs que je ne saurais calculer m'apparut la Vierge Marie, les bras tendus, souriante,
et répétant ce qu'avaient dit les anges : — Ce n'est pas sa faute !
Ah ! si j'étais restée là-haut, dans ce paradis, dans la vision, dans
mon rêve...

— Tu ne m'aimes donc plus, Lillia.

— Si, répondit l'enfant ; mais songe donc, sur la terre je verrai
encore des hommes qui tremblent, des enfants mourants, des
mères désespérées...

— Lillia ! Lillia !

— Et ces condamnés, ces malheureux, pareils à ceux que je
voyais dans ma vision, diront de leurs bouches creuses : — C'est
la fille du renégat ! tandis que les mères crieront : — C'est la fille
du bourreau !

— Cruelle ! cruelle enfant ! murmura Melbourg.

— Cruelle... répéta Lillia, pourquoi? qui donc est cruel de nous
deux... Ma pauvre maman pleure, sans cela elle m'aurait appris ce
que j'ignore, à soulager, à consoler, à sauver... Je ne veux plus
coucher dans ce beau lit bleu, puisqu'il y a dans le pays des petits
pauvres... Je ne veux plus de vêtements de soie, tant que je verrai
des enfants demi-nus... Je ne veux plus t'embrasser, tant que les
condamnés seront si misérables... Je ne veux plus que tu me dises :
— « Je te bénis ! Lillia », puisque tu ne pries plus le Seigneur.

— Mon Dieu! mon Dieu! s'écria Melbourg, je suis trop puni.

La jeune fille retomba épuisée sur ses oreillers.

— Mon enfant, lui dit le docteur Hals en s'emparant de sa petite main fiévreuse, reposez, je vous en supplie... Ce que vous venez de demander à votre père d'une façon qui l'afflige, d'une façon cruelle, il me l'avait accordé avant que je vous rendisse à la vie...

— Est-ce vrai?

— J'ai des cheveux blancs, fit le docteur.

— Oui, les vieillards ne mentent pas, je vous crois : et puis vous êtes l'ami de l'abbé Fulda, de ce saint abbé que l'on ne me laisse plus voir... car mon père voudrait que moi aussi...

L'enfant s'arrêta, et jeta un regard de compassion sur Melbourg.

— Ainsi mon père a permis....

— Que l'abbé Fulda vînt vous visiter aujourd'hui.

— Père, père, demanda l'enfant, tu le veux bien?

— Monsieur... fit Melbourg.

— Si vous me démentez dans ce que je permettrai en votre nom, je ne réponds plus de votre fille.

— Oui, fit le directeur, oui, l'abbé Fulda viendra.

— Ensuite, reprit Bethlen Hals, je me charge à l'avenir de donner des soins à tous les condamnés de la mine, et j'espère beaucoup les soulager...

— Oh! docteur! docteur!

Voici l'autorisation de votre père.

— Donne-moi la main qui a signé cela, fit Lillia.

Melbourg tendit sa main et la jeune malade la porta à ses lèvres.

— Enfin, dès que vous serez guérie, Monsieur le Directeur permettra que vous veniez avec moi et l'abbé Fulda, dans toutes les pauvres maisons d'Idria, afin d'y répandre d'abondantes aumônes.

— Oh! fit l'enfant, si cela était...

— Cela est! cela est! s'écria Melbourg.

— Alors, dit la petite fille, j'oublierai mon rêve...

— Et tu m'aimeras?

— Mais, reprit l'enfant, je t'aimais; seulement...

— Seulement, je te rendais malheureuse.

— Oui, père, c'est vrai... Et je souffrais tellement quelquefois qu'alors mon cœur se serrait jusqu'à m'étouffer. Il me semblait que la vie se retirait de moi, et l'on me croyait morte, comme tout à l'heure.

— Ainsi je la tuais? demanda Melbourg au médecin.

— Aussi sûrement qu'avec un poison lent.

— Cela est horrible! horrible!

— Oui, répondit le docteur, et les crimes de ce genre ne sont atteints par aucune législation.

Pour la seconde fois, Bethlen Hals fit prendre quelques gouttes
de son élixir à la jeune fille et, lorsqu'il la trouva tout à fait rani-
mée, il prescrivit un bouillon et se retira.

— Quand reviendrez-vous, docteur? demanda Melbourg.

— Demain, Monsieur.

— A quelle heure?

— Quand j'aurai terminé ma tournée dans le village, et que je
serai revenu des souterrains d'Idria.

— Je comprends, fit Melbourg.

— Les pauvres avant les riches.

— Et les victimes avant le bourreau.

Lillia attira Bethlen vers elle et lui dit :

— Oh! que je vous aime! docteur!

— Reposez, fit Hals, plus ému qu'il ne voulait le paraître.

Melbourg reconduisit Hals jusqu'à la porte extérieure.

— J'espère, Monsieur, lui dit-il, que vous ne doutez pas de ma
reconnaissance.

— J'attendrai que vous me la prouviez, répondit Bethlen Hals.

Le docteur salua et gagna rapidement la maison de l'abbé.

Quelques mots suffirent pour mettre celui-ci au courant de ce qui
venait de se passer.

Presque aussitôt la Bohémienne parut, souriante, à côté d'Agnès
Alberti.

Au moment où la Zingarelle franchit la barrière du jardin, le
mutilé, assis sous un arbre ombreux, étouffa un cri de surprise
qui fit tressaillir la jeune fille. Cette voix, elle la connaissait.

Mais à peine eut-elle jeté les yeux sur l'être dont la tête seule
paraissait vivante, et dont le corps ne semblait se soutenir que par
un prodige de mécanique, qu'elle se mit à trembler comme une
feuille ; puis courant vers le malheureux, elle répéta :

— Orsol! Orsol!

— Oui, répondit le mutilé : Gaspard Orsol sauvé par Bethlen Hals.

— Vivant! tu es vivant!

— Non, répondit Orsol, je suis un mort qui pense, voilà tout.

La Zingarelle serra sa poitrine à deux mains.

— La comtesse a besoin de moi, dit-elle; après lui avoir donné
une potion, je reviendrai.

— Je t'attends ici, répondit le mutilé.

Luidas ouvrit à la Bohémienne une chambre claire et gaie ; Zinga
aida la comtesse à se mettre au lit ; puis, suivant sa promesse,

elle rejoignit Orsol. Tous deux avaient tant de choses à se dire.

Lorsque Hals revint, l'abbé Fulda lui apprit que les deux femmes se trouvaient convenablement installées.

— Mon ami, dit Hals, je me garderai d'autant plus de les réveiller que je crois indispensable de préparer Alberti à la joie de revoir sa femme. En attendant que nous descendions à la mine, venez avec moi constater le résultat de ma tentative.

Le prêtre et le médecin entrèrent dans la salle basse; Bethlen enleva le drap couvrant la baignoire au fond de laquelle le mort était couché, et il poussa une exclamation de triomphe en désignant à l'abbé Fulda la plaque posée sur la poitrine du mineur.

Cette plaque brillante avait entièrement attiré le mercure saturant les métalloïdes. Il n'en restait plus une seule parcelle dans le corps, et les globules étincelaient sur la plaque métallique.

Le docteur enleva l'appareil, le cadavre fut roulé dans un suaire et la plaque de métal soigneusement renfermée dans une armoire.

— Il me semble que cette expérience est concluante, dit l'abbé Fulda.

— Oui, et cependant elle est utile à peu de chose. J'agis d'une façon certaine sur un corps privé de vie, mais je reste encore impuissant à débarrasser un corps vivant du mercure dont il est saturé. Il me faut chercher une combinaison nouvelle, et me replonger dans la recherche de l'inconnu.

Pendant le repas, Bethlen Hals s'entretint avec le prêtre de ce qui s'était passé chez Melbourg, des promesses que lui avait faites celui-ci, et des remords auxquels il paraissait en proie.

— Mon ami, dit-il au prêtre, par un effet admirable de la miséricorde divine, il reste toujours dans un homme un côté malléable... Melbourg, cet oppresseur des pauvres, ce tortionnaire d'êtres déjà trop malheureux, adore sa fille, et par amour pour cette enfant, il sacrifiera sa cruauté, son orgueil, et sa vengeance... Je lui ai promis d'aller chaque jour visiter Lillia en sortant de faire ma visite dans les mines, je tiendrai ma parole : à partir de cette heure, j'ai le pouvoir de vous accompagner.

— Venez donc, répondit l'abbé Fulda, nous n'avons pas le droit de faire attendre les malheureux.

Le contre-maître la précédait. (*Voir page* 238.)

XX
DÉVOUEMENT

C'était l'heure du travail.

Les hommes attelés aux brouettes tendaient le dos, ployaient les

reins. Les mineurs qui longeaient les galeries souterraines lançaient des coups de pioche en exhalant une plainte sourde. Quelques-uns chargeaient le minerai dans des hottes qu'attendaient les
porteurs destinés à les monter des profondeurs d'Idria jusqu'à
l'usine se dressant sous le soleil.

C'était un fourmillement noir, un mouvement d'ombres, une
vision terrible dans ces ténèbres tangibles. Tous les travailleurs, à
la lueur des lampes projetant une lumière jaunâtre, ressemblaient
à des spectres doués d'une vie artificielle. Si on les regardait de
loin, ils effrayaient; de près ils inspiraient une pitié sans nom.

Le tremblement convulsif et perpétuel dont leurs membres
étaient agités causait une impression si pénible qu'elle arrivait
jusqu'à l'angoisse. Leur teint, livide et terne, s'éclairait de deux
yeux sombres. Parfois on y lisait un désespoir incurable, souvent
aussi une rage difficilement comprimée. Qui pourrait dire ce que
souffraient ces hommes, machines de chair, voués à une mort plus
ou moins lente, que chaque jour usait davantage, et qui pouvaient
calculer le reste des heures qu'ils pouvaient vivre encore, si cela
s'appelait vivre que de sentir s'infiltrer en soi la mort, soit par le
maniement du mercure vierge, soit par les suffocantes vapeurs de
l'air?

Une seule consolation leur restait : la charité de l'abbé Fulda.

Melbourg aurait bien voulu enlever au saint prêtre l'autorisation
de visiter les malheureux, mais il ne l'osa pas. Même au début de
son apostolat, il recula devant cette mesure. Sans doute alors la
plupart des condamnés s'éloignaient plus qu'ils ne se rapprochaient
de l'abbé Fulda, et néanmoins peut-être se fussent-ils révoltés,
même les plus mauvais, même les plus impies, si on avait interdit
l'entrée de la mine à celui dont ils repoussaient les enseignements.
En somme, ce prêtre était le dernier être leur rappelant qu'ils appartenaient encore à l'humanité. Il était le seul qui s'approchât d'eux
sans bâton à la main, le seul qui trouvât des paroles de paix et
d'espérance. Sa présence semblait une protestation. Son dévouement leur prouvait qu'une part d'eux-mêmes valait encore la
peine qu'on se souciât de leurs tortures, et qu'on y apportât le baume
d'une affection. Il semble que ce sentiment soit peu logique au premier abord. Les condamnés refusaient de s'agenouiller devant le
prêtre; mais l'ami, mais l'homme qui leur souriait doucement, et
qui, plus d'une fois, voyant un mineur trop faible pour soulever son
fardeau lui prêta une aide fraternelle, celui-là combien on l'aimait!

Puis la conquête se fit lentement. Il existe des dompteurs de bêtes
féroces et des charmeurs d'hommes. On ne saurait apprécier et
décrire ce que peuvent sur les natures les plus basses, les plus
déchues, les plus rebelles, l'autorité d'un homme qui n'a d'autre
vouloir que celui de faire le bien. Les plus désolés vinrent les premiers, puis lentement les autres s'approchèrent. La conversion du
terrible Mathias en amena d'autres, et l'abbé Fulda put croire qu'un
jour il lui serait donné de compléter son œuvre.

Un nouvel espoir était venu aux mineurs d'Idria le jour où le
docteur Hals traversa leurs galeries souterraines. Celui-là, un
savant, avait promis de tenter de les guérir. Il apportait son génie
à ces infortunés, comme l'abbé Fulda leur avait apporté son cœur.
Mais le docteur n'était pas revenu, et lorsque Good et Wallis s'en
informèrent, le prêtre se contenta de répondre que Bethlen s'était
vu interdire l'entrée de la mine.

Cependant les condamnés conservaient la preuve que Hals ne les
oubliait pas. D'après ses ordonnances, l'abbé Fulda leur avait dis-
tribué en petites doses de l'arsenic, grâce auquel ils essayaient de
conjurer le fléau. De plus, le prêtre les entretenait souvent des
espérances constantes de celui qui vouait à leur malheur son énergie, son savoir et sa patience.

Cependant, depuis une semaine, les mineurs sentaient s'alourdir
sur leurs épaules le fardeau de misère sous lequel la plupart succom-
baient si vite.

La maladie de Lillia, la douleur de Melbourg avaient eu leur
écho dans la mine, et le contre-maître, afin de prouver peut-être à
son chef la part qu'il prenait à ses peines, se montrait d'autant plus
inflexible qu'il savait Melbourg plus affligé.

Ce fut donc avec une grande surprise que Wallis et Good, qui
venaient de charger des hottes de minerai et qui se disposaient à les
monter, virent apparaître sur les derniers échelons de l'échelle
l'abbé Fulda et le docteur Hals. Leur cri d'étonnement trouva rapidement un écho ; les mineurs quittèrent leurs galeries sans souci
des châtiments que cette infraction aux règlements pouvait leur
attirer, et ils se groupèrent autour du docteur.

— Allons, mes amis, leur dit celui-ci, je vois que vous me
reconnaissez...

Je reviens parmi vous non plus en visiteur de passage, mais en
qualité de médecin agréé par le directeur... J'ai su que vous éprou-
viez quelque soulagement de mon traitement. Je ne m'arrêterai pas

là... Je poursuis des expériences aussi curieuses que concluantes...
Après avoir réussi à extraire d'un cadavre tout le mercure qu'il
contient, je ne désespère pas d'obtenir le même résultat sur les
vivants... Tout à l'heure je m'occuperai de chacun de vous..., En
ce moment, je souhaite voir Carlo Alberti.

— Monsieur le docteur, répondit Good, malgré son courage, la
maladie le prend; une maladie de chagrin, compliquée de mercure... Je l'ai vu ce matin dans une galerie du fond... Sa faiblesse
est si grande qu'il semble avoir peine à manier ses outils. Sans
doute il n'a rien entendu, car s'il se fût douté que vous reveniez
ici, le malheureux serait accouru... Oh! tenez! j'en ai vu défiler,
ici, qui se disaient innocents et blasphémaient contre Dieu et les
hommes, mais celui-là n'a pas besoin de répéter qu'il n'a jamais
commis un crime, cela se voit tout de suite...

— Venez, dit le docteur au prêtre. Heureusement la nouvelle que
j'apporte au comte Alberti lui rendra tout ensemble le courage et
le bonheur.

Tous deux s'éloignèrent dans la direction de la galerie où travaillait Alberti.

C'était une voie nouvelle, ouverte depuis peu, et fort riche en
mercure vierge. On y avait mis Alberti avec les deux mineurs les
plus difficiles d'Idria. Le contre-maître, se modelant sur Melbourg,
ajoutait des cruautés volontaires aux épreuves dont souffraient les
misérables condamnés.

Tant que le comte Carlo avait espéré recevoir des nouvelles de
sa femme il conserva son courage. Mais les jours, les semaines se
passèrent sans qu'il entendît parler d'Agnès. Depuis six mois il
était enseveli dans ce gouffre d'Idria, et pas une lettre, pas un mot
ne lui avait révélé ce que devenait la compagne de sa vie. En fondant sur lui, le malheur l'avait rendu craintif pour les siens. Il
connaissait du reste la haine de Reynold contre sa sœur; il savait
le comte de Haag capable de toutes les félonies pour se rendre
maître de la fortune d'Agnès demeurée sans défenseur. Il se repré-
sentait l'intérieur de cette maison qu'il avait connue animée, brillante, plongée désormais dans le deuil. Qui sait, pensait-il, si
Reynold...

Quand ces idées traversaient son esprit, la fièvre courait dans
ses veines, une douleur aiguë traversait son cerveau. Le courage,
dont il avait promis à l'abbé Fulda de ne point se départir, l'abandonnait subitement, et cet homme si fort, si brave, tremblait et

pleurait. Il se trouvait au milieu d'une de ces crises d'affaissement quand le prêtre et le médecin descendirent ensemble dans la mine.

Tous deux parvinrent sans bruit dans la nouvelle galerie où se trouvait le comte Alberti.

Assis sur un amas de minerai, la tête plongée dans ses mains, Carlo ne voyait, n'entendait rien. Si un inspecteur fût entré en ce moment, sans nul doute il aurait subi un dur châtiment; mais Carlo ne croyait plus qu'il fût une angoisse pouvant ajouter quelque chose à sa souffrance. Il était chrétien, cependant. Il croyait, il pratiquait, mais l'homme tombe sous sa croix quand son poids l'écrase, et Carlo ne se sentait pas la force de soulever celle que le ciel lui avait envoyée. Il tressaillit brusquement en sentant une main se poser sur son épaule, et releva son visage pâli.

— Vous le voyez, mon Père, dit-il à l'abbé Fulda, j'ai des heures de défaillance terribles...

Il reconnut alors seulement le docteur Hals.

— Vous! dit-il, vous, Monsieur! Je n'espérais plus vous revoir dans cet enfer.

— Votre ami vous a fait connaître quels ordres me retenaient loin de vous... Mais tout est changé, me voici, et désormais je reviendrai chaque jour pour vous soigner, vous consoler, vous sauver.

— Docteur, reprit le comte Alberti, regardez-moi bien en face... En dépit de mon obéissance à vos prescriptions, je suis devenu bien pâle, avouez-le... Et, malgré le dévouement de l'abbé Fulda, ma vie ne se prolongera pas dans ces mines... Pour que j'y pusse vivre, Monsieur, il ne faudrait point que mon cœur fût dévoré par un doute amer, que je songeasse sans fin avec une tristesse croissante aux douleurs dont doivent souffrir ceux que j'aime... Je suis condamné, condamné sans merci, à moins que vous ne puissiez réaliser l'impossible.

— L'impossible! répéta le docteur, que signifie ce mot?

— Écoutez, mon ami, le lien le plus puissant qui m'attachait au monde est rompu, vous le savez peut-être sans avoir voulu me l'apprendre : Agnès est morte... Comprenez-vous que je demande à Dieu de mourir pour la suivre... Reynold est méchant, Gutta de Haag est infirme...

— Non, non, répondit le docteur en serrant la main de Carlo, non, la comtesse Alberti n'est pas morte.

— En avez-vous donc des nouvelles ?

— J'en ai...

— Et vous ne me le disiez pas ! et vous me laissiez dans le désespoir !

— L'entrée de la mine m'était interdite.

— L'abbé Fulda m'eût apporté vos paroles d'espérance... Sa lettre, donnez-moi sa lettre...

— Je n'en ai point, et cependant, je vous l'affirme, Agnès Alberti est vivante, elle pense à vous, elle vous est plus dévouée encore que vous ne sauriez croire.

— Je la connais assez pour savoir que tous les dévouements lui sont possibles... Mais dites-moi, docteur, qui vous a transmis ces nouvelles ?

— Un messager.

— Il connaît ma femme ?

— Il la connaît.

— Oh ! s'écria Carlo, pour le voir, pour l'entendre, je donnerais...

— Tout à l'heure vous désespériez, et vous affirmiez que ce seul mot : Agnès est vivante, suffirait pour vous rendre la vie... Je le dis, et vous ne vous tenez pas pour satisfait, pauvre cœur insatiable... Il faut attendre cependant, comte Alberti, attendre jusqu'à demain... D'ici là j'obtiendrai de Melbourg la permission de faire descendre dans la mine la seule personne qui puisse vous donner des nouvelles exactes de votre noble compagne.

A l'accès de désespoir du comte succéda un élan de joie qui aurait pu lui devenir également fatal.

Le docteur et le prêtre s'efforcèrent de calmer l'agitation de son cerveau et les battements de son cœur. Leur amitié y parvint, et, lorsque tous deux s'éloignèrent, un calme relatif régnait dans l'âme du condamné.

Quand Bethlen Hals et son compagnon rentrèrent dans leur modeste logis, Agnès sommeillait encore, mais la Gitane était debout.

La première pensée du docteur fut de songer que la comtesse Alberti se trouvait dépourvue de tous les objets indispensables. Il remit sa bourse à la Zingarelle et la chargea d'acheter du linge et des vêtements conformes à son rang et à ses habitudes.

Mais la fille de Bohême comprit ce qui convenait plus immédiatement à l'héroïque femme du comte Alberti, qui allait s'ensevelir avec son mari dans le gouffre d'Idria. Elle ne devait point porter une toilette qui lui rappellerait le luxe de la vie passée, il fallait que, femme d'un mineur, elle s'habillât comme les compagnes de ces infortunés.

— C'est cela ! dit Agnès, à qui elle s'ouvrit de ce projet, procure-toi ce costume, Zinga, le plus vite possible, mon enfant.

— Le voici... répondit la Zingarelle.

Agnès se jeta dans les bras de la pauvre Bohème.

— Si Dieu permet que nous redevenions heureuses, tu ne me quitteras jamais.

— Oh ! vous êtes bonne comme un ange ! s'écria la Gitane.

— D'ailleurs, reprit Agnès, je me suis juré de continuer l'œuvre de Carlo. Pendant son séjour dans les grottes de la Carniole il avait commencé à t'instruire de tout ce que la Catarina n'avait pu t'apprendre ; le reste, je te l'enseignerai, Zinga ; après avoir fait de toi une fille réservée et laborieuse, j'en ferai une chrétienne.

Tandis qu'elle parlait de la sorte, la comtesse Alberti revêtit le pauvre costume des compagnes des ouvriers d'Idria ; puis calme, et presque souriante, le visage reposé et les regards brillants, elle rejoignit dans le salon le docteur et l'abbé Fulda.

Tous deux laissèrent échapper un cri de surprise. Mais le prêtre comprit plus vite que le savant, et il dit d'une voix émue à la comtesse :

— Dieu vous bénisse et vous garde, ma fille !

— Parlez-moi de Carlo, dit la jeune femme en se rapprochant de Bethen Hals.

— Votre vue achèvera de lui rendre le courage. Le manque de nouvelles le jetait dans une mélancolie dont les suites eussent pu être terribles... Mais vous, Madame, avez-vous réfléchi à ce que vous voulez faire... Savez-vous qu'en vous enfermant dans la mine d'Idria, vous vous condamnez à une mort plus ou moins lente...

— Vous oubliez votre science, docteur.

— Je puis m'abuser sur les résultats de mes recherches.

— Alors vous oubliez Dieu ! Tenez, Hals, il me semble que la résolution que je viens de prendre est une sorte de violence que je fais au ciel... Ce n'est plus un innocent qui est condamné, mais deux, aujourd'hui... Mon sacrifice, si vous appelez sacrifice se dévouer pour ceux qu'on aime, rachètera la liberté de Carlo ! J'ai tant prié, docteur, et la miséricorde divine est si grande !

— Que répondez-vous à ces arguments-là? dit Hals en se tournant vers l'abbé Fulda.

— On ne raisonne pas le miracle, on le constate. Scientifique-
ment, humainement, la comtesse Alberti peut avoir tort, mais
mon cœur, ma conscience de prêtre lui donnent pleinement
raison.

Agnès eût souhaité descendre le jour même dans la mine, mais
ses amis lui firent comprendre que, dans l'intérêt même de Carlo, il
fallait qu'il eût le temps de s'accoutumer à la pensée de la revoir.
Les surprises de la joie peuvent être dangereuses autant que celles
de la douleur. Le cœur de l'homme peut éclater sous une commo-
tion trop vive. Malgré son regret et son impatience, Agnès comprit
la valeur des raisons qui lui étaient données. Elle accepta un retard
imposé par la prudence, et quand elle s'assit à la table de l'abbé
Fulda elle se sentait complètement rassérénée.

Après le dîner, Bethlen Hals quittant ses amis se rendit chez
Melbourg. Lillia était beaucoup mieux, son visage reprenait ses
couleurs roses, elle souriait à son père qui, assis près de son lit, la
contemplait avec une sourde angoisse.

— Ne t'inquiète plus, lui disait Lillia de sa voix touchante, si tu
te montres bon pour les mineurs je vivrai : c'était le spectacle de
leurs souffrances qui me faisait lentement mourir. Tu ne savais pas
cela, tu ne pouvais pas le savoir ; on peut succomber à la douleur
de rester impuissant à consoler, à soulager les autres... Et puis,
comme je t'aime, la pensée de la mort me causait une grande épouvante... Je ne t'aurais donc plus revu, jamais ! jamais !

Melbourg tressaillit, il lisait dans le cœur de Lillia, et devinait
la pensée qu'elle n'osait exprimer.

Quand on annonça le docteur Hals, le visage de l'enfant rayonna.

— Venez, mon grand ami, dit-elle, me voilà guérie pour toujours, j'espère... Vous êtes un grand médecin, Monsieur, et Dieu
sait tout ce que je vous dois.

Lillia causa longuement avec Hals puis, au moment où il allait
s'éloigner, elle prit une bourse sous son chevet :

— Mon père, dit-elle, voulez-vous y mettre beaucoup d'or ?

— Depuis quand ma petite fille est-elle devenue prodigue ?

— Depuis qu'elle a conquis le droit de s'occuper des condamnés.

Melbourg ouvrit une cassette, y prit de l'or sans compter, et
remit la bourse à sa fille.

— Est-ce assez ? demanda-t-il.

Lillia la soupesa dans ses petites mains, elle était lourde,
bien lourde, et cependant l'enfant se contenta de répondre :

— Pour aujourd'hui, oui, père... Tenez, docteur, distribuez
cela entre les mineurs au nom du directeur et de sa fille.

— Quoi ! tu veux...

— Je veux qu'on nous bénisse ensemble.

Melbourg embrassa sa fille avec une sorte d'impétueuse tendresse.

— Adieu, docteur, on vous attend, là-bas...

Elle tendit sa main à Bethlen Hals qui sortit de la chambre.

Au moment où il allait s'éloigner, Melbourg eut la tentation de
présenter lui aussi sa main à Bethlen Hals, mais il n'osa pas et
s'enferma dans son cabinet où il resta plongé dans la rêverie jusqu'à ce que son valet lui apportât des lampes.

La seconde nuit que passa Agnès acheva de la remettre de ses
fatigues.

Dès l'aube elle était debout, attendant avec impatience le moment
de descendre dans la mine.

Elle en prit le chemin avec le docteur et l'abbé Fulda ; la Gitane
les suivait en portant un paquet assez lourd.

Quand Bethlen Hals se trouva à l'orifice du puits contre lequel
s'appuyaient les échelles, il dit à Agnès :

— Je passerai le premier... descendez jusqu'à ce que vous trouviez le sol sous vos pieds.

Alors seulement la Gitane remit à Agnès le paquet mystérieux,
puis s'asseyant près du bord du gouffre elle résolut d'y attendre le
retour du docteur.

La comtesse Alberti la pressa tendrement dans ses bras.

— Si je ne reviens pas, dit-elle à l'abbé Fulda, achevez l'œuvre
de cette rédemption, mon Père...

Tandis que la comtesse descendait avec lenteur les degrés de
cette échelle plongeant à six cents pieds de profondeur, le prêtre
recommandait la jeune femme à la protection divine.

Bientôt le ciel ne sembla plus qu'un point à celle qui se séparait
volontairement de la terre des vivants pour s'ensevelir dans un
sépulcre. A mesure que l'abîme l'attirait, pour ainsi dire, des sen-
teurs âcres montaient par bouffées vers elle, cette odeur de terre
remuée et de minerai qui prend à la gorge. Peut-être jamais ne
reverrait-elle plus la voûte bleue éclatante de lumière ou semée
d'étoiles étincelantes ; peut-être jamais ne respirerait-elle plus
l'arome des forêts de pins. Elle disait sans nul doute un éternel
adieu aux splendeurs de la création et, pendant un instant rapide,
elle revit comme dans un panorama magnifique les glaciers éblouis-

sauts à l'aurore, les lacs profonds et bleus, les bois pleins d'ombres, les fleurs parfumées... Elle descendait toujours... Le ciel cessa d'être visible à ses regards, la nuit se fit sur sa tête. Elle n'eut bientôt pour se diriger que la pâle lumière de son falot et de la lanterne du contre-maître qui la précédait, et les bruits d'en bas commencèrent à devenir distincts.

Alors elle s'arrêta un instant, et plongea son regard dans les couloirs de la mine. Il lui fut impossible de rien distinguer, dans ces mouvements houleux et ces bruits étranges qui se faisaient entendre dans ce milieu terrible : des cris sourds de douleur, des soupirs de fatigue, des ordres brutaux ; puis le roulement des brouettes sur le sol couvert de débris de minerai, la marche des hommes courbés sous les hottes, les respirations essoufflées de ceux que l'on attelait comme des bêtes de somme, et qui transportaient des fardeaux. Cet ensemble de souffles fatigués, de gémissements mal contenus avait quelque chose de lugubre, et Agnès ne put se défendre d'en éprouver un saisissement. Sur le seuil de cet enfer dans lequel la jeune femme se jetait vivante, elle n'hésita pas, cependant. On eût dit qu'elle rassemblait toutes ses forces, et que la vue de ce lieu de misère l'encourageait dans sa résolution.

Elle continua à descendre encore, jusqu'à ce que son pied touchât la terre, et que le docteur Hals lui présentât la main.

Des porteurs s'apprêtaient à gravir à leur tour les degrés de l'échelle, et la jeune femme dut se reculer dans l'ombre.

Si faible que fût la lumière dans les galeries de la mine d'Idria, il fut cependant possible à la comtesse de distinguer les faces livides, les corps tremblants des Travailleurs de la mort. Elle frissonna de tout son être, et s'écria en cachant son front dans ses mains :

— Carlo ! Carlo !

Pas un instant Bethlen Hals n'eut la pensée qu'à la vue des misères et des souffrances des mineurs, Agnès pouvait songer à retourner en arrière.

Il saisit la main de la comtesse Alberti, et l'entraîna dans les profondeurs de la galerie.

En la voyant, les Travailleurs de la mort se retournaient pris de surprise et de pitié. Jamais en effet une femme n'avait été condamnée à ces travaux meurtriers. Et cependant ce n'était point une étrangère curieuse que le docteur accompagnait et que l'abbé Fulda venait de rejoindre, car la femme portait le costume d'une ouvrière et tenait à la main des outils de mineurs.

Aucun des trois personnages ne parlait.

Enfin Hals désigna à la comtesse Alberti le nouveau tronçon de galerie auquel Carlo travaillait depuis deux jours, et la main étendue il lui dit :

— Voici le malheureux que vous venez chercher !

— Merci, dit Agnès, dont la voix s'étrangla légèrement... Laissez-moi seule avec lui...

Le prêtre et le docteur s'éloignèrent et Agnès, après être demeurée immobile un instant, fit quelques pas du côté du mineur.

Elle n'osa pas l'appeler dans la crainte que le son de sa voix causât à Carlo une émotion trop vive. Elle le regarda longuement, se rapprocha encore sans bruit, comme une ombre; puis, quand elle se trouva à une faible distance du condamné, elle leva la pioche chargeant son épaule et attaqua le minerai à son tour.

D'abord, le comte Alberti ne remarqua pas qu'un nouveau travailleur se trouvait dans la même galerie; cependant la faiblesse des coups de pioche, l'inhabileté qu'ils trahissaient attira son attention. Il tourna la tête et, à la lueur de la lampe, il reconnut une femme portant le costume des ouvrières du Frioul.

— Mon Dieu! dit-il, va-t-on maintenant soumettre les femmes à cette torture? Etes-vous condamnée? que faites-vous ici?

— Je ne suis point condamnée, répondit Agnès, dont l'émotion violente changea d'abord la voix de telle sorte que le comte ne put la reconnaître... Je suis descendue volontairement dans cette mine.

— Malheureuse, vous voulez donc mourir !

— Je veux consoler mon mari que la justice a jeté dans ce gouffre, reprit Agnès d'une voix encore plus basse... La même tombe nous réunira, s'il nous est interdit de vivre l'un pour l'autre.

— Et il accepte ce sacrifice ?

— Pourrait-il le repousser ?

— C'est son devoir.

— Non, répondit Agnès avec une chaleur croissante; Dieu nous a liés par le mariage, et le malheur de l'un n'affranchit pas l'autre de ses obligations... Croyez-vous donc que je ne mourrais pas vingt fois à l'idée qu'il agonise loin de sa femme... Innocent du crime pour lequel il fut condamné, ne faut-il pas qu'il entende une créature aimée lui répéter qu'elle croit à son honneur? Vous-même, qui sait, peut-être avez-vous une compagne...

Un sanglot fut l'unique réponse du mineur.

— Eh bien! si, guidée par une tendresse constante, une de ces tendresses fortes et saintes, qui acceptent jusqu'au martyre, elle venait à vous dans cette nuit, au fond de ce gouffre, résolue à périr du poison qui vous tue, auriez-vous le courage de lui dire...

— Je lui dirais, s'écria le condamné d'une voix déchirante : « Laisse-moi mourir seul, Agnès, mourir en bénissant ton souvenir, en revoyant par la pensée ton cher visage... »

— Repousse-moi donc ! dit Agnès en se jetant dans ses bras.

Des larmes, des soupirs, des étreintes muettes, un frémissement où la douleur le disputait à la joie, et ce fut tout.

Puis le premier mouvement d'une émotion indicible une fois passé, Agnès et Carlo assis sur un amas de minerai reprirent le lamentable récit des événements survenus. Plus d'une fois des larmes les interrompirent ; enfin cette histoire douloureuse s'acheva. Au moment où Agnès arrivait à l'épisode du vampire, la cloche sonna l'heure du repas.

La comtesse Alberti s'appuya sur le bras de Carlo.

Tous deux rejoignirent les mineurs au milieu desquels se trouvaient l'abbé Fulda et le docteur Hals.

— Mon Père, dit Agnès au prêtre, présentez-moi à ces pauvres gens, et dites-leur que, venue ici pour vivre de leur vie, je soulagerai leurs souffrances autant qu'il me sera possible.

— Commencez donc, Madame, dit le docteur en remettant dans les mains de la comtesse Alberti la lourde bourse de Lillia.

La jeune femme fit plusieurs parts de cette richesse inespérée, et les condamnés durent à la double offrande de l'innocence et du malheur un allégement à leurs maux. Ils ne pouvaient croire que cette douce créature fût destinée à vivre au milieu d'eux ; quand ils le comprirent, on eût dit qu'ils trouvaient dans la certitude de la voir sans cesse un soulagement à leurs douleurs. Elle leur adressa de ces paroles qui relèvent les âmes, si bas qu'elles soient tombées. Il semblait que le double apostolat du prêtre et du savant était complet, depuis qu'une femme s'y adjoignait.

A l'admiration que ressentaient ces hommes pour sa résolution héroïque, se mêlait une pitié profonde. On sentait en cela une victime sainte et volontaire.

Quand l'heure du travail fut revenue, l'abbé Fulda et Bethlen Hals quittèrent leurs amis en leur disant :

A demain !

Carlo et Agnès rejoignirent leur sombre galerie, le double bruit de la pioche de l'homme et de celle plus légère de la comtesse se confondit avec les bruits formidables de cette ruche souterraine.

2465

Je l'aime! dit Lillia. (*Voir page* 249.)

XXI
UNE EXPÉRIENCE

— Monsieur, dit le docteur, en appuyant son coude sur la table près de laquelle se tenait Melbourg, je tiens peut-être le fil conducteur destiné à me voir guider au milieu des difficultés que je rencontre... Je vous ai raconté que pour expérimenter sur un mort j'ai été obligé de me faire livrer un cadavre par le fossoyeur... Vous le comprenez, aujourd'hui mes recherches se doivent faire au grand jour. Or ce n'est plus un corps privé de mouvement qu'il me faut, mais un être vivant. Ce que j'ai pu pratiquer sur un cadavre, je prétends le réaliser sur un homme saturé de mercure, et que son état condamne fatalement à ne plus compter que quelques jours d'existence... Si je réussis dans cette tentative j'aurai rendu un assez grand service à l'humanité et à l'État pour avoir droit à la grâce de mon *sujet*... Cette grâce, promettez-la-moi d'avance.

Melbourg sourit faiblement.

— En vérité, dit-il, vous mettez une rare courtoisie dans vos procédés... Vous tenez ma volonté dans votre main, et vous me consultez...

— N'est-ce point assez naturel ?

— Ne me tenez-vous pas par Lillia qui, sans vos soins, eût été perdue !

— Oh ! fit le docteur, je vends mes consultations.

— Vous ferai-je grand plaisir en facilitant votre expérience ?

— Oui, je l'avoue.

— Eh bien ! je vais vous écrire un mot, et vous choisirez à l'usine celui des condamnés qui vous semblera le plus intéressant.

— Sa grâce est assurée ?

— Oui, j'expliquerai tout à l'Impératrice, et Sa Majesté ne me démentira pas.

— Je ne perdrai pas une heure, répondit Hals.

— A votre tour, je vous demande une autorisation.

— Laquelle ?

— Celle d'assister à votre expérience.

— Mon laboratoire est installé chez l'abbé Fulda.

— Et vous travaillez ?

— La nuit, répondit le docteur.

Hals, en quittant Melbourg, se dirigea vers l'usine. Le mouvement de son cœur l'eût porté à rendre la liberté et la vie à un malheureux amené depuis peu à Idria, mais l'expérience, pour être concluante, devrait être faite sur un homme complétement imprégné de mercure.

Bethlen entra dans les ateliers, et devant un assez grand nombre de travailleurs il expliqua ce qu'il souhaitait tenter.

— A quoi bon une grâce ? A quoi bon la vie? lui répondirent les
malheureux. Qu'avons-nous à attendre ? Nous sommes près de
la mort, laissez-nous mourir.

Un seul s'avança.

— Essayez, lui dit-il ; si vous me sauvez, je reverrai ma fille...
Hals serra la main du Travailleur de la mort, et ajouta :

— Vous m'appartenez à partir de cette heure, et je vous em-
mène chez moi. Je veux, avant de commencer, vous soumettre à
un régime qui rendra ma tentative plus réalisable.

Le mineur suivit le docteur qui installa le trembleur dans une
petite pièce aérée et donnant sur des jardins.

Avant d'essayer cette cure hypothétique, Bethlen Hals tenait à
mettre dans un calme complet l'esprit de son client. C'était un
pauvre vieil homme à qui le souffle manquait presque et dont la
vie se pouvait limiter à quelques semaines.

A partir de l'heure où Hals le considéra comme son sujet, tout
fut mis en œuvre pour faire oublier au malheureux un passé terrible, et pour rouvrir son âme à l'espérance.

La Gitane le servait avec une complaisance affectueuse. Il se
promenait avec elle et le mutilé dans le jardin rempli de fleurs. De
loin il apercevait la fumée de l'usine, et pensait qu'il ne rentrerait
jamais dans ces ateliers mortels.

Il était impossible à Hals de rencontrer un sujet plus propre que
Ritter pour l'expérience qu'il allait tenter.

Quand on pressait les chairs du malheureux, le mercure s'y
montrait en petits globules ; une plaque de cuivre placée dans sa
bouche en sortait argentée. Les phalanges de ses doigts ne
jouaient plus ; ses poignets raidis avaient perdu le mouvement ; la
rotule engorgée, soudée, refusait son service d'élasticité. Ritter
n'était plus un homme, mais un métalloïde vivant.

La veille du jour où Bethlen devait tenter son épreuve, il était
pâle, agité. Le problème dont il cherchait la solution l'effrayait.
Allait-il foudroyer une créature vivante ou en sauver des milliers?

L'abbé Fulda s'efforça de le rassurer.

— Vos intentions sont pures, lui dit-il, et votre science est
grande, confiez-vous en Dieu dont l'appui ne vous manquera pas.

Le lendemain, après que le trembleur se fut reposé dans un
bain rafraîchissant, Hals le conduisit dans la chambre basse qui
avait été le théâtre de ses expériences sur un cadavre.

L'abbé Fulda l'accompagnait, encourageant à la fois l'opérateur et le sujet, et faisait des vœux ardents pour le succès du médecin.

Un sang-froid complet, ce sang-froid indispensable aux grands chimistes comme aux grands chirurgiens, remplaça les inquiétudes de Hals, dès que l'heure fut venue de commencer son expérience.

Ritter cessa d'être pour lui un homme, il voulut ne plus le considérer que comme une solution contenant en dissolution un métal, le mercure, et des métalloïdes : c'est-à-dire toutes les parties de son corps.

Une armature d'étain avait été préparée, et Ritter fut introduit dans cette enveloppe.

Ensuite Hals, appliquant sur cette armature conductrice le pôle électro-négatif d'une pile, introduisit dans la bouche du mineur le pôle électro-positif, et établit un courant qui, d'après les probabilités et les expériences faites préalablement sur le cadavre, devait avoir pour résultat de séparer le métal des métalloïdes.

Quand il eut tout disposé de la sorte, l'angoisse de Hals recommença.

— Mon ami, dit-il à Fulda, le moyen dont j'espère un résultat est si audacieux qu'il semblerait un acte de folie à la plupart des savants. Un jour viendra où tout le monde connaîtra l'emploi de l'électricité. On dirait aujourd'hui que je dérobe la foudre et que je me livre à la magie. Cependant Athanase Kircher, cet homme universel dont les découvertes seront reprises plus tard, sans que personne avoue à quelle source il en a puisé la première idée, Athanase Kircher avait compris quels prodiges peut opérer l'électricité ; et je ne rougirai pas de lui rendre l'honneur d'une cure dont ses livres m'ont fourni les premiers éléments.

Ritter ne souffrait pas. Lui aussi attendait. Allait-il vivre ? Le mercure dont son corps se trouvait imprégné serait-il attiré forcément vers l'armature de métal dont le docteur l'avait environné ?

Il se demandait tout cela en songeant à sa femme qu'il avait quittée, à son enfant qu'il retrouverait grandie.

Au bout de deux heures, Hals dit à l'abbé Fulda :

— Non seulement le sort de cet homme, mais le sort de tous les condamnés d'Idria va se décider.

Avec des précautions infinies il écarta l'armature d'étain enveloppant le corps du Travailleur de la mort, et poussa un cri de joie en reconnaissant que tout le mercure dont Ritter était imprégné avait abandonné ses membres et s'était déposé sur l'armature de

métal. Au cri poussé par le docteur, le mineur répondit par un
regard plein d'angoisse.

— Vous vivez, lui dit-il, vous vivez !

Il montra à Ritter le mercure fixé sur l'étain, puis il recommença les expériences faites avant l'opération. Mais cette fois
quand on pressait les parties molles du corps de Ritter il ne s'en
échappait plus de mercure, et les rondelles de cuivre qu'on mettait dans sa bouche en sortaient complétement jaunes.

Ritter cessait d'être un bloc de métal pour redevenir un homme.
Cependant à la joie du malheureux succéda une crainte terrible :

— Etes-vous bien sûr que le directeur m'accorde ma grâce ?
demanda-t-il.

— Il me l'a juré !

Le Travailleur de la mort secoua la tête.

— Qui trahit son Dieu peut mentir à sa parole.

— J'ai un gage, répondit Hals.

— Lequel, Monsieur ?

— Lillia !

— Oui, vous avez raison ; il aime l'enfant.

— D'ailleurs, reprit le docteur Hals, vous saurez bientôt à quoi
vous en tenir à ce sujet car, si vous vous sentez assez fort pour
marcher, nous allons nous rendre chez Melbourg.

— Assez fort ! répondit le mineur, il me semble que j'irais à
pied jusqu'à Vienne !

— Je vous accompagnerai, dit l'abbé Fulda avec un sourire.
Lillia sera contente de me voir, et qui sait si depuis qu'il a redouté
de perdre sa fille, Melbourg ne se dit pas que le Seigneur a voulu
ramener à lui l'apostat en le frappant dans la partie la plus sensible de son cœur. Dieu ne nous révèle point comment il nous rapproche de ses autels, et, si misérable que soit Melbourg, le repentir
peut encore trouver place dans son âme.

En ce moment, le directeur d'Idria se trouvait dans le salon avec
sa fille. Lillia, souriante, était assise sur ses genoux. Ses cheveux
blonds se mêlaient aux rudes cheveux noirs de son père. Elle lui
parlait tout bas de sa voix douce et musicale, avec cette autorité
des enfants aimés dont les yeux disent : « je veux » et dont la
voix supplie. Melbourg secouait la tête, mais il ne se révoltait
pas. Et cependant ce qu'exigeait Lillia était bien grave ; elle demandait beaucoup ; elle demandait toujours, depuis qu'elle avait
compris que sa vie était une chose si frêle, qu'un violent chagrin la

pouvait briser. Elle se faisait une force de cette faiblesse. Elle devenait le tyran de cet homme qui avait fait trembler tant de malheureux. Elle avait des façons de lui dire : « Tu me fais de la peine », qui équivalaient à : « J'en pourrais mourir ». Melbourg se révoltait, mais l'enfant resserrait la chaîne de ses bras caressants, elle couvrait son front de baisers, et Melbourg ne refusait plus.

— Je veux deux choses, père, disait-elle en ce moment avec une insistance irrésistible : d'abord j'irai à l'église appuyée sur ton bras... Je suis si faible que, sans ce soutien, je tomberais en route...

— Xénie t'accompagnera...

— Xénie ne m'aime pas comme tu m'aimes; d'ailleurs, elle est petite, mince, délicate. S'il devenait nécessaire de m'emporter, elle ne le pourrait pas, tandis que toi tu me soulèverais dans tes bras...

— Je ne puis pas, Lillia, mes opinions...

— Tu crois en Dieu, père?

— Sans doute.

— Eh bien! Il s'agit d'aller dans la maison de Dieu.

— Où je verrai des images, où je verrai...

— Où tu verras la statue de la Vierge qui t'a rendu ta fille et le crucifix que Bethlen Hals a prié pour moi.

— Si je te cédais, on croirait...

— N'as-tu pas été baptisé à l'église Saint-Étienne à Vienne, père?

— Sans doute ; qu'en conclus-tu?

— Qu'il y avait dans cette cathédrale un crucifix et des statues saintes.

— Mais depuis...

— Où t'es-tu marié, père?

— Dans la même église.

— Et tu fus marié...

— Par un prêtre, Lillia... mais à quoi aboutissent ces questions?

— Le prêtre qui t'a marié ressemblait à l'abbé Fulda, et ce fut lui qui me baptisa une année plus tard... Je ne sais pas et je ne veux pas savoir ce qui s'est passé dans ton esprit... Je te rappelle seulement ceci : ta mère était catholique, ta femme, ma mère bien-aimée, est un ange... Ta fille professe la religion de sa mère, la tienne; pourquoi donc ne viendrais-tu pas avec moi remercier Dieu?

Melbourg hésita, puis il répondit avec la hâte des gens qui veulent se débarrasser de l'insistance de leurs contradicteurs :

— J'irai, j'irai, je te le promets.

— Bon! me voici rassurée sur un point.

— Est-ce que tu as encore quelque chose à me demander? reprit Melbourg.

— Certainement; une fille a toujours quelque chose à implorer d'un père qui l'aime.

— Et qu'elle tyrannise.

— Tu t'y feras.

— Et tu veux?

— Descendre dans la mine.

— Toi?

— Oui, moi... Pourquoi n'y descendrais-je pas? La comtesse Alberti vient de s'y enfermer avec son mari... Je veux voir cette femme que l'on dit belle et que je trouve héroïque. Et puis, vois-tu, un jour, bientôt, demain peut-être tu écriras à l'Impératrice Marie-Thérèse... Elle est femme, elle comprendra; elle signera la grâce du comte Carlo... D'ailleurs, moi, je ne le crois pas coupable...

— Voyez-vous cela! fit Melbourg, Mademoiselle Lillia va réviser les actes de la justice!

— Non, répondit l'enfant; seulement je ne pense pas que le comte ait tué le général...

— Mais, s'écria Melbourg, tu connais donc toute cette histoire!

— Je me la suis fait raconter par Xénie... J'étais bien malade quand la comtesse t'a demandé la faveur de descendre dans la mine... Qui sait si son arrivée ne m'a pas sauvé la vie...

— Tais-toi! fit Melbourg qui tressaillit à ce souvenir.

— Tu vois bien, nous lui devons quelque chose... D'ailleurs, Hals l'aime avec vénération... la jolie Gitane qui l'accompagnait mourrait plutôt que de s'en séparer... Ceux qui inspirent de semblables dévouements sont bénis de Dieu et respectés des hommes... Songe donc! moi, si j'étais morte...

— Toutes tes paroles sont cruelles, Lillia!

— Si j'étais morte, sauf toi qui peut-être serais mort aussi, pauvre papa... le valet de chambre et Xénie qui m'ont vue grandir, qui donc m'aurait regrettée?.. Les femmes des ouvriers, qui comptent tant de tombes de petits enfants dans le grand cimetière, auraient dit tout bas : pourquoi Dieu ne l'aurait-il pas arrachée des bras de son père, puisque les miens se sont glacés dans mes bras... Et les Travailleurs de la mort se seraient peut-être réjouis, eux dont la vie est si dure, de savoir que leur maître pleurait... Tu ne

veux donc pas que l'on m'aime? Tu veux donc que les voix des
malheureux me maudissent!.. Les voix des pauvres arrivent toujours à l'oreille de Dieu... Laisse-moi donc descendre dans la mine,
laisse-moi donc passer dans les corridors noirs, laissant après moi
l'espérance et l'aumône... Tu sais, je suis comme les fleurs qui ne
vivent qu'en se tournant vers le soleil, j'ai besoin de Dieu, j'ai
besoin de charité pour rester en ce monde.

— Mais si je cédais à ce désir insensé, à qui te confierais-je?

— Je pourrais te répondre que je me trouverais en sûreté près
de l'abbé Fulda et du docteur Hals, mais j'aime mieux être franche.
Je veux descendre avec toi dans le gouffre d'Idria.

— Avec moi! s'écria Melbourg plein de terreur.

— N'en es-tu pas le directeur?

— Sans doute.

— Il me semble même que c'est pour toi un devoir de visiter ces
lieux de douleur?

— Le contre-maître et les gardiens suffisent.

— Pour surveiller le travail, pour châtier, peut-être... Mais
pour écouter les réclamations, pour consoler les plus malheureux,
pour distribuer des secours et des grâces...

— Mais il s'agit de voleurs, d'assassins, Lillia, et jamais ta pitié
ne fut plus mal placée.

— Il y avait deux larrons à côté du Sauveur, répondit Lillia...

— Tu demandes trop dans un seul jour, ma fille... Je viens déjà
de te faire un sacrifice plus grand que tu ne sembles le croire;
n'exige pas davantage.

— Bon, fit Lillia, j'attendrai jusqu'à...

— Jusqu'à quand?

— Jusqu'à ce que je retombe malade.

— Ah! la cruelle et despotique créature! fit Melbourg en frappant du pied.

Ainsi, désormais, chaque fois que tu souhaiteras quelque chose,
si je te le refuse, tu me menaceras de mourir?

— Je ne te demanderai jamais rien d'impossible... Et puis j'aimerais mieux mourir que d'entendre encore des plaintes sur mon
passage, et de songer qu'on m'enveloppe dans la malédiction...

— Que l'on jette sur ton père, n'est-ce pas, Lillia... Achève,
achève donc! accable-moi, insulte-moi comme les misérables pour
qui jamais je ne me suis montré assez sévère, puisqu'ils apprennent
à mon enfant...

— Je t'aime! dit Lillia en se jetant dans les bras de Melbourg.

En ce moment le valet parut :

— Monsieur le directeur veut-il recevoir le docteur Hals, Monsieur Fulda et le mineur Ritter?

— Oui, oui, dit Lillia en se dégageant des bras de Melbourg, pour s'élancer vers la porte du salon.

Le docteur parut le premier.

Il s'effaça cependant pour laisser passer l'abbé Fulda qui, après avoir salué Melbourg d'une voix affectueuse, ajouta :

— Je bénis Dieu de vous savoir guérie, mon enfant.

Hals présenta le Travailleur de la mort au directeur d'Idria.

— Je vous ai parlé d'une curieuse expérience, Monsieur, lui dit-il; elle a réussi d'une façon complète : Ritter vivra désormais, et je compte le guérir du tremblement qui agite ses membres, comme je les ai débarrassés du mercure qui les saturait. Je vous l'amène, d'abord pour que vous puissiez vous convaincre de la vérité de ce que j'avance, ensuite afin que vous teniez votre promesse.

— La demande en grâce? dit Lillia.

— Oui, mon enfant.

Lillia courut prendre la plume, prépara du papier et dit à son père :

— Écris.

Celui-ci haussa les épaules, puis il traça quelques lignes.

Il passa ensuite la lettre au docteur.

— Quand expédierez-vous le message?

— Par la première occasion.

Hals tira dix ducats de sa poche.

— Voici pour le courrier, dit-il.

— Désormais, fit Melbourg, je considère cet homme comme libre, et je vous autorise à le garder dans votre demeure si vous y consentez.

— Merci, Monsieur, dit Ritter; puis, avec l'instinct du père, il ajouta :

— Que Dieu bénisse votre enfant!

Les visiteurs passèrent avec Melbourg dans le jardin, rempli de roses. L'abbé Fulda semblait prendre à tâche de faire oublier au directeur d'Idria l'autorité de son ministère. Il comprenait que pour racheter cette âme, ce serait assez de l'entremise de l'enfant.

Quand il se retira, le docteur Hals tendit la main à Melbourg.

Celui-ci sentit une vive rougeur monter à ses joues. Quelques jours auparavant le docteur avait retiré sa main que cherchait timidement Melbourg.

Mais lui savait-il donc si grand gré d'avoir obtenu la permission de sauver la vie des misérables condamnés?

Tout le reste du jour il demeura absorbé dans ses pensées. Lillia ne paraissait point chercher à l'en distraire ; mais de temps en temps elle lui jetait ses bras autour du cou, l'embrassait à pleines lèvres, puis elle s'enfuyait laissant après elle ce parfum d'amour qui rafraîchit les âmes.

Trois cavaliers galopaient sur la route d'Idria. Tous trois, montés sur des chevaux de prix, couraient avec une rapidité égale.

Quand l'un des cavaliers changeait de chevaux à la porte d'un village, les deux autres le suivaient de près. Leur voyage endiablé ressemblait tellement à une poursuite qu'il eût pu venir dans l'esprit de ceux qui les voyaient passer que le premier ne pouvait être qu'un malfaiteur dont la police cherchait à se saisir.

Mais comme, tour à tour, chacun des cavaliers dépassait l'autre, il devenait impossible de s'arrêter à cette pensée. Du reste, il faut le reconnaître, le visage d'aucun d'eux ne paraissait suspect.

Le plus jeune pouvait avoir vingt ans. C'était un beau jeune homme blond, à la moustache naissante, accoutumé sans nul doute à monter dans les carrosses du roi, et qui faisait à cheval une longue traite afin d'arriver plus vite au terme de son voyage. La joie rayonnait sur son visage. Il dévorait l'espace. Son habileté d'écuyer pouvait être égalée, mais non surpassée. Il remarqua les cavaliers courant comme lui sur la route, mais il semblait trop pressé d'arriver pour éprouver le désir d'entamer un entretien. Une fois, cependant, il lui sembla reconnaître le visage d'un des voyageurs, mais il ne prit pas le temps de s'assurer de son identité et continua à dévorer l'espace.

Le second cavalier faisait partie des Trabans de l'Impératrice.

Son visage avait la passivité du soldat qui remplit un devoir. Sa consigne était de galoper, il galopait. Peut-être l'obligation de garder le silence faisait-elle aussi partie de cette consigne, car pas plus que le cavalier blond il ne tenta de se lier avec le compagnon qui le suivait ou le précédait de quelques minutes à chaque relai.

Enfin le troisième, vêtu d'un froc dont le capuce couvrait entièrement sa tête, se tenait à cheval non pas avec l'attitude craintive d'un moine peu accoutumé aux exercices équestres, mais avec la solidité d'un cavalier consommé. Sa robe brune, retroussée sur la croupe du cheval, laissait voir des jambes nerveuses. Mais il avait les pieds nus dans des sandales de bois.

Chacun des maîtres de poste qui procuraient des chevaux aux cavaliers avait été frappé de l'expression d'austère douleur répandue sur le visage du moine.

Ses yeux étaient caves, ses joues pâles. Quelque chose d'ardent et de comprimé tout à la fois brillait sur sa physionomie.

Pas un des cavaliers n'entra dans une auberge pendant le voyage. Chacun d'eux se faisait apporter un repas sommaire de viande froide, de pain et de fromage, buvait un verre de vin et repartait. Ils ne dormaient pas la nuit. Ils couraient, couraient sans trêve.

Lorsque, pour la première fois, les maisons d'Idria leur apparurent à travers les arbres, ils s'arrêtèrent une seconde, comme si leur cœur battait trop fort; puis le moine talonna son cheval, l'excita de la voix et s'élança dans la direction du village.

Le cavalier blond le suivit, et derrière le jeune homme galopa le Traban de l'Impératrice.

Une auberge se trouvant sur leur passage, tous trois mirent pied à terre avec un égal empressement.

Une jeune fille vint au devant d'eux.

— Que souhaitez-vous, Messieurs? demanda-t-elle avec un sourire.

— Une chambre, répondit le jeune homme blond.

— Un souper dans une heure, ajouta le Traban.

Le moine secoua la tête et répondit :

— Une adresse.

— Je mettrai des draps dans la plus belle chambre de mon auberge, mon jeune seigneur; votre souper sera prêt dans une heure, mon bel officier; quant à vous, mon Père, je reste à votre service.

— Je me rends à la mine d'Idria, répondit le moine.

— Moi aussi, fit le Traban.

— Moi aussi, ajouta le jeune gentilhomme.

Le moine les regarda tous deux, puis il poussa un soupir et retint la question qui lui montait aux lèvres.

— Vous permettez, mon Père, que nous fassions route ensemble? demanda le cavalier blond.

— De grand cœur, Monsieur.

La fille de l'hôtelier, heureuse et fière de se montrer en si noble et si digne compagnie, abandonna le soin de ses fourneaux à un marmiton et marcha en avant des trois voyageurs.

Ceux-ci, surpris de voir que leur course avait un but unique, soupçonnèrent qu'il tendait au même résultat ; mais le plus grand secret leur était imposé et ils suivirent leur guide en silence.

Au moment où l'hôtelière se trouva près de l'orifice du puits donnant aussi dans la mine, elle s'adressa au moine avec déférence :

— Mon Père, dit-elle, vous m'avez priée de vous amener à la mine, et vous êtes arrivé ; je suppose que vous possédez, ainsi que vos compagnons, l'autorisation d'y pénétrer ?

— Ordre de la douairière de Haag, dit le gentilhomme blond.

— Ordre de sa majesté Marie-Thérèse, ajouta le Traban.

— Ordre du Supérieur de mon Ordre ! fit le moine.

Les regards des trois hommes se croisèrent, une pensée jaillit de leur cerveau, un même nom expira sur leurs lèvres.

Au même moment le docteur Hals et l'abbé Fulda apparurent. Ils venaient de faire aux condamnés leur visite quotidienne.

Le jeune homme blond s'élança vers le docteur.

Le moine se dirigea vers le prêtre.

— Vous ici, Monsieur ! s'écria Bethlen Hals ; je vous reconnais... vous êtes le baron de Stélitz, neveu de la douairière Gutta de Haag.

— Oui, docteur, je veux voir Carlo Alberti.

— Je souhaite également visiter le comte Alberti, ajouta le Traban de l'Impératrice.

— Je vous en supplie, reprit le moine, conduisez-moi près du mari d'Agnès de Haag.

Le cœur du docteur et de l'abbé Fulda battaient à se rompre.

Tout à coup Bethlen Hals, quittant le neveu de la comtesse de Haag, fit deux pas vers le moine.

Il fixa sur lui des regards ardents, scrutateurs ; puis, en dépit de son costume et du caractère altéré de sa physionomie, il s'écria :

— Je ne me trompe pas, je ne puis pas me tromper : vous êtes...

— Je suis un homme qui se repent, répondit le moine avec une humilité profonde.

Son geste acheva de demander silence au docteur. Hals n'ajouta rien et, devinant que ces trois hommes étaient des messagers de salut, il commença à descendre les degrés de l'échelle.

Le Traban, le moine et le gentilhomme le suivirent.

L'abbé Fulda fermait la marche.

Melbourg et Lillia vinrent faire leurs adieux à la comtesse Alberti. (*Voir page* 264.)

XXII

UN REVENANT

Tandis que cette scène avait lieu au bord du gouffre, un événement grave se passait dans la mine d'Idria.

Lillia, la chère et despotique enfant, n'avait point abandonné son projet de descendre dans les galeries souterraines.

Son obstination se mêla de prières si douces, de caresses si tendres, que Melbourg, dans la crainte qu'une vive contrariété fît retomber son enfant dans un de ces accès qui pouvaient aisément devenir mortels, céda à ce qu'il regardait comme un caprice.

Mais Lillia dissimulait un but profond sous l'apparence d'une fantaisie.

Elle avait résolu de ramener à la religion et à l'humanité le père qui s'était séparé de la cause divine par l'apostasie, de l'humanité par une cruauté persistante.

Du moment où Melbourg permit à Lillia de descendre dans le gouffre d'Idria et promit de l'y accompagner, la joie de l'enfant fut telle que le père ne garda point le courage de regretter sa condescendance.

Lillia choisit pour pénétrer dans la mine l'heure du repos des condamnés. Sans aucun effroi, elle descendit les degrés aboutissant aux galeries, et quand elle se trouva enfin dans ces longues avenues noires, réseau terrible s'enfonçant sous les voûtes pierreuses ; quand elle se vit si petite et si frêle dans ce dédale sombre au fond duquel s'agitaient des êtres dont chaque heure de vie était comptée, Lillia éclata en sanglots :

— Oh ! père ! père ! fit-elle, comme ces hommes sont malheureux !

— Ce sont des coupables, Lillia.

— Nous sommes tous coupables devant Dieu, père, et cependant le Seigneur nous traite avec miséricorde et patience.

Elle essuya ses yeux, et s'apercevant que les mineurs, qui venaient de reconnaître son père, se rangeaient avec crainte le long des murs de la mine :

— Oh ! père ! père ! reprit-elle, parlez-leur, dites-leur que leur sort s'adoucira, que vous allez vous occuper de faire répandre des grâces sur les plus soumis, et que le docteur Hals se charge de les guérir... Dites-leur toutes ces choses, père, et vous deviendrez éloquent autant que vous êtes bon...

— Lillia, l'Impératrice seule accorde des grâces...

— Vous pouvez les implorer.

Peu à peu des groupes de mineurs se rapprochèrent de Melbourg.

Si les regards se baissaient devant le visage sombre du directeur, la vue de sa fille ramenait en eux l'espérance.

Il n'était pas possible qu'une enfant si belle, et d'aspect si angélique ne vînt pas par réveiller dans leur cœur l'espérance endormie.

Lillia comprit qu'elle devait oser ce que refusait de faire Melbourg avec une sorte de timidité farouche.

— Mes amis, leur dit Lillia, j'allais mourir il y a quelques jours, quand le bon Dieu m'a fait comprendre que ma santé, ma vie dépendaient de vos prières... Je viens vous les demander... En échange, vous me confierez vos peines, vous me remettrez vos suppliques, je les déposerai dans les mains de mon père...

Elle s'avança souriante. Elle tendit ses doigts blancs vers ces mains calleuses ; elle leva vers ces visages flétris ses yeux rayonnants de charité. Et ces souffrants se sentirent consolés.

Avec Lillia on eût dit que la lumière pénétrait sous ces voûtes noires.

La voix d'ange parlait de miséricorde. Elle engageait Melbourg par ses propres promesses ; mais celui-ci ne semblait ni s'en effrayer, ni s'en affliger : il regardait Lillia semblable à un ange descendu dans les enfers, et des choses oubliées revenaient à fleur de son âme.

Lentement Lillia parcourut les galeries, suivie par le flot grossissant des mineurs. Elle avait sa cour de misérables, de malheureux ; elle marchait comme une jeune reine dans le sombre empire que Melbourg venait de lui céder.

Enfin elle gagna un trou noir s'enfonçant dans une nouvelle galerie.

Des voix s'entendaient dans ces ténèbres, et ces deux accents différaient d'une façon si complète des voix rudes et sourdes des Travailleurs de la Mort, que Lillia devina quels infortunés s'étaient assis dans cette galerie à peine commencée :

— Père, père, dit-elle, la comtesse Alberti est là, je n'en doute pas..; laissez-moi aller seule près d'elle... les enfants et les femmes se comprennent tout de suite... Pendant ce temps, vous consolerez ceux dont j'adopte les misères...

Melbourg la laissa se diriger seule vers le fond de l'excavation.

La jeune fille portait une toilette d'un bleu très pâle et ses cheveux blonds se répandaient en ondes sur son dos. Son pas était léger comme celui d'une ombre, et ni le comte ni la comtesse ne l'entendirent arriver près d'eux.

Elle s'arrêta à quelques pas, les regardant avec cette pitié tendre qui fait monter les larmes aux paupières.

Puis lentement, en joignant ses petites mains comme si elle

voulait demander grâce pour quelqu'un, elle s'approcha plus près.

Carlo et sa femme venaient de jeter sur le sol la pioche et la pelle qui leur servaient à attaquer la masse rocheuse, puis à former avec les pierres des monceaux de minerai que venaient chercher les brouetteurs.

Assis sur les blocs brunâtres, la main dans la main, ils se regardaient à la clarté faible de la lampe accrochée aux parois de la mine.

— Agnès, disait Carlo avec une expression de tendresse alarmée, tu deviens pâle, les lèvres ont perdu leur fraîcheur éclatante... tes mains tremblent, ma chérie, elles tremblent déjà !

— La pioche est lourde, la pierre est dure, mon poignet est faible.

— Ce n'est pas cela ! non, Agnès. Si tu pâlis, c'est que l'air de la mine est mortel pour les poitrines ; si tu trembles, c'est que le mercure pénètre déjà ta chair... Oh ! je suis un égoïste, Agnès ! En présence de ton dévouement, je n'ai pas eu la force de le repousser... Te chasser de la nuit au sein de laquelle je me débats m'a paru impossible... J'avais une telle soif de te voir ! Il me semblait que vivre près de toi quelques jours suffirait pour me rendre l'énergie... Et puis j'avais confiance dans le régime de Bethlen Hals... Hélas ! c'est un savant, ce n'est pas un Dieu. Il nous soulage, il ne saurait nous guérir ! Mais je connais mon devoir maintenant, Agnès... Je puis tout supporter hors le spectacle de ta douleur, et tu mourrais si tu restais dans le gouffre d'Idria... Je t'ai revue, j'ai pu sonder la profondeur de ton amour, j'ai vu tout ce que peut l'héroïsme d'une femme, d'une chrétienne, si j'acceptais que tu restasses un jour de plus dans ces galeries souterraines, je serais responsable de ta mort... J'y ai songé durant de longues heures, et ma résolution est immuable : Il faut quitter Idria.

— Ensemble ou jamais ! répondit Agnès.

— Tu veux donc mourir ?

— Avec toi ! J'y consens.

— Mais je ne le veux pas, moi ! Tu partiras, Agnès ; il le faut, je le veux... Tu partiras après avoir légué au monde l'exemple d'un des dévouements les plus héroïques dont puisse s'enorgueillir l'humanité... Mais, crois-le, cette mine si sombre ne sera plus la même à mes yeux... Toujours j'y reverrai ta chère image... Ta présence a transformé cet enfer... Ton ombre s'y promènera sans cesse, et les yeux de mon cœur te retrouveront sans fin à cette même place... Pars ! tu regagneras Vienne ; et ne crois pas que tu m'y seras inutile... Je te laisserai libre de chercher si tu trouves le secret de la terrible énigme qui pèse sur ma vie... Tu te rendras à Notre-Dame de Zell ; tu lui demanderas que la lumière se fasse sur ma cause... Tu ne supplieras point l'Impératrice pour qu'elle t'accorde ma grâce, car j'aimerais mieux mourir dans ce souterrain que de revoir le soleil si mon innocence n'était point proclamée.

— Non! dit Agnès, je ne te quitterai pas... Moi partie, qui donc t'aimerait?

— L'abbé Fulda, Hals.

— Moi aussi, Madame, moi, si vous le permettez, dit Lillia en saisissant dans ses petites mains les doigts de la comtesse Alberti... D'ailleurs, si vous le voulez, le comte Carlo — vous voyez que je sais son nom — ne restera pas dans les souterrains. Je supplierai mon père de l'occuper dans les bureaux de l'usine.

— Qui êtes-vous donc? demanda doucement Agnès.

— Lillia Melbourg, répondit l'enfant.

Le comte ne put réprimer un mouvement de répulsion. Lillia le devina, et reprit d'une voix plus basse :

— Monsieur le comte, mon père est aujourd'hui dans la mine.

— Ah! fit sèchement Alberti, les coups de bâton vont pleuvoir.

— Non, non, répliqua l'enfant frémissante; il vient pour entendre les plaintes des malheureux, pour les consoler...

— Alors, dit le comte, c'est vous qui l'avez amené.

— Oh! dit-elle, mon père est bon, vous ne le savez pas... On le croit dur, mais moi j'en fais tout ce que je veux... Il est descendu ici les mains remplies d'or, le cœur débordant de compassion... Moi, je suis une enfant, je ne saurais pas vous consoler sans doute, mais l'abbé Fulda m'a vue naître, le docteur Hals m'a sauvé la vie, vous voyez bien que je dois être de vos amis.

— Oui, répondit Agnès, que touchait l'humble douceur de la jeune fille, oui, vous devez être du côté de ceux qui souffrent; votre regard peint la pitié, et votre voix va au cœur; je vous crois, Lillia, mais si jeune que vous soyez, vous devez le comprendre, les cœurs fiers ne demandent pas de grâce, les innocents ne trouvent leur salut qu'en Dieu... Embrassez-moi cependant, vous qui venez nous montrer votre cher visage dans ce gouffre noir.

Lillia se jeta dans les bras d'Agnès.

— Carlo, dit celle-ci, la présence de cette enfant nous portera bonheur. Quand les anges paraissent, ils laissent la lumière après eux...

— Par ici! par ici! crièrent en ce moment plusieurs voix parmi lesquelles Carlo reconnut l'accent élevé du docteur Hals.

Un moment après, il se fit à quelque distance un grand mouvement de lumière. On eût dit qu'on enlevait aux murs les lanternes qui les éclairaient et qu'une troupe de mineurs, les tenant à la main, se dirigeait du même côté.

Lillia fit deux pas en avant :

— Mon père, dit-elle, c'est mon père.

Elle ajouta :

— Le docteur Hals, l'abbé Fulda, puis un officier de Trabans, un moine...

— Mon Dieu! s'écria Carlo, encore des visiteurs !

Chaque fois que des étrangers descendaient dans la mine, c'était pour lui une nouvelle épreuve. On ne pouvait manquer de le désigner à la curiosité. Lui, un grand seigneur! lui que l'on avait saisi avec la bande de Gaspard Orsol, et qui peut-être était leur complice. Aussi, Carlo demandait-il au ciel de nouvelles forces afin de supporter l'humiliation qu'il devait subir.

Cette fois l'épreuve annonçait des proportions plus grandes.

La pauvre Lillia, dans la simplicité et la bonté de son âme, croyait que Melbourg descendait dans la mine afin de consoler les Travailleurs de la Mort.

Mais Melbourg souhaitait montrer seulement son noir royaume à des étrangers de distinction, et, pour leur faire honneur, les prisonniers suspendaient leurs travaux, et apportaient dans une seule partie de la mine les lampes qui permettaient de mieux voir.

— Par ici! par ici! répéta Melbourg.

Sous la lumière des lampes, Carlo vit s'avancer Melbourg grave et froid, puis l'abbé Fulda, enfin le docteur Hals. Ceux-ci se rangèrent sur la gauche, tandis que le moine, le Traban et le jeune cavalier marchaient droit au groupe des prisonniers.

Quand il se trouva tout près d'eux, le moine tomba sur les genoux, rejeta en arrière le capuchon de son froc, puis tendant les bras en avant, il répéta d'une voix rauque de sanglots :

— Pardonnez-moi! pardonnez-moi !

Carlo Alberti se pencha en avant et, la pâle tête du moine se montrant en pleine lumière sous la clarté des lanternes des mineurs, il reconnut celui qui pleurait à ses pieds.

— Ryswick! s'écria-t-il, Ryswick !

— Oui, répondit le moine, l'auteur de tous vos chagrins, Ryswick qui vous demande grâce au nom du Sauveur.

— Ryswick sous cet habit! Ryswick avec de semblables paroles
sur les lèvres...

— Écoutez-moi, reprit l'ancien général, vous comprendrez en
quelques mots les voies admirables de la miséricorde divine... Je
parlerai à genoux, comme un pénitent... C'est seulement quand
vous m'aurez pardonné que j'obtiendrai de mon Supérieur la permission de prononcer des vœux perpétuels... Votre rancune me
repousserait à jamais du cloître dans lequel je souhaite passer le
reste de ma vie... Je désire que tous entendent ici l'expression de
mon repentir... Ma jeunesse, livrée à tous les désordres, ne me laissa
bientôt plus le respect de Dieu ni celui de moi-même... Je ne reconnaissais alors d'autres lois que celles de mes passions... Tout ce qui
mettait obstacle à leur satisfaction devenait pour moi un objet de
haine... Je me livrais à la fois au jeu et à la débauche, j'y trouvai
la ruine et la satiété... Ce fut alors, Madame, que je vous rencon-
trai... Votre beauté me charma, je souhaitai vous avoir pour
femme ; mes vices me firent hautement refuser par votre famille...
De ce jour, je devins votre ennemi mortel, et plus encore celui de
l'homme qui fut assez heureux pour devenir votre époux... Ma
haine ne le quitta pas un jour, pas une heure, je voulais sa vie, et
un jour le trouvant seul, non loin du bois de Hardig, sur la passerelle du torrent, je l'obligeai, non point à se battre, mais à défendre sa vie... Je crus que ma haine allait enfin trouver son assouvis-
sement ; je venais de l'atteindre à l'épaule, et j'allais le frapper
encore quand, ma rage me faisant perdre le sentiment de ma
sûreté, je me lançai sur le comte Alberti de telle sorte que je m'en-
ferrai... Je tombai... Ce qui se passa durant de longues heures,
je l'ignore... Quand je retrouvai le sentiment j'étais couché dans
une chambre étroite et pauvre ; au-dessus de ma couche un crucifix étendait les bras. Un moine, debout dans l'embrasure de la
fenêtre, dosait des remèdes, un jeune novice préparait des bandages, tandis qu'un vieillard priait à mon chevet. J'essayai de me
soulever, je voulais m'informer : — Silence ! me dit le plus vieux
des moines, pas un geste, pas une parole, ou je ne réponds plus de
votre vie... Je retombai dans un engourdissement que ne tarda pas
à suivre une fièvre violente. Les hommes et les choses se mouvaient
et se passaient dans une sorte de demi-jour. La perception absolue
des sensations ne me revenait pas encore. Je ne pouvais m'expliquer ma présence dans une cellule, au milieu de ces religieux...
Miséricorde du ciel! quand je le compris, la grâce m'avait touché

et déjà mon seul désir était de réparer le passé et de vouer mes jours à la pénitence... Je confessai mes fautes, mes haines, mes crimes; un prêtre me pardonna au nom du Sauveur, et pour la première fois de ma vie je sus ce que c'est que l'allégresse de l'âme. On me raconta comment des cavaliers, traversant la campagne, m'avaient trouvé sur le bord de la route baignant dans mon sang. Ils m'avaient relevé, couché sur la paille et amené dans le monastère. Deux mois après j'avais retrouvé mes forces. Il m'eût été possible de retourner à Vienne, de reprendre ma place à l'armée, mon rang dans le monde; mais je n'en éprouvais plus le désir. Toute ambition mourut en moi du jour où je compris le néant des choses de ce monde. La paix du cloître me gardait et m'envahissait irrésistiblement. Je m'enveloppais de cette sensation de paix profonde, de paix de Dieu, qui est la réalisation de la félicité terrestre en attendant l'extase du ciel. Les moines ne s'informèrent jamais de l'époque de mon départ. De même que je m'étais attaché à eux, ils s'étaient attachés à moi. Le Supérieur devinait ma secrète pensée, mais il se garda de me le laisser voir. Dieu, qui m'avait relevé de l'abjection de mes fautes, devait achever son œuvre sans intervention humaine. Enfin, un soir, j'étais depuis six mois dans le couvent, lorsque je peignis au Supérieur mon vif désir d'y prononcer des vœux perpétuels.

— Mon Père, ajoutai-je, depuis le jour où je suis entré dans votre sainte maison, je n'ai qu'un souhait, celui de n'en jamais sortir... Soyez assez indulgent pour me garder ici en qualité de serviteur de vos frères... et me faire la grâce de compter comme des mois de noviciat le temps que je viens de passer parmi vous...

— Je vous répondrai ce soir, mon fils, me dit le religieux.

Après l'office il me manda dans sa cellule.

— Tout ce qui s'est passé, me dit-il, me semble providentiel; je croirais commettre une faute si je m'opposais à ce que je considère comme une manifestation de la miséricorde de Dieu... Vous resterez ici, puisque telle est votre volonté... Cependant, je me souviens de vous avoir entendu regretter amèrement des dilapidations ayant pu compromettre les intérêts d'autrui... Vous vous repentez, il vous reste à réparer, et je ne vous admettrai au nombre de mes frères que le jour où vous me direz :

— J'ai réglé mes comptes avec les hommes.

— J'obéirai, mon Père, répondis-je.

— Maintenant, ajouta le Supérieur, apprenez-moi votre nom,

pour que je l'inscrive sur ce registre, livre d'or de ma communauté.

— André Ryswick, répondis-je.

— Vous êtes le général Ryswick?

— Oui, mon Père.

— Ah! malheureux! malheureux! s'écria-t-il, vous ne savez pas encore quels malheurs ont enfantés vos fautes.

Alors il me raconta brièvement ce qu'il tenait d'un voyageur relativement à ce qui vous concernait :

— La comtesse Alberti n'a dû qu'à la bonté de l'Archiduchesse Marie-Antoinette de ne pas être veuve... L'homme que vous avez insulté, provoqué, accusé de vous avoir assassiné et d'avoir fait disparaître votre cadavre, travaille aux mines d'Idria... Jusqu'à ce que vous l'ayez arraché à cet enfer et jusqu'à ce qu'il vous ait pardonné, je ne vous admettrai point à prononcer de vœux... Proclamez son innocence, faites-lui rendre la liberté et de nouveau ces portes se rouvriront devant vous... Tout ce que je puis faire, c'est de vous remettre une lettre pour Sa Majesté Marie-Thérèse, et de vous autoriser à conserver cette robe de pénitent...

Je me courbai devant le Supérieur, je baignai le sol de mes larmes, et je partis le soir même. J'obtins une audience de l'Impératrice, je lui racontai le drame de la passerelle, je la suppliai de vous rendre justice, j'implorai d'elle mon propre pardon.

— Puisque vous avez résolu de vivre dans la pénitence, Ryswick, me dit-elle, je ne puis plus rien contre vous; partez pour Idria... Des ordres seront donnés pour que vous trouviez des chevaux à chaque relai... Je partis, et vous me voyez à vos pieds... Je suis à votre merci, comte, après vous avoir gravement offensé je vous ai condamné à d'indicibles tortures... Je suis un misérable, mais toute ma vie sera employée à expier...

— Relevez-vous, dit Carlo, en tendant la main à Ryswick, qui donc oserait condamner lorsque Dieu pardonne?

Le moine baisa la main de Carlo Alberti.

Alors le jeune gentilhomme s'avança.

— Je suis votre cousin Stélitz, Agnès de Haag, dit-il. A peine le général Ryswick venait-il de quitter l'Impératrice que celle-ci, apprenant mes liens de parenté avec vous, m'ordonna de partir pour le manoir de Haag et d'y prendre les lettres et les ordres de la douairière Gutta... Je ne connaissais point la noble aveugle, nos familles habitaient des provinces éloignées mais je savais ses malheurs et je la vénérais comme une sainte... Je lui transmis les consolantes paroles de l'auguste Marie-Thérèse, et je repris la route d'Idria sur laquelle je ne tardai point à rejoindre celui qui vient de vous raconter sa terrible histoire... Voici la lettre de votre mère, ma cousine... Comte Alberti, laissez-moi vous serrer la main.

L'officier de Trabans s'avança.

Voici le message de ma souveraine, dit-il. Comme Ryswick, comme le baron de Stélitz, j'avais reçu l'ordre de crever les chevaux et de brûler la route.

Le Traban tendit une lettre scellée au directeur d'Idria.

— Monsieur le comte, dit celui-ci après avoir lu, vous êtes libre, votre innocence est solennellement reconnue, et vous trouverez à Vienne un tel accueil qu'il vous fera oublier tous vos malheurs.

Lillia se jeta dans les bras d'Agnès.

— Je vous disais bien, Madame, que Dieu vous sauverait!

Carlo attira sa femme sur sa poitrine, et tendit la main à Ryswick.

Un cri s'éleva de toutes les bouches; les mineurs applaudissaient à un acte de justice et se réjouissaient de voir rendre à la liberté celui que tant d'infortunes imméritées avaient assailli.

Bethlen Hals, l'abbé Fulda, Ryswick, l'officier de Trabans entouraient Carlo et Agnès. Celle-ci pleurait, la tête penchée sur l'épaule de son mari. Enfin le comte triompha de l'émotion violente qui l'avait saisi, et il adressa de touchants adieux à ses compagnons de misère.

Les outils du comte Carlo furent accrochés à l'une des parois de la mine. Après avoir promis aux infortunés de s'occuper près de l'Impératrice de l'amélioration de leur sort, Carlo et sa femme se dirigèrent vers les échelles qui, du fond du gouffre, devaient les ramener à la clarté du ciel. Quand ils parvinrent au sommet, il leur sembla que pour la première fois ils contemplaient les magnificences de la création. Pressés l'un contre l'autre, l'âme débordante de joie, ils s'abandonnèrent à cette muette allégresse que les mots sont impuissants à traduire.

Melbourg, qui venait de surprendre un regard suppliant de sa fille, invita courtoisement Carlo, sa femme, les trois messagers de salut, l'abbé Fulda et le docteur Hals à souper chez lui. Mais le comte Alberti déclina son invitation.

— J'ai accepté le dîner de l'apôtre d'Idria, répondit-il.

Ryswick, le Traban et le baron Stélitz imitèrent le comte Alberti; mais Agnès, qui devinait ce qui se passait dans le cœur de Lillia, dit à Melbourg :

— Laissez-moi l'emmener, nous vous la ramènerons.

Un quart d'heure après, Carlo, sa femme et ses amis entraient dans le jardin du presbytère.

La Gitane s'y trouvait en ce moment.

Assise sous un arbre à côté du mutilé, elle lisait à voix haute dans le livre de l'*Imitation*. L'homme criminel et la fille ignorante y trouvaient tous deux l'apaisement de leur cœur. Ils étaient bien changés depuis que l'homme de science avait gardé la tête et la poitrine à l'un, et que le prêtre les avait instruits tous deux.

L'œuvre commencée par Alberti dans les souterrains et les grottes servant de refuge à la bande Orsol s'achevait dans la maison de l'abbé Fulda. Celui-ci savait bien que l'heure sonnerait où ces deux cœurs achéveraient de se purifier dans la foi.

Au bruit que fit la porte, la Gitane tourna la tête. Le livre s'échappa de ses mains, elle poussa un cri en reconnaissant le comte Carlo.

Le mutilé devint très pâle, et il agita faiblement ses mains articulées.

D'un bond, Zinga rejoignit Alberti et sa femme :

— Libres ! fit-elle, vous êtes libres ! c'est donc vrai ce qu'affirme l'abbé Fulda, le bon Dieu fait des miracles !

— Le dévouement accomplit bien des prodiges, répondit Agnès en serrant les mains de la bohémienne.

Elle ajouta en se tournant vers Carlo :

— Je te dois certainement la vie, Zinga, et j'espère que cette fois tu me suivras pour ne jamais me quitter.

— Madame, répondit la Gitane, en jetant un long regard sur Alberti, je vous remercie, je vous remercie et je refuse... Vous m'avez appris que le dévouement porte des fruits de joie, je ne quitterai pas Gaspard Orsol ; Monsieur l'abbé nous mariera le mois prochain et je resterai à Idria où tant de malheureux ont besoin de secours et de consolations.

Agnès ne voulut point en ce moment essayer de combattre la volonté de la Zingarelle, elle rentra dans la maison de l'abbé Fulda et gagna sa chambre où la Gitane vint la rejoindre.

— Cette fois, dit la Bohème, la toilette qu'avait choisie le docteur va vous servir, Madame. Il n'y a plus ici de femme de mineur, mais une grande dame de Vienne dont je serai la camériste

Agnès laissa la Gitane accommoder sa coiffure, et lui passer l'habit choisi par le savant.

Une fleur placée à son corsage termina sa parure, et elle descendait le visage éclatant, l'œil radieux de jeunesse et de joie.

Toute trace de chagrin avait disparu; il lui semblait qu'elle sortait d'un mauvais rêve. Le repas fut animé; cependant la plupart de ceux qui y assistaient avaient trop souffert pour ne pas conserver au fond du cœur la gravité qui suit les dures épreuves.

Vers la fin de la soirée, l'abbé Fulda se leva :

— Vous allez me quitter, leur dit-il, vous à qui je dus des consolations dans mon ministère et une affection dont je ne pourrais vous exprimer la puissance... Soyez heureux, mais ne m'oubliez pas... Souvenez-vous tous, à Vienne, des mineurs dont vous connaissez les tortures... Continuez là-bas, docteur, des expériences qui auront un jour pour résultat de sauver la vie à des milliers de malheureux... Et puis, de temps en temps, écrivez au pauvre prêtre qui eut le temps de vous apprécier, de vous chérir.

La voix de l'apôtre d'Idria faiblit; il baissa la tête, et des larmes coulèrent sur sa joue.

— Allez maintenant reposer dans la paix du Seigneur, dit-il, demain nous nous dirons adieu.

Le lendemain, Melbourg et Lillia vinrent faire leurs adieux à la comtesse Alberti, la Gitane baisait pour la dernière fois la main d'Agnès et celle de Carlo, tandis que Hals se jetait dans les bras de l'abbé Fulda.

— Je reviendrai! dit le savant, je vous promets de revenir!

Une heure plus tard, Ryswick reprenait la route de son couvent, tandis que Melbourg, qui venait de mettre son carrosse aux ordres de la comtesse Alberti, se tenait debout à la portière.

Lillia envoyait des baisers à la comtesse, Stélitz prit place dans la voiture; l'officier de Trabans y monta le dernier; et le cocher enveloppa les chevaux d'un coup de fouet retentissant. Les jeunes gens se tenaient aux portes adressant de touchants adieux à celle qui leur avait donné l'exemple d'un héroïque dévouement. Des fleurs furent lancées par les portières, mille voix lui criaient :

— Vivez heureuse! n'oubliez pas les Travailleurs de la Mort.

Sur la route la voiture disparut dans un nuage de poussière, les gens d'Idria restèrent mornes et pâles sur le seuil de leurs maisons; bientôt ils virent se dresser la haute silhouette de l'abbé Fulda, et le poids qui chargeait leur âme s'allégea subitement.

Où reste le prêtre demeure la consolation.

www.ingramcontent.com/pod-product-compliance
Lightning Source LLC
Chambersburg PA
CBHW071826020726
47502CB00004B/1250